나를 보내지 마

나를 보내지 마

NEVER LET ME GO

가즈오 이시구로 장편소설

김남주 옮김

민음사

이 책을 로나와 나오미에게 바친다.

1990년대 후반 영국

차례

1부

1

내 이름은 캐시 H. 서른한 살이고 11년 이상 간병사 일을 해 왔다. 11년이라면 꽤 긴 세월처럼 들린다. 실제로 그들이 내게 올해 말까지 8개월을 더 일해 주길 바라고 있으니, 그렇게 되면 내 경력은 거의 12년에 이른다. 내가 간병사로서의 경력을 그렇게 오랫동안 유지한 게 그 일을 환상적으로 잘해내고 있다는 평가를 받아서인 것만은 아님을 이제 나는 안다. 사실은 아주 훌륭한 간병사인데도 일을 시작한 지 겨우 2~3년 만에 그만두라는 말을 듣는 사람도 있고, 정말이지 형편없는데도 14년 동안 계속해 온 사람도 있다. 나는 그런 사람을 적어도 하나 이상 떠올릴 수 있다. 내 자랑을 하려고 이런 말을 하는 게 아니다. 다만 사람들이 내가 하는 일에 만족해 왔고, 나 역시 대체로 그렇다는 말을 하는 것뿐이다. 내가 맡은 기증자들은 언제나 기대치 이상의 결과를 보였다. 그들의 회복 과정은 인상적일 정도로 양호했고, 심지어 네 번째 기증을 앞두고서도 '동요 상태'로 판정받은 경우는 거의 없었다. 그렇다, 어쩌면 나는 지금 자랑을 하고 있는지도 모르겠다. 하지만 내 일을 잘 해내는 것, 특히 내가 맡은 기증자들을 통제해 '평온 상태'를 유지하게 하는 건 내게 큰 의미가 있다. 나는 기증자들에 대해 일종의 본능적인 감각을 발동해 왔다. 그들 곁으로 가서 위로해 줘야 할 때, 그들을 혼자 있게 해 줘야 할 때, 그들이 하는 온갖 이야기를 들어 줘야 할 때, 어깨를 으쓱하면서 그런 이야기는 그만하라고 해야 할 때를 알고 있는 것이다.

어쨌거나 나는 지금 무슨 대단한 권리를 주장하고 있는 건 아니다. 내가 아는 현직 간병사 중엔 나무랄 데 없이 일을 해내고 있으면서도 당연히 받아야 할 신뢰의 반밖에 받지 못하는 이들도 있다. 그런 사람이라면, 내가 독방과 자동차를 갖고 있고 무엇보다 돌볼 사람을 선택할 권리가 있다는 사실에 분개할 수도 있으리라. 게다가 나는 헤일섬 출신이다. 그 사실 하나만으로도 종종 상대를 화나게 하기에 충분하다. 캐시 H.는 자기가 돌볼 사람을 골라잡을 수 있어, 그 여잔 언제나 같은 부류를 선택하지, 헤일섬 출신이나 그런 특권층 말이야, 그러니 그 여자가 그렇게 대단한 경력을 갖게 된 것도 이상한 일이 아니잖아, 하고 사람들은 숙덕댄다. 나 자신도 그런 말을 물리도록 들었으니, 여러분은 훨씬 더 많이 들었으리라는 것, 그리고 이런 비판에 일리가 있다는 것도 안다. 하지만 내가 간병할 환자를 선택하도록 허락받은 최초의 간병사도 아니고 마지막도 아닐 것이다. 어쨌든 나는 다양한 출신 배경을 가진 기증자들을 선택하려 애썼다. 그리고 잊지 말아야 할 것은 이 일을 끝낼 즈음 내 경력은 12년에 이르지만, 내가 돌볼 사람을 고를 수 있게 된 건 최근 6년뿐이라는 사실이다.

그런 일 처리가 왜 잘못이란 말인가. 간병사는 기계가 아니다. 자기가 맡은 기증자 한 사람 한 사람에게 최선을 다하려 애쓰지만, 결국엔 차츰 열의를 잃게 된다. 인내와 에너지를 무한히 가질 수는 없다. 그러므로 돌볼 사람을 선택할 기회가 주어질 때 자신과 같은 부류를 고르는 건 자연스러운 일 아닌가. 내가 맡은 기증자들이 처한 각 단계를 속속들이 공감하지 못했다면 이렇게 오랫동안 이 일을 계속해 오지 못했으리라. 어쨌거나 돌볼 사람을 선택할 수 없었다면, 그렇게 오랜 세월이 흐른 후 어떻게 내가 루스나 토미와 다시 가까워질 수 있었겠는가.

당연한 일이지만 요즈음은 안면이 있는 기증자들이 점점

줄고 있어서, 실제로 선택의 폭이 그다지 넓지 않다. 앞서 말한 대로 돌봐야 할 기증자와 깊은 유대를 갖지 못할 경우 간병사의 일은 훨씬 더 힘들어지게 마련이다. 따라서 이 일을 그리워하게 되겠지만 올해 말로 간병사를 그만두는 것은 그런 점에서도 적절한 것 같다.

말이 나온 김에 말하자면, 루스는 내가 세 번째인가 네 번째로 선택하게 된 기증자였다. 당시 그녀에겐 이미 다른 간병사가 배정되어 있어서 신경이 좀 쓰였던 기억이 난다. 하지만 나는 결국 그 문제를 해결하고 도버에 있는 회복 센터에서 그녀를 다시 만날 수 있었다. 그 순간 완전히 사라졌다고는 할 수 없는 그녀와 나의 견해차는 그 밖의 다른 것, 다시 말해 헤일섬에서 함께 성장했다든가, 다른 이들이 결코 알지 못할 것을 공유하고 있다는 사실에 비하면 너무도 하찮게 느껴졌다. 기회가 있을 때마다 내가 과거와 연관된 사람들, 헤일섬 출신자들을 택하려 애쓴 것은 그때부터였던 것 같다.

그 전까지 여러 해 동안 나는 헤일섬을 과거의 갈피 속에 묻어 버리자고, 그렇게 집요하게 과거를 돌아봐선 안 된다고 여러 차례 나 자신을 타일러 왔다. 하지만 그즈음 일어난 사건을 계기로 그런 노력을 그만두기로 했다. 그 사건은 간병사로서 3년째 되던 해에 만난 기증자와 관계가 있다. 내가 헤일셤 출신이라고 말하자 그는 특별한 반응을 보였다. 그는 세 번째 기증을 마친 참이었는데, 경과가 좋지 않아 결국 회복되지 못하리라는 걸 알고 있었을 것이다. 그는 숨을 헐떡이면서도 내 쪽을 바라보고는 "헤일셤이라. 분명 멋진 곳이었겠군요." 하고 말했다. 다음 날 아침 그의 관심을 돌리기 위해 이야기를 시작한 나는 그에게 어디에서 성장했느냐고 물었다. 도싯에 있는 어떤 장소를 언급하는 순간, 검버섯 핀 그의 얼굴이 평소와는 전혀 다르게 찌푸려졌다. 그때 나는 그가 그 시절을 떠올리지 않으려 필사적으로 애쓰고 있음을 알 수 있었다. 자기 이야기를 하는 대신 그는 헤일셤 이야기를 듣고 싶어 했다.

그래서 이후 대엿새에 걸쳐 나는 그가 알고 싶어 하는 것을 모두 말해 주었고, 그는 온몸에 혹이 채워진 채 누워서 이따금 희미한 미소를 지으며 내 이야기를 들었다. 그는 나에게 교사들에 대해, 우리가 각자 어떤 식으로 침대 밑에 수집함을 갈무리해 두었는지에 대해, 축구와 라운더스*에 대해, 본관 너머 후미지고 은밀한 곳으로 통하던 오솔길에 대해, 오리가 노닐던 연못과 우리가 먹던 음식과 안개 낀 날 아침 미술실에서 보이던 들판 풍경 같은 다양한 것들에 대

---

* 야구와 비슷한 구기.

해 질문을 던졌다. 때로는 이미 말한 것을 여러 차례 다시 듣고 싶어 하기도 했다. 바로 전날 말해 주었는데도 한 번도 들은 적이 없는 것처럼 "체육관 같은 곳도 있었나요?", "당신이 제일 좋아한 선생님은 누구였죠?"라고 물었다. 처음에 나는 그가 약기운에 취해서 그런다고 생각했지만, 사실은 그의 정신이 상당히 또렷하다는 것을 곧 알 수 있었다. 그가 원한 것은 헤일섬이 어떤 곳이었는지를 단순히 듣는 게 아니라, 마치 자기가 유년기를 그곳에서 보낸 것처럼 헤일섬을 '추억하는' 것이었다. 그는 자기 삶이 곧 완결되리라는 걸 알고 있었고, 그래서 나로 하여금 여러 가지 것들을 자세히 묘사하게 해서 그것들이 실제로 자기 머릿속에 서서히 자리를 잡고, 약 기운과 통증과 피로감으로 잠 못 이루는 그런 밤 동안 내 기억과 자기 기억 사이의 경계가 허물어지기를 원했던 것이다. 우리, 그러니까 토미와 루스와 나 같은 이들이 얼마나 운이 좋았는지 내가 처음으로 깨달은 것은 바로 그때였다.

자동차를 몰고 시골을 돌아다니면 요즘도 헤일섬을 떠올리게 하는 풍경들과 마주친다. 안개 자욱한 들판의 모퉁이를 돌거나, 계곡의 경사면으로 내려오다가 멀리서 대저택의 일부가 눈에 띄면, 심지어 산허리에 특이한 모양으로 늘어서 있는 포플러 나무들을 볼 때면, '아마 저기일 거야! 드디어 찾았어! 그러니까 여기가 헤일섬이 있었던 장소라고!' 하고 생각하게 된다. 다음 순간 그것은 불가능하다는 걸 깨닫고는 생각을 딴 데로 돌리며 그곳을 지나친다. 특히 유리창이 부자연스러울 정도로 높이 나 있어서 처마에 파묻힌 듯 보이는, 운동장 가에 서 있는 자그마한 흰색 조립식 건물 같은 것은 전국 각지에서 흔하게 마주칠 수 있다. 그런 건물은 헤일섬이 그랬던 것처럼 1950~1960년대에 무더기로 지어진 모양이다. 차를 몰고 가다가 그런 곳을 만나면 나는 그 모습이 보이지 않을 때까지 눈을 떼지 못한다. 그런 식으로 한눈을 팔다가 언젠가 차를 어딘가에 박을지도 모르지만 안 그럴 수가 없다. 얼마 전에는 우스터셔의 황량한 지역을 달리다가 헤일섬에 있었던 것과 흡사한 크리켓 경기장 옆 건물을 보고는 실제로 차를 돌려 그곳으로 돌아가 다시 한번 살펴본 적도 있다.

우리는 헤밀섬의 체육관을 참 좋아했는데, 우리가 어릴 때 보던 그림책에 항상 나오는 작고 예쁜 오두막을 떠올리게 했기 때문일 것이다. 하급반 시절에 다음 수업을 교실 대신 체육관에서 하자고 교사들에게 조르던 일이 기억난다. 그러다가 상급반 2학년 무렵, 우리가 열두 살이 지나 열세 살이 되어 가던 때 체육관은 다른 학생들로부터 벗어나 친한 친구들끼리 있고 싶을 때 가는 곳이 되었다.

헤일셤의 체육관은 두 무리의 학생들이 서로 방해 받지 않고 머무를 만큼 널찍했다. (여름이면 베란다가 또 한 무리의 학생들에게 공간을 제공했다.) 하지만 그곳을 독점하는 편이 이상적이었으므로, 종종 계략이 동원되고 말다툼이 벌어지기도 했다. 교사들은 그 일 때문에 언제나 우리에게 문화인답게 행동해 줄 것을 호소했지만, 실제로 휴식 시간이나 자유 시간 동안 체육관을 독점하려면 무리 내에 성격이 강한 아이들이 좀 있어야 했다. 나는 위압적인 형이 아니었다. 우리가 그렇게 자주 그곳을 차지할 수 있었던 건 루스 덕분이었던 것 같다.

우리(대개는 다섯 명이었고, 제니 B.가 끼면 여섯이었다.)는 대부분 의자와 벤치를 둘러싸고 팔다리를 쭉 뻗고 드러누워서 잡담을 나누었다. 남의 눈을 피해 체육관에 모였을 때만 나오는 특별한 화제가 있었다. 우리는 걱정거리에 대해 토론했고, 종국에는 웃음 섞인 고함을 지르거나 격렬한 싸움을 벌였다. 대개 그것은 친한 친구들과 함께 잠시 긴장을 푸는 하나의 방법이었다.

어느 날 오후 우리는 걸상과 벤치 위에 올라가 높다란 유리창을 통해 밖을 내다보고 있었다. 그곳에 서면 운동장 북쪽이 환히 내려다보였다. 운동장에는 우리 학년과 상급반 3학년 남자애들 10여 명이 축구를 하기 위해 모여 있었다. 당시엔 햇빛이 내리쬐고 있었지만, 바로 얼마 전까지 비가 내렸던 것 같다. 진흙 묻은 풀잎 위에 내리쬐는 햇빛이 물기 때문에 반짝이던 게 기억난다.

그렇게 구경하는 모습이 눈에 띄면 안 된다고 누군가 말했지만, 아무도 유리창에서 물러서지 않았다. 이윽고 루스가 말했다. "저 앤 전혀 의심하지 않고 있어. 쟤 좀 봐. 정말이지 확신하고 있는 거야."

나는 그렇게 말하는 루스를 보면서, 이제 사내애들이 토미에게 하려는 짓을 비난하려는 기미가 있는지 살폈다. 하지만 다음 순간 루스는 작게 웃음을 터뜨리며 내뱉었다. "바보 같은 녀석!"

이윽고 나는 남자애들이 이제 곧 하려는 일이 뭐든 간에 루스나 다른 친구들과는 상관이 없다는 걸 깨달았다. 우리가 동의하느냐 안 하느냐는 그 일에 영향을 미치지 않을 것이다. 우리가 그 순간 창문 주위에 모여 있었던 것은, 토미가 또 모욕 당하는 것을 구경할 수 있겠다는 적극적인 기대감에서가 아니라, 최근에 소문으로 떠도는 그 계략이 어떻게 전개될지 막연히 궁금했기 때문이었다. 당시 남자애들 사이에서 벌어지던 일이 우리에게 그 이상 깊은 의미가 있었던 것 같지는 않다. 루스와 다른 친구들에게 그 일은 자신들과는 전혀 상관 없는 사건이었고, 내게도 사실 그랬을 가능성이 높다.

아니, 어쩌면 지금 내 기억이 잘못된 것인지도 모른다. 어쩌면 그때 이미 나는, 경기에 출전할 만반의 준비를 갖춘 채 팀에 다시 받아들여지리라 확신하고 숨길 수 없는 기쁨을 얼굴에 드러냈던, 실제로 누구보다도 실력이 뛰어난 토미를 보고 가슴 죄는 아픔을 느꼈는지도 모른다. 지금 확실히 기억나는 건 당시 토미가 연푸른 색 폴로셔츠를 입고 있었다는 것이다. 그는 지난달 판매회 때 구입한 그 옷을 몹시 자랑스러워했다. '저걸 입고 축구를 하다니 정말 바보야. 옷이 엉망이 될 텐데 그럼 기분이 어떻겠어?' 하고 생각했던 게 기억난다. 나는 딱히 누구에게랄 것 없이 소리 내어 말했다. "토미가 그 셔츠를 입고 있네. 자기가 좋아하는 폴로셔츠 말이야."

아무도 내 말을 듣지 못한 모양이었다. 모두 우리 무리의 익살꾼 로라를 보며 소리 내 웃고 있었기 때문이다. 로라는 달려갈 때, 손을 내저을 때, 뭐라 외칠 때, 태클을 걸 때 토미의 얼굴에 떠오른 표정을 차례로 흉내 내고 있었다. 다른 남자애들은 모두 운동장에서 준비 운동이라는 명목에 걸맞게 여유 있고 느긋한 태도로 공을 차고 있었지만, 흥분한 토미는 이미 실제 경기라도 치르듯 열을 올리고 있었다. 이번에는 좀 더 큰 소리로 내가 말했다. "저 셔츠가 엉망이 되면 저 애는 몹시 상심할 텐데." 이번에는 루스가 내 말을 들은 듯했지만 내가 농담 삼아 한 말이라고 생각했는지 방심한 듯 소리 내어 웃고는 뭐라 빈정거렸다.

이윽고 남자애들은 공차기를 멈추고 진흙탕 한가운데 무리를 지어 섰다. 팀 선발을 기다리는 동안 그들의 가슴이 가볍게 오르내렸다. 앞으로 나선 각 팀의 주장들은 상급반 3학년이었다. 그해에 가장 잘 뛴 선수가 토미라는 걸 모르는 사람은 없었다. 주장들은 첫 번째 선발을 위해 토스를 했고, 이긴 사람이 모여 있는 아이들을 지그시 응시했다.

"저 애 좀 봐. 쟤는 자기가 제일 먼저 뽑힐 거라고 확신하고 있어. 쟤 좀 봐!" 내 뒤에서 누군가 말했다.

그 순간 토미에게는 '실제로' 뭔가 희극적인 것, 그러니까 그가 잠시 후 미쳐 날뛴다 해도 보는 사람으로 하여금 그것은 그가 자초한 일이라고 생각하게 할 뭔가가 있었다. 다른 아이들은 자기가 몇 번째로 불리든 상관없다는 듯 선발 과정을 짐짓 무시하는 척했다. 몇몇은 나직하게 이야기를 나누었고, 몇몇은 운동화 끈을 고쳐 맸으며, 다른 아이들은 진흙땅에 자꾸 달라붙는 자기 발을 물끄러미 내려다보고 있었다. 하지만 토미는 자기 이름이 이미 불리기라도 한 것처럼 열의에 찬 눈빛으로 그 3학년 학생을 지켜보고 있었다.

로라는 팀 선발 과정 내내 토미의 얼굴에 떠오른 온갖 다양한 표정들을 흉내 냈다. 처음에는 희망에 찬 갈망의 표정, 네 사람이 선택되고 난 다음에도 자기 이름이 불리지 않자 어리둥절해하며 걱정하던 표정, 이윽고 사태의 실상을 깨달은 후 상처 받고 겁에 질린 듯한 표정을. 하지만 나는 토미를 지켜보느라 로라에게 줄곧 눈길을 주지 못했다. 다른 친구들이 킥킥거리면서 로라를 부추기는 걸로 미루어 그 애가 하고 있는 양을 짐작했을 뿐이다. 이윽고 운동장 한쪽에 토미 혼자 남겨지고 다른 남자애들이 모두 킥킥거리기 시작했을 때 루스가 이렇게 말하는 소리가 들려왔다.

"이제 시작될 거야. 조용히 해. 7초 남았어. 7, 6, 5……."

루스는 숫자를 끝까지 다 헤아릴 수 없었다. 토미가 큰 소리로 울부짖었던 것이다. 이제 대놓고 웃어 대던 다른 남자애들은 운동장 남쪽으로 달려가기 시작했다. 토미는 그들을 따라 몇 걸음 옮겼다. (그 분노의 추격이 본능적인 것인지, 아니면 뒤에 남겨지는 게 겁이 나서인지는 판단하기 어려웠다.) 어떤 경우였든 그는 곧 걸음을 멈추고 서서 시뻘게진 얼굴로 그들을 물끄러미 바라보았다. 그런 다음 저주와 욕설이 뒤섞인 알아들을 수 없는 말을 외쳐 대기 시작했다.

우리는 토미의 발작을 이미 여러 차례 본 적이 있었으므로, 그냥 걸상에서 내려와 둘러앉았다. 우리는 뭔가 다른 것에 대해 이야기를 하려 했지만 창문 너머로 토미의 모습이 줄곧 어른거렸다. 처음에 우리는 눈알을 굴리며 그의 존재를 무시하려 했지만, 결국 그에게서 관심을 거둔 지 10분은 족히 지나서 다시 창가로 다가가지 않을 수 없었다.

다른 남자애들은 이제 우리의 시야에서 벗어나 보이지 않았고, 토미는 이제 특정한 방향 없이 사방에 외쳐 대고 있었다. 그는 하늘과 바람과 가장 가까운 울타리 기둥에 대고 팔다리를 허우적거리며 분노를 터뜨렸다. 그 애가 어쩌면 '연극 리허설'을 하고 있는지도 모른다고 로라가 한마디 했다. 그 애가 고함을 외칠 때마다 '개가 오줌을 누는 것처럼' 한쪽 발을 바깥쪽으로 들어 올린다고 또 다른 누군가가 지적했다. 나 역시 그 발동작을 보았지만, 내게 인상적이었던 것은 그 애의 발이 다시 땅을 찍을 때마다 진흙이 그 애의 정강이에 튄다는 사실이었다. 그 애가 아끼는 셔츠가 또다시 머릿속에 떠올랐지만, 그와의 거리가 너무 멀어서 그 셔츠에 진흙이 묻었는지는 보이지 않았다.

"남자애들이 저런 식으로 저 애를 괴롭히는 건 좀 잔인한 것 같아. 하지만 이건 저 애 탓이야. 만약 쟤가 저런 일을 당하고도 냉정을 유지할 수 있다면, 남자애들도 더 이상 놀리지 않을 텐데." 루스가 말했다.

"남자애들은 줄곧 쟤만 괴롭혀. 그레이엄 K.도 성질이 고약하지만, 애들은 오히려 그것 때문에 그 애를 더 조심스럽게 대하잖아. 애들이 토미를 괴롭히는 이유는 걔가 야무지지 못해서야." 한나가 말했다.

그러자 모두 토미가 창의적으로 뭔가를 만들어 낸 적이 없다는 것, 심지어는 봄 교환회에 아무것도 내놓지 않았다는 것에 대해 일제히 이야기하기 시작했다. 실제로 그 무렵 우리는 각자 마음속으로 본관에서 선생님이 나와서 그 애를 데려가 주기를 바라고 있었던 것 같다. 그리고 토미가 괴롭힘을 당한 조금 전의 사건에 한몫하지는 않았지만 잘 보이는 곳에서 그 전말을 줄곧 지켜본 만큼 죄책감을 느끼기시작했다. 하지만 선생님이 나올 기적 같은 건 없었으므로 우리는 토미가 어째서 그런 일을 당할 만한지에 대해 이야기를 계속했다. 이윽고 루스가 손목시계를 들여다보고는 아직 시간 여유가 있지만 본관으로 돌아가는 게 좋겠다고 했고, 아무도 반대하지 않았다.

우리가 별관에서 나왔을 때도 토미는 여전히 화를 가라앉히지 못하고 식식거리고 있었다. 본관은 우리 왼쪽에 있었고 토미는 정면의 운동장에 서 있었으므로, 본관으로 가기 위해서는 그 애 근처를 지나갈 필요가 없었다. 어쨌든 그 애는 반대쪽을 향하고 있어서 우리의 존재를 전혀 눈치채지 못한 것 같았다. 그런데도 나는 친구들과 함께 운동장 가장자리를 따라가다가 발길을 돌려 토미를 향해 걷기 시작했다. 그런 행동에 다른 친구들이 어리둥절해하리라는 걸 알고 있었지만 걸음을 멈추지 않았다. 심지어 루스가 다급한 어조로 돌아오라고 속삭였을 때도 나는 내처 걸었다.

토미는 그렇게 분노를 발산하는 동안 누군가의 방해를 받는 데 익숙하지 않았던 것 같다. 그에게 다가가자 그 애는 잠시 나를 응시했을 뿐 하던 행동을 계속했기 때문이다. 마치 그 애가 한창 연기하고 있는 연극 무대에 내가 올라가기라도 한 듯이다. 심지어 내가 "토미, 네 멋진 셔츠 말이야. 그게 엉망이 되고 말 거야."라고 말했을 때도 그의 얼굴에는 내 말을 알아들었다는 표정 같은 건 떠오르지 않았다.

그래서 나는 한 걸음 더 다가가 그의 팔에 손을 얹었다. 나중에 다른 아이들의 말은 그 애의 행동이 의도적이었다지만, 나는 그렇지 않다는 걸 거의 확신할 수 있었다. 그 애는 줄곧 두 팔을 휘둘러 대고 있었고, 내가 손을 뻗으리라는 걸 알지 못했을 터였다. 어쨌든 휘둘러 대던 그 애의 한쪽 팔이 내 손을 쳐 내며 내 뺨을 후려쳤다. 전혀 아프지는 않았지만 내 입에서는 헉 하는 비명이 터져 나왔고, 내 뒤에 있는 여자애들도 대부분 비명을 질렀다.

그제야 비로소 토미는 나와 다른 여자애들과 자기 자신, 그리고 자기가 운동장에서 하던 행동을 의식한 듯 약간 멍한 눈길로 나를 응시했다. 내가 상당히 딱딱한 어조로 말했다. "토미, 셔츠가 진흙투성이야."

"그래서 어쨌다는 거야?" 하고 그가 중얼거렸다. 그렇게 말하면서도 그 애는 고개를 숙여 셔츠에 갈색 반점들이 묻어 있는 걸 확인했고, 깜짝 놀라 외마디 비명을 지르려다가 가까스로 억제하는 듯했다. 다음 순간 그의 얼굴에는 그 폴로셔츠를 자기가 어떻게 여기고 있는지 내가 알고 있다는 사실에 놀란 표정이 떠올랐다.

침묵이 그에게 모욕으로 느껴지기 전에 내가 재빨리 말했다. "걱정할 필요 없어. 지워질 거야. 네가 못하면 조디 양한테 갖다 주면 돼."

그 애는 줄곧 셔츠를 살펴보다가 이윽고 불퉁스럽게 대답했다. "어쨌든 너랑 상관없는 일이잖아."

그 애는 그런 말을 하자마자 후회하는 것 같았고, 내가 위로의 말을 해 주기를 바라는 듯 유순한 눈길로 나를 바라보았다. 하지만 그즈음 나는 그 애와 볼일이 끝났다고 생각했다. 특히 여자애들과, 내가 아는 한 본관 창문에서도 지켜보고 있는 아이들이 있는 이런 상황에서는. 그래서 나는 어깨를 으쓱하고는 친구들에게 돌아갔다.

우리가 무리를 지어 다시 걷기 시작했을 때 루스가 내 어깨에 팔을 둘렀다. "적어도 넌 저 애를 조용히 시키는 데는 성공했구나. 너 괜찮니? 미친놈 같으니라고." 그 애가 말했다.

2

아주 오래된 일이라서 잘못된 기억도 부분도 있을 것이다. 내가 그날 오후 토미에게 다가갔던 일을 기억하는 건 그것이 당시 내가 거치던 어떤 단계, 강박적일 정도로 나 자신을 도전에 노출시키려는 그런 단계의 일부였기 때문이다. 따라서 그로부터 며칠 후 토미가 나를 불러 세웠을 때 나는 실제로 그 일을 거의 잊어버린 후였다.

당시 우리 상황이 어땠는지는 알 수 없지만, 헤일셤에서는 거의 매주 건강 검진 같은 걸 받아야 했다. (보통 본관 맨 위층에 있는 18호실에서 '까마귀'라는 별명을 가진 간호사 트리샤와 함께하는 일이었다.) 햇빛 찬란한 그날 오전 우리는 그녀에게 검진을 받기 위해 무리지어 중앙 층계를 올라가고 있었고, 막 검진을 마친 다른 무리는 줄지어 층계를 내려오고 있었다. 그래서 층계는 울림 소리로 시끄러웠다. 내가 고개를 숙이고 앞사람의 발꿈치만 바라보며 올라가고 있는데 옆에서 누군가 나를 부르는 소리가 들려왔다. "캐시!"

줄을 따라 내려오던 토미가 갑자기 멈춰 서서 활짝 웃고 있었다. 나는 그 웃음을 보자마자 짜증이 났다. 몇 살 더 어렸다면 나와 만난 누군가가 그렇게 반가워했을 때 나 역시 반가워하는 표정을 지었으리라. 하지만 당시 우리는 열세 살이었고 이번 경우는 정말이지 공개적인 상황에서 한 남자애가 여자애에게 달려드는 셈이었다. 나는 사실, '토미, 좀 어른스럽게 행동할 수 없니?' 하고 말하고 싶은 기분이었다. 하지만 자제하고 이렇게 말하는 걸로 만족했다. "토미, 너 때문에 다른 사람들이 못 내려가고 있잖아. 나도 그렇고 말이야."

그 애는 위쪽을 힐긋 바라보고는 내려오는 줄의 속도가 느려지기 시작했다는 걸 깨달은 모양이었다. 잠시 어찌할 바를 몰랐던 그 애는 다른 아이들이 지나갈 수 있게 내 옆 벽에 몸을 밀착한 다음 입을 열었다.

"캐시, 줄곧 널 찾고 있었어. 미안하다는 말을 하려고 말이야. 내 말은 그러니까, 정말로 미안하다는 거야. 솔직히, 그날 널 때리려던 게 아니었어. 여자를 때린다는 건 상상도 해

본 적이 없고, 만의 하나 그런 일이 벌어진다 해도 적어도 '너'한테만은 그러고 싶지 않아. 정말로 너무 미안해."

"괜찮아. 그건 사고였을 뿐이야." 난 그 애에게 고개를 까딱하고는 몸을 돌렸다. 그런데 토미는 밝은 어조로 말했다.

"셔츠는 이제 괜찮아. 말끔하게 지워졌거든."

"잘됐구나."

"아프지는 않았지? 내가 친 거 말이야."

"당연히 아팠지. 두개골 골절에다 뇌진탕 증세 모두 있었으니 말이야. '까마귀'도 눈치챌 거야. 일단 올라가서 보이면 말이야."

"난 진지하게 하는 말이야, 캐시. 아프진 않았지? 너무 미안해. 정말이야."

그제야 나는 그 애에게 미소를 지어 보인 다음 비꼬는 기색 없이 말했다. "이것 봐, 토미, 그건 사고였고, 이제 난 100퍼센트 잊어버렸어. 그 일로 너한테 원한 같은 거 전혀 없어."

그 애는 여전히 마음이 놓이지 않는 듯했지만 몇몇 상급생들이 어서 내려가라며 그를 밀어 대고 있었다. 그 애는 재빨리 미소를 지으며 어린 소년에게 하듯 내 어깨를 토닥거린 다음 줄을 따라 내려갔다. 내가 다시 층계를 오르기 시작했을 때 아래쪽에서 그 애가 외치는 소리가 들려왔다. "또 보자, 캐시!"

그 모든 일이 좀 당혹스럽긴 했지만, 그 일로 놀림감이 되거나 남의 입에 오르내리지는 않았다. 층계에서 그렇게 토미를 만나지 않았다면, 나는 분명 그 이후 몇 주에 걸쳐 벌어진 그 애의 문제에 그렇게 관심을 갖지 않았으리라.

그중에는 한두 가지 내가 직접 목격한 사건들도 있었다. 하지만 대부분은 남의 입을 통해 들은 것들이었는데, 그런 이야기를 들을 때면 나는 어느 정도 전체적인 윤곽이 잡힐 때까지 캐물었다. 14호실에서 토미가 책상 두 개를 뒤집어엎어 내용물을 모조리 바닥에 내팽개치는 바람에 나머지 아이들이 층계참으로 도망 나온 뒤, 그 애가 나오지 못하게 밖에서 교실 문을 막은 사건도 있었다. 축구 연습 때 레지 D.를 공격하는 걸 막기 위해 크리스토퍼 선생님이 그 애의 두 팔을 뒤로 꺾어야 했던 일도 있었다. 또 운동장을 달리는 상급반 2학년 남자애들 중에서 토미 혼자만 짝 없이 달리는 모습이 목격되기도 했다. 물론 그 이유는 그 애가 달리기를 잘해서 다른 아이들과 간격을 이내 10미터, 15미터 벌리곤 하는 바람에 아무도 그 애와 짝지어 뛰려 하지 않았기 때문이었을 수도 있다. 어쨌든 얼마 후에는 토미가 골탕을 먹었다는 소문이 거의 매일같이 나돌기에 이르렀다. 대개의 경우, 그 애의 침대에 괴상한 것이 들어 있었다든가 그 애의 시리얼에 벌레가 들어 있었다든가 하는 일상적인 것들이었지만, 누군가 그 애의 칫솔로 변기를 닦아 칫솔모에 온통 똥을 묻힌 채 꽂아 두었다는 것 같은 대책 없이 역겨운 일들도 있었다. 그 애의 몸집과 완력, 그리고 아마도 그 애의 성질 때문에 실제로 신체적 위해를 가하려는 사람은 없었지만, 내 기억에 따르면 적어도 몇 달에 걸쳐 이런 사건들이 꼬리를 물었다. 조만간 누군가 나서서 너무 심하지 않냐고 문제를 제기하리라고 나는 생각했지만 아무도 입을 열지 않은 채 그런 일이 계속되었다.

한번은 내가 소등 후의 공동 침실에서 직접 그 문제를 꺼내 보았다. 상급반이 되면 침실 하나당 사람 수가 여섯으로 줄었다. 꼭 여섯 명이었던 우리 무리는 불이 꺼진 다음 잠들기 전까지 은밀하기 짝이 없는 이야기를 나누곤 했다. 그 어떤 곳, 심지어 별관에서도 꺼낼 엄두가 나지 않는 이야기도 그곳에서라면 할 수 있었다. 그래서 어느 날 밤 나는 토미 이야기를 꺼냈다. 나는 말을 많이 하지 않았다. 다만 그 애에게 어떤 일들이 벌어지고 있는지를 간추린 다음 정말 부당한 것 같다고 했다. 내가 말을 마치자 어둠 속에서 기묘한 침묵이 흘렀다. 나는 모두 루스의 반응을 기다리고 있다는 걸 깨달았다. (좀 당혹스러운 일이 일어날 때마다 종종 그랬듯이.) 나는 가만히 기다렸다. 이윽고 루스의 침대 쪽에서 한숨 소리가 들리더니 그 애가 말했다.

"네 말이 맞아, 캐시. 그건 공정하지 않은 일이야. 하지만 그런 일이 더 일어나지 않길 바란다면 그 애가 태도를 바꿔야 해. 그 애는 지난 봄 교환회에 아무것도 내놓지 않았어. 다음 달 행사에 내놓을 만한 건 있을까? 장담컨대 없을걸."

이 대목에서 헤일섬에서 개최되던 교환회에 대해 설명해야겠다. 1년에 네 차례 봄, 여름, 가을, 겨울, 우리는 석 달 동안 만든 모든 것을 모아 대규모 전시회 겸 판매회를 열었다. 유화, 소묘, 도예품, 그리고 당시 흔히 구할 수 있는 재료로 만든 각종 '조각품', 깡통을 두드려 폈거나 판지 위에 병뚜껑을 붙여 만든 것 등이 나왔다. 작품을 내놓으면 그 대가로 교환용 토큰을 받았고(각 출품작의 가치는 교사들이 평가했다.) 교환회 날 그 토큰으로 마음에 드는 물건을 '구입'할 수 있었다. 같은 학년 학생들의 작품만 사야 한다는 규칙이 있긴 했지만, 대부분의 학생들이 석 달 동안 꽤 많은 작품을 만들었으므로 선택의 폭은 꽤 넓었다.

이제 지난날을 돌아보면 그 교환회가 우리에게 왜 그렇게 중요했는지 알 것 같다. 우선 교환회는 판매회(이는 다른 성격의 행사인데 나중에 설명하겠다.)를 제외하고는 우리가 개인적인 물건을 구할 수 있는 유일한 기회였다. 다시 말해 침대 주변의 벽을 장식하거나 가방에 넣어 가지고 다니면서 교실이 바뀔 때마다 책상에 올려놓을 물건이 필요하다면 교환회에서 구할 수 있었다. 아울러 이제 나는 그 교환회가 우리 모두에게 왜 그렇게 미묘한 영향을 끼쳤는지도 알 것 같다. 상대가 자기가 만든 물건을, 그리고 자기가 상대가 만든 물건을 사적인 보물로 삼는 일이 어떻게 관계에 영향을 미치지 않을 수 있겠는가. 토미의 경우가 그 전형적인 예였다. 당시 헤일셤에서 어떤 대접을 받느냐, 얼마나 사랑과 존중을 받느냐 하는 것은 얼마나 훌륭한 물건을 '창조'하느냐에 좌우되었다.

몇 년 전 도버의 회복 센터에서 루스를 간병할 때, 나는 그 애와 함께 자연스럽게 그때 일을 떠올렸다.

"그거야말로 헤일셤을 그렇게 특별하게 만든 점이었어. 서로의 작품에 가치를 부여하도록 고무하는 것 말이야." 어느 날 루스가 말했다.

"맞아. 하지만 이제 그 교환회를 돌이켜 보면 이상한 점도 많았어. 예를 들면 시가 그랬어. 내 기억으로 소묘나 유화 대신 시를 제출하는 것도 허용되었지. 이상한 건 우리 모두가 그게 당연하다고, 이치에 어긋나지 않는다고 여겼다는 점이야."

"그게 왜 이상해? 시는 중요한 거잖아."

"하지만 지금 우리가 말하는 시는 아홉 살짜리가 연습장에 쓴 짤막하고 우스꽝스러운 오자투성이의 끼적임일 뿐이 잖아. 그런데도 우리는 침대 머리맡을 장식할 정말 멋진 물건 대신 그런 엉터리 시로 가득 찬 연습장을 사는 데 귀중한 토큰을 써 버리곤 했지. 우리가 누군가의 시에 그렇게 진정으로 감동을 느꼈다면, 어느 날 오후에 그것을 빌려서 베껴 쓰는 편이 낫지 않았을까? 하지만 사실이 어땠는지는 너도 기억날 거야. 교환회가 열리면 우리는 수지 K.의 시를 살까, 재키의 기린을 살까 하고 서서 망설였지."

"재키의 기린이라. 그건 정말 멋졌어. 나도 하나 샀었지." 루스가 웃음을 터뜨리며 말했다.

어느 맑은 여름날 저녁 루스의 방에 딸린 작은 발코니에 앉아 우리는 이런 대화를 나누었다. 당시 첫 기증을 하고 몇 달째 접어든 루스는 가장 힘든 시기를 넘긴 참이었다. 저녁마다 나는 그녀를 방문해 지붕 위로 해가 지는 걸 바라보며 함께 30분쯤 보냈다. 시야 아래로 수많은 안테나와 위성 접시가 보였고, 사이에 도로가 있긴 했지만, 때로는 수평선이 바로 정면에서 번쩍이는 것도 보였다. 나는 가지고 간 생수와 비스킷을 꺼내 놓았다. 우리는 거기에 앉아서 머릿속에 떠오르는 대로 이야기를 이어 나갔다. 당시 루스가 있던 회복 센터는 내가 좋아하는 곳 중 하나였다. 그런 곳에서라면 삶을 마치게 된다 해도 나라면 전혀 불쾌하지 않았으리라.

회복실은 작았지만 멋지게 설계되어 있었고 안락했다. 내부 전체, 즉 벽과 바닥이 번쩍이는 하얀 타일로 덮여 있었는데, 어찌나 깨끗하게 유지되었던지 건물 안에 처음 들어서면 거울로 된 홀에 들어온 것 같은 느낌이 들 정도였다. 물론 대체로 거울만큼 완전히 선명하지는 않지만 거의 거울 같았다. 한 손을 들어 올리거나 누군가 침대에서 일어나 앉으면 주위의 타일에 그 움직임이 희미하고 어둑하게 비치는 것이다. 어쨌든 루스의 방에는 커다란 미닫이 유리창이 있어서 침대에서도 어렵지 않게 밖을 내다볼 수 있었다. 베개를 베고 누워 있을 때도 답답하지 않게 하늘이 보였고, 날씨가 따뜻할 때는 발코니로 나가 신선한 공기를 쐴 수도 있었다. 나는 그곳으로 그녀를 방문하는 일이 즐거웠다. 여름이 지나 초가을에 이르기까지 그 발코니에 함께 앉아 헤일셤과 코티지, 그리고 머릿속에 떠오르는 또 다른 것들에 대해 잡다하게 이야기하는 게 좋았다.

내가 말을 이었다. "내 말은 그 나이, 그러니까 열한 살 무렵에는 서로의 시에 진정으로 관심을 갖는다는 게 불가능하다는 거야. 하지만 크리스티 같은 애 기억나지? 걔는 시를 잘 쓰기로 유명했지. 우리 모두 그런 이유로 그 애한테 경도되었잖아. 루스, 넌 크리스티한테 감히 이래라저래라 하지 못했어. 모든 게 그 애가 시를 쓰는 데 뛰어나다고 여겼기 때문이었지. 우린 사실 시에 대해서는 아무것도 몰랐지만 그런 건 신경도 쓰지 않았지. 이상한 일이야."

하지만 루스는 내 말의 요점을 파악하지 못한 것 같았다. 어쩌면 알고도 일부러 대답을 피했는지도 모른다. 그녀는 당시 우리가 실제보다 훨씬 세련되었다고 생각하고 싶었을 수도 있고, 혹은 내가 무슨 뜻에서 그런 말을 하는지는 알아챘지만 대화가 그런 방향으로 진행되는 게 싫었을 수도 있다. 어쨌든 그녀는 한숨을 길게 내쉬고는 말했다.

"우리 모두 크리스티의 시가 몹시 훌륭하다고 생각했었지. 하지만 그 시들을 지금 보면 어떨지 잘 모르겠어. 지금 여기에 있다면 확인해 볼 수 있을 텐데." 그런 다음 그녀는 웃음을 터뜨리며 말을 이었다. "피터 B.의 시 몇 편은 아직도 '갖고' 있어. 하지만 그것들은 훨씬 나중에, 우리가 상급반 4학년 때 쓴 거지. 당시 난 피터를 좋아했던 것 같아. 그렇잖으면 도대체 왜 그 애의 시를 샀는지 모르겠거든. 그 시들은 우스꽝스러운 헛소리에 지나지 않아. 자기 자신을 지나치게 진지하게 여기고 있었지. 하지만 크리스티는 훌륭했어. 돌이켜 보건대 그랬던 것 같아. 하지만 어이없게도 그 애는 유화를 시작하면서 시에 흥미를 잃고 말았지. 그림에선 결코 뛰어나지 못했고."

다시 토미 이야기로 돌아가야겠다. 토미가 어떻게 그 모든 문제를 자초했는지에 대해 불 꺼진 공동 침실에서 루스가 한 말은, 어쩌면 당시 헤일셤 학생들 모두의 생각을 대변한 것일 수도 있었다. 하지만 루스의 말을 듣는 순간 내 머릿속에 떠오른 것은, 토미가 자기 자신을 방기해 왔다는 이런 견해가 이미 오래전 하급반 때부터 있었다는 생각이었다. 그러므로 토미가 그런 일을 당해 온 건 몇 주나 몇 달이 아니라 몇 년 동안이라는 사실을 깨닫고 나는 오한 같은 걸 느꼈다.

지금으로부터 얼마 전 나는 토미와 이 모든 일에 대해 이야기를 나누었는데, 당시 자기가 당하던 그 곤란이 어떻게 시작되었는지에 대한 토미의 말을 듣고 나는 그날 밤의 내 생각이 맞았다는 걸 확인할 수 있었다. 토미의 말에 따르면, 그 모든 것이 시작된 건 어느 날 오후 제럴딘 선생님의 미술 시간이었다. 그날 이전까지 자기는 그림 그리는 것을 재미있어 하는 편이었다고 토미는 말했다. 하지만 그날 제럴딘 선생님의 수업 시간에 토미는, 길게 자란 풀숲에 코끼리가 한 마리 서 있는 괴상한 수채화를 그리게 되었는데, 그 그림이 모든 소동의 시발이 된 셈이었다. 자기가 그걸 그린 건 일종의 장난이었다고 토미는 주장했다. 그 점에 대해 나는 그에게 이런저런 질문을 던져 보았는데, 사실 그건 그 나이 대 아이들이 흔히 하는 행동이었던 것 같다. 다시 말해 특별한 이유 같은 것은 없었다. 그렇게 하면 웃음보가 터지리라고 생각했든가, 혹은 어떤 흥분을 불러일으키지 않을까 확인하고 싶었던 게 아닐까. 그런데 나중에 왜 그런 일을 했느냐는 질문을 받으면 타당한 이유가 전혀 없는 것처럼 느껴지게 마련이다. 우리 모두 그렇지 않았던가. 토미의 경우가 꼭 그랬다고 할 수는 없겠지만, 사태는 그렇게 전개된 게 분명하다.

어쨌든 그날 토미가 그린 코끼리 그림은 세 살짜리가 그렸음직한 것이었다. 토미는 20분도 채 안 되는 시간 동안 그 그림을 그렸고, 딱히 기대한 건 아니지만 어쨌든 친구들의 웃음을 불러 일으켰다. 만약 그날 수업을 맡은 교사가 제럴딘 선생님이 아니었다면, 그 일은 그 정도로 끝났을 것이다. 이건 정말이지 지독한 아이러니였던 것 같다.

제럴딘 선생님은 그 나이 대 우리 모두가 좋아하던 교사였다. 그녀는 친절했고 말투가 부드러웠고, 우리가 뭔가 나쁜 짓을 저질렀거나 다른 교사에게서 꾸중을 들었을 때조차 필요하면 언제나 우리를 달래 주었다. 누군가를 직접 책망할 일이 생기면, 그녀는 그 후 며칠 동안 무슨 잘못이라도 저지른 사람처럼 그 학생에게 과외의 관심을 기울이곤 했다. 그날 미술 수업을 제럴딘 선생님이 맡았다는 사실, 다시 말해 대부분의 경우처럼 교장 선생님인 에밀리 선생님이나 로버트 선생님이 맡지 않았다는 사실이 토미에겐 불행이었다. 에밀리 선생님이나 로버트 선생님이 수업을 하고 있었다면, 토미는 가볍게 꾸중을 듣고 히죽 웃고 말았으리라. 최악의 경우 아이들은 그 그림이 시원찮은 유머라고 생각했으리라. 나아가 그 일로 몇몇 아이들이 토미를 진짜 웃기는 녀석으로 여겼을 수도 있다. 하지만 제럴딘 선생님이 누군가. 사태는 그런 식으로 흘러가지 않았다. 그녀는 최선을 다해 친절과 이해로 무장하고 토미의 그림을 들여다보았다. 그리고 토미가 다른 아이들로부터 바보 취급을 받을 위험이 있다고 지레 짐작해, 지나친 친절을 발휘해 그 그림에서 실제로 칭찬할 만한 면을 찾아내 지적한 것이다. 그렇게 해서 집단적 분개가 시작되었다.

"수업을 마치고 교실을 나온 후 나는 아이들이 수군거리는 소리를 들었어. 아이들은 그 소리가 내 귀에 들릴지도 모른다는 사실엔 신경도 쓰지 않았어." 토미가 그때를 떠올리며 말했다.

내 짐작에, 토미는 그 코끼리 그림을 그리기 얼마 전부터 자기가 교과 과정을 따라가지 못한다고, 특히 그림에서 훨씬 낮은 수준에 머물러 있다고 느껴서 일부러 어린아이처럼 그림을 그림으로써 최선을 다해 그 사실을 숨기려 했던 것 같다. 하지만 그 사건 이후 모든 게 백일하에 드러나 버렸다. 이제 모두 다음번엔 어떤 엉뚱한 행동을 할까 궁금해하며 그를 지켜보고 있었다. 그는 한동안 사태를 호전시키려고 노력을 기울였다. 하지만 얼마 지나지 않아 그가 뭔가를 하기 시작하면 주위에서 비웃음과 웃음을 참는 듯한 소리가 들려왔다. 실제로 그가 노력하면 할수록 더 큰 비웃음이 돌아왔다. 그래서 얼마 후 토미는 원래의 방어책으로 돌아가 일부러 유치해 보이는 그림을 그렸고, 자기는 그림 같은 것에 전혀 관심이 없다고 말하기에 이르렀다. 그러자 사태는 점점 더 수렁으로 빠져 들어갔다.

한동안 토미는 미술 시간에만 고통을 겪었다. (하급반에는 미술 수업이 많았으므로 상당히 자주 있는 일이었다.) 하지만 사태는 점차 심각해졌다. 그는 놀이에 낄 수 없었다. 남자애들은 저녁 식사 때 그의 곁에 앉지 않으려 했고, 공동 침실에서는 불이 꺼진 후 그가 무슨 말을 하든 못 들은 체했다. 그래도 처음에는 그렇게까지 잔인하지 않았다. 별다른 사건 없이 그렇게 몇 달이 지나고 나면 그 모든 걸 지난 일로 치부할 수 있었다. 하지만 그럴 때마다 토미 자신의 행동, 혹은 토미의 앙숙 중 하나인 아서 H. 같은 아이의 심술로 인해 다시 그 모든 고통이 시작되었다.

토미가 언제부터 그렇게 분에 못 이겨 고약한 소동을 부리기 시작했는지 정확히는 모르겠다. 내 기억으로는 어릴 때부터 그런 성질이 있었던 것 같지만, 토미 자신의 주장에 따르면 자기를 골리는 일이 악의적으로 변질된 후부터 그랬다고 한다. 어쨌든 그런 소동으로 인해 아이들의 반응은 정말이지 심각해지고 모든 게 확대되어, 조금 전 이야기했던 그 시기, 우리가 열세 살이었던 상급반 2학년 때는 토미에 대한 그런 박해가 절정에 달해 있었다.

그런 다음 그 모든 소동이 자취를 감추었다. 하룻밤 새에 사라졌다고는 할 수 없지만 그의 성질 부리기 소동은 상당히 빠른 속도로 잦아들었다. 앞서 말한 대로 당시 나는 상황을 주의 깊게 주시하고 있었으므로, 대부분의 아이들보다 먼저 그 조짐을 파악할 수 있었다. 그 일은 토미가 꽤 지속적으로 조롱을 당하면서도 냉정을 잃지 않았던 시기를 (한 달, 아니 그 이상의 기간이리라.) 기점으로 시작되었다. 때때로 토미는 이성을 잃기 직전까지 간 듯했지만, 웬일인지 끝까지 자신을 통제하곤 했다. 말없이 어깨를 으쓱하거나, 짐짓 아무 눈치도 채지 못한 것처럼 행동했다. 처음에 아이들은 그의 이런 반응에 실망했다. 심지어는 토미가 자기들 기대를 저버리기라도 한 듯 분개했다. 하지만 점차 심심해진 아이들은 토미를 골리는 일에 그다지 흥미를 보이지 않기에 이르렀다. 그러던 어느 날 나는 한 주일 동안 그런 사건이 전혀 일어나지 않았음을 퍼뜩 깨달았다.

이 일은 그 자체로는 그다지 큰 의미가 없었을 수도 있지만, 내게는 다른 변화들도 눈에 띄었다. 알렉산더 J.와 피터 N.과 토미 셋이 아주 자연스러운 태도로 이야기를 나누며 들판 쪽을 향해 안마당을 가로질러 걸어간다든지, 토미의 이름을 언급할 때 아이들의 어조에 미묘하지만 뚜렷한 변화가 생겼다든지 하는 사소한 일들이었다. 그러던 어느 날 오후 휴식 시간이 끝날 무렵, 우리가 무리를 지어 풀밭에 앉아 있을 때였다. 바로 옆 남쪽 운동장에서는 평소처럼 남자애들이 축구를 하고 있었다. 나는 친구들과 이야기를 하면서도 눈으로는 토미를 좇고 있었다. 그는 경기에서 핵심으로 뛰고 있었다. 튀어나온 지점에서 발이 걸려 넘어진 그는 직접 프리킥을 하기 위해 공을 적당한 지점에 놓았다. 다른 아이들이 기대에 차서 사방으로 흩어지자, 토미를 가장 괴롭히던 아이 중 하나인 아서 H.가 토미의 등 뒤 1~2미터 떨어진 곳에 서 있다가 토미 흉내를 내기 시작했다. 아서는 두 손을 엉덩이에 올리고 공을 딛고 서 있는 토미의 동작을 과장해서 우스꽝스럽게 취해 보였다. 나는 주의 깊게 그 장면을 지켜보았는데, 아무도 아서의 행동에 신경을 쓰지 않는 듯했다. 모두 토미가 공을 차기를 기다리며 그를 바라보고 있었으므로, 토미 바로 뒤에 있는 아서의 몸짓을 보지 못했을 리가 없었다. 하지만 관심을 기울이는 사람은 아무도 없었다. 토미는 잔디를 가로질러 공을 띄워 올렸고, 경기는 계속되었다. 아서 H.는 더 이상 그런 시도를 하지 않았다.

나는 이런 모든 발전이 반갑게 느껴졌지만 동시에 어떻게 그런 변화가 일어날 수 있었는지 궁금하기도 했다. 실제로 토미의 그림에는 아무런 변화도 없었다. '창작'과 관련된 그의 평판은 언제나처럼 형편없었다. 그가 더 이상 성질을 부리지 않게 된 게 이 일에 큰 도움이 되었다는 건 알 수 있었지만, 어떤 요인이 열쇠가 되었는지 꼭 짚어 말하기 어려웠다. 토미의 태도 자체, 말하자면 그의 행동 방식, 상대의 얼굴을 직시하면서 마음을 열고 사람 좋게 이야기하는 방식에 뭔가가 있었다. 전과 달라진 그 태도가 주위 사람들의 태도를 변화시켰던 것이다. 하지만 무엇 때문에 변화가 일어났는지는 정확히 알 수 없었다.

호기심을 느낀 나는 다음번에 그와 개인적으로 이야기할 기회가 오면 물어보기로 마음먹었다. 얼마 지나지 않아 기회가 왔다. 점심 식사를 하기 위해 줄을 서 있다가 몇 사람 앞에 서 있는 그를 발견한 것이다.

이상하게 들릴 수도 있지만, 헤일셤에서 점심 식사를 기다리는 '줄'은 내밀한 이야기를 나누는 데 이상적인 장소 중 하나였다. 그 대형 홀은 일종의 방음 장치가 되었다. 웅성거리는 소음과 높은 천장 덕택에 말소리를 낮추고 바짝 다가서서 서로의 이야기에 귀를 기울이기만 하면 다른 사람이

엿듣는 걸 피할 수 있었다. 어떤 경우에도 그런 선택은 배반당하지 않았다. '조용한' 장소는 종종 최악의 장소이기도 했는데, 말소리가 들릴 만한 거리에서 누군가 지나갈 가능성이 언제나 있었기 때문이다. 은밀한 이야기를 나누기 위해 슬그머니 빠져나온 듯한 모습을 포착 당하는 순간, 장소 전체가 이내 그 사실을 알아채는 듯했다. 그래서 적당한 기회를 잡을 수 없었던 것이다.

내 앞으로 몇 사람 건너에 있는 토미를 발견한 나는 손짓으로 그를 불렀다. (앞 줄로 갈 수는 없었지만 뒤로 오는 것은 허용되었다.) 토미는 유쾌한 미소를 띠고 내게로 다가왔다. 우리는 별다른 이야기 없이 잠시 함께 서 있었다. 어색해서가 아니라 토미가 뒤로 옮기는 걸 보고 쏠렸던 주위 아이들의 관심이 가라앉기를 기다린 것이다. 이윽고 내가 말했다.

"너 전보다 훨씬 잘 지내는 것 같아, 토미. 상황이 너한테 훨씬 좋아진 것 같다."

"모든 걸 유념해서 본 모양이구나, 캐시? 맞아, 다 잘되어가고 있어. 난 점점 좋아지고 있어." 그가 말했다.

"그런데 무슨 일이 일어난 거니? 하느님이나 뭐 그런 걸 찾기라도 한 거야?"

"하느님?" 토미는 잠시 어리둥절한 듯했다. 이윽고 그는 웃음을 터뜨리며 말했다. "이런, 이제 알겠어. 네 말은 내가 이제 그러니까…… 그렇게 성질을 내지 않는다는 거네."

"꼭 그것만은 아냐, 토미. 네 태도 때문에 주위 사람들이 바뀌었어. 난 줄곧 지켜보고 있었지. 그래서 물어보는 거야."

토미는 어깨를 으쓱해 보였다. "그동안 좀 자란 것 같아. 다른 애들도 아마 그럴 거고. 모든 게 줄곧 똑같을 순 없어. 그런 일은 곧 지루해지는 법이지."

나는 아무 말도 하지 않고 줄곧 그를 지그시 바라보았다. 이윽고 그는 또다시 웃음을 터뜨리고는 말했다. "캐시, 넌 남의 일에 참 관심이 많구나. 좋아, 뭔가 있긴 있는 것 같아. 무슨 일인가 일어났다고. 원한다면 말해 줄게."

"좋아, 말해 봐."

"그럴게, 캐시, 하지만 소문내선 안 돼, 알았지? 두어 달 전 난 이 일에 대해 루시 선생님과 얘기를 나누었어. 그 후로 몹시 좋아진 것 같아. 설명하기는 어려워. 하지만 선생님이 의견을 주셨고, 선생님 말씀대로 하자 모든 게 훨씬 좋아진 것 같아."

"그러니까 선생님이 무슨 말씀을 하셨는데?"

"음…… 좀 이상하게 들릴지도 몰라. 처음엔 나도 그랬거든. 내가 그렇게 창조적으로 되려고 애쓰지 않는다면, 그런 것에 전혀 신경을 쓰지 않는다면, 모든 게 아주 잘될 거라고 말씀하셨어. 그러면 잘못되는 게 전혀 없을 거라고 말이야."

"그게 선생님 말씀이었어?"

토미는 고개를 끄덕였지만 나는 그를 바라보지 않고 고개를 돌려버렸다.

"그런데 그건 대단한 생각이 아니잖아, 토미. 네가 지금 어리석게도 장난치는 거라면, 난 번거롭게 네 일에 참견하지 않겠어."

나는 정말로 화가 났다. 왜냐하면 속내를 들을 자격이 있는 나에게 그 애가 거짓말을 하고 있다는 생각이 들었던 것이다. 나는 몇 자리 뒤에 있는 아는 여자애를 발견하고서 토미를 내버려 두고 그쪽으로 걸어갔다. 토미는 그런 나의 반응에 당혹스럽고 허탈해하는 것 같았다. 하지만 나는 그 애를 걱정하면서 몇 달을 보낸 참인지라 배신감에 휩싸여 그 애의 기분 같은 것에 마음 쓸 여유가 없었다. 나는 그 여자애와(마틸다였던 것 같다.) 가능한 한 명랑하게 수다를 떨면서 토미 쪽으로는 눈길도 주지 않았다.

내가 쟁반을 받아 탁자로 가고 있는데, 토미가 내 뒤로 다가오더니 재빨리 말했다.

"캐시, 오해한 것 같은데 널 속이거나 놀리는 게 아냐. 사실이 그런 것뿐이야. 기회를 주면 어떻게 된 건지 설명해 줄게."

"쓸데없는 얘기 그만둬, 토미."

"캐시, 내가 말해 준다니까. 점심 먹은 다음 연못가에 가 있을게. 그리로 오면 설명해 줄게."

나는 그 애를 책망하듯 바라본 다음 아무 대답도 하지 않고 걸음을 옮겼다. 하지만 그 애가 루시 선생님에 대해 한 말이 어쩌면 거짓말이 아닐지도 모른다는 생각이 들기 시작했다. 친구들과 함께 탁자에 앉으면서 나는 점심 식사 후 아이들의 눈길을 끌지 않고 어떻게 연못가로 갈 수 있을지를 궁리하고 있었다.

3

연못은 본관 남쪽에 있었다. 그곳에 가기 위해서는 뒷문으로 나가서 초가을인데도 여전히 앞을 가로막는 웃자란 고사리들을 밀치며 좁고 꼬불거리는 오솔길을 지나가야 했다. 주위에 선생님들이 보이지 않으면, 대황밭을 가로질러 난 지름길을 이용할 수도 있었다. 어떻게든 일단 연못 쪽으로 나오면, 오리와 큰고랭이와 수초가 어우러진 조용한 장소가 펼쳐졌다. 하지만 그곳은 은밀한 대화를 나누기에 적당하다고 할 수 없었다. 실제로 그런 면에서는 점심 식사 줄보다도 못했다. 우선 그곳은 본관에서 빤히 바라다보였다. 그리고 말소리가 연못을 가로질러 어디로 퍼져 갈지 알 수 없었다. 만약 누군가 우리의 대화를 엿들으려 한다면, 바깥쪽

오솔길로 내려가 연못 반대편 풀숲에 웅크리고 앉아 있기만 하면 되었다. 하지만 점심 식사 줄에서 토미와 대화를 일방적으로 그만둬 버린 나로서는 장소에 이의를 제기할 입장이 아니었다. 10월로 접어든 지 한참이 지났는데도 그날은 햇빛이 화창했으므로, 나는 발길 가는 대로 산책하다가 우연히 토미를 만난 척하기로 마음을 정했다.

그렇게 보여야 한다는 데 신경을 쓴 나머지, 실제로 누군가 지켜보고 있는지 어떤지 알 수 없기도 했지만, 나는 물가 근처에 있는 크고 평평한 바위에 앉아 있는 토미를 보고서도 그 애 곁에 앉을 생각이 들지 않았다. 그날은 금요일 아니면 주말이었던 것 같다. 우리가 사복을 입고 있었기 때문이다. 토미가 어떤 옷을 입고 있었는지는(날씨가 추워졌지만 그 애는 늘 입고 다니던 헐렁한 축구 셔츠 차림이었으리라.) 기억나지 않지만, 내가 상급반 1학년 판매회에서 산, 앞에 지퍼가 달린 갈색 방한복을 입고 있었던 것은 분명하다. 나는 토미 곁으로 다가가서는 연못을 등지고 본관을 향해 섰다. 그렇게 하면 본관 창문가에 아이들이 모여 있는지 알 수 있었다. 우리는 마치 점심 식사 줄에서 그런 이야기를 나눈 적이 없었던 것처럼 한동안 일반적인 이야기를 나누었다. 토미에 대한 배려인지 혹시 보고 있을지도 모르는 누군가를 의식해서인지 확실하지 않지만 나는 줄곧 유보적인 태도를 취했고, 어느 시점에서는 산책을 계속할 것처럼 몸을 돌렸다. 그때 토미의 얼굴에 두려움 같은 것이 지나가는 것을 보고 나는 의도적인 것은 아닐지라도 그런 식으로 그를 겁준 데 즉각 미안함을 느꼈다. 그래서 막 생각났다는 듯 말했다.

"그건 그렇고 네가 아까 얘기하던 게 뭐였지? 루시 선생님께서 너한테 뭔가 말씀하셨다고 했잖아?"

"아…… 루시 선생님. 오, 그거." 토미는 자기 역시 그 문제를 깡그리 잊고 있었던 척하면서 내 뒤의 연못을 응시했다.

루시 선생님은 헤일셤에서 가장 운동을 잘하는 교사였지만 겉모습에서는 그런 사실을 전혀 짐작할 수 없었다. 네모난 얼굴은 불도그를 연상시켰고, 유난히 검은 머리카락은 아무리 길 때도 귀나 두툼한 목을 덮지 않았다. 하지만 그녀는 정말이지 탄탄하고 건장해서 남자애들을 포함한 우리 대부분이 훌쩍 자란 다음에도 운동장 달리기에서 우리를 능가했다. 특히 하키를 잘했고, 축구 경기에서는 상급반 남자애들과 대등한 경기를 펼쳤다. 공을 갖고 지나가는 그녀의 다리를 걸어 넘어뜨리려던 제임스 B.가 도리어 나동그라진 적도 있었다. 하급반 시절 속상해하는 우리를 보아도 그녀는 제럴딘 선생님처럼 무슨 일이냐고 묻는 일 같은 것은 하지 않았다. 실제로 그녀는 하급반 시절에는 우리에게 그리 많은 말을 하지 않았다. 그녀의 활달한 스타일을 좋게 여기게 된 것은 우리가 상급반에 올라온 다음이었다.

"루시 선생님이 창조적으로 되려고 애쓰지 않으면 모든 게 잘될 거라고 너한테 말씀하셨다는 거지." 내가 토미에게 말했다.

"그 비슷한 말씀이었어. 선생님 말씀은, 걱정할 필요 없다는 거야. 다른 애들이 무슨 말을 하든 신경 쓰지 말라고 하시더군. 두어 달 전 일이야. 어쩌면 그보다 더 전이었는지도 모르겠다."

본관에서 하급반 학생들 몇이 위층 창가에서 걸음을 멈추고 우리를 내려다보고 있었다. 하지만 이제 나는 우연히 만난 척하는 것을 그만두고 토미 앞에 앉았다.

"토미, 선생님께서 그런 말씀을 하시다니 정말 이상한걸. 잘못 들은 거 아냐?"

"절대 아니야." 토미의 목소리가 갑자기 낮아졌다. "선생님은 그 말씀을 그냥 한번 지나가는 말로 하신 게 아냐. 선생님 방에서 그것과 관련된 얘기를 처음부터 끝까지 해 주셨는걸."

토미의 설명에 따르면, 미술 감상 수업이 끝난 후 루시 선생님에게서 자기 방으로 오라는 말을 들었을 때 처음에 토미는 좀 더 열심히 노력해야 한다는 이야기, 에밀리 선생님을 포함해 이미 몇몇 교사들에게서 들은 것과 같은 이야기를 다시 한번 듣게 되리라고 예상했다. 하지만 선생님과 함께 본관에서 나와 교사용 숙소로 쓰이는 오린저리 관을 향해 걸어가는 동안 이번 경우는 좀 다르다는 생각이 차츰 들기 시작했다. 이윽고 토미가 안락의자에 앉은 것을 보고 줄곧 창가에 서 있었던 선생님은 그에게 무슨 일이 일어나고 있는지 모조리 말해 달라고 했다. 그래서 토미는 모든 이야기를 하기 시작했다. 하지만 이야기가 반도 진행되지 않았을 때 루시 선생님은 갑자기 그의 말허리를 자르고는 말하기 시작했다. 창조성을 발휘하는 데 오랫동안 어려움을 겪어 온 학생들, 여러 해에 걸쳐 채색화, 소묘, 시 중 어느 것도 제대로 해내지 못한 학생들이 어느 날 갑자기 새로운 국면으로 접어들어 재능을 꽃피우게 된다는 이야기였다. 토미 역시 그런 이들 중 하나일 가능성이 충분하다는 것이었다.

그 모든 것이 토미로서는 처음 듣는 이야기는 아니었지만, 루시 선생님의 태도에는 귀를 기울이지 않을 수 없는 뭔가가 있었다.

"선생님께서 뭔가 다른 얘기를 하실 생각이라는 걸 난 알 수 있었어. 뭔가 좀 다른 얘기 말이야."

예상대로 루시 선생님은 잠시 후에 다른 이야기를 하기 시작했다. 토미는 이야기의 맥락을 따라잡기가 어려웠지만,

선생님이 같은 이야기를 반복해서 이야기한 덕택에 이윽고 그 말을 이해하기 시작했다. 선생님 말은, 진심으로 노력하고는 있지만 그다지 창의적으로 될 수 없는 토미의 상태는 지극히 정상이라는 것이었다. 그 점을 걱정할 필요가 없었다. 그것 때문에 그에게 벌을 주거나 어떤 식으로든 압력을 가한다면, 학생이든 교사든 간에 그들이 잘못된 것이었다. 그건 토미의 잘못이 아니라고 했다. 선생님 말씀이 맞지만 실제로는 모두들 그것을 자신의 잘못으로 여긴다고 토미가 대꾸하자, 루시 선생님은 한숨을 내쉬고는 창문 밖을 내다보았다. 이윽고 그녀가 다시 입을 열었다.

"그 방법이 너한테 그다지 도움이 되지 않을지도 모르지. 하지만 이것만은 잊지 마. 이곳 헤일셤에서 적어도 한 사람은 그 점에 대해 다르게 생각하고 있다는 걸 말이다. 적어도 난 네가 좋은 학생이고 그동안 알아 온 다른 학생들처럼 훌륭하다고 생각한다. 네가 얼마나 창의적인지는 중요하지 않아."

"선생님께서 마음에 없는 말씀을 하신 건 아니겠지? 널 꾸중할 생각이었다면 그건 그리 좋은 방법이 아니잖아?" 내가 토미에게 물었다.

"결코 그런 건 아니었어. 어쨌든……." 그제야 토미는 누군가 엿들을까 걱정스럽다는 듯 어깨 너머로 본관 쪽을 힐긋 바라보았다. 창가에 모여 있던 하급반 아이들은 흥미를 잃었는지 가 버리고 없었고, 우리 학년 여자애들 몇 명이 별관을 향해 걸어가고 있었지만 거리가 상당히 멀었다. 토미는 다시 내게 고개를 돌리고는 거의 속삭이듯 말했다.

"어쨌든 이런 얘기를 하시면서 선생님은 떨고 계셨어."

"무슨 소리야?"

"떨고 계셨다고. 분노로 말이야. 나는 볼 수 있었어. 선생님은 분노에 휩싸여 계셨어. 가슴 깊은 곳에서 끓어오르는 분노 말이야."

"누구한테?"

"잘 모르겠어. 어쨌든 나를 향한 건 아니었어. 가장 중요한 건 그거잖아!" 토미는 웃음을 터뜨렸다가는 다시 심각한 표정을 지었다. "선생님께서 누구한테 화가 나셨는지는 몰라. 하지만 화가 나셨던 건 분명해."

나는 종아리가 아파서 자리에서 일어섰다. "정말 이상한 얘기다, 토미."

"재미있는 건 말이야, 선생님과 나눈 그 대화가 나한테 도움이 되었다는 거야. 큰 도움이 되었어. 요즘 내 상황이 좋아진 것 같다고 말했었지. 음, 그건 그 대화 덕분이었어. 나중에 선생님 말씀을 생각해 보고 나는 그 말씀이 맞다는 것, 내 잘못으로 이런 일이 벌어진 게 아니라는 걸 깨달았어. 맞아, 난 그런걸 잘하지 못했어. 하지만 곰곰 생각해 보면 그건 내 잘못이 아냐. 그러면서 사태가 달라진 것 같아. 그 문제에 불안감을 느낄 때마다 나는 내 옆을 걸어가고 있는 루시 선생님을 눈으로 쫓곤 했지. 수업 시간에 선생님은 우리가 나눈 대화에 대해 아무 말씀도 하시지 않았지만, 선생님을 쳐다보는 내 눈길에 때때로 고개를 끄덕여 주시곤 했어. 그거면 충분했어. 전에 네가 무슨 일이 있었느냐고 물었지. 그래, 그런 일이 있었어. 하지만 캐시, 내 말 잘 들어, 이 일을 아무한테도 말하지 마, 알았지?"

나는 고개를 끄덕였지만 이렇게 물었다. "선생님께서 아무한테도 말하지 말라고 하셨어?"

"아니 그렇지 않아, 선생님은 나한테 약속 같은 건 받지 않으셨어. 하지만 넌 그 말을 하면 안 돼. 정말 약속한 거다."

"알았어." 별관으로 걸어가던 여자애들이 나를 발견하고 손을 흔들며 내 이름을 불렀다. 나는 그들에게 손을 흔들어 답하고는 토미에게 말했다. "가 봐야겠다. 조만간 다시 얘기하자."

하지만 토미는 그 말을 못 들은 척하고는 말을 이었다. "딴 얘기도 있어. 루시 선생님께서 또 다른 말씀을 하셨는데 난 무슨 뜻인지 잘 모르겠어. 그 문제에 대해 너한테 물어보고 싶어. 선생님은, 우리에게 정보가 충분하지 않다는 말씀을 하셨어."

"우리에게 정보가 충분하지 않다고? 우리가 공부를 더 열심히 해야 한다는 거야?"

"아니, 그런 뜻 같지는 않아. 선생님 말씀은 그러니까 '우리'에 관한 거였어. 언젠가 우리한테 일어날 일에 대해서 말이야. 기증이라든지 하는 것들 말이야."

"하지만 우린 모든 것에 대해 들어 알고 있잖아. 무슨 뜻으로 그런 말씀을 하신 건지 궁금하네. 우리가 아직 듣지 못한 다른 얘기가 있다는 건가?"

토미는 잠시 생각에 잠겼다가는 이윽고 고개를 내저었다. "그런 뜻도 아닌 것 같아. 다만 우리가 충분히 알지 못하고 있다고 생각하시는 것 같아. 왜냐하면 선생님께서 직접 우리한테 얘기해 주실 생각도 있다고 하셨거든."

"정확히 무엇에 관해서 얘기하신다는 거야?"

"잘 모르겠어. 어쩌면 내가 모든 걸 잘못 받아들인 건지도 몰라. 캐시, 잘 모르겠어. 어쩌면 선생님 말씀은 전혀 다른 얘기였을 수도 있어. 창의적으로 되려고 애쓰지 말아야 한다는 식의 얘기 말이야. 정말이지 무슨 말씀인지 모르겠어."

토미는 내가 대답해 주기를 기대하는 듯 나를 바라보았다. 나는 잠시 생각에 잠겼다가 말했다.

"토미, 그때 일을 잘 떠올려 봐. 선생님께서 그때 화가 나

계셨다고 했지……."

"그래, 그런 것 같았어. 선생님은 가만히 서서 떨고 계셨어."

"좋아, 어쨌든 선생님께서 화가 나 계셨다고 하자. 선생님께서 그렇게 화나신 게 다른 얘기를 하기 시작하면서였어? 기증이니 하는 것들에 대해 우리가 충분히 알지 못하고 있다는 말을 시작하면서였느냐고?"

"모르겠어. 무슨 이유가 있었을 거야. 어쩌면 얘기를 하다 보니 다른 일이 생각나신 건지도 몰라. 캐시, 이제 넌 이 문제에 진짜 관심을 갖게 된 모양이구나."

나는 웃음을 터뜨렸다. 그 애의 말이 맞았던 것이다. 나는 그 생각에 완전히 골몰한 채 미간을 찌푸리고 있었다. 실제로 내 마음은 이런저런 방향으로 한꺼번에 내닫고 있었다. 루시 선생님과 관련된 토미의 말을 자세히 듣고 나자 뭔가가 떠올랐던 것이다. 지금까지 루시 선생님과 나 사이에 있었던, 당시 나를 어리둥절하게 만들었던 일련의 사소한 사건들이었다.

"그냥 좀……." 나는 말을 멈추고 한숨을 내쉬었다. "감을 잡기가 어려운 것뿐이야. 네가 말하는 이 모든 것들은 우리를 혼란스럽게 만드는 다른 많은 것과 연관이 있어. 난 그런 모든 것에 대한 생각을 그만둘 수가 없어. 이를테면 '마담'이 여기 와서 우리가 그린 그림 중 가장 훌륭한 것들을 가져가는 이유 같은 것 말이야. 이유가 정확히 뭘까?"

"'화랑'에 걸기 위해서잖아."

"그런데 도대체 마담의 화랑이란 게 뭘까? 마담은 여기 와서 우리가 만든 최고의 작품들을 가져가지. 분명 지금쯤 잔뜩 쌓였을 거야. 언젠가 제럴딘 선생님께 마담이 언제부 터 이곳에 오기 시작했느냐고 여쭤 봤어. 헤일섬이 생긴 이 래 그래 왔다는 거야. 그 화랑이란 게 도대체 뭘까? 어째서 그녀는 우리가 만든 물건들로 화랑을 꾸미는 걸까?"

"어쩌면 그것들을 파는지도 모르지. 바깥세상에서는 무엇 이든 파니까 말이야."

나는 고개를 내저었다. "그렇진 않을 거야. 이건 루시 선 생님께서 하신 말씀과 관계가 있어. 우리에 관해, 언젠가 우 리가 어떻게 기증을 하게 될지에 대해 하신 말씀 말이야. 이 유는 모르지만 최근에 나는 모든 게 관련되어 있는 것 같은 느낌이 들어. 그런데 어떻게 연결되는지를 모르겠어. 이제 가 봐야겠어, 토미. 우리가 지금까지 한 얘기는 아직 아무에 게도 말하지 마."

"말 안 해. 그리고 루시 선생님 얘기는 아무한테도 하면 안 돼."

"선생님께서 또 그런 얘기를 하시면 나한테 말해 줄 거지?"

토미는 고개를 끄덕이고는 또다시 주위를 힐끗 둘러보았

다. "네 말대로 그만 가 보는 게 좋겠어, 캐시. 누군가 우리 말을 엿들을 것 같아."

토미와 내가 이야기했던 화랑이란, 우리 모두가 자라면서 그 존재를 익히 들어 알고 있었던 것이다. 모두들 그것이 어디엔가 실제로 존재하는 것처럼 이야기했지만, 사실 실제로 존재하는지 확실히 아는 사람은 우리 중 아무도 없었다. 그것에 관한 이야기를 언제 어떻게 처음으로 들었는지 기억하지 못하는 내 경우가 상당히 전형적이었을 것이다. 교사들에게서 나온 이야기는 아니었을 것이다. 교사들은 화랑에 대해 이야기한 적이 없었고, 교사들 앞에서는 그런 이야기를 해서는 안 된다는 묵계가 있었다.

이제 생각해 보니 그것은 헤일셤 학생들 간에 세대에서 세대로 이어져 내려온 것이었던 모양이다. 다섯 살인가 여섯 살 때 아만다 C.와 나지막한 탁자에 나란히 앉아 두 손으로 점토용 찰흙을 만지작거리던 일이 기억난다. 우리 말고 다른 아이들도 있었는지, 어떤 선생님의 수업 시간이었는지는 생각나지 않는다. 지금 기억나는 것은 나보다 한 살 많은 아만다 C.가 내가 만들고 있는 것을 바라보면서 "정말이지 너무나 훌륭해, 캐시! 무척 멋져. 틀림없이 화랑에 걸리게 될 거야!"라고 감탄했다는 사실뿐이다.

당시 나는 이미 화랑에 대해 알고 있었던 것이 분명하다.

왜냐하면 아만다가 그렇게 말하는 순간 흥분과 자부심을 느낀 데 이어 속으로 '말도 안 돼. 우리 중 아무도 아직 화랑에 걸릴 만한 것을 만들지 못했잖아.' 하고 생각했던 기억이 나기 때문이다.

학년이 올라간 다음에도 화랑에 대한 이야기는 계속되었다. 누군가의 작품을 칭찬하고 싶을 때는 "이건 화랑에 걸어도 될 만큼 멋진걸." 하고 말하면 되었다. 그리고 풍자라는 것을 알게 된 후에는 피식 웃음이 나올 정도로 형편없는 작품을 만날 때면 "오 그래! 이걸 갖고 곧장 화랑으로 가자고!" 하고 말하기도 했다.

그런데 우리는 화랑이 진짜로 존재한다고 믿었던 걸까? 이제 나로서는 확신할 수가 없다. 앞서 말한 대로 우리는 교사들 앞에서 그런 이야기를 결코 하지 않았다. 지금 돌아보면 그것은 실제로 교사들이 내린 결정이 아니라 우리가 스스로 우리 자신에게 부과한 규칙이었던 것 같다. 예를 들어 열한 살 때의 사건 하나가 기억난다. 어느 햇빛 찬란한 겨울날 아침 우리는 7호실에 모여 있었다. 수업이 끝난 직후 몇 명이 남아 로저 선생님과 이야기를 나누는 중이었다. 우리는 각자 책상에 앉아 있었다. 그때 우리가 어떤 이야기를 하고 있었는지는 이제 정확하게 기억나지 않는다. 다만 로저 선생님이 언제나처럼 우리를 배꼽 잡게 만들었다는 것은 생각난다. 그러다가 어느 순간 캐롤 H.가 킬킬거리면서 "선생님이 화랑으로 가져가려고 그걸 골라냈을 수도 있잖아요!" 하고 말했다. 그 애가 즉각 "앗!" 하고 소리 지르며 한 손으로 입을 막은 덕택에 분위기가 무거워지거나 하지는 않았다. 하지만 로저 선생님을 포함해 우리 모두는 그 애가 실수를 저질렀다는 것을 의식했다. 딱히 재앙이라고까지 할 수는 없었다. 우리 중 하나가 무심코 거친 욕을 하거나 당사자의 면전에서 선생님 별명을 부르는 경우와 비슷했다. 로저 선생님은 '넘어가자. 우리는 아무 말도 못 들은 거다.'라고 말씀하시기라도 하듯 너그럽게 미소를 지어 보였다. 그래서 우리는 하던 이야기를 계속했다.

화랑이 우리에게 그렇게 모호한 영역으로 남아 있었던 반면, 1년에 대개는 두 차례, 때로는 서너 차례 나타나 우리가 만든 최고의 작품을 가려내는 마담의 존재는 명백한 현실이었다. 우리가 그녀를 '마담'이라고 부른 이유는 그녀가 프랑스인 아니면 벨기에인이었던 데다가(그 문제를 두고 토론이 벌어지기도 했다.) 교사들이 그녀를 늘 그렇게 불렀기 때문이다. 키가 크고 호리호리한 그녀는 커트 머리를 하고 있었는데, 당시 우리는 깨닫지 못했지만 상당히 젊었던 것 같다. 언제나 말쑥한 회색 정장 차림의 그녀는 생필품을 싣고 오는 운전사나 정원사, 그 밖의 외부인들과는 달리 우리와 말을 섞지 않고 으스스한 얼굴로 줄곧 거리를 두었다. 여러 해 동안 우리는 그녀를 '속물'로 여겼다. 여덟 살 무렵의 어느 날 밤 루스는 이에 대해 새로운 가설을 제기했다.

"마담은 우리를 무서워하는 거야." 그녀가 단언했다.

우리는 불 꺼진 공동 침실에 누워 있었다. 하급반 학생들은 열다섯 명이 한 방을 썼으므로, 상급반 공동 침실에서 이루어지는 것 같은 길고 내밀한 이야기를 하려던 것은 아니었다. 하지만 나중에 우리 '무리'를 이루게 되는 아이들 대부분이 침대를 마주하고 있었으므로, 당시 이미 우리는 한밤의 대화를 시작한 셈이었다.

누군가 물었다. "우리를 무서워하다니, 그게 무슨 말이야? 왜 마담이 우리를 무서워하겠어? 우리가 그 여자한테 무슨 짓을 할 수 있다고?"

"나도 몰라. 정말 모르겠어. 하지만 확신할 수 있어. 이제까지는 그 여자가 그저 속물이라고 생각해 왔지만 사실은 좀 다른 것 같아. 이제 분명히 알겠어. 마담은 우리를 무서워하고 있는 거야."

우리는 이후 며칠에 걸쳐 밤낮으로 이 문제를 두고 토론을 벌였다. 우리 대부분은 루스의 견해에 동조하지 않았다. 그러자 루스는 자기가 옳다는 것을 증명해야겠다는 결심을 굳힌 모양이었다. 마침내 우리는 다음번에 마담이 헤일섬에 올 때 그 애의 가설을 확인해 볼 계획을 세웠다.

마담의 방문이 미리 공고된 적은 한 번도 없었지만, 그녀가 언제 올지는 언제나 분명히 알 수 있었다. 몇 주 전부터 전조가 있었기 때문이다. 교사들은 우리의 모든 작품, 즉 색채화, 스케치, 도기류, 수필과 시를 꼼꼼히 살펴보았다. 그런 일이 2주 이상 계속되었고, 그다음에는 상급반과 하급반 각각에서 네다섯 점씩 뽑힌 작품들이 당구실에 집결되었다. 이 기간 동안 당구실 문에는 자물쇠가 채워졌지만, 바깥 테라스의 낮은 벽 위에 올라서서 창문을 통해 들여다보면 점점 쌓여 가는 작품 더미를 볼 수 있었다. 이윽고 마치 축소판 교환회라도 되는 것처럼 교사들이 그 작품들을 탁자와 이젤에 말끔하게 정리하기 시작하면, 하루 이틀 안에 마담이 오리라는 것을 알 수 있었다.

그해 가을 우리에게 필요한 것은 마담이 도착하는 정확한 날짜가 아니라 정확한 시간이었다. 왜냐하면 그녀가 헤일셤에 머무는 시간은 한두 시간 이내였기 때문이다. 그래서 당구실에 물건들이 전시되는 것을 보자마자 우리는 당번을 정해 보초를 서기로 했다.

건물의 위치가 그 일을 훨씬 쉽게 만들어 주었다. 헤일셤은 경사가 완만한 분지에 세워져 있었다. 그래서 본관의 교실 창 대부분에서는 물론 별관에서도 들판을 가로질러 정문에 이르는 좁고 긴 길을 한눈에 볼 수 있었다. 정문 자체는 상당히 떨어져 있어서, 헤일섬에 오는 자동차들은 모두 자갈 깔린 차도를 통해 관목들과 꽃밭을 지나 본관 앞 안마당에 도착하게 되어 있었다. 그 좁은 길에 자동차의 그림자조차 보이지 않은 채 여러 날이 흐르는 일이 흔했고, 혹시 보인다 해도 대개는 정원사나 인부 그리고 생필품을 싣고 오는 밴이나 화물차뿐이었다. 승용차가 오는 일은 아주 드물었으므로, 때때로 멀리 승용차의 모습만 보여도 수업 시간에 소란이 일어나기에 충분했다.

마담의 차가 들판을 가로질러 모습을 나타낸 것은 폭풍우를 품은 구름이 모여드는 어느 바람 부는 날이었다. 우리는 본관 전면 1층에 있는 9호 교실에서 수업을 받고 있었다. 속삭임이 퍼져 나가면서 철자법을 배우던 우리가 갑자기 그렇게 안절부절 못하는 것을 보고, 프랭크 선생님은 딱하게도 어리둥절했으리라.

루스의 가설이 맞는지 확인하기 위해 우리가 세운 계획은 아주 단순했다. 우리가(그 일은 우리 무리 여섯 명 사이에서 이루어졌다.) 어딘가에서 기다리고 있다가 마담이 다가오면 그 주위에서 일제히 '일어나는' 것이었다. 그런 다음 모두 예의에 벗어난 행동 같은 것은 하지 않고 각자의 길을 갈 생각이었다. 마담이 방심하고 있고 우리가 타이밍을 잘 맞춘다면 루스의 집요한 주장처럼 그녀가 정말로 우리를 무서워하는지 어떤지 알 수 있을 터였다.

우리가 걱정한 것은 마담이 헤일셤에 머무르는 짧은 시간 동안 그럴 기회를 잡을 수 있을까 하는 것뿐이었다. 마담이 교실 바로 아래의 안뜰에 차를 세운 것은 프랭크 선생님의 수업이 거의 끝날 즈음이었다. 우리는 서둘러 층계참에 모여 의논을 한 다음 다른 아이들을 따라 층계를 내려와 중앙 층계 바로 안쪽에서 서성거렸다. 그곳에서는 밝은 안뜰이 내다보였다. 마담은 운전석에 앉아 서류 가방에서 뭔가를 찾는 듯했다. 이윽고 차에서 내린 그녀는 여느 때처럼 회색 정장 차림으로 서류 가방을 품에 꼭 안고 우리를 향해 걸어오기 시작했다. 우리는 루스의 신호에 따라 그녀를 향해 곧장 걸어 나갔는데 꿈이라도 꾸고 있는 것 같았다. 마담이 뻣뻣하게 긴장하며 갑자기 걸음을 멈추었을 때야 우리는 각자 "죄송합니다, 선생님."이라고 중얼거리고 흩어졌다.

다음 순간 우리에게 엄습한 그 기묘한 변화를 나는 결코 잊지 못하리라. 그 순간까지 마담과 관련된 모든 것은 딱히 장난은 아니라 해도 극히 은밀한 것이어서 우리끼리 처리할 수 있었다. 마담 자신이나 다른 누군가가 그 일에 개입되리라는 것에 대해서는 별로 생각하지 않았다. 내 말은, 그때까지 그 일은 도전적인 요소가 살짝 곁들여지긴 했지만 그런

대로 가벼운 문제였다는 것이다. 그리고 마담의 반응은 우리의 예상을 밑도는 것이었다. 그녀는 그저 얼어붙은 듯 그 자리에 멈춰 서서 우리가 지나가기를 기다렸다. 비명을 지르지도 않았고, 헉 하고 숨을 멈추지도 않았다. 하지만 우리 모두는 신경을 곤두세우고 있었으므로 그녀의 내적 반응을 감지할 수 있었다. 우리가 그렇게 충격을 받은 것은 아마도 그 때문이었을 것이다. 그녀가 멈춰 서는 순간 나는 그녀의 표정을 힐긋 바라보았다. (다른 아이들도 분명 그랬을 것이다.) 그리고 나는 지금도 그 표정을 기억하고 있다. 그녀는 몸서리쳐지는 것을 애써 억누른 채 혹시 우리 중 하나가 우발적으로 자기 몸에 닿을까 봐 겁에 질려 있었다. 걸음을 멈추지는 않았지만 우리 모두는 그것을 알아챘다. 그것은 찬란한 햇빛 속에서 나오자마자 으스스한 그늘이 드리워진 듯한 느낌이었다. 루스의 말이 옳았다. 마담은 우리를 무서워하고 있었다. 그녀는 거미를 겁내는 바로 그런 식으로 우리를 겁내고 있었다. 우리는 그런 상황에 대비가 되어 있지 않았다. 우리 자신이 누군가에게 거미가 된다면, 거미처럼 보인다면 어떤 느낌일지에 대한 생각 같은 것은 해 보지 않았던 것이다.

안뜰을 가로질러 풀숲에 이르렀을 즈음 우리는, 차에서 나오는 마담을 기다리며 흥분해 서 있던 조금 전의 우리 자신과 전혀 다른 존재가 되어 있었다. 한나는 금방이라도 눈물을 쏟을 것 같았고, 루스조차 몹시 충격을 받은 것 같았다. 이윽고 누군가가 입을 열었다. 로라였던 것 같다.

"우리를 좋아하지도 않으면서 마담은 어째서 우리 작품을 가져가는 거지? 어째서 우리를 그냥 내버려 두지 않는 거지? 어쨌든 우리가 마담더러 여기 와 달라고 한 것도 아니잖아?"

아무도 대답하지 않았다. 우리는 조금 전에 일어난 일에 대해서는 아무 말도 하지 않은 채 별관으로 향했다.

이제 그때를 돌아보면 당시 우리는 우리 자신에 대해, 우리가 누구인지, 교사나 외부인들과 어떻게 다른지에 대해 몇 가지 알고 있긴 했지만, 그것이 실제로 무엇을 의미하는지를 아직 이해할 수 없는 나이였던 것 같다. 우리 같은 존재라면 누구든 유년의 어떤 시기에 그날 우리가 한 것과 비슷한 경험을 했을 것이 분명하다. 실제로 세부는 다르지만 조금 깊이 들어가면 느끼는 감정은 흡사한 그런 경험 말이다. 그러니까 교사들이 우리를 잘 준비시키기 위해 아무리 애썼어도 소용없는 일이었다. 그 모든 이야기와 비디오, 토론, 경고들도 핵심에서 빗나가기는 마찬가지였다. 여덟 살 나이에 헤일셤 같은 곳에 모여 산다면 그런 일에 대비가 되어 있을 수 없다. 우리를 가르치던 그런 선생님들을 만났다면,

정원사와 배달부들에게서 '귀염둥이'라고 불리며 함께 농담을 하고 웃음을 터뜨리던 그런 곳에서 살았다면 말이다.

어쨌든 그런 가르침 중 일부는 우리의 내면 어디엔가 침투한 것이 분명하다. 그도 그럴 것이, 그날 그런 경험에 직면했을 즈음 우리의 일부는 어느 정도 그런 일을 기다리고 있었던 것 같다. 대여섯 살 무렵의 어린 시절부터 어떤 목소리가 우리의 뒤통수에 대고, '얼마 지나지 않아 그게 어떤 느낌인지 알게 될 거야.' 하고 속삭여 왔는지도 모른다. 그러니까 우리는 정확히는 모르지만 우리가 다른 사람들과 다르다는 것, 저 바깥세상에는 마담 같은 사람들이 있다는 것, 그들은 우리를 미워하지도 않고 해를 끼치려 하지도 않지만 우리 같은 존재를, 우리가 어떻게 왜 이 세상에 태어났는가를 떠올리는 것만으로도 몸서리치고 우리의 손이 자기들의 손에 스칠까 봐 겁에 질린다는 것을 깨닫게 되는 그런 순간을 기다리고 있었던 셈이다. 우리 자신을 그런 이들의 관점에서 처음으로 일별하는 순간의 느낌은 정말이지 등줄기에 찬물이 끼얹어지는 것 같았다. 매일 걸어 지나가며 비쳐 보던 거울에 갑자기 뭔가 다른 것, 혼돈스럽고 기괴한 것이 비쳐 보이는 것 같은 느낌이라고나 할까.

4

올해 말이 되면 나는 더 이상 간병사가 아니다. 간병사 일을 천직으로 여겨 오긴 했지만 쉴 수 있는 기회, 일에서 떠나 생각을 하고 과거를 돌아볼 수 있는 시간이 주어진 것이 솔직히 기쁘다고 하지 않을 수 없다. 모든 옛 기억을 정리해 보고 싶다는 생각이 든 것도 적어도 부분적으로는 그런 생활의 변화에 대비하는 일과 관계가 있을 것임이 분명하다. 사실 내가 정말 하고자 했던 것은 장성해 헤일섬을 나온 후 나와 토미와 루스 사이에 벌어진 모든 일들을 단도직입적으로 풀어내는 것이었다. 하지만 이제 나는 나중에 벌어진 일의 많은 부분이 우리의 헤일섬 시절에서 연유한 것임을 깨달았고, 바로 그런 이유에서 이런 초기의 기억을 조심스럽게 먼저 되짚고자 한다. 마담에 대한 이런 이야기도 그중 하나이다. 어떤 점에서 보자면 우리가 한 일은 아이들의 장난이었을 뿐이다. 하지만 다른 점에서 보자면 그 일은, 앞으로 알게 되겠지만 여러 해를 두고 끊임없이 자라나 결국은 우리의 삶을 지배하기에 이른 한 과정의 시작이었다.

그날 이후 마담에 대한 이야기는 금기라고까지는 할 수 없었지만 우리 사이에서 거의 나오지 않았다. 그리고 그런 분위기는 우리 작은 무리를 넘어 이내 우리 학년 전체로 확산되었다. 앞서 말했듯이 우리 모두는 마담에게 예전처럼 호기심을 갖고 있긴 했지만, 단순한 호기심을 넘어서서 그녀가 우리의 작품을 가져다가 무엇을 하는지, 화랑이란 것이 정말로 존재하는지 조사하게 되면 우리가 아직 대비가 되어 있지 않은 영역을 맞닥뜨리게 되리라는 것을 눈치챘던 것이다.

하지만 화랑이라는 주제는 여전히 이따금 내 머릿속에 떠올랐다. 연못가에서 토미가 내게 루시 선생님과 나눈 괴상한 대화를 들려주기 시작한 때로부터 2~3년이 지났을 무렵 나는 한 가지 아득한 기억이 머릿속을 떠나지 않고 있음을 깨달았다. 그 생각이 떠오른 것은, 바위에 앉아 있는 토미 곁을 떠나 친구들에게 가기 위해 들판 쪽으로 서둘러 걸음을 옮겨 놓았을 때였다.

그 기억이란 어느 날 수업 시간에 루시 선생님이 우리에게 한 이야기였다. 그 일이 기억에 남은 것은, 당시 내가 그 말을 듣고 혼란을 느꼈고 또한 교사 앞에서 그렇게 의도적으로 화랑 이야기가 나온 것은 드문 일이었기 때문이다.

당시 우리는 나중에 '토큰 논쟁'이라고 명명하게 되는 토론을 벌이고 있었다. 지금으로부터 몇 년 전에 그 일을 다시 떠올렸을 때 토미와 나는 그것이 시작된 시기에 대해 처음에는 의견이 엇갈렸다. 나는 우리가 열 살 때쯤 시작되었다고 말했고, 토미는 그보다 나중이라고 했지만 결국은 견해를 바꾸어 내 말에 동의했다. 아마 내 기억이 맞을 것이다. 그것은 우리가 하급반 4학년 때, 마담 사건이 있은 지 얼마 후, 그리고 연못가에서 그런 대화를 나누기 3년 전의 일이었다.

토큰 논쟁은 나이를 먹으면서 점점 강해지는 우리의 소유욕 때문에 야기된 일이었던 것 같다. 여러 해에 걸쳐(앞서 말한 것 같은데) 우리는 자기 작품이 뽑혀 당구실에 보관되면 그것을 마담이 가져간다는 것에 유감스러워하기보다는 대단한 영광으로 여겼다. 하지만 열 살 무렵이 되자 우리는 그 일에 좀 더 양가적인 입장을 취하게 되었다. 교환회에서 토큰을 화폐 대신 사용하는 경험을 통해 우리는 자기가 만들어 낸 작품에 가치를 매기는 데 예리한 안목을 가질 수 있었다. 그렇게 침대 주위를 장식하고 책상을 개성 있게 꾸미고 티셔츠를 고르는 일에 신경을 쓰게 되었다. 그리고 당연히 각자 '수집품'에 대한 생각도 하게 되었다.

여러분도 과거에 '수집품'을 갖고 있었는지 모르겠다. 헤일섬 출신을 우연히 만난다면, 그들이 자신들의 수집품에 커다란 향수를 갖고 있음을 조만간 알게 되리라. 당시 우리는 수집품을 갖는 것을 당연한 일로 생각했다. 각자 자기 이름이 씌어 있는 나무함을 침대 아래에 두고 그 안에 각자의 소유물, 즉 판매회나 교환회 때 구한 물건들을 담아 두는 것이다. 기억하건대 수집품 같은 것에 그다지 신경 쓰지 않는 아이들도 한둘 있었지만 대부분은 몹시 신경을 쓰면서 전시해 둘 것을 꺼내고 다른 것들을 조심스럽게 갈무리해 두곤했다.

요점은 열 살 무렵이 되자 우리가 자기가 만든 물건을 마담이 거둬 간다는 사실에 커다란 영광이라는 생각과 함께 그럼으로써 가장 시장성 높은 물건을 잃게 된다는 데 아쉬움을 느꼈다는 것이다. 이 모든 것이 수면으로 떠오른 것이 토큰 논쟁이었다.

이 논쟁이 시작된 것은, 마담이 가져가는 작품에도 보상으로 토큰이 주어져야 한다고 대개는 남자애들인 몇몇 아이들이 볼멘소리를 하면서부터였다. 많은 아이들이 이 의견에 동조했지만 말도 안 된다고 흥분하는 아이들도 있었다. 한

동안 우리 사이에 논쟁이 벌어졌다. 그러던 어느 날 우리보다 한 학년 위로, 뽑힌 작품이 많은 로이 J.가 에밀리 선생님을 만나 그 문제를 이야기하기로 했다.

교장인 에밀리 선생님은 다른 교사들보다 나이가 많았다. 특별히 키가 크지는 않았지만 언제나 고개를 바로 세우고 몸을 곧게 펴고 다니던 그녀의 품새에는 자기 존재감을 상대에게 환기시키는 뭔가가 있었다. 그녀는 은발을 뒤로 꼭 붙들어 맸지만 언제나 머리카락 몇 가닥이 빠져나와 흩날렸다. 나는 그런 모습을 보면 미칠 것 같았지만 선생님 자신은 그런 것 정도는 경멸할 가치도 없다는 듯 줄곧 개의치 않았다. 그래서 저녁때가 되면 사방으로 날리는 머리카락 때문에 상당히 기괴한 모습이 되곤 했다. 누군가에게 조용하고 단호한 어조로 이야기할 때조차 그녀는 머리카락을 쓸어 넘기려 하지 않았다. 우리 모두는 그녀를 좀 무서워했고, 다른 교사들과는 다르게 여겼다. 우리는 그녀가 공정하다고 생각했고 그녀의 결정을 존중했으며, 좀 무시무시하긴 했지만 그녀가 있기 때문에 헤일셤에서 안정감을 느낄 수 있다는 것을 하급반 시절에도 알고 있었던 것 같다.

부름을 받지도 않았는데 그녀를 보러 가려면 배짱이 필요했다. 더구나 로이가 생각하는 그런 요구를 하는 것은 자살행위처럼 보였다. 하지만 우리의 예상과 달리 로이는 크게 꾸중을 듣거나 하지 않았다. 이후 며칠에 걸쳐 교사들 사이에 토큰 문제에 대한 토론, 심지어 논쟁이 벌어졌다는 소문이 돌았다. 마침내 마담이 거둬 가는 작품에도 토큰을 준다는 결정이 발표되었다. 하지만 마담에게 선택되었다는 것 자체가 최고의 영예였던 만큼 주어지는 토큰의 수는 많지 않았다. 이 결정은 어느 쪽도 만족시키지 못했으므로 논쟁은 가라앉지 않았다.

그날 폴리 T.가 루시 선생님에게 그런 질문을 던진 것은 이런 배경에서였다. 우리는 도서실의 커다란 참나무 탁자에 둘러 앉아 있었다. 기억하건대 벽난로에서는 장작이 타고 있었고, 우리는 희곡을 낭독하는 중이었다. 그러다가 어떤 구절을 읽던 로라가 토큰 문제에 대해 재치 있는 경구를 던지자, 루시 선생님을 포함해 우리 모두가 웃음을 터뜨렸다. 이윽고 루시 선생님은, 모두들 그 문제 이외에는 이야기하려 들지 않는 만큼, 희곡 낭독은 그만하고 토큰에 대한 견해를 교환하면서 나머지 시간을 보내자고 제안했다. 그런데 그런 토론 중에 폴리가 정말 뜻밖에도 이렇게 물은 것이다. "선생님, 그런데 마담은 왜 우리가 만든 물건을 가져가시는 거죠?"

우리 모두 입을 다물었다. 루시 선생님은 화를 자주 내는 편은 아니었지만, 일단 화가 나면 감정을 숨기지 못했다. 순간 우리는 선생님이 폴리의 질문 때문에 화가 났다고 생각했다. 하지만 이윽고 우리는 루시 선생님이 화가 난 것이 아니라 깊은 생각에 잠긴 것임을 깨달았다. 암묵적인 규칙을 그렇게 어리석게 깨 버린 데 대해 폴리에게 몹시 화가 난 동시에 루시 선생님이 어떤 대답을 할 것인지를 두고 내가 몹시 흥분했던 것이 기억난다. 그런 상반된 감정을 느끼는 사람이 나 혼자가 아님이 분명했다. 실제로 모두들 폴리를 찌르는 듯한 눈빛으로 노려본 다음 기대에 찬 눈길을 루시 선생님에게 돌렸으니까 말이다. (가엾은 폴리에게 상당히 부당한 처사였던 것 같다.) 아주 길게 느껴지는 침묵이 흐른 후 루시 선생님이 입을 열었다.

"오늘 내가 말할 수 있는 건, 거기에는 타당한 이유가 있다는 것뿐이다. 아주 중요한 이유가 있지. 하지만 지금 그걸 설명한다 해도 너희가 이해할 것 같지가 않구나. 언젠가는 너희가 그 설명을 들을 수 있었으면 좋겠다."

우리는 그녀를 다그치지 않았다. 탁자 주위의 분위기는 지독히 당혹스러웠다. 듣고 싶은 이야기가 더 있었기에 호기심이 충족되지 못한 채로 우리는 그런 위태위태한 분위기에서 벗어날 수 있는 화젯거리가 떠오르기를 간절히 바랐다. 그래서 아마 어느 정도 인위적인 노력을 기울여서 다시 토큰에 대한 토론으로 화제를 바꾼 다음에는 한시름 던 기분이었다. 하지만 루시 선생님의 말에 혼란을 느낀 나는 이후 며칠 동안 밤낮으로 줄곧 그 문제에 대해 생각했다. 토미가 루시 선생님과 나눈 이야기, 즉 몇 가지 사항에 대해 우리에게 충분한 정보가 제공되지 못하고 있다는 선생님 말씀을 연못가에서 내게 말해 준 그날, 내 머릿속에 그 비슷한 다른 사소한 사건들과 더불어 이 도서실 사건이 떠오른 것은 그런 맥락에서였다.

토큰 이야기가 나왔으니 앞서 몇 차례 언급한 바 있는 판매회에 대해 한두 가지 말해 두고 싶다. 판매회가 우리에게 몹시 중요했던 것은 그것이 우리가 바깥세상에서 온 물건을 손에 넣을 수 있는 유일한 기회였기 때문이다. 예를 들어 토미의 폴로셔츠는 바로 판매회에서 구한 것이었다. 판매회는 우리가 다른 아이들이 만든 물건이 아닌 특별한 물건과 옷과 장난감을 구할 수 있는 기회였다.

한 달에 한 차례 흰색 대형 밴이 길게 펼쳐진 그 길에 모습을 나타내면, 본관과 운동장에 있는 우리 모두는 흥분에 휩싸였다. 차가 안뜰에 도착할 무렵 이미 거기에는 상당수의 아이들이 모여 기다리고 있었다. 대부분이 하급반 학생들이었는데, 그 이유는 열두세 살이 지나고 나면 그런 일이 그렇게 크게 흥분할 일로 여겨지지 않았기 때문이다. 하지만 실제로 상하급생을 막론하고 우리 모두가 거기에 모이곤 했다.

이제 와 돌이켜 보면 판매회의 내용은 대개 몹시 실망스러운 것이었는데, 우리가 그렇게 흥분했다니 우스운 일이다. 특별한 물건은 거의 없었으므로, 우리는 그저 낡았거나 깨진 것을 같은 종류의 물건으로 개비하는 데 토큰을 썼다. 하지만 중요한 것은 지난날 우리 모두가 판매회에서 뭔가를 찾아냈고 그것을 특별한 것으로 만들었다는 사실이다. 재킷, 손목시계, 공작용 가위 같은 것을 우리는 사용하는 것이 아니라 자랑스럽게 침대 옆에다 모셔 두었다. 우리 모두 한때 그런 특별한 감정을 물건에 투영한 적이 있었다. 그래서 아무리 아닌 척하려 해도 희망과 흥분이라는 해묵은 느낌을 떨쳐 버릴 수 없었다.

실제로 밴에서 물건이 내려질 때 그 주위를 어슬렁거리는 것이 중요했다. 하급반 학생들은 커다란 판지 상자를 창고로 나르는 작업복 차림의 남자 둘을 쫓아다니며 그 안에 무엇이 들었는지 물었다. 대개는 "좋은 게 많이 들었단다, 얘야."라는 대답이 돌아왔다. 그런 다음 집요하게 "이번엔 '풍작'인가요?"라고 물으면, 그들은 이내 미소를 지어 짜릿한 기분을 불러일으키면서 "이런, 말해 주마, 얘야. 진짜 풍작이란다."라고 대답하곤 했다.

상자들은 종종 위가 열려 있었으므로, 온갖 종류의 물건들을 슬쩍 엿볼 수 있었다. 때때로 운반하는 이들이 의도한 지는 모르겠지만 물건의 위치를 바꿔 놓아 우리가 좀 더 잘 볼 수 있게 해 주기도 했다. 그리하여 1~2주 후 실제 판매회가 열릴 때쯤이면, 귀한 조깅용 방한복이나 카세트플레이어에 대해 각종 소문이 돌곤 했다. 문제가 있다면 몇몇 학생들이 같은 물건을 마음에 두는 경우가 거의 언제나 생긴다는 사실이었다.

판매회의 분위기는 교환회의 차분한 분위기와는 완전히 대조적이었다. 식당에서 열리는 판매회는 사람들로 붐비고 시끄러웠다. 실제로 밀치고 소리치는 것이 주된 재미였으므로, 판매회는 대개 상당히 유쾌한 분위기에서 진행되었다. 다만 앞서 말한 대로 여러 명이 하나의 물건을 움켜쥐고 끌어당기다가 사태가 걷잡을 수 없게 되어 싸움이 벌어지기도 했다. 그러면 감독자들은 판매회 자체를 끝내 버리겠다고 위협했고, 다음 날 아침 조회에서 우리 모두는 에밀리 선생님과 면담을 해야 했다.

헤일섬의 하루는 언제나 조회로 시작되었는데, 대개의 경우 상당히 짧았다. 한두 개의 공지 사항이 발표되고 학생이 시 한 편을 낭독하는 정도가 고작이었다. 대개의 경우 에밀리 선생님은 훈시를 길게 하지 않았다. 몸을 꼿꼿이 세운 채 교단에 앉아 이야기하는 사람이 누구든 간에 그 말에 고개를 끄덕이다가 우리 가운데에서 수군대는 소리가 들려오면 소리 나는 쪽을 향해 이따금 엄한 눈길을 보냈을 뿐이다. 하지만 떠들썩한 판매회가 열린 다음 날 아침에는 모든 것이 달라지곤 했다. 에밀리 선생님은 우리를 바닥에 앉으라고 지시했다. (조회 때 우리는 대개 서 있었다.) 공지 사항도 시 낭독도 없었다. 에밀리 선생님의 훈시만이 20분이나 30분, 때로는 그보다 길게 이어졌을 뿐이다. 그녀는 거의 목소리를 높이지 않았지만, 이런 경우 그녀에게서는 뭔가 엄격함이 느껴졌으므로, 5학년 학생들을 포함해 전교생 모두 감히 떠들지 못했다.

에밀리 선생님을 단체로 실망시키는 것이라는 고약한 느낌이 들긴 했지만, 우리로서는 아무리 그러지 않으려 해도 그런 훈시를 진심으로 경청할 수가 없었다. 부분적으로는 그녀가 쓰는 단어 때문이었다. '특권의 무가치성'이나 '기회의 오용' 같은 말들이 그것으로, 도버 회복 센터에 있는 루스의 방에서 나는 그녀와 함께 그때 일을 회상하며 그런 구절을 떠올렸다. 훈시의 전체 취지는 그런대로 명확했다. 헤일섬의 학생인 우리 모두는 특별한 존재라는 것, 그런 우리가 고약하게 행동한다면 실망이 더욱 크다는 것이었다. 하지만 그다음부터는 이야기가 안개 속을 헤매듯이 모호해졌다.

이따금 그녀는 강한 어조로 하던 이야기를 끊고는 "이게 뭡니까? 이게 도대체 뭐란 말입니까? 이렇게 우리를 좌절시키다니, 이게 도대체 뭐란 말입니까?" 하는 말과 함께 침묵 속으로 빠져들곤 했다. 그런 다음 두 눈을 감은 채 거기 서서그 대답을 생각해 내려 애쓰는 듯 미간을 찌푸렸다. 자리에 앉은 우리는 어색하고 당혹스러운 기묘한 느낌에 잠겨서는 어떤 것이든 간에 그녀가 원하는 대답이 그녀의 머릿속에 떠오르기를 바라곤 했다. 이윽고 그녀는 나직한 한숨을 내쉬며(우리를 용서하겠다는 신호였다.) 다시 말을 시작하거나 갑작스럽게 침묵을 깨고 "하지만 난 포기하지 않을 겁니다! 오 그렇고말고요! 헤일섬도 포기하지 않을 겁니다!"라고 외치곤 했다.

이런 긴 훈시에 대해 이야기하면서 루스는 당시 그 내용을 우리가 그렇게 이해할 수 없었다는 것이 무척 이상하다고 말했다. 왜냐하면 에밀리 선생님이 교실에서 하는 이야기는 상당히 명료했기 때문이다. 교장 선생님이 몽유병 환자처럼 헤일섬 근처를 돌아다니며 혼잣말을 하는 것을 이따금 본 적이 있다고 내가 말하자 루스는 이렇게 반박했다.

"선생님이 그랬을 리가 없어! 책임자가 정신이 이상했다면, 헤일섬이 어떻게 그렇게 제대로 운영될 수 있었겠어? 에밀리 선생님은 굉장한 지성의 소유자야."

나는 루스의 말에 이의를 제기하지 않았다. 에밀리 선생님은 분명 예리한 데가 있었다. 본관이나 운동장 이외의 곳에서 교사 중 하나가 다가오는 소리를 들으면 우리는 재빨리 몸을 숨기곤 했다. 헤일셤에는 찬장이나 구석, 덤불, 울타리 등등 건물 안팎에 숨을 만한 곳이 많았다. 하지만 다가오는 사람이 에밀리 선생님인 경우 우리는 가슴이 철렁 내려앉곤 했다. 왜냐하면 선생님은 우리가 숨어 있는 곳을 어김없이 알아냈기 때문이다. 마치 무슨 육감이라도 지닌 사람 같았다. 발소리를 듣고 얼른 찬장 속으로 들어가 문을 꼭 닫고 손가락 하나 움직이지 않았다고 치자. 그런데도 그 발소리는 바로 그 앞에서 멎고 "됐다. 이제 나오렴." 하는 말이 들려오는 것이다.

어느 날 3층 층계참에서 실비 C.에게 일어난 일이 바로 그런 것이었다. 그리고 그때 에밀리 선생님은 크게 화를 냈다. 에밀리 선생님은 화가 났을 때 루시 선생님처럼 소리를 지르지는 않았지만 사실은 훨씬 더 무서웠다. 그녀는 미간을 찌푸린 채 어떤 무시무시한 벌을 내려야 할지를 두고 보이지 않는 또 다른 교사와 의논이라도 하는 것처럼 노기 띤 목소리로 나직하게 중얼거리곤 했다. 그런 때면 우리는 반쯤은 그녀가 무슨 말을 하는지 몹시 궁금해지고 또 반쯤은 귀를 틀어막고 싶어졌다. 하지만 대개 에밀리 선생님이 내리는 벌은 그다지 무서운 것이 아니었다. 우리를 방과 후에 남아 있게 하거나 잡일을 시키거나 주어진 권리를 박탈하거나 하는 일이 거의 없었다. 그런데도 우리는 그녀에게서 낮은 평가를 받는다는 사실만으로도 겁에 질려 뭔가 칭찬 받을 만한 일을 해서 잘못을 만회하려 들었다.

하지만 문제는 에밀리 선생님이 어떤 반응을 보일지를 예측하기가 불가능하다는 점이었다. 그때 실비에게 그랬던 것처럼 앞서 말한 일련의 과정이 고스란히 펼쳐질 수도 있었지만, 대황밭 사이로 난 오솔길을 달려가는 로라를 보았을 때처럼 걸음을 멈추지 않은 채 "얘야, 여기 있으면 안 된다. 어서 나와라."라는 말만 하고 지나갈 수도 있었다.

나 역시 에밀리 선생님께 꼼짝없이 걸렸다고 생각한 적이 있었다. 본관 뒤로 난 오솔길은 내가 무척 좋아하는 장소였다. 그곳으로 접어들면 온갖 후미진 구석과 여러 갈래의 다른 오솔길을 만날 수 있었다. 관목을 헤치고 담쟁이덩굴로 뒤덮인 아치 아래를 지나면 녹슨 대문이 나왔는데, 그렇게 걷는 동안 유리창으로 줄곧 건물 안을 들여다볼 수 있었다. 내가 그 오솔길을 그렇게 좋아했던 이유 중에는 그 길을 걷는 것이 금기인지 아닌지 분명하지 않았다는 점도 있었던 것 같다. 물론 건물 안에서 수업이 진행되고 있을 때는 그곳을 지나가서는 안 되었다. 하지만 주말이나 저녁에는 그런 기준이 모호해졌다. 어쨌든 대부분의 아이들은 그곳으로 다니지 않았으므로, 다른 이들로부터 벗어난다는 느낌도 그 길이 갖는 매력 중 하나였는지도 모른다.

어쨌든 어느 햇빛 찬란한 저녁 나는 그곳을 걷고 있었다. 상급반 3학년 때였던 것 같다. 걸으면서 언제나처럼 건물 안의 방들을 힐긋거렸다. 어떤 교실 안에서 에밀리 선생님의 모습이 보였다. 그녀는 혼자 천천히 교실 안을 왔다 갔다 하면서 보이지 않는 청중을 향해 나직하게 중얼거리며 손짓을 하기도 하고 이야기를 건네기도 했다. 그녀가 수업 준비나 훈시 연습을 하는 모양이라 생각하고 내가 서둘러 발길을 돌리려는 순간 그녀가 나를 본 모양이었다. 그녀는 몸을 돌려서는 나를 똑바로 쏘아보았다. 나는 꾸중을 들을 것이라고 생각하고 얼어붙은 듯 그 자리에 섰지만 다음 순간 그녀가 조금 전과 다름없이 혼잣말을 계속하고 있다는 것을 깨달았다. 다만 이제 나를 향해 이야기하고 있었다. 그러더니 아주 자연스럽게 몸을 돌려서는 교실의 다른 쪽에 있는 또 다른 상상의 학생을 지그시 응시했다. 나는 오솔길을 따라 조용히 걸음을 옮겼다. 다음 날 하루 종일 나는 에밀리 선생님이 나를 보면 그에 관한 말을 하지 않을까 두려웠다. 하지만 그런 일은 일어나지 않았다.

지금 내가 정말 이야기하고 싶은 것은 이런 것이 아니다. 지금 내가 하고 싶은 일은 루스에 관해, 우리가 어떻게 만나고 친구가 되었는지에 대해, 우리가 처음으로 함께 보낸 시절에 대해 몇 가지 기억을 되살리는 것이다. 그도 그럴 것이, 이제 내게는 긴 오후 동안 차를 몰고 들판을 돌아다니거나 고속 도로 휴게소의 커다란 창 앞에서 커피를 마시면서 또다시 그녀에 대한 생각에 빠지는 일이 점점 더 많아질 것이기 때문이다.

그녀와 처음부터 친하게 지냈던 것은 아니다. 기억을 돌이켜 보면 내가 대여섯 살 때 어울린 친구는 한나와 로라였지 루스가 아니었다. 아주 어린 시절의 루스에 대해서는 아주 흐릿한 추억이 하나 있을 뿐이다.

당시 나는 모래밭에서 놀고 있었다. 모래밭에는 아이들이 많았다. 그곳이 너무 붐볐으므로 우리는 서로에게 짜증이 나기 시작했다. 야외였고 따뜻한 햇살이 비치고 있었으므로 그곳은 유아용 놀이터 안의 모래밭, 그러니까 북쪽 운동장의 긴 도약대 끝에 있는 모래밭이었을 가능성이 높다. 어쨌든 더운 날씨였다. 나는 목이 말랐고 주위에 사람이 너무 많아 불쾌했다. 루스는 우리처럼 모래밭 안이 아니라 거기에서 몇 걸음 떨어져 서 있었다. 그 애는 내 뒤쪽 어딘가에 있는 여자아이 둘에게 몹시 화가 난 모양이었다. 그 직전에 무슨 일이 있었던 듯했다. 루스는 거기에 서서 그 아이들을 쏘아보고 있었다. 당시 나는 루스가 어떤 아이인지 잘 알지 못했던 것 같지만 이미 뚜렷한 인상을 받았음이 분명하다. 모래밭에서 분주하게 뭔가를 하면서도 혹시 그 애가 눈길을 돌려 나를 쏘아보지 않을까 두려워했으니 말이다. 나는 아무 말도 하지 않았지만 내가 뒤에 있는 여자애들과 한통속이 아니라는 것, 그 애를 화나게 한 것이 무엇이든 나와는 전혀 상관이 없음을 알아주었으면 하는 마음이 간절했다.

아주 어린 시절 루스에 대한 기억은 그것뿐이다. 우리는 동갑이었으므로 자주 부딪혔겠지만 그 모래밭 사건을 제외하면, 그로부터 2년 후 우리가 일고여덟 살이 되어 하급반에 들어갈 무렵까지 그 애와 관련된 기억은 전혀 없다.

남쪽 운동장은 대개 하급반 학생들이 사용하는 곳이었다. 어느 날 점심시간이었다. 루스가 포플러 나무가 서 있는 구석으로 오더니 나를 위아래로 훑어보며 물었다.

"내 말, 타 보지 않을래?"

당시 나는 두세 명의 아이들과 한창 놀고 있는 중이었지만, 루스는 나에게만 그런 제안을 하는 것이 분명했다. 그 사실에 나는 속으로는 물론 우쭐했지만 대답을 하기 전에 그 애의 의중을 떠보았다.

"음, 말 이름이 뭔데?"

루스는 한 걸음 더 다가와서 말했다. "내 말 중에서 최고는 '번개'야. 하지만 그걸 타게 할 순 없어. 너무 위험하거든. 하지만 '들장미'는 탈 수 있을 거야. 채찍을 쓰지만 않는다면 말이야. 싫으면 다른 말을 골라도 좋아." 그 애는 이제는 기억나지 않는 몇 개의 이름을 나열한 다음 물었다. "너도 말을 갖고 있니?"

나는 그녀를 바라보고는 조심스럽게 생각한 다음 대답했다. "아니, 난 없어."

"하나도 없어?"

"응."

"좋아. 그럼 '들장미'를 타. 그리고 마음에 들면 가져. 하지만 채찍을 휘둘러선 안 돼. 그럼 이제 가자."

다행히 함께 놀던 친구들은 몸을 돌리고 하던 일에 빠져 있었다. 나는 어깨를 한번 으쓱해 보이고는 루스를 따라 나섰다.

운동장은 놀고 있는 아이들로 가득 차 있었다. 그들 중 몇몇은 우리보다 훨씬 키가 컸지만, 루스는 나보다 줄곧 한두 걸음 앞서서 그들을 헤치고 목적한 곳을 향해 걸었다. 뜰과 경계를 이루는 철망 가까이에 이르자 그 애는 몸을 돌리고는 말했다.

"됐어. 여기서 타자. 넌 '들장미'를 타."

나는 그 애가 건네주는 보이지 않는 고삐를 받아 쥐었다. 그런 다음 우리는 때로는 보통 속도로 때로는 전속력으로 담장을 넘어 달리기 시작했다. 말이 없다고 대답한 것은 잘한 일이었다. 내가 '들장미'와 한동안 달리고 나자 루스가, 각각의 말이 지닌 결점을 어떻게 다루어야 하는지에 대한 온갖 조언과 함께 자기 말들을 차례로 타게 해 주었기 때문이다.

"아까 말했잖아! '수선화'를 탈 때는 몸을 완전히 뒤로 젖혀야 한다고! 훨씬 더 많이 말이야! 위에 탄 사람이 몸을 뒤로 젖히지 않으면 싫어하거든!"

내가 그런대로 잘 해낸 모양이었다. 루스가 나에게 자기가 가장 아끼는 '번개'를 타게 해 주었으니 말이다. 그날 내가 얼마나 오랫동안 그 애의 말을 타며 시간을 보냈는지는 모르겠다. 그것은 알찬 시간이었고, 우리 둘 다 그 놀이에 완벽하게 몰입했던 것 같다. 하지만 어느 순간 갑자기 나로서는 알 수 없는 이유로 루스가 그 모든 것에 종지부를 찍었다. 내가 일부러 자기 말들을 피곤하게 한다며 그들을 마구간으로 돌려보내야겠다고 한 것이다. 그 애는 담장의 한 지점을 가리켰다. 내가 그곳을 향해 말들을 몰아가는 동안, 루스는 모든 것이 엉망이라며 내게 점점 더 심하게 화를 냈다. 이윽고 그 애가 물었다.

"너 제럴딘 선생님 좋아하니?"

실제로 내가 어떤 선생님을 좋아하는지 생각해 본 것은 그때가 처음이었던 것 같다. 이윽고 내가 말했다. "물론 좋아해."

"정말로 그 선생님을 좋아하는 거야? 그 선생님이 특별하다고 생각해? 그 선생님이 너의 가장 소중한 선생님이냐고?"

"응, 그래. 내가 제일 좋아하는 선생님이야."

루스는 오랫동안 나를 응시하더니 이윽고 말했다. "좋아. 그렇다면 그 선생님의 비밀 경호대에 너도 넣어 줄게."

우리는 본관을 향해 다시 걸음을 옮겨 놓았다. 나는 그 애가 무슨 뜻으로 그런 말을 한 것인지 설명해 주기를 기다렸지만 그 애는 설명하지 않았다. 하지만 며칠 지나지 않아 나는 알게 되었다.

5

그 '비밀 경호대' 건이 얼마나 오랫동안 지속되었는지는 분명하지 않다. 도버의 회복 센터에서 그 문제에 대해 토론이 벌어지면 루스는 그 건이 지속된 것은 2~3주에 불과하다고 주장했지만 그럴 리가 없었다. 아마도 그녀는 그 이야기가 나오자 당황했고, 그래서 기억 속에서 모든 게 곤두박질했던 것 같다. 내 짐작으로 그 일은 우리가 일곱 살에서 여덟 살에 이르는 약 9개월, 어쩌면 1년에 이르는 기간 동안 지속된 것 같다.

실제로 그 비밀 경호대를 만들어 낸 사람이 루스 혼자였는지는 분명하지 않지만, 그 애가 우두머리였다는 데에는 의심의 여지가 없다. 여섯에서 열 명에 이르는 경호대 인원은 루스가 새 회원을 받아들이거나 기존 회원을 축출할 때마다 달라졌다. 우리는 제럴딘 선생님이 헤일셤 최고의 선생님이라고 여기고 그녀에게 줄 선물을 만들었다. 책갈피에 끼워 말린 꽃들을 커다란 종이에 풀로 붙이자는 아이디어가 나왔다. 하지만 경호대의 주된 존재 이유는 말할 필요도 없이 제럴딘 선생님의 신변 보호에 있었다.

내가 경호대에 합류하기 훨씬 오래전부터 루스와 다른 회원들은 이미 제럴딘 선생님 납치 음모에 대해 알고 있었다. 그 음모의 배후에 누가 있는지는 확실히 알 수 없었다. 때로는 상급반 남학생 몇몇을 의심했고, 때로는 우리 학년 남학생들을 의심하기도 했다. 그 음모의 배후를 조종하는 참모로 우리가 별로 좋아하지 않는 아일린 선생님 같은 사람을 염두에 둔 적도 있었다. 납치가 언제 일어날지는 알 수 없었지만 그 장소는 숲일 것이라고 우리는 확신했다.

숲은 헤일셤 건물 뒤에 자리 잡은 언덕 꼭대기에 있었다. 실제로 우리 눈에 보이는 것은 어둑한 나무 언저리뿐이었지만, 밤이나 낮이나 그 숲의 존재를 의식하는 사람이 또래 중 나 혼자만은 아니었다. 날씨가 나쁠 때면 그 숲은 헤일셤 건물 전체에 그림자를 드리우는 듯했다. 우리가 할 수 있는 일은 고개를 돌리거나 창문 쪽으로 옮겨 가는 것뿐이었다. 창문가에서는 숲이 멀리 떨어져 있는 듯이 보였기 때문이다.

가장 안전한 장소는 본관 앞이었다. 그곳에서는 어떤 창문을 통해서도 숲이 보이지 않았다. 그렇다 해도 숲의 존재로부터 완전히 도망칠 수는 없었다.

숲을 둘러싼 온갖 무시무시한 이야기가 나돌았다. 우리가 헤일섬에 들어오기 얼마 전에 어떤 소년이 친구들과 크게 싸우고 헤일섬 교내를 벗어나 밖으로 나갔는데, 이틀 후 그 숲에서 손발이 잘린 채 나무에 묶인 시체로 발견되었다는 소문이 있었다. 또 다른 소문은 어떤 소녀의 유령이 숲의 나무들 사이를 돌아다닌다는 것이었다. 그 소녀는 원래 헤일섬 학생이었는데 어느 날 바깥세상이 어떻게 생겼는지 궁금해 담장을 넘었다. 우리가 들어오기 아주 오래전인 당시에는 선생님들이 엄하다 못해 잔인하기까지 했다. 소녀는 담장 안으로 들어오려 했지만 허락되지 않았다. 소녀는 자신을 들여보내 달라고 빌면서 줄곧 담장 밖을 배회했지만 아무도 소녀를 들여 주지 않았다. 이윽고 소녀는 숲으로 갔고 거기에서 무슨 일인가 벌어져 죽고 말았다. 그렇지만 그 유령은 헤일섬을 바라보며 자신을 들여보내 달라고 애원하며 여전히 숲 속을 돌아다닌다는 것이었다.

교사들은 언제나 이런 이야기들이 터무니없는 것이라고 주장했다. 하지만 고학년 학생들의 말에 따르면 자신들이 어릴 때 이런 이야기들을 들려준 것은 바로 교사들이었고,

우리 역시 자기들처럼 조만간 그 무시무시한 진상을 알게 되리라는 것이었다.

숲이 우리의 상상력을 가장 많이 자극할 때는 해가 진 뒤 공동 침실에서였다. 나뭇가지 사이를 지나가는 바람 소리가 우리 귀에 들리는 듯한 그런 때에 숲이 화제에 오르면 사태는 더욱 악화되었다. 어느 날 밤, 그날 낮에 저지른 행동으로 우리를 정말이지 당황하게 만든 마지 K에게 몹시 화가 난 우리는 그 애를 침대에서 끌어내 얼굴을 유리창에 갖다 대고 숲을 바라보는 벌을 주기로 결정했다. 처음에 그 애는 눈을 꼭 감고 있었다. 하지만 우리는 그 애의 두 팔을 비틀어 놓고는 강제로 눈꺼풀을 열어 멀리 달빛이 비치는 하늘 아래의 숲을 바라보지 않을 수 없게 만들었고, 그것만으로도 그 애는 겁에 질려 그 밤을 흐느끼며 보내야 했다.

그렇다고 우리가 숲에 관한 걱정만으로 그 시절을 보냈다는 말은 아니다. 이를테면 나는 숲에 관한 생각 같은 것은 하지 않은 채 여러 주일을 보낼 수 있었고, 심지어는 대담하게도 용기백배해서는, "그렇게 시시한 소릴 어떻게 사실로 믿을 수가 있는 거지?" 하고 자문하기도 했다. 하지만 누군가가 그런 이야기 중 하나를 다시 언급한다든가, 책에서 무서운 구절을 읽었다든가, 어떤 말을 듣고 숲을 떠올리게 되었다든가 하는 사소한 일만으로도 그 모든 공포가 다시 시작되었다. 그러니까 또다시 일정 기간 그 영향권에 놓이게 되는 것이다. 그렇다 보니 우리가 제럴딘 선생님의 납치 음모의 중심에 숲이 자리 잡고 있다고 생각한 것도 놀라운 일이 아니다.

하지만 파고 들어 보면 제럴딘 선생님을 지키기 위해 우리가 실제로 어떤 조치를 취한 것 같지는 않다. 우리의 주된 활동은 언제나 납치 음모 그 자체에 관한 더 많은 증거를 수집하는 것에 한정되어 있었다. 어떤 이유에선가 우리는 그것만으로도 곧 닥칠 위험한 시도를 막을 수 있으리라고 생각했다.

우리가 말하는 '증거'의 대부분은 음모자들이 모의하는 모습을 보았다는 목격담이었다. 예를 들어 어느 날 아침 아일린 선생님과 로저 선생님이 운동장에서 제럴딘 선생님에게 말하는 장면이 3층의 한 교실에서 목격되었다고 하자. 잠시 후 제럴딘 선생님은 인사를 하고 오린저리 관 쪽으로 걸음을 옮겼다. 하지만 우리는 눈길을 떼지 않았다. 아일린 선생님과 로저 선생님은 멀어져 가는 제럴딘 선생님의 뒷모습을 뚫어져라 응시하면서 머리를 맞대고 짤막한 대화를 나누었다.

이윽고 루스가 고개를 흔들며 한숨을 내쉬었다. "로저 선생님까지 개입됐을 줄 누가 짐작이나 했겠어?"

이런 식으로 우리는 그 음모에 개입된 것으로 확인된 이들의 명단을 만들었고, 명단에 오른 선생님과 학생들을 불구대천의 원수로 천명했다. 하지만 그러면서도 우리는 그런 생각이 얼마나 근거가 불확실한 것인지를 의식하고 있었던 것이 분명하다. 왜냐하면 언제나 직접적인 대치는 피했으니까 말이다. 강도 높은 토론 끝에 특정 학생이 음모자라는 결론을 내릴 수는 있었지만, 아직은 그에게 도전하지 말아야 할 이유, '모든 증거를 확보할 때'까지 기다려야 할 이유를 언제나 찾아내곤 했다. 마찬가지로 제럴딘 선생님이 괜히 겁을 먹을 필요는 없으므로 우리가 알아낸 것들에 대해 그녀에게 전혀 언급할 필요가 없다는 데 언제나 의견이 모아지곤 했다.

우리는 자연스럽게 그런 생각에서 벗어나게 되었는데, 아주 나중까지도 그 비밀 경호대를 유지한 사람은 루스였다. 그 경호대 건은 그 애에게 중요한 일이었음이 분명하다. 그 애는 우리보다 그 음모에 대해 훨씬 많은 것을 알고 있었고, 그 사실로 말미암아 막강한 권위를 가질 수 있었다. 나 같은 회원들이 합류하기 이전에 '진짜' 증거가 나왔다는 것을, 우리에게조차 아직 말하지 않은 것들이 있다는 사실을 슬쩍 언급함으로써 그 모임을 대신해 자기가 내린 결정을 거의 모두 정당화할 수 있었다. 예를 들어 누군가를 축출하고 싶은

데 반대 의견이 있다면, 루스는 자기가 '전부터' 알고 있었던 자료를 애매하게 암시하는 것으로 충분했다. 루스가 그 모든 일에 줄곧 신경을 써 온 장본인인 것은 분명하다. 하지만 실제로 그 애와 친하게 지내며 성장해 온 우리 모두가 그 환상을 가능한 한 오랫동안 지속되게 하는 데 한몫을 한 셈이다. 체스 게임을 둘러싼 소동 이후에 벌어진 일은 이것을 분명하게 보여 준다.

나는 루스가 체스에 능숙하므로 내게 가르쳐 줄 수 있으리라고 여기고 있었다. 거기에는 그럴 만한 근거가 있었다. 상급반 학생들은 교실 창가나 언덕 위 잔디밭에서 종종 체스 판을 둘러싸고 앉아 있었다. 그 옆을 지나갈 때면 루스는 걸음을 멈추고 체스 판 위를 들여다본 다음 다시 걸음을 떼어 놓으면서 게임 당사자들 둘 다 어떤 수를 알아채지 못하고 있다는 듯 "어쩌면 저렇게 둔할 수 있나 몰라." 하고 말하며 고개를 내젓곤 했다. 그것만으로도 나를 매혹시키기에 충분했다. 얼마 지나지 않아 나는 그 화려한 말들 한가운데로 뛰어들고 싶은 생각이 들었다. 어느 날 나는 판매회에서 체스 판을 발견하고 엄청난 토큰을 지불해야 했는데도 그것을 구입한 다음, 루스가 내게 체스를 가르쳐 줄 것이라고 기대하고 있었다. 하지만 이후 며칠에 걸쳐 내가 그 이야기를 꺼낼 때마다 루스는 한숨을 내쉬면서 다른 급한 일이 있다는 듯한 반응을 보였다. 어느 비 오는 날 오후에 나는 마침내 루스를 몰아붙여 당구실에서 체스 판을 펼쳤다. 그 애는 변형판인 듯한 게임을 가르쳐 주기 시작했다. 그녀의 말에 따르면, 체스의 두드러진 특징은 각각의 말을 개구리식이 아니라 L자형으로 움직이는 데 있다는 것이었다. 말머리 모양의 말을 보고 그런 결론을 내린 모양이었다. 나는 그 애의 말에 신뢰가 가지 않았고 정말이지 몹시 실망했지만, 애써 아무 말도 하지 않고 한동안 그녀의 지시를 따랐다. 우리는 판 위에서 줄곧 L 자형으로 말을 움직여 상대의 말에 부딪쳐 쓰러뜨리면서 몇 분을 보냈다. 이윽고 내가 그 애의 말을 잡으려 하자, 그 애는 내가 너무 직선으로 말을 움직였기 때문에 무효라고 주장했다.

그 말을 듣고 나는 자리에서 일어나 체스 세트를 싸 들고 나와 버렸다. 사실은 체스를 둘 줄 모르는 것이 아니냐고 소리 내어 공격하지는 않았지만(몹시 실망하긴 했지만 그렇게까지는 하지 않는 것이 좋겠다고 생각했다.) 그렇게 거칠게 자리를 박차고 일어난 것만으로도 그 애에게는 충분한 항변이 되었으리라.

아마 그다음 날이었을 것이다. 조지 선생님의 시 수업이 있는 본관 맨 위층의 20호실로 들어갔을 때였다. 수업 시작전이었는지 후였는지, 교실에 아이들이 많았는지 어땠는지는 이제 기억나지 않는다. 지금 생각나는 것은 내가 두 손에 책을 들고 이야기를 나누고 있던 루스와 다른 아이들에게로 다가갔을 때, 그들이 앉아 있던 책상 위에 눈부신 빛의 웅덩이가 드리워져 있었다는 사실이다.

고개를 맞대고 있는 모습으로 미루어 나는 그들이 비밀 경호대 문제를 이야기하고 있다는 것을 알 수 있었다. 앞서 말한 대로 바로 전날 루스와 그렇게 다투긴 했어도 나는 별다른 생각 없이 그들 쪽으로 다가갔다. 당시 무슨 일이 벌어지고 있는지를 퍼뜩 깨달은 것은 실제로 그들 앞에 거의 다 다랐을 무렵이었다. (아마도 그들의 표정이 달라졌기 때문이었으리라.) 그 느낌은 물 웅덩이로 발을 내딛기 직전의 아주 짧은 순간과 흡사했다. 거기에 웅덩이가 있다는 것을 알면서도 이제는 발을 내딛지 않을 도리가 없는 것이다. 그들이 하던 말을 뚝 끊고 내게 눈길을 던지기도 전에, 루스가 입을 열어 "오, 캐시구나, 잘 지냈니? 괜찮다면 우리끼리 얘기할 게 좀 있어서 말이야. 금방 끝낼게. 미안." 하고 말하기도 전에 나는 상처를 받았다.

루스의 말이 채 끝나기도 전에 나는 몸을 돌려 걷기 시작했다. 나는 루스와 다른 아이들을 향해 그렇게 대책 없이 걸어간 나 자신에게 더 화가 났다. 내가 몹시 화가 났다는 것은 분명했지만, 실제로 울음을 터뜨렸는지는 잘 모르겠다. 이후 며칠에 걸쳐 구석에서 숙덕대거나 들판을 가로질러 걸어가는 비밀 경호대를 볼 때마다 나는 얼굴이 달아오르곤 했다.

20호실에서 그런 푸대접을 당한 지 이틀 후에 나는 본관 층계를 내려가다가 내 뒤에 서 있던 모이라 B.를 만났다. 우리는 사소한 이야기를 나누면서 본관 밖으로 나와 안마당 쪽으로 향했다. 안마당에서 20여 명의 학생들이 무리를 지어 서서 재잘거리고 있었던 것으로 미루어 점심시간이었던 것 같다. 내 눈길은 즉각 안마당의 한쪽 끝으로 향했다. 루스와 비밀 경호대 세 사람이 우리에게 등을 돌리고 서서 의미심장한 눈길로 서쪽 운동장 쪽을 바라보고 있었다. 그들이 무엇에 그렇게 몰두해 있는지 보려고 애쓰던 나는 모이라 역시 내 옆에서 그들을 바라보고 있다는 사실을 의식했다. 그러자 한 달 전까지만 해도 모이라 역시 비밀 경호대의 일원이었다가 축출되었다는 사실이 퍼뜩 떠올랐다. 다음 순간 나는 그 애와 내가 동병상련의 입장으로 우리 둘 다 거부 당했다는 사실을 나란히 서서 정면으로 응시하고 있다는 사실에 통렬한 당혹감 같은 것을 느꼈다. 모이라 역시 같은 느낌이 들었는지 침묵을 깨고 입을 열었다.

"비밀 경호대니 뭐니 하는 얘기는 어리석기 짝이 없어. 재들은 어떻게 아직도 그런 걸 사실이라고 여길 수 있지? 여전히 아이 태를 벗지 못한 것 같아."

그 말을 듣는 순간 내 안에서 치밀어 오르던 그 압도적인 감정을 떠올리면 지금도 어리둥절해진다.

"도대체 네가 뭘 안다고 그래? 넌 탈퇴한 지 오래됐기 때문에 아무것도 몰라! 우리가 어떤 사실을 알아냈는지 알면 너도 그런 말은 못할걸!"

모이라는 순순히 물러서는 그런 아이가 아니었다. "시시한 소리 그만해. 그것도 루스가 만들어 낸 얘기일 뿐이야."

"그렇다면 내가 어떻게 그런 얘기를 직접 들을 수 있었겠어? 우유 배달 차로 제럴딘 선생님을 납치해 숲으로 데려간다는 계획 말이야. 루스나 다른 누군가와 상관없이 어떻게 내가 직접 그런 얘기를 들을 수 있었겠느냐고?"

그러자 모이라는 미심쩍은 듯한 눈길로 나를 바라보았다. "네가 직접 들었다고? 어떻게? 어디서?"

"그들의 말 한 마디 한 마디를 내 귀로 분명히 들었어. 그들은 내가 거기에 있는 줄 몰랐거든. 연못가에서 하는 얘기가 나한테 들릴 줄 몰랐겠지. 그것만 봐도 네가 제대로 알지 못한다는 게 분명하잖아!"

나는 모이라를 그 자리에 내버려 둔 채 걸음을 옮겼다. 붐비는 안마당을 가로지르면서 나는, 여전히 남쪽 운동장을 응시하고 있는 루스와 다른 아이들을 힐긋 돌아보았다. 그들은 지금 막 모이라와 나 사이에 어떤 일이 벌어졌는지 모르고 있었다. 다음 순간 나는 그들 모두에게 더 이상 화가 나 있지 않다는 것을 깨달았다. 모이라 때문에 몹시 짜증이 났을 뿐이었다.

지금도 길게 펼쳐진 잿빛 길을 달리며 생각을 풀어 놓으면 이런 기억을 떠올리고 있는 나 자신을 발견하게 된다. 그날 모이라 B.가 보인 반응은 정말이지 당연한 것이었는데 어째서 나는 그 애에게 그렇게 적대적으로 행동한 것일까? 모이라는 자기와 마찬가지로 나 역시 어떤 선을 넘었음을 전제하고 그런 말을 했는데, 나로서는 그것에 채 대비가 되어 있지 않았던 것 같다. 그 선을 넘는다는 것이 어떤 것인지 감지하고 있었고, 그 선 너머에 있는 더 고단하고 더 음울한 뭔가를 직면하고 싶지 않았던 모양이다. 나도 그러했고 우리 모두 그렇지 않았던가.

하지만 그 이외의 경우 나와 루스의 관계, 당시 그 애가 내게 주입한 일종의 충성심은 건강한 것이 아니었던 것 같다. 그리고 도버의 회복 센터에서 루스를 간병하면서 내가, 몇 차례에 걸쳐 정말 간절히 그러고 싶었는데도 그날 모이라와 나 사이에 일어난 일을 언급하지 않은 것은 아마도 그 때문이었던 것 같다.

제럴딘 선생님에 관한 모든 이야기를 하고 나니, 비밀 경호대 건이 퇴색해 사라진 지 3년 후에 일어난 한 가지 사건이 떠오른다.

그날 우리는 본관 뒤편 1층에 있는 5호실에서 수업이 시작되기를 기다리고 있었다. 5호실은 가장 작은 교실 중 하나로, 특히 그날 같은 겨울 아침에 대형 라디에이터에서 유리창으로 김이 뿜어져 나올 때면 숨이 막힐 것처럼 답답했다. 좀 과장하자면, 기억하건대 한 학급 전체가 그 교실에 들어가려면 말 그대로 겹쳐 앉아야 할 정도였다.

그날 아침 나는 루스의 책상에 걸터앉아 있었고 우리 무리의 아이 셋이 그 주위에 기대서거나 앉아 있었다. 실제로 내가 처음으로 그 필통을 발견한 것은 누군가에게 앉을 자리를 내주기 위해 자리를 좁힐 때였다.

지금도 나는 눈앞에 있는 것처럼 선명하게 기억할 수 있다. 그것은 윤나게 닦아 놓은 구두처럼 반짝거렸다. 진한 황갈색 바탕에 빨간 물방울무늬가 있고, 위로 열리는 지퍼에는 잡아당기기 편하게 털 장식이 달려 있었다. 나는 하마터면 그 필통을 깔고 앉을 뻔했다. 루스가 재빨리 그것을 치웠다. 나는 그 애의 의도대로 그 필통의 존재를 알아채고 소리쳤다.

"이런! 그거 어디서 났어? 판매회에 나왔던?"

교실 안은 시끄러웠지만, 근처의 여자애들은 충분히 내 말을 들을 수 있었다. 이윽고 우리 네다섯 명은 찬탄의 눈길로 그 필통을 바라보았다. 루스는 잠시 아무 말 없이 주변 아이들의 얼굴을 주의 깊게 살펴보고는 아주 의미심장한 어조로 대답했다.

"그렇다고 해 두지 뭐. 판매회에서 샀다고 해 두자고." 그런 다음 그 애는 우리 모두에게 알 만하지 않느냐고 말하는 듯한 미소를 지어 보였다.

그 말은 사실 별다른 의도가 없는 것으로 들렸지만, 내게는 그 애가 갑자기 자리에서 일어나 나를 때리기라도 한 것처럼 충격적이었다. 다음 순간 나는 열기와 오한을 동시에 느꼈다. 그 애가 무슨 뜻에서 그런 대답을 하며 미소를 지었는지 분명히 알 수 있었다. 그 애는 그 필통이 제럴딘 선생님에게서 받은 선물이라고 주장하고 있었던 것이다.

내가 잘못 생각했을 리가 없었다. 왜냐하면 여러 주에 걸쳐 일련의 작업이 이루어져 왔기 때문이다. 루스는 평소와는 다른 미소와 어조를 동원하는 식으로, 손가락 하나를 입술에 대기도 하고 관객을 의식한 연극의 방백처럼 한 손을 들어 올리기도 하며 제럴딘 선생님이 자기에게 보여 준 사소한 호의의 표시를 암시하곤 했다. 제럴딘 선생님이 자기에게 주말을 제외한 날 4시 이전에 당구실에서 음악 카세트테이프를 트는 것을 허락했다든지, 아이들에게 들판을 산책할 때 침묵을 지키라고 지시해 놓고는 자기가 선생님 곁으로 바짝 다가가자 직접 말을 건네더니 이윽고 다른 아이들에게도 말하는 것을 허락했다든지 하는 것들이었다. 이런 이야기는 명확하게 말로 공표되는 것이 아니라 의미심장한 미소나 "그만 말하자."라는 말로 암시되는 데 그쳤다.

교사가 특정 학생에게 호의를 드러내는 것은 공식적으로 금지되어 있었지만, 일정 범위 내의 사소한 애정 표현은 언제나 있어 왔다. 루스가 암시하는 호의의 대부분은 그 범주에 드는 것들이었다. 하지만 나는 루스의 그런 암시가 몹시 싫었다. 그 애의 말이 사실인지 확신할 수도 없었지만, 실제로 그 애는 그것을 '언급'하는 것이 아니라 '암시'할 뿐이었으므로 드러내 놓고 반박하기가 원천적으로 불가능했다. 그래서 그런 일이 일어날 때마다 나는 입술을 깨문 채 그 순간이 어서 지나가 버리기를 바랄 수밖에 없었다.

때로는 대화의 진행 양상을 통해 그런 순간이 다가오고 있음을 감지하고 마음의 준비를 하기도 했다. 그렇게 대비를 하고 난 다음에도 나는 늘 그런 일에 충격을 받아서 한동안 주위에서 무슨 일이 벌어지고 있는지 알 수 없게 되어 버렸다. 그런데 그 겨울날 아침 5호실에서 그런 일이 벌어졌을 때는 전혀 대비가 되어 있지 않았다. 헤일셤에서 교사가 학생에게 그런 선물을 준다는 것 자체가 선을 넘는 발상이었으므로, 나는 그 필통을 보고 난 다음에도 실감을 할 수 없었다. 그래서 루스의 말을 들은 다음 평소대로 감정적인 혼란이 가라앉게 내버려 두지 못하고 화를 감추려는 노력조차 하지 않은 채 루스를 뚫어지게 바라보았다. 위험을 감지한 루스는 무대에서 혼잣말을 하듯 나를 향해 재빨리 "아무 말 하지 마!"라는 한마디를 던지고는 다시 미소를 지어 보였다. 하지만 나는 그 미소에 답하지 않은 채 줄곧 그 애를 응시했다. 다행히 다음 순간 선생님이 들어와 수업이 시작되었다.

어린 시절 나는 한 가지 문제를 여러 시간에 걸쳐 생각하고 또 생각하는 그런 아이가 아니었다. 요즈음은 좀 그런 습관을 갖게 되었는데, 그것은 여러 시간에 걸쳐 텅 빈 들판을 가로질러 말없이 운전을 해야 하는 내 일 때문이다. 다시 말해서 당시 나는 로라처럼 자기 익살에 반응한 누군가의 사소한 이야기를 두고 여러 날, 심지어 여러 주일 동안 마음을 끓이는 형이 아니었다. 하지만 그날 5호실에서 그런 일이 벌어진 후 나는 일종의 몰입 상태에 빠져 지냈다. 한창 이야기를 나누고 있는 아이들 사이에서 혼자 다른 생각을 했고, 무슨 일이 벌어지는지 모른 채 수업 시간이 지나가기도 했다. 이번만큼은 넘어갈 수 없다고 결심했지만, 꽤 오랜 시간을 아무런 행동도 하지 않은 채 보냈다. 그저 그것이 거짓말이라는 것을 폭로해 루스로 하여금 그것이 자기가 만들어낸 이야기라는 것을 인정하게 하는 장면을 머릿속에서 상상했을 뿐이다. 나아가 그 이야기가 제럴딘 선생님의 귀에 들어가 선생님이 직접 모두 앞에서 루스의 거짓말을 폭로하는 장면을 떠올리기까지 했다.

그로부터 며칠이 지난 후 나는 좀 더 논리적으로 생각하기 시작했다. 제럴딘 선생님에게서 받은 것이 아니라면, 그 필통은 어디에서 난 것일까? 다른 아이에게서 얻었을 수도 있지만 그러지는 않았을 터였다. 그 물건이 누군가의 것이었다면 소유자가 우리보다 몇 년 위의 상급생이었어도 그런 멋진 물건은 누군가의 눈에 띄었을 터였다. 헤일섬의 누군가가 갖고 있었던 필통이라면 루스는 그런 이야기를 꾸며내는 모험을 하지 않았을 것이다. 그 애는 그것을 판매회에서 구한 것이 거의 분명했다. 이 경우에도 역시 그 물건이 수중에 들어오기 전에 누군가의 눈에 띌 위험을 감수해야 했다. 하지만 실제로 허용된 것은 아니지만 종종 벌어지던 대로 만약 그 필통이 들어오리라는 것을 미리 알고 판매회가 열리기 전에 감독자에게 그것을 예약했다면 루스로서는 누구의 눈에도 띄지 않았다는 확신을 가질 수 있었으리라.

그런데 루스에게는 안된 일이지만 판매회에서 팔린 모든

물건이 구매자 이름과 함께 적힌 장부가 있었다. 그 장부를 손에 넣는 것은 그리 쉬운 일은 아니었지만(매번 판매회가 끝난 후 감독자들은 그것을 에밀리 선생님의 방에 다시 가져다 두었다.) 그렇다고 일급비밀도 아니었다. 새로 판매회가 열릴 때 감독자 주위를 어슬렁거리다가 슬쩍 앞 장을 들춰보는 것은 어려운 일이 아니었다.

그래서 나는 대강의 계획을 세우며 며칠에 걸쳐 그 계획을 다듬었던 것 같다. 그러던 어느 날 내 머릿속에 실제로 그 일을 실행에 옮길 필요가 없다는 생각이 떠올랐다. 내 생각대로 루스가 그 필통을 판매회에서 구한 것이라면, 나로서는 그 사실을 폭로하겠다고 위협하는 것으로 충분했다.

루스와 내가 처마 아래에서 그런 이야기를 하게 된 것은 이런 맥락에서였다. 안개가 끼고 부슬비가 내리는 날이었다. 확실하지는 않지만 나와 루스는 함께 기숙사에서 별관 쪽으로 걸어가고 있었던 것 같다. 우리가 안마당을 지나가는 동안 갑자기 빗줄기가 굵어졌다. 특별히 서두를 일이 없었으므로 우리는 본관 정문 한쪽 옆으로 나 있는 처마 밑으로 몸을 피했다.

우리는 한동안 그곳에 서 있었다. 안개 속에서 아이들이 끊임없이 달려 나와 문으로 들어갔지만 빗줄기는 약해지지 않았다. 그곳에 서 있는 시간이 길어질수록 그것이 좋은 기회임을 의식하고 있던 나는 긴장이 점점 더 커져 갔다. 나는 그런 순간을 기다리고 있었고, 확신하건대 루스 역시 무슨 일인가 벌어지리라는 것을 감지했으리라. 이윽고 나는 단도 직입적으로 말하기로 했다.

"지난주 화요일 판매회 때 말이야. 무심코 좀 훑어보게 됐어. 그러니까 그 장부 말이야." 내가 입을 열었다.

"장부 같은 걸 왜 살펴본 건데? 이유가 뭐냐고?" 루스가 재빨리 물었다.

"음, 이유 같은 건 없었어. 감독자 중 하나인 크리스토퍼 C.와 얘기를 하고 있었거든. 상급반 학생 중에서는 걔가 최고잖아. 그리고 내가 장부를 들춰 본 건 좀 알아볼 게 있어서였어."

루스의 심장 박동이 빨라지기 시작한 것 같았다. 이제 그 애는 무슨 일이 벌어질 것인지 깨달았을 터였다. 하지만 그 애는 차분하게 말했다. "그런 걸 들춰 보는 건 좀 지루하지."

"아냐, 무척 흥미로웠어. 거기엔 누가 뭘 구매했는지 적혀 있었거든."

그렇게 말하며 나는 쏟아지는 빗줄기를 응시했다. 이윽고 힐긋 루스를 돌아본 나는 정말이지 충격을 받았다. 내가 어떤 상황을 기대했었는지 모르겠다. 진상이 밝혀지는 순간이 어떨지 나는 정말이지 생각해 본 적이 없었다. 이제 나는 루스가 얼마나 당황했는지 알 수 있었다. 그 애는 완전히 당황해 할 말을 잃고 금방이라도 눈물을 쏟을 것 같았다. 그러자 나는 그런 나 자신의 행동이 갑자기 도저히 납득할 수 없는 것으로 여겨졌다. 가장 친한 친구를 당황하게 만들기 위해 그 모든 노력을 기울이고 그 모든 계획을 세웠다니. 필통에 대해 거짓말을 좀 했기로서니 그것이 어쨌단 말인가? 우리 모두가 이따금 어떤 선생님이 규칙을 벗어나 자발적인 포옹이나 은밀한 편지나 선물 같은 특별한 뭔가를 우리에게 해 주기를 바라지 않는가? 루스는 다만 그런 무해한 백일몽에서 한걸음 더 나아간 정도였다. 그 애는 제럴딘 선생님의 이름조차 언급한 적이 없었다.

나는 끔찍한 기분과 동시에 혼란을 맛보았다. 하지만 루스와 함께 거기에 서서 안개와 빗줄기를 바라보는 동안 내가 저지른 짓을 만회할 만한 방법 같은 것이 생각나지 않았다. 이윽고 나는 "맞아. 별거 없더라고." 하고 중얼거리며 서투르게 사태를 수습하려 했던 것 같다. 하지만 그 말은 속절없이 허공에 매달려 있었다. 이윽고 루스는 말없이 거기에 서 있다가 빗속으로 걸어 나갔다.

6

　　루스가 분명한 태도로 내게 반격을 가해 왔다면 차라리
내 기분이 훨씬 나아졌을 것 같다. 하지만 그 일에 대해 루
스는 항복한 것처럼 보였다. 이 일이 너무나도 수치스러운
나머지, 너무나도 타격을 받은 나머지 그 애는 화를 낸다거
나 반격을 가한다는 것은 생각조차 할 수 없는 모양이었다.
처마 밑에서 그런 일이 있은 후 그 애를 만날 때면 나는 적
어도 그 애가 심술궂게 행동할 것에 대비했지만, 그런 일은
일어나지 않았다. 그 애는 조금 쌀쌀맞긴 해도 아주 예의 바
르게 행동했다. 내가 그 사실을 사람들에게 폭로할까 봐 그
애가 겁내고 있을지도 모른다는 생각이(문제의 필통은 당연
히 모습을 감추었다.) 떠오른 나는 전혀 걱정할 필요 없다고

말해 주고 싶었다. 그런데 곤란한 점은 이 모든 일이 명시적으로 언급된 것이 아닌 만큼 그런 이야기를 자연스럽게 꺼낼 방법을 찾을 수가 없다는 것이다.

한편 나는 실제로 제럴딘 선생님이 루스를 특별하게 생각하고 있다는 사실을 루스 자신에게 넌지시 암시할 기회를 포착하기 위해 최선을 다했다. 예를 들어 이런 일이 있었다. 한때 우리는 휴식 시간이면 무리를 지어 밖으로 나가 필사적으로 라운더스 연습을 했다. 우리보다 한 학년 위인 어떤 무리가 우리에게 도전장을 냈기 때문이었다. 그날 우리의 문제는 마침 비가 오고 있어서 운동장에 나가는 것을 허락 받지 못할 것 같다는 것이었다. 감독자 중 제럴딘 선생님이 있는 것을 보고 나는 이렇게 말했다.

"루스가 제럴딘 선생님한테 가서 얘기하면 허락해 주실 거야."

기억하건대 이 제안은 실행에 옮겨지지 않았다. 모두들 한꺼번에 이야기를 하고 있었으므로 아무도 내 말을 듣지 못했던 것 같다. 하지만 중요한 점은 그 말을 할 때 루스가 바로 내 앞에 서 있었다는 사실이었다. 그 애가 그 말에 기뻐한다는 것을 나는 알아챌 수 있었다.

또 언젠가는 우리 몇 명이 제럴딘 선생님과 함께 교실에서 나가게 된 적이 있었다. 문을 나서려는 순간 나는 제럴딘 선생님이 바로 내 앞에서 걷고 있다는 것을 깨달았다. 나는 즉각 걷는 속도를 늦추어 내 뒤에 오고 있던 루스가 제럴딘 선생님과 나란히 문을 나갈 수 있게 해 주었다. 나는 그렇게 하는 것이 너무나도 당연하고 적절한 것처럼, 제럴딘 선생님이 분명 좋아하실 일인 것처럼 아주 자연스럽고 차분하게, 아주 친한 두 사람 사이에 우연히 끼었을 때 자리를 양보해 줄 때처럼 그렇게 해냈다. 내 기억에 따르면, 그때 루스는 혼란스러운 표정으로 순간 놀라는 듯했다가 이윽고 재빨리 고개를 까딱해 보이고는 내 앞을 지나간 것 같다.

이런 사소한 일들이 루스를 기쁘게 해 주기는 했지만, 안개 낀 그날 처마 밑에서 일어났던 일을 없었던 것으로 돌리기에는 여전히 부족했다. 내가 이 사태를 영영 풀지 못할지도 모른다는 예감이 점차 커져 갔다. 어느 날 저녁 별관 밖에 있는 벤치에 혼자 앉아 그 해결책을 생각해 내려 애쓰던 나는 후회와 안타까움이 뒤섞인 무거운 감정에 휩싸여 실제로 눈물이 솟구치기도 했다. 사태가 줄곧 그런 식으로 머물러 있었다면, 어떤 일이 벌어졌을지 잘 모르겠다. 어쩌면 그러다가 그 모든 것이 잊혔을 수도 있고, 어쩌면 루스와 사이가 멀어졌을 수도 있다. 하지만 아주 뜻밖에도 기회가 찾아와 나는 사태를 수습할 수 있었다.

로저 선생님의 미술 수업이 한창 진행되고 있을 때였다.

다만 어떤 이유에선지 선생님은 중간에 교실 밖으로 나가고 없었다. 우리는 이젤 사이를 돌아다니며 서로 작품을 살펴보면서 수다를 떨고 있었다. 밋지 A.라는 여자애가 우리에게 다가오더니 아주 다정하게 루스에게 물었다.

"네 필통 어디 있니? 그거 정말 예쁘더라."

루스는 긴장하며 그 자리에 누가 있는지를 알아보기 위해 재빨리 주위를 둘러보았다. 늘 함께 다니는 우리 무리와 다른 아이들 한둘이 근처를 어슬렁거리고 있었다. 루스는 평소보다 부드럽게 밋지에게 대답했다.

"지금 없어. 내 수집품 함에 넣어 뒀거든."

"그거 정말 정교하더라. 어디서 났니?"

밋지는 정말이지 아무런 저의 없이 그런 질문을 던진 것이 분명했다. 그런데 5호실에서 루스가 처음으로 그 필통을 선보였을 때 같이 있던 우리 패거리 거의 전부가 그녀를 지켜보고 있었다. 나는 루스가 망설이는 것을 보았다. 그것이 나를 위한 완벽한 기회였다는 사실에 고마움을 느낀 것은 세월이 흘러 그 모든 일을 돌아보았을 때였다. 당시 내 행동은 정말이지 계획했던 것이 아니었다. 내가 밋지 앞으로 나서지 않았다면 다른 아이들은 루스가 곤경에 빠지는 흥미로운 장면을 목격했으리라.

"어디서 났는지는 말할 수 없어."

루스와 밋지 그리고 다른 아이들 모두가 약간 놀란 듯한 눈길로 나를 바라보았다. 하지만 나는 냉정을 잃지 않고 오직 밋지를 겨냥해 말을 이었다.

"말해 줄 수 없는 그럴 만한 이유가 있단다."

밋지가 어깨를 으쓱해 보였다. "그러니까 미스터리라는 거군."

"일급 미스터리라고 할 수 있지." 하고 대답한 다음 나는 의도적으로 고약하게 굴려고 그러는 것이 아니라는 뜻으로 미소를 지어 보였다.

다른 아이들은 고개를 끄덕이며 내 말을 지지해 주었지만, 루스 자신은 뭔가 다른 것에 넋을 빼앗기기라도 한 것처럼 애매한 표정을 짓고 있었다. 밋지는 또다시 어깨를 으쓱해 보였다. 내가 기억하는 한 그것이 그 사건의 끝이었다. 밋지가 그 자리를 떠났던가 아니면 뭔가 다른 화제로 옮겨 갔던 것이다.

내가 판매회 장부 건에 대해 루스에게 드러내 놓고 미안하다고 말할 수 없었던 것처럼 루스 역시 밋지 사이에서 야기된 곤경을 벗어나게 해 준 데 대해 내게 드러내 놓고 고마움을 표할 수는 없었을 것이다. 하지만 그 후 며칠 동안은 물론 여러 주가 지나는 동안 그 애가 나에게 보여 준 태도로 보아 그 일로 그 애가 얼마나 기뻐했는지 분명히 알 수 있었다. 그리고 나중에는 나와 비슷한 입장에서 나를 위해 뭔가 좋은 일, 정말이지 특별한 일을 할 만한 것이 없을까 하고 기회를 기다리고 있다는 것을 쉽사리 알 수 있었다. 그것은 기분 좋은 일이었으므로, 오히려 그럴 기회가 오랫동안 오지 않아 우리 사이의 그런 좋은 느낌이 줄곧 계속될 수 있다면 얼마나 좋을까 하는 생각까지 한두 번쯤 했던 기억이 난다. 밋지 사건으로부터 한 달 후에 루스에게도 기회가 왔다. 내가 아끼던 카세트테이프를 분실했던 것이다.

지금 나는 그때 잃어버린 것과 같은 종류의 카세트테이프를 갖고 있다. 최근까지도 이슬비가 내리는 날 야외를 달릴 때면 그 테이프를 들었다. 하지만 내 차의 카세트테이프 플레이어 상태가 나빠진 다음에는 혹시 손상될까 봐 그것을 걸지 못했다. 그리고 내 방으로 가지고 돌아와서는 그것을 들을 만한 시간 여유가 없었던 것 같다. 그래도 그 테이프는 나의 가장 소중한 물건 중 하나로 남아 있다. 올해 말이 되면 간병사 일을 그만두게 될 것이므로 그 테이프를 좀 더 자주 들을 수 있으리라.

앨범 제목은 『송스 애프터 다크』로 주디 브리지워터가 부른 것이었다. 지금 내게 있는 것은 당시 헤일섬에서 갖고 있다가 잃어버린 그 테이프가 아니라, 그로부터 몇 년 후 노픽에서 토미와 함께 찾아낸 것이다. 이것에 대해서는 나중에 이야기하기로 하자. 지금 말하려는 것은 영영 사라져 버린 첫 테이프에 대해서이다.

이 사건 이야기로 들어가기에 앞서 당시 우리가 노퍽을 어떻게 생각하고 있었는지를 설명해야 할 것 같다. 노퍽에 대한 우리의 감정은 여러 해에 걸쳐 이루어진 것이며 우리만이 알 수 있는 농담으로 자리 잡은 것으로, 그 출발은 상당히 어렸을 때 받은 어떤 수업에서였다.

에밀리 선생님의 수업 시간에 우리는 영국의 다른 지방에 대해 배웠다. 선생님은 대형 지도를 칠판에 꽂고 그 옆에는 이젤을 세워 놓았다. 예를 들어 옥스포드셔에 관해 이야기하고 있었다면, 이젤에 그 지방의 모습을 찍은 커다란 달력 사진을 올려놓는 것이다. 선생님에게는 그런 달력이 많았다. 우리는 그런 식으로 대부분의 지방을 공부했다. 그녀는 지휘봉으로 지도 위의 한 지점을 가볍게 두드린 다음 이젤을 향해 돌아서서 그곳의 사진을 펼쳤다. 연기가 마을을 가로질러 올라가고, 언덕에는 하얀 기념물이 서 있으며, 들판 가장자리에는 오래된 교회가 있는 작은 마을 사진들이었다. 그날 공부할 곳이 연안 지방이라면 사람들로 붐비는 해변과 갈매기가 날아다니는 절벽 사진이 등장했다. 에밀리 선생님은 우리 주위의 세상이 어떤 곳인지 알게 해 주고 싶었던 것 같다. 간병사 일 때문에 수많은 곳을 다녀 본 지금도 여러 지방에 대한 내 사고의 범위가 여전히 에밀리 선생님이 이젤에 올려놓았던 그 사진들을 넘어서지 못한다는 사실이 놀랍지 않을 수 없다. 다시 말해서 차를 몰고 더비셔를 관통할 때면 녹음 가운데 튜더 양식을 본뜬 주점 건물과 전쟁 기념물들이 자리 잡은 특정 마을을 나도 모르게 찾고 있는 것이다. 그러고는 그것이 더비셔에 대해 처음 배울 때 에밀리 선생님이 우리에게 보여 준 그림 속의 풍경임을 깨닫는 것이다.

어쨌거나 지금 말하려는 요점은, 에밀리 선생님의 달력 사진에는 나오지 않는 지방이 있었다는 것, 노픽 사진은 단 한 장도 없었다는 사실이다. 그런 수업이 여러 차례 반복되었으므로, 수업이 시작될 때마다 나는 이번에는 선생님이 노픽 사진을 찾아내지 않았을까 기대하곤 했지만, 그런 일은 일어나지 않았다. 선생님은 지휘봉으로 지도 위를 가리키면서 "그리고 여기가 노픽이다. 무척 멋진 곳이지."라고 숙고 끝에 나온 듯한 한마디를 덧붙이곤 했다.

그런 다음 기억컨대 선생님은 잠시 말을 끊고 생각에 잠겼다. 사진을 보여 주는 대신 할 일을 생각해 두지 않은 듯했다. 이윽고 선생님은 몽상에서 빠져나와 다시 지도 위를 두드렸다.

"보다시피 이곳은 동쪽, 곧 바다 쪽에 이 산맥이 솟아 있기 때문에 이곳을 통해서는 어디로도 갈 수 없다. 사람들은 북쪽이나 남쪽으로(이 대목에서 선생님은 지휘봉을 위아래로 움직였다.) 움직일 뿐이다. 사람들은 이곳을 우회해 지나가 버린다. 이런 이유에서 이곳은 영국에서 가장 평화로운, 그런대로 아름다운 구석인 셈이다. 동시에 '분실물 보관소' 같은 곳인 셈이지."

분실물 보관소, 에밀리 선생님은 노픽을 그렇게 칭했고, 그것을 시작으로 우리는 노픽에 대해 특별한 감정을 발전시키게 되었다. 헤일셤 건물 4층에는 우리가 잃어버린 물건들을 보관해 두는 '분실물 보관소'가 있었다. 뭔가 잃어버렸거나 주웠다면 그곳으로 가면 되었다. 그 수업이 끝난 다음 누군가가(누구였는지 이제는 기억나지 않는다.) 에밀리 선생님이 노픽을 '분실물 보관소'라고 한 것은 그곳이 영국의 '분실물 보관소, 다시 말해서 전국의 분실물들이 마지막으로 모이는 곳'이라는 의미였다고 주장했다. 이런 생각은 웬일인지 인기를 얻어 실제로 그해 내내 통용되었다.

지금으로부터 얼마 전에 이 모든 기억을 되살렸을 때 토미는 당시 우리가 실제로 그렇게 생각했던 것은 아니라고, 처음부터 그것은 농담이었을 뿐이라고 주장했다. 하지만 나는 그 점에서 그의 생각이 틀렸다고 거의 확신한다. 우리가 열두세 살이 되었을 무렵 노퍽에 대한 이런 이야기는 이미 확고한 농담으로 자리 잡고 있었다. 하지만 내 기억에 따르면(루스의 기억 역시 마찬가지였다.) 처음에 우리는 노퍽에 대한 이야기를 글자 그대로 믿었다. 판매회를 위한 물건이나 먹을거리를 싣고 트럭들이 헤일셤으로 오는 것처럼, 조금 더 규모가 크다는 차이만 있을 뿐, 영국 전체의 들판이나 열차에 남아 있던 분실물이 자동차에 실려 노퍽이라고 불리는 그곳으로 집결되는 것이다. 그곳의 사진을 한 번도 본 적이 없다는 사실은 그런 수수께끼를 더욱 설득력 있게 만들어 주었다.

내 말이 얼토당토않게 들릴 수도 있을 것이다. 하지만 그 시기의 우리에게 헤일셤 너머의 장소는 어디가 되었든 간에 환상 속의 세계와 흡사했다는 사실을 잊어서는 안 된다. 외부 세상에 대해, 그곳에서 무엇이 가능하고 가능하지 않은지에 대해 당시 우리는 극히 막연한 개념만을 갖고 있었을 뿐이다. 그래서 우리는 노퍽에 대한 개념을 꼼꼼히 점검해 볼 생각 같은 것은 하지 않았다. 어느 날 저녁 도버 회복 센터의 타일 벽으로 된 병실에 앉아 해가 지는 것을 바라보면서 루스가 말한 것처럼 당시 우리에게 중요한 것은 "혹시 귀중한 뭔가를 잃어버렸다 해도, 애써 찾았지만 찾을 수 없었다 해도 일말의 희망을 가질 수 있다는 사실, 어른이 되어 자유롭게 전국을 여행할 수 있게 되면 노퍽에 가서 그것을 찾을 수 있을 거라 여기고 위안을 삼을 수 있었다는 사실"이었다.

나는 그 점에 있어서 루스의 말이 옳았다고 확신한다. 노퍽은 당시 우리가 생각했던 것 이상으로 우리에게 진정한 위로의 원천이 되어 주었다. 그렇기 때문에 이렇게 나이를 먹은 다음까지도(농담하듯 이야기하긴 하지만) 줄곧 그 이야기를 한 것이리라. 그리고 바로 그런 이유에서 그토록 긴 세월이 흐른 후 노퍽 해안에 있는 한 마을에서 지난날 잃어버린 것과 같은 종류의 테이프를 찾아내려는 시도가 토미와 나에게 그렇게 이상하게 여겨지지 않았던 것이리라. 그때 우리는 둘 다 어떤 벅찬 감정, 한때 심장 가까이에 있던 뭔가에 대한 믿음을 되살리고 싶은 깊은 감정을 느끼지 않았던가.

내가 원래 말하려던 것은 그 카세트테이프, 곧 주디 브리지워터의 『송스 애프터 다크』에 대해서이다. 그 곡은 1956년에 원래 엘피판으로 제작된 것이지만 내가 갖고 있는 것은 카세트테이프였다. 커버 사진은 레코드 재킷의 사진을 축소한 것이 분명했다. 당시 유행하던 어깨를 드러내는 보랏빛 실크 드레스를 입은 주디 브리지워터가 어떤 바의 스툴에 앉은 모습을 허리 바로 위까지 보여 주는 사진이었다. 배경은 남아메리카로 뒤에는 야자수와 하얀 턱시도를 입은 피부가 가무잡잡한 웨이터들의 모습이 보였다. 카메라는 바텐더가 그녀에게 음료를 가져다주는 바로 그 위치에서 주디를 포착했다. 그녀가 약간 애교를 부리는, 하지만 상대가 전부터 아는 사람인 듯 친절하긴 해도 지나치게 선정적이지는 않은 태도로 뒤를 돌아보는 장면이었다. 여기에서 주목할 만한 또 한 가지 사항은 주디가 카운터에 팔꿈치를 올려놓고 불붙은 담배를 손에 쥐고 있다는 사실이다. 판매회에서 발견한 순간부터 내가 그 테이프에 대해 그렇게 은밀한 태도를 취한 것은 바로 그 담배 때문이었다.

여러분이 자란 곳에서는 어땠는지 몰라도 헤일셤에서는 교사들이 흡연에 정말이지 엄격했다. 확신하건대 그들은 우리가 담배라는 것이 세상에 있다는 것 자체를 모르기를 바랐을 것이다. 하지만 그럴 수는 없었으므로 대신 그들은 담배가 언급될 때마다 일종의 잔소리를 하곤 했다. 유명 작가나 세계적인 지도자가 손에 담배를 쥔 사진이 나오면 그 수업은 서서히 중단되었다. 『셜록 홈스』 전집 같은 몇몇 고전 작품들이 도서관에 비치되지 않은 이유는 주인공이 담배를 피우는 장면이 너무 많이 나오기 때문이라는 소문이 돌았고, 담배 피우는 사진이 실린 잡지나 책의 페이지가 찢겨

나가고 없는 경우도 있었다. 그리고 흡연이 사람 몸에 얼마나 무시무시한 영향을 끼치는지 사진으로 보여 주는 수업도 있었다. 그렇기 때문에 마지 K.가 불쑥 루시 선생님께 혹시 담배를 피워 본 적이 있느냐고 물은 것은 정말이지 충격이었다.

라운더스 시합이 끝난 다음 우리는 잔디밭에 앉아 있었고, 루시 선생님이 우리에게 언제나처럼 흡연에 대한 훈시를 하고 있었다. 그런데 갑자기 마지가 루시 선생님에게 담배를 피워 본 적이 있느냐고 물었던 것이다. 루시 선생님은 잠시 침묵한 후 이윽고 입을 열었다.

"없다고 말할 수 있었으면 좋을 텐데. 하지만 사실 난 한동안 담배를 피웠단다. 젊은 시절 2년간 그랬었지."

그 대답이 우리에게 얼마나 충격적이었을지 여러분은 상상할 수 있으리라. 루시 선생님의 그런 대답을 듣기 전까지 우리 모두는 그런 건방진 질문을 한 데(우리한테 혹시 누군가에게 도끼를 휘두른 적이 있느냐고 묻는 것과 마찬가지였다.) 정말이지 격노해서 마지를 쏘아보고 있었다. 그리고 기억하건대 이후 며칠 동안 우리는 마지의 생활을 그야말로 비참하게 만들어 버렸다. 앞서 말한 것처럼 말이다. 밤마다 공동 침실에서 우리는 마지의 얼굴을 창문 쪽으로 돌려 놓아 억지로 숲을 바라보게 했다. 그 벌이 바로 이런 잘못에 대한 후속 조치였다. 하지만 루시 선생님이 과거에 담배를 피운 적이 있다고 털어놓은 순간 우리는 어찌나 당혹스러웠던지 마지에 대해서는 까맣게 잊고 말았다. 당시 우리는 겁에 질린 채 선생님을 물끄러미 응시하며 그녀의 다음 말을 기다리고 있었던 것 같다.

다시 입을 열었을 때 루시 선생님은 한 마디 한 마디에 주의 깊게 힘을 싣는 듯했다. "내가 담배를 피운 건 잘한 일이 아니다. 흡연은 건강에 나빠서 나는 담배를 끊었단다. 하지만 너희가 알아야 할 것은, 너희의 경우에 흡연은 과거의 내 경우보다 훨씬 더 나쁘다는 사실이다."

그런 다음 그녀는 말을 끊고는 침묵에 잠겼다. 누군가가 나중에 말하기를 당시 그녀가 몽상에 잠긴 것 같다고 했지만, 나는 그때 그녀가 다음에 할 말을 골똘히 생각하고 있었다는 것을 거의 확신할 수 있었다. 루스의 생각도 그랬다. 이윽고 선생님은 다시 입을 열었다.

"그런 것에 관해서는 너희도 들었을 것이다. 너희는 '학생'들이다. 너희는…… 좀 특별한 존재들이다. 따라서 각자의 몸과 마음을 건강하게 유지하는 것이 내 경우보다 훨씬 중요하단다."

그녀는 다시 말을 끊고는 기묘한 태도로 우리를 바라보았다. 나중에 그 일로 토론이 벌어졌을 때 우리 중 누군가의 말에 따르면, 당시 선생님은 "어째서죠? 우리한테 흡연이 특히 더 해로운 이유가 도대체 뭐죠?" 하는 질문이 나오기를 간절히 바랐으리라는 것이었다.

하지만 그런 질문은 나오지 않았다. 그 후 나는 종종 그날 일을 생각해 보았다. 그리고 그 후에 일어난 일을 종합해 보건대 그것이야말로 당시 우리에게 필요한 유일한 질문이었다는 것, 그런 질문을 받았다면 루시 선생님은 많은 이야기를 해 주었을 것이라고 확신한다. 그러니까 우리는 흡연에 대한 질문을 딱 한 가지 더 해야 했던 것이다.

그런데 그날 어째서 우리는 그런 질문을 하지 않은 것일까? 그 무렵 9~10세였던 당시에도 이미 우리는 그런 문제에 유의할 만큼은 사태를 알아채고 있었던 것 같다. 당시 우리가 그 모든 일들에 대해 어느 정도 알고 있었는지 이제 확실히는 생각나지 않는다. 다만 아주 깊이까지는 아니더라도 우리가 교사들 그리고 바깥세상의 일반 사람들과는 다른 존재라는 것을 알고 있었던 것은 분명하다. 어쩌면 그때 이미 종국에 가서는 기증이 우리를 기다리고 있다는 것을 알고 있었는지도 모른다. 하지만 그것이 어떤 의미인지까지는 정말이지 알지 못했다. 그러면서도 그런 화제를 애써 피한 이유는 그것이 우리를 당혹스럽게 만들기 때문이었다. 무엇보다도 화제가 그런 쪽으로 흐를 때마다 교사들이 몹시 어색한 반응을 보이는 것이 너무나 싫었다. 교사들의 태도가 그런 식으로 달라지는 것을 보면 우리는 허둥대지 않을 수 없었다. 바로 그런 이유에서 우리는 그날 더 이상 질문을 하지 않은 것 같다. 그날 라운더스 시합이 끝난 다음 그 모든 문제를 야기한 마지 K에게 우리가 그렇게 가혹한 벌을 준 것도 그런 이유에서였을 것이다.

어쨌든 이런 이유에서 나는 그 테이프에 대해 몹시 은밀한 태도를 취했다. 심지어는 플라스틱 케이스를 열어야만 담배 피우는 주디의 사진이 보이게 커버를 안쪽으로 돌려 놓기까지 했다. 하지만 내게 그 테이프가 그토록 중요하게 여겨졌던 것은 담배 때문도, 주디 브리지워터가(그 무렵에 유행한 칵테일 바 스타일의 가수로 헤일셤에서 인기 있는 부류는 아니었다.) 노래를 잘 불러서도 아니었다. 내가 그 테이프를 그렇게 특별하게 여긴 것은 거기에 수록된 노래 때문이었다. 셋째 트랙에 담긴 그 노래의 제목은 「네버 렛 미 고」였다.

그 곡은 심야 프로그램에 어울리는 느릿한 가락에 가사가 영어로 되어 있었고, 주디가 "네버 렛 미 고……. 오, 베이비, 베이비……. 네버 렛 미 고……."라고 노래하는 후렴구가 있었다. 당시 열한 살이었던 나는 음악을 그리 많이 들어 보진 않았지만 그 노래가 정말이지 마음에 들었다. 나는 기회가 올 때마다 기다리지 않고 그 노래를 들을 수 있게 노래의 시작 지점에 정확히 테이프를 되감아 놓곤 했다.

하지만 그런 기회는 그리 많지 않았다. 이해할지 모르지만 워크맨이 판매회에 모습을 드러낸 것은 그로부터 몇 년이 지난 후였다. 당구실에 대형 카세트테이프 플레이어가 있었지만, 그곳은 항상 붐볐으므로 그곳에서 듣는 일은 거의 없었다. 미술실에도 플레이어가 있긴 했지만 그곳은 대개 소란했다. 내가 그 테이프를 제대로 들을 수 있는 곳은 공동 침실뿐이었다.

그즈음 우리는 독립된 건물에 여섯 개의 작은 침대가 갖추어진 공동 침실로 옮겨 가 있었는데, 내가 쓰는 침실 난방기 위 선반에는 탁상용 카세트테이프 플레이어가 놓여 있었다. 그래서 나는 대낮에 아무도 없을 때를 골라 그곳으로 가서 그 노래를 반복해 듣곤 했다.

그 노래의 어떤 점이 왜 그렇게 특별하게 여겨졌던 것일까? 가사의 의미를 새기는 대신 나는 "베이비, 베이비, 네버 렛 미 고……"라는 후렴구가 흘러나오기를 기다리곤 했다. 그러면서 나는 평생에 걸쳐 간절하게 아기를 바랐으나 아기를 낳을 수 없다는 선고를 받은 어떤 여자를 떠올렸다. 그런데 기적 같은 일이 일어나서 그 여자는 아기를 낳았다. 그 아기를 품에 안고 어르면서 "베이비, 네버 렛 미 고……." 하고 노래하는 것이다. 그녀는 한편으로 몹시 행복한 동시에 또 한편으로는 아기가 병에 걸리거나 누군가 아기를 빼앗아 가는 일이 벌어질지도 모른다는 생각에 겁에 질려 있다. 당시에도 나는 그 노래의 실제 내용은 그렇지 않다는 것, 그런 해석은 그 노래의 나머지 부분과 맞지 않는다는 것을 짐작하고 있었다. 하지만 그래도 상관없었다. 내게 있어서 그 노래는 바로 그런 의미였다. 그래서 기회가 생길 때마다 나는 그 노래를 거듭해서 듣곤 했다.

그즈음 일어난 기묘한 사건 하나를 여기에서 이야기해야겠다. 그 사건은 정말이지 나를 당혹스럽게 만들었다. 그 사건의 진짜 의미를 이해한 것은 그로부터 여러 해가 흐른 후였지만, 당시에도 이미 나는 거기에 더 깊은 의미가 있다는 사실을 감지했던 것 같다.

어느 화창한 날 오후에 나는 뭔가를 가지러 공동 침실로 갔다. 무척 맑은 날이었던 것으로 기억된다. 창문 위로 드리워진 커튼 사이로 굵은 빛기둥이 쏟아져 들어와 공중의 먼지를 환히 비추고 있었다. 원래는 테이프를 틀 생각이 아니었지만 일단 그곳에 혼자 있게 되자 나는 충동적으로 수집품 함에서 그것을 꺼내 플레이어에 걸었다.

마지막으로 사용했던 누군가가 볼륨을 올려놓고 내버려둔 모양이었다. 스피커에서 내가 보통 듣는 것보다 훨씬 큰 소리가 울려 나왔다. 그녀가 들어오는 소리를 내가 듣지 못한 것은 아마 그 때문이었을 것이다. 아니 어쩌면 내가 마음을 놓고 있었기 때문이었는지도 모른다. 어쨌든 나는 가슴에 아기를 안고 있다고 상상하며 그 노래에 맞추어 천천히 몸을 흔들고 있었다. 실제로 상황이 더욱 곤혹스러웠던 것은 당시에 내가 아기 대신 베개를 끌어안고 두 눈을 꼭 감은 채 느릿하게 춤을 추면서 그 구절이 나올 때마다 나직하게 노래를 따라 부르고 있었기 때문이었다.

"오 베이비, 베이비, 네버 렛 미 고……."

노래가 거의 끝날 즈음 나는 무엇 때문인지 방에 나 말고 다른 사람이 있다는 것을 느끼고 퍼뜩 눈을 떴다. '마담'이 문간에 서서 나를 바라보고 있었다.

나는 충격으로 몸이 얼어붙었다. 다음 순간 새로운 종류의 경계심이 나를 엄습했다. 그 상황에는 뭔가 기묘한 점이 있었기 때문이다. 방문이 반쯤 열려 있었지만(자고 있을 때가 아니라면 문을 완전히 닫지 않는다는 규칙 같은 것이 있었다.) 마담은 바로 문턱에 서 있지 않았다. 그녀는 복도에 조용히 서서 고개를 한쪽으로 기울이고 방 안에서 내가 하는 양을 바라보고 있었다. 이상한 점은 그녀가 울고 있다는 것이었다. 어쩌면 음악을 뚫고 들려온 그 흐느낌 소리에 내가 몽상에서 깨어난 것인지도 몰랐다.

지금 그 일을 생각하면 그녀는 교사는 아니었지만 적어도 어른이었으므로 먼저 어떤 말이나 행동을 했어야 했다는 생각이 든다. 그저 나를 책망하는 것이라도 말이다. 그랬다면 나는 어떻게 행동해야 할지 알 수 있었으리라. 하지만 거기에 그대로 선 채 그녀는 줄곧 흐느끼면서 우리를 쳐다볼 때면 항상 떠올리던 눈빛, 마치 섬뜩한 뭔가를 바라보는 듯한 눈길로 나를 응시하고 있었다. 다만 이번에는 눈빛에 뭔가 다른 것이 담겨 있었는데, 그것이 무엇인지 나로서는 헤아릴 수가 없었다.

나는 어떤 행동을 해야 할지, 무슨 말을 해야 할지, 혹은 다음에 무슨 일이 벌어질지 알 수 없었다. 그녀가 방 안으로 들어와 내게 고함을 쳐 댈지, 심지어는 매질을 할지 가늠조차 할 수 없었다. 하지만 그녀는 그대로 몸을 돌렸다. 건물을 나가는 그녀의 발소리가 내 귀에 들려왔다. 이윽고 나는 테이프에서 다음 곡이 흘러나온다는 것을 깨닫고 플레이어를 끄고 가장 가까운 침대에 주저앉았다. 눈앞의 유리창을 통해 본관을 향해 서둘러 걸어가는 그녀의 모습이 보였다. 그녀는 뒤돌아보지 않았지만, 등을 웅크리고 있는 것으로 미루어 줄곧 흐느끼고 있음을 알 수 있었다.

잠시 후 나는 친구들이 있는 곳으로 돌아갔지만, 조금 전에 벌어진 일에 대해서는 아무 이야기도 하지 않았다. 누군가 내가 좀 이상하다는 것을 눈치챈 듯 뭐라고 말을 걸었지만, 나는 그저 어깨만 으쓱해 보였을 뿐 가만히 있었다. 그때 내가 느낀 감정이 딱히 수치심이었다고는 할 수 없다. 그때의 기분은 언젠가 차에서 내리는 마담을 안마당에서 숨어 기다렸을 때와 비슷했다. 무엇보다도 그런 일이 일어나지 않았더라면 얼마나 좋았을까 하는 생각이 들었고, 그것에 관해 침묵하는 편이 나 자신과 다른 아이들에게 더 나을 것이라고 느꼈다.

그로부터 몇 년 후 나는 토미에게 그 일을 이야기했다. 연못가에서 우리의 대화가 시작되어 그 애가 루시 선생님에 대해 처음으로 내게 속내를 털어놓았을 때였다. 여러 해 동안 주위에서 일어난 우리의 문제에 대해 회의하고 숙고하는 그 모든 과정을 시작한 것은, 지금 생각해 보건대 그즈음부터였던 것 같다. 공동 침실에서 마담과 있었던 일을 들려주자 토미는 상당히 단순한 설명을 내놓았다. 그 사건이 일어날 당시에는 내가 모르고 있었던 것, 그러니까 우리들 중 아무도 아기를 가질 수 없다는 사실을 그 무렵 우리 모두는 알게 되었다. 어쩌면 제대로 의식하지는 못했지만 더 어렸을 때도 어떤 식으로든 그 사실을 감지했는지도 모른다. 그래서 그 노래를 그런 식으로 해석한 것일 수도 있다. 하지만 그 사건 당시 나로서는 그런 내용을 제대로 알지 못했다. 앞서 말한 대로 토미와 내가 그 문제에 대해 이야기하기 시작할 무렵에야 모든 사실을 그런대로 명확하게 알게 된 것이다. 한마디 덧붙이자면 그런 일에 특별히 마음을 쓰는 사람은 우리 중 아무도 없었다. 기억하건대 실제로 몇몇 아이들은 그런 걱정 없이 성교를 할 수 있다는 것에 즐거워했다. 하지만 그 무렵 우리 대부분이 성교다운 성교를 하기 위해서는 좀 더 기다려야 했다. 어쨌든 그 사건에 대해 듣고 나자 토미는 이렇게 대답했다.

"사람을 오싹하게 하는 데가 있긴 해도 마담은 어쩌면 그렇게 나쁜 사람이 아닐지도 몰라. 네가 아기를 품에 안고 그렇게 춤추는 걸 보고는 아기를 갖지 못한다는 사실이 정말이지 비극적으로 여겨졌겠지. 그래서 울기 시작했을 거야."

"하지만 토미, 그 노래 가사가 아이를 갖는 것과 관련이 있다는 걸 마담이 어떻게 알았을까? 내가 안고 있던 베개가 아기 대신이었다는 걸 어떻게 알았겠느냐고? 그건 그저 나 혼자만의 생각이었을 뿐인데." 내가 지적했다.

토미는 내 말뜻을 잠시 새겨 보더니 이윽고 농담조로 말했다. "마담에게 사람의 마음을 읽어 내는 능력이 있는지도 모르지. 그 여잔 좀 이상하잖아. 어쩌면 네 마음을 꿰뚫어 봤을 수도 있어. 그랬다 해도 난 놀랍지 않은걸."

그 말에 우리는 둘 다 으스스한 기분이 들었다. 그래서 킬킬거리면서도 더는 이야기를 진행하지 않았다.

문제의 카세트테이프가 사라진 것은 그 마담 사건이 있은 지 두어 달 후였다. 나는 그 두 사건을 연관 지어 생각한 적이 없었고, 지금도 반드시 연관 지어야 할 이유는 없다. 어느 날 밤 나는 소등되기 직전 공동 침실에서 다른 아이들이 욕실에서 나오기를 기다리며 수집품 상자를 뒤적였다. 이상하게 들리겠지만, 그 테이프가 없어졌다는 것을 깨달은 순간 처음으로 떠오른 생각은 그 일에 내가 얼마나 상심하고 있는지를 밖으로 드러내지 말아야 한다는 것이었다. 테이프를 찾으면서 무의식적으로 그 가락을 콧노래로 읊조리고 있었던 것이 기억난다. 나는 그 문제에 대해 많은 생각을 했지만, 그 점을 어떻게 설명해야 할지 아직도 모르겠다. 함께 방을 쓰는 이들은 가장 친한 친구들이었지만, 테이프가 없어져서 내가 얼마나 상심해 하는지를 그들에게 알리고 싶지 않았던 것이다.

그것이 내게 얼마나 큰 의미가 있는가 하는 것 자체가 하나의 비밀 같은 것이었을 수도 있다. 헤일섬의 우리 모두가 그런 자그마한 비밀들을 갖고 있었던 것 같다. 우리로 하여금 자신만의 두려움과 소망을 품고 혼자 있을 수 있게 해 주는 그런 은밀한 피난처들 말이다. 하지만 그런 욕구를 갖고 있다는 사실 자체가 당시 우리에게는 잘못인 양 여겨졌다. 마치 그런 행동이 친구들에 대한 배신이라도 되는 것처럼.

어쨌든 그 테이프가 없어졌음이 분명해지자 나는 같은 침실을 쓰는 아이들에게 혹시 그것을 보지 못했는지 무심한 척하며 물어보았다. 당시에는 그렇게 심란한 정도는 아니었는데, 그것은 그 테이프를 당구실에 두고 왔을 수도 있고, 누군가가 잠시 빌려 갔다가 아침에 다시 가져다 두려 했을지도 모른다는 희망이 있었기 때문이었다.

하지만 그 테이프는 다음 날에도 나타나지 않았고, 나로서는 무슨 일이 일어났는지 전혀 알 수 없었다. 사실 헤일섬에서는 우리, 혹은 선생님들이 인정하는 것보다 훨씬 많은 도난 사건이 일어났다. 하지만 내가 지금 이 모든 이야기를 하는 이유는 루스에 관해, 그 애가 이 일에 어떻게 반응했는지를 말하기 위해서이다. 그 테이프가 사라진 시기가, 밋지가 미술실에서 문제의 필통에 대해 루스에게 물었을 때 내가 나서서 상황을 타개한 때로부터 한 달이 채 지나지 않았을 무렵임을 염두에 두어야 한다. 앞서 말한 대로 그 이후 루스는 보답으로 내게 해 줄 만한 일을 찾고 있었던 것 같다. 그러므로 테이프가 사라진 사건은 그녀에게 좋은 기회를 제공한 셈이었다. 심지어는 그 사건이 일어난 다음에야 우리 사이가 비로소 정상으로, 그러니까 그 비 오는 날 아침 본관 처마 밑에서 내가 루스에게 판매회 기록장에 대해 언급하기 이전으로 회복되었다고도 할 수 있다.

테이프가 사라졌다는 것을 처음으로 알게 된 날 밤, 나는 만나는 아이들마다 그것에 대해 아는지 물었고, 거기에는 물론 루스도 포함되었다. 이제 돌아보면 당시 루스는 테이프를 잃어버림으로써 내가 얼마나 큰 타격을 입었는지, 동시에 그 일에 당황한 모습을 보이지 않으려고 얼마나 신경을 쓰는지 알아챘음에 분명하다. 그날 밤 그 애가 방심한 듯 어깨를 으쓱해 보이고는 하던 일을 계속한 것은 그래서였을 것이다. 하지만 다음 날 아침 욕실에서 돌아오는데 그 애가 한나에게 정말로 내 테이프를 보지 못했는지, 전혀 중요한 일이 아니라는 듯 극히 심상하게 묻는 소리가 들려왔다.

그로부터 약 2주 후 내가 그 테이프를 정말 영영 잃어버린 것이라고 포기하고 난 어느 날 점심시간에 루스가 내게 다가왔다. 그해 봄 들어 처음으로 시작되는 정말 좋은 날씨였으므로, 나는 잔디에 앉아 상급반 여학생 두엇과 이야기를 하고 있었다. 루스가 다가와 잠시 걷지 않겠느냐고 물었을 때, 나는 루스가 내게 뭔가 특별히 할 이야기가 있음을 알 수 있었다. 그래서 나는 상급반 여학생들 곁을 떠나 루스를 따라 북쪽 운동장 가장자리로 갔다. 그런 다음 우리는 북쪽 언덕을 올라 학생들이 무리 지어 앉아 있는 푸른 비탈이 내려다보이는 나무 울타리 가에서 걸음을 멈추었다. 언덕 꼭대기에는 바람이 세게 불고 있었는데, 아래쪽 풀밭에서는 바람이 느껴지지 않았던 터라 좀 놀랐던 것이 생각난다. 우리는 거기에 서서 한동안 운동장을 내려다보았다. 이윽고 루스는 내게 작은 봉투 하나를 내밀었다. 그것을 받아 드는 순간 나는 그 안에 들은 것이 카세트테이프라는 것을 깨닫고 가슴이 뛰기 시작했다. 하지만 루스가 지체 없이 입을 열어 이렇게 말했다.

"캐시, 이건 네가 잃어버린 그건 아냐. 똑같은 건 아니라고. 꼭 찾아내려 했지만, 영영 사라져 버린 것 같아."

"아, 노픽으로 가 버렸구나."

우리 둘 다 웃음을 터뜨렸다. 나는 약간 실망한 기색으로 봉투에서 테이프를 꺼냈다. 테이프를 살펴보는 동안 내 얼굴에 그런 실망의 표정이 남아 있었는지는 확실하지 않다.

봉투에서 나온 것은 『투엔티 클래식 댄스 튠스』라는 제목의 테이프였다. 나중에 들어 보니 그것은 볼룸 댄스를 위한 오케스트라 음악이었다. 루스가 그것을 내게 주었을 당시 나는 그것이 어떤 음악인지는 몰랐지만 주디 브리지워터의 노래 같은 것이 아님은 분명히 알 수 있었다. 다음 순간 나는 거의 즉각적으로 루스가 아무것도 모른다는 사실을 깨달았다. 그 음악에 대해 아무것도 모르는 루스가 그것으로 내가 잃어버린 것을 대신할 수 없다는 것을 어떻게 이해한단 말인가. 그러자 처음에 느꼈던 실망감이 순식간에 빠져나가고 진정한 행복감이 그 자리를 채웠다. 헤일섬에서 우리가 서로를 껴안는 일은 별로 없었다. 나는 두 손으로 그 애의 한 손을 꼭 잡으며 고마움을 표현했다. 루스가 말했다. "지난번 판매회에서 이 테이프를 발견했어. 네가 좋아하는 음악 같아서 주는 거야." 나는 그렇다고, 내가 좋아하는 바로 그런 음악이라고 말해 주었다.

지금도 나는 그 테이프를 갖고 있다. 거기에 담긴 음악 자체는 사실 아무 의미도 없기 때문에 많이 듣지는 않는다. 그것은 브로치나 반지처럼 하나의 오브제이다. 특히 루스가 저세상으로 가고 난 지금 그것은 나에게 가장 귀중한 물건 중 하나가 되었다.

7

　이제 나는 우리가 헤일섬에서 보낸 마지막 몇 년에 대해 이야기하고 싶다. 그 시기는 우리가 열세 살 때부터 그곳을 떠나야 했던 열여섯 살 때까지다. 내 기억 속에서 헤일섬 시절은 뚜렷하게 두 부분으로 나뉜다. 이 시기와 그 전의 전체 시기 말이다. 내가 이제까지 이야기해 온 이전 시기는 일종의 황금시대라고 뭉뚱그려 말할 수 있는 시기로, 그 시절을 떠올리면 별로 대단한 일이 아니더라도 어떤 행복감 같은 것이 느껴진다. 하지만 마지막 몇 년에 대한 느낌은 다르다. 이 시기는 반드시 불행했다고는(소중한 추억도 많다.) 할 수 없지만, 좀 더 심각했고 어떤 점에서 좀 더 우울했다. 어쩌면 이제 와서 생각하면서 과장하고 있는지도 모르지만, 그즈음 나는 낮이 밤으로 바뀌듯이 사태가 빠르게 변하고 있다는 인상을 받았다.

연못가에서 토미와 대화를 나눈 시점은 두 시기를 나누는 일종의 표지인 셈이었다. 그다음부터 바로 어떤 의미심장한 일이 일어나기 시작해서가 아니라, 적어도 내게는 그 대화가 하나의 전환점이 되었기 때문이다. 그때를 기점으로 나는 모든 것을 완전히 다르게 보기 시작했다. 전에는 어색한 느낌 때문에 물러서곤 했던 문제들에 대해 입 밖으로 소리 내어 말하지는 않더라도 적어도 마음속으로는 점점 더 의문을 품기 시작했다.

토미와 나눈 대화로 특히 루시 선생님을 새로운 각도에서 바라보게 되었다. 나는 기회가 있을 때마다 그녀를 주의 깊게 관찰했다. 단순한 호기심에서가 아니라 이제 그녀가 중요한 단서를 제공할 가능성이 가장 높은 인물로 여겨졌기 때문이다. 이후 한두 해 동안 실제로 그러했다. 나는 사소하지만 기묘한 그녀의 말이나 행동을 눈여겨봄으로써 다른 친구들이 포착하지 못한 것을 알아낼 수 있었다.

연못가에서 대화를 나눈 지 1~2주 후에 루시 선생님의 영어 수업 시간에 일어난 사건을 예로 들 수 있다. 어떤 시에 대해 공부하고 있었는데, 어쩌다가 2차 대전 때 포로수용소에 수감된 군인들에 대한 이야기로 흘러갔다. 남자애

하나가 수용소를 둘러싼 담장에 전류가 흐르고 있었는지 묻자, 누군가가 그런 곳에서 사는 것은 정말이지 기묘한 느낌일 것이라고, 언제라도 담장에 손만 대면 자살할 수 있지 않겠느냐고 말했다. 심각한 의도에서 한 말이었을 수도 있지만 우리 모두는 그 말을 상당히 재미있게 생각했다. 우리는 웃음을 터뜨리며 일제히 이야기를 시작했다. 이윽고 평소에도 그런 행동을 하는 것이 전혀 이상하게 여겨지지 않았던 로라가 자리에서 일어서서는 팔을 뻗어 전기에 감전되는 모습을 요란하게 흉내 냈다. 순간 교실은 난장판이 되었다. 모두들 전류가 흐르는 담장을 만지는 흉내를 내며 소리를 질러 댔던 것이다.

그러는 동안 나는 줄곧 루시 선생님을 관찰했다. 그런 아이들을 바라보는 그녀의 얼굴에 아주 잠깐 어떤 희미한 표정이 떠올랐다. 이윽고 그녀는(여전히 나는 눈길을 떼지 않고 주의 깊게 바라보고 있었다.) 자신을 추스르고는 미소를 지으며 말했다. "헤일셤의 울타리에 전기선이 둘러져 있지 않은 건 다행이지. 그랬다면 때때로 끔찍한 사고가 벌어졌을 거야."

그렇게 말하는 그녀의 어조는 아주 나직했고, 아이들은 줄곧 소리를 지르고 있었으므로, 그 말은 별다른 주목을 받지 않고 지나가 버렸다. 하지만 나는 "때때로 끔찍한 사고가 벌어졌을 거야."라는 말을 분명히 들을 수 있었다. 도대체 무슨 사고가 어디서 벌어진단 말인가? 하지만 아무도 그녀에게 그 점을 묻지 않았다. 우리는 시에 대한 토론으로 돌아갔다.

그런 식의 사소한 일들이 더 있었으므로, 얼마 지나지 않아 나는 루시 선생님을 다른 선생님들과 다르게 여기게 되었다. 당시 내가 실제로 그녀의 걱정이나 불만의 본질을 알기 시작했을 수도 있지만, 그랬다고 말한다면 아마 과장일 것이다. 당시 나는 이 모든 일들을 어떻게 해석해야 할지 확실히 알지 못한 채 그저 지켜보고 있었을 뿐이리라. 그리고 이제 와 돌아보면 이런 사건들은 시종일관 의미심장했던 것 같은데, 그것은 아마도 내가 이 일들을 나중에 일어난 일들, 특히 억수같이 비가 내렸던 그날 별관 앞에서 비를 피하는 동안 벌어진 일 같은 것에 비추어 생각하기 때문이리라.

당시 우리는 이미 열다섯 살로 헤일셤에서 지내는 마지막 해에 접어든 상태였다. 우리는 별관에서 라운더스 게임 준비를 하고 있었다. 남자애들이 우리와 새롱거리기 위해 라운더스를 '즐기던' 무렵이었다. 그날 오후 거기에 모인 학생들은 서른 명 이상이었다. 우리가 옷을 갈아입는 동안 비가 억수같이 퍼붓기 시작했다. 우리는 별관 지붕 덕택으로 비를 피할 수 있는 베란다에 모여 비가 그치기를 기다렸다. 하지만 빗줄기는 여간해서 그치지 않았다. 가장 늦게 옷을 갈아입은 아이들까지 나오자 베란다는 아이들로 북적댔다. 기억하건대 그때 로라는 내 앞에서 정말로 어떤 남자애를 떼어 버리고 싶을 때 동원하는, 유난히 고약하게 코 푸는 시늉을 하고 있었다.

함께 있던 교사는 루시 선생님뿐이었다. 그녀는 마치 운동장을 내려다보려는 듯 전면의 난간에서 몸을 굽히고 빗속을 응시하고 있었다. 나는 당시 줄곧 그래 온 것처럼 그녀를 주의 깊게 지켜보았다. 심지어 로라의 시늉을 바라보며 웃음을 터뜨리면서도 루시 선생님의 뒷모습을 은밀하게 힐끔거렸다. 기억하건대 그녀의 자세에는 좀 기묘한 점이 있었던 것 같다. 고개를 지나치게 많이 숙여서 다음 순간 와락 달려들기 위해 몸을 웅크리고 있는 동물처럼 보였던 것이다. 그렇게 난간에 기대어 몸을 기울이고 있으면 돌출된 홈통에서 쏟아지는 물방울이 언제라도 몸에 튈 수 있었다. 하지만 그녀는 그런 것에 전혀 신경 쓰지 않는 것 같았다. 당시 나는 그 모든 것에 이상한 점이 전혀 없다고, 선생님은 그저 비가 그치기를 초조하게 기다리고 있는 것뿐이라고 나 자신을 타이른 다음 다시 로라에게 관심을 돌렸던 것 같다. 그로부터 몇 분 후 루시 선생님에 대해서는 깡그리 잊어버리고 어떤 일 때문에 요란하게 웃던 나는 문득 주위가 조용해졌음을 깨달았다. 루시 선생님이 이야기를 하고 있었다.

선생님은 조금 전의 그 자리에 서 있었지만, 이제는 비가 내리는 하늘을 배경으로 난간에 등을 돌리고 우리를 바라보고 있었다.

"아니, 그렇지 않단다. 미안하지만, 너희 대화에 좀 끼어들어야겠구나." 하고 그녀가 말하는 소리가 들려왔다. 바로 앞 벤치에 앉은 남자애 둘에게 하는 말이었다. 말투가 꼭 이상하다고는 할 수 없었지만, 다수의 학생들에게 뭔가 발표할 때 쓰는 투로 아주 크게 말하고 있었다. 그래서 순간 우리 모두가 조용해졌던 것이다. "아니야, 피터. 네 말을 자르지 않을 수 없구나. 더는 너희 말을 그냥 듣고 있을 수가 없다."

그런 다음 그녀는 눈을 들어 나머지 우리까지 시야에 넣고는 숨을 깊게 들이쉬었다. "좋아, 너희도 들으렴. 이건 너희 모두를 위한 얘기니까. 누군가 이런 말을 해 줄 때가 되었어."

우리는 가만히 다음 말을 기다렸고, 그녀는 줄곧 우리를 응시하고 있었다. 나중에 몇몇 아이들은 선생님이 우리를 크게 꾸짖을 줄 알았다고 했고, 또 다른 아이들은 라운더스 경기에 관한 새로운 규칙을 발표하려는 줄 알았다고 했다. 하지만 나는 그녀의 다음 말을 채 듣기 전에 그것이 그 이상의 무엇임을 알아챘다.

"얘들아, 너희 말을 엿들은 걸 용서해 주렴. 하지만 너희가 바로 내 뒤에 있었기 때문에 듣지 않을 수 없었단다. 피터, 조금 전 고든한테 했던 얘기, 다른 친구들한테도 해 주겠니?"

피터 J.는 당황한 듯했고, 아무 잘못도 하지 않았는데 억울하게 꾸중을 듣는다는 특유의 표정을 지으려 했다. 하지만 선생님은 이번에는 훨씬 더 부드럽게 다시 말했다.

"피터, 말해 보렴. 조금 전에 하던 이야기, 다른 친구들한테도 들려줘."

피터는 어깨를 으쓱해 보였다. "만약 배우가 된다면 어떤 느낌일까 얘기하고 있었어. 어떤 인생을 살게 될까 하고 말이야."

"그래. 넌 고든에게 최고의 기회를 갖기 위해 미국에 가야겠다고 말하고 있었지." 루시 선생님이 말했다.

피터 J.는 다시 어깨를 으쓱해 보이고는 조용히 중얼거렸다. "그렇습니다, 선생님."

하지만 루시 선생님의 눈길은 이제 우리 다수를 향해 있었다. "나쁜 뜻에서 그런 말을 한 게 아니라는 건 나도 안다. 하지만 이런 얘기가 너무 많은 것 같구나. 이런 얘기가 줄곧 들려오고 그런 얘기를 계속하는 게 허용되고 있는데, 그건 옳지 않다." 홈통에서 더 많은 빗물이 쏟아져 선생님의 어깨에 떨어졌지만, 선생님은 의식하지 못하는 것 같았다. "다른 누군가가 너희한테 얘기해 주지 않는다면, 내가 말해 주마. 전에 말한 것처럼 문제는 너희가 들었으되 듣지 못했다는 거야. 너희는 사태가 어떻게 될 건지 듣긴 했지만, 아무도 진짜 분명하게 이해하지 못하고 있어. 감히 말하건대 사태가 이런 식으로 흘러가는 데 무척 만족하는 이들도 있지. 하지만 난 그렇지 않아. 너희가 앞으로 삶을 제대로 살아 내려면, 당연히 필요한 사항을 알고 있어야 해. 너희 중 아무도 미국에 갈 수 없고, 너희 중 아무도 영화배우가 될 수 없다. 또 일전에 누군가가 슈퍼마켓에서 일하겠다고 얘기하는 걸 들었는데, 너희 중 아무도 그럴 수 없어. 너희 삶은 이미 정해져 있단다. 성인이 되면, 심지어는 중년이 되기 전에 장기 기증을 시작하게 된다. 그거야말로 너희 각자가 태어난 이유지. 너희는 비디오에 나오는 배우들과 같은 인간이 아니야. 나랑도 다른 존재들이다. 너희는 하나의 목적을 위해 이 세상에 태어났고, 한 사람도 예외 없이 미래가 정해져 있지. 그러니까 더 이상 그런 얘기를 해서는 안 된다. 너희는 얼마 안 있어 헤일셤을 떠나야 하고, 머지않아 첫 기증을 위한 준비를 해야 해. 그 사실을 잊어서는 안 된다. 너희가 앞으로 삶을 제대로 살아 내려면, 너희 자신이 누구인지 각자 앞에 어떤 삶이 놓여 있는지 알아야 한다."

그런 다음 그녀는 입을 다물었지만, 내가 받은 인상으로는 생각 속에서 이야기를 계속하고 있는 것 같았다. 마치 줄곧 이야기를 하고 있는 것처럼 한동안 우리 한 사람 한 사람의 얼굴을 살펴보고 있었던 것이다. 이윽고 그녀가 다시 운동장으로 시선을 돌리자 우리 모두는 한시름 놓은 느낌이었다.

"이제 비가 그렇게 심하지 않구나." 조금 전과 같은 강도로 비가 내리고 있었는데도 그녀는 말했다. "이제 나가자꾸나. 그러면 해도 따라 나올 거야."

내 생각에 그날 그녀는 그 정도의 이야기만 한 것 같다. 몇 년 전 도버의 회복 센터에서 이 이야기가 나왔을 때 루스는 당시 루시 선생님이 우리에게 한 이야기가 그것뿐이 아니라고 주장했다. 기증을 시작하기 전에 우리 모두가 얼마간 간병사 일을 하게 된다는 것, 일반적인 기증 간격, 회복 센터 등에 대해 설명했다는 것이다. 하지만 그때 루시 선생님은 그런 이야기까지는 하지 않았다고 나는 확신한다. 그렇다, 선생님은 그럴 생각으로 그 이야기를 시작했는지도 모른다. 하지만 일단 말을 시작한 후 어리둥절해하고 불편한 표정을 짓는 우리를 대하자, 처음 의도대로 모든 이야기를 다하기가 불가능하다는 것을 깨달았으리라.

별관에서 루시 선생님이 갑작스럽게 그런 이야기를 한 사건이 어떤 종류의 충격을 일으켰는지는 명확하게 말하기 어렵다. 소문은 상당히 빨리 퍼져 나갔지만, 대부분은 선생님이 우리에게 말하려고 했던 내용보다는 선생님 당사자에게 초점이 맞추어진 것들이었다. 몇몇 아이들은 그녀가 순간 냉정을 잃었다고 생각했고 또 몇몇 아이들은 그녀가 그런 말을 한 것은 에밀리 선생님이나 다른 교사들의 요청 때문이었으리라고 여겼다. 심지어 몇몇 아이들은 실제로 그곳에 있었으면서도 베란다에서 너무 시끄럽게 떠든다고 우리를 꾸중했을 뿐이라고 믿었다. 앞서 말한 대로 선생님이 말한 내용 자체에 대해서는 놀라울 정도로 언급이 없었다. 혹시 그런 이야기가 나온다 해도 "그래서 어쨌다는 건데? 우리는 이미 모든 걸 알고 있었잖아." 하는 반응이었다.

하지만 루시 선생님이 말하고자 한 바가 꼭 그런 것은 아니었다. 그녀가 말한 대로 우리는 '들었으되 듣지 못했다.' 최근 몇 년 전 이 모든 것을 돌이켜 보면서 내가 루시 선생님의 '들었으되 듣지 못했다.'라는 이야기를 꺼내자 토미는 하나의 가설을 내놓았다.

헤일섬 교사들이 주의 깊고 신중하게 시기를 선택해서 일부러 기다렸다가 우리가 어떤 문제를 완전히 이해할 나이가 되기 직전에 이야기했으리라는 것이었다. 그렇게 되면 우리는 그 문제를 완전히는 아니고 일정 수준까지만 이해하게 되므로, 그 문제는 충분히 검토되지는 않지만 어쨌든 얼마 지나지 않아 우리의 머릿속에 들어와 있게 된다는 것이다.

그 가설은 음모의 냄새가(헤일섬의 교사들이 그렇게 교활했던 것 같지는 않다.) 좀 지나치게 풍기기는 하지만 일리가 있는 것 같다. 기증에 대해 나는 '언제나', 심지어는 여섯 살이나 일곱 살 무렵의 어린 나이 때도 막연하게 알고 있지 않았던가. 때문에 나이가 든 다음 교사들에게서 그런 이야기를 듣는다 해도 신기하게도 전혀 놀랍지 않았을 것이다. 마치 우리가 이미 모든 것을 들은 바 있는 것처럼.

그러고 보니 또 한 가지 사실이 떠오른다. 성교에 대한 강의를 하기 시작했을 때 교사들은 기증에 대한 이야기를 섞어 말하려 애썼다. 그 나이, 열세 살 무렵의 우리 모두는 성에 대해 어느 정도 걱정하는 동시에 열광하고 있었으므로, 기증 문제는 자연스럽게 뒤로 밀려나곤 했다. 다시 말해서 헤일섬 교사들은 우리의 앞날에 대한 기본 사항을 우리의 머릿속에 집어넣는 데 아주 교묘한 방법을 동원했는지도 모른다.

공정하게 말하면 그 두 가지 주제는 함께 관련해서 말하는 것이 자연스러웠던 것 같다. 다시 말해서 성교를 할 때 병에 걸리지 않으려면 어떤 주의를 기울여야 하는지 우리에게 이야기하면서 그 일이 바깥세상의 보통 사람들보다 우리에게 왜 더 중요한지를 언급하지 않는다면 도리어 이상했으리라. 그렇게 해서 자연스럽게 기증에 대한 이야기가 나오게 되는 것이었다.

또한 우리의 불임에 대한 이야기도 있었다. 에밀리 선생님은 직접 우리에게 여러 차례 성에 대한 강의를 하곤 했는데 그중 하나가 기억난다. 그녀는 생물실에서 실물 크기의 인체 뼈 모형을 가지고 와서 그 일이 어떻게 이루어지는지를 보여 주었다. 그녀가 모형으로 다양한 자세를 만들고는 조금도 쑥스러워하지 않고 여기저기에 지휘봉을 찔러 넣는 것을 우리는 놀라움에 가득 차서 지켜보았다. 그녀는 그것이 지리 수업의 연장이라도 되는 것처럼 뚫린 부분과 튀어나온 부분을 샅샅이 살펴보며 그 일이 어떻게 이루어지는지, 무엇이 어디로 들어가는지, 어떤 변화가 가능한지를 설명했다. 이윽고 그녀는 외설스러운 자세를 취한 모형을 책상 위에 올려 둔 채 갑자기 몸을 돌리고는 우리가 성교하는 '대상'에게 얼마나 많은 주의를 기울여야 하는지 이야기하기 시작했다. 그녀의 말에 따르면 그것은 병에 걸릴까 봐서가 아니라 '성교가 전혀 예상하지 못한 방식으로 감정에 영향을 끼치기 때문'이었다. 바깥세상에 나가서 성교를 할 때, 특히 '학생'이 아닌 일반인과 성교를 할 때 극도의 주의를 기울여야 하는데, 바깥세상에서는 성교에 많은 의미가 담겨 있기 때문이라는 것이었다. 바깥세상에서는 누가 누구와 성교를 하는가 하는 문제를 두고 싸움이나 살인까지도 일어난다고 했다. 성교가 그만큼, 다시 말해서 춤이나 탁구 이상으로 중요한 이유는 바깥세상의 사람들은 우리 '학생'들과는 달리 성교를 통해 아이를 가질 수 있기 때문이었다. 바로 그 때문에 누가 누구와 성교를 하는가가 그들에게 그렇게 중요하다고 했다. 이미 알고 있는 바와 같이 우리 모두 예외 없이 아이를 가질 수 없긴 하지만, 일단 바깥세상에 나가면 우리도 일반인들처럼 행동해야 했다. 그런 규칙을 존중해서 성교를 상당히 특별하게 여겨야 한다는 것이었다.

그날 에밀리 선생님의 강의는 내가 지금 말하고 있는 문제를 잘 보여 준 전형적인 예이다. 성교에 초점이 맞추어져 있다가 다른 문제가 슬그머니 끼어드는 것이다. 이렇게 해서 우리는 '들었으되 듣지 못한' 상태가 되고 만 것 같다.

결국 우리는 상당히 많은 정보를 알게 된 것이 분명하다. 왜냐하면 기억하건대 그 나이 대에 이르자 기증을 둘러싼 문제에 접근하는 우리의 방식에 두드러진 변화가 생겼기 때문이다. 앞서 말한 대로 그때까지 우리는 그런 주제를 피하기 위해 최선을 다했다. 그 문제가 대두될 것 같은 기미만 있어도 뒤로 물러섰고, 경솔하게도 그런 문제를 언급한 멍청이, 앞서 말한 마지 같은 아이에게는 가혹한 벌을 주었다. 하지만 조금 전에 말한 대로 열세 살 무렵부터는 사태가 달라지기 시작했다. 우리는 기증이나 그와 관련된 모든 이야기를 삼갔고 여전히 그 화제 전체가 어색하게 여겨졌지만 이제 그 화제는 성교에 대해 말하듯이 농담의 대상이 되었다. 지금 그때를 돌아보면 기증에 대해 공개적으로 토론하지 않는다는 일종의 규칙 같은 것은 여전히 전처럼 강하게 남아 있었던 것 같다. 하지만 우리 앞에 놓인 그런 문제에 대해 이따금 농담 섞인 암시를 하는 것은 허용되었고, 나아가 권장되다시피 했던 것 같다.

팔꿈치에 깊은 상처를 입은 토미를 두고 벌어진 사건이 그 좋은 예가 될 것이다. 그 일이 일어난 것은 내가 연못가에서 토미와 이야기를 나누기 직전이었을 것이다. 내 생각에 그 시기에도 토미는 조롱과 놀림을 받는 단계에서 완전히 벗어나지는 못했던 것 같다.

토미가 입은 상처는 그다지 깊지 않았다. 그 애는 양호 교사인 '까마귀'에게 상처를 보이러 갔는데, 팔꿈치에 네모난 붕대 하나만 붙인 채 이내 돌아왔다. 2~3일 후에 토미가 그 붕대를 떼어 낼 때까지는 아무도 그것에 크게 신경을 쓰지 않았다. 토미의 상처는 아물기 시작했으나 여전히 벌어져 있는 그런 중간 상태였다. 저 밑에서 부드러운 붉은 살점이 올라와 살 일부가 붙기 시작하는 것을 볼 수 있었다. 점심시간 중이었으므로 으악 소리가 날 정도로 붐빌 때였다. 우리보다 한 학년 위인 크리스토퍼 H.가 아주 심각한 표정으로 말했다. "팔꿈치 부분이라니 안됐구나. 다른 데였다면 괜찮았을 텐데."

토미는 걱정스러운 표정으로(크리스토퍼는 당시 토미가 존경하는 선배였다.) 그 말이 무슨 뜻인지 물었다. 크리스토퍼는 계속 먹으면서 심상하게 대답했다.

"너 몰라? 그렇게 팔꿈치 부위에 상처가 생기면 지퍼 열리듯 살이 벌어질 수 있어. 네가 할 일은 한시바삐 팔을 동여매는 거야. 상처 부분만이 아니라 팔꿈치 전체를 말이야. 가방이 열리는 것처럼 팔꿈치 전체가 갈라질 수 있거든. 너도 아는 줄 알았지."

'까마귀'가 왜 그런 주의를 주지 않았는지 모르겠다고 토미가 투덜거리는 소리가 들려왔다. 크리스토퍼는 어깨를 으쓱해 보이고는 말했다. "선생님은 분명히 네가 아는 줄 아셨을 거야. 그걸 모르는 사람은 없거든."

근처에 있던 몇몇 아이들이 나직하게 그렇다고 맞장구쳤다. 또 다른 누군가가 말했다. "그 팔을 계속 곧게 펴고 있어야 해. 조금이라도 구부리면 정말 위험해."

다음 날 토미는 걱정스러운 표정으로 다친 팔을 뻣뻣하

게 뻗고 돌아다녔다. 모두들 토미를 보고 웃어 댔다. 나는 마음이 불편했지만 그런 토미에게 실제로 우스운 면이 있음을 인정하지 않을 수 없었다. 그날 오후 늦게 미술실에서 나오는데 복도에서 토미가 다가와 말했다. "캐시, 잠깐 얘기 좀 할 수 있을까?"

그보다 한두 주 전에 내가 운동장에서 그에게 다가가 폴로셔츠에 진흙이 묻는다는 것을 알려 준 적이 있었으므로 토미와 나는 좀 특별한 친구 사이가 되어 있었다. 그런데도 그가 그런 식으로 다가와 따로 이야기를 청하는 것은 상당히 당혹스러운 일이어서 나는 당황하고 말았다. 내가 평소처럼 그 애에게 도움이 되지 못한 것은 부분적으로 그 때문이었으리라.

나를 한쪽으로 불러내 놓고 토미는 말을 시작했다. "꼭 크게 걱정돼서 이러는 건 아냐. 그저 사태를 확실하게 해 두고 싶은 것뿐이야. 우리는 건강을 걸고 모험을 해서는 안 되잖아. 누군가 날 도와주면 좋겠어, 캐시." 그는 자기가 자는 동안 무슨 일이 벌어질지 걱정스럽다고 설명했다. 밤에 자는 동안 얼마든지 팔꿈치를 구부릴 수 있다는 것이었다. "수많은 로마 병사들과 싸우는 꿈을 줄곧 꾸거든."

나는 그 애에게 왜 그러느냐고 다그쳐 물었다. 여러 부류의 아이들, 즉 그날 점심시간에 그곳에 있지 않았던 아이들까지 그에게로 와서 크리스토퍼 H.가 한 것과 같은 경고를 한 모양이었다. 실제로 한둘은 농담의 강도를 더욱 높이기도 했다. 토미처럼 팔꿈치를 베고 나서 잠자리에 들었다가 깨어 보니 팔 아래쪽과 손의 피부가 뼈가 드러날 정도로 갈라지고 '「마이 페어 레이디」에 나오는 목 긴 장갑처럼' 살점이 펄럭거리고 있었다는 것이다.

그래서 토미가 나에게 하려는 부탁은 다친 팔이 밤 동안 줄곧 곧게 펴 있을 수 있게 부목을 대는 것을 도와달라는 것이었다.

토미는 부목으로 사용할 두툼한 자를 내밀며 말했다. "다른 애들은 아무도 믿을 수가 없어. 걔들은 일부러 부목을 느슨하게 묶어서 자는 동안 풀리게 할 것 같아."

그 애가 너무나도 순진한 표정으로 나를 지켜보았으므로 나는 무슨 말을 해야 할지 알 수 없었다. 한편으로 나는 진상을 그 애에게 알려 주고 싶은 마음이 절실했다. 그러지 않는다면 폴로셔츠에 대한 이야기를 해 준 후 우리 사이에 생긴 믿음을 배신하는 것이 될 것임을 감지했던 것 같다. 게다가 그 애의 팔에 부목을 대 주는 것은 나 역시 그 애를 놀리는 주동자 중 하나가 된다는 의미였다. 그때 그 애에게 사실을 알려 주지 않았다는 것이 나는 아직도 수치스럽다. 하지만 나는 당시 어린아이였다는 것, 그리고 결정을 내릴 시간이 몇 초밖에 없었음을 기억해야 한다. 아울러 누군가가 그렇게 사정하는 태도로 부탁할 때 안 된다고 말하기란 정말이지 어려운 일이 아닌가.

내가 그의 부탁대로 해 주기로 한 주된 이유는 그의 신경을 곤두서게 만들고 싶지 않아서였던 것 같다. 왜냐하면 토미는 팔꿈치가 걱정이 되면서도 다른 아이들이 자기를 배려해 준다고 여기고 그것에 감동하고 있었기 때문이다. 물론 그 애가 조만간 사실을 알게 되리라는 것을 알았지만 그 순간에는 그렇게 말할 수가 없었다. 고작 이렇게 물을 수 있었을 뿐이다.

"'까마귀'가 그렇게 해야 된다고 하던?"

"아니. 하지만 내 팔꿈치가 벌어져서 뼈가 나오면 선생님이 얼마나 화를 내실지 생각해 봐."

그 일을 생각하면 아직도 찜찜하다. 나는 취침 종이 울리기 30분 전에 14호실에서 그의 팔에 부목을 대 주겠다고 약속하고는 고마워하는 얼굴로 안심하며 발길을 옮기는 그를 지켜보았다.

하지만 실제로는 그럴 필요가 없었다. 내가 어떻게 하기 전에 토미가 진상을 알아챘기 때문이다. 그날 저녁 8시경 중앙 층계를 내려가던 나는 중앙 계단을 통해 1층에서 올라오는 왁자지껄한 웃음소리를 들었다. 나는 심장이 내려앉는 것 같았다. 토미와 연관된 일이라는 것을 즉각 알 수 있었던 것이다. 내가 2층 층계참에 서서 난간 너머를 내려다보고 있는데, 토미가 요란하게 발소리를 내며 당구실에서 나왔다. 기억하건대 그때 나는 '적어도 쟤가 고함을 질러 대고 있진 않군.' 하고 생각했던 것 같다. 토미는 휴대품 보관소로 가서 자기 물건을 찾아 본관에서 나갈 때까지 고함을 지르거나 하지 않았다. 그러는 동안 열려 있는 당구실 문에서는 웃음소리와 함께 "네가 이성을 잃고 성질을 내는 즉시 네 팔꿈치살은 백발백중 터져 버릴걸!" 하고 외치는 소리가 들려왔다.

나는 그 애를 뒤쫓아 가서 기숙사 건물에 도착하기 전에 따라잡을까 하는 생각을 했지만, 나 역시 그 애에게 밤 동안 문제가 생기지 않게 부목을 대 주기로 약속했다는 사실이 생각나 그 자리에 가만히 있었다. "적어도 쟤가 울화통을 터뜨리고 있진 않잖아. 자기 자신을 통제하고 있다고." 하고 혼자 거듭 중얼거리기만 했다.

이야기가 조금 본론에서 벗어난 것 같다. 내가 이 모든 이야기를 하는 이유는 토미의 팔꿈치에서 비롯된 '살이 벌어진다.'라는 생각이 우리 사이에서 흔히 등장하던 기증에 관한 농담이었기 때문이다. 때가 되면 스스로 살을 조금 벌릴 수 있고, 그런 식으로 신장 같은 것을 슬쩍 빠져나오게 해서 넘겨준다는 식이었다. 그 이야기는 그 자체로는 그리 재미있다고 할 수 없었다. 오히려 밥맛이 떨어졌다. 다시 말해서 자기 살을 벌려 간을 꺼내서는 누군가의 접시 위에 내려 놓는다는 그런 이야기가 아닌가. 한번은 믿기 어려울 정도로 식욕이 막강한 게리 B.가 푸딩을 세 그릇째 가지고 돌아왔을 때 같은 테이블에 앉은 아이들 모두 자기 푸딩을 '벌어지게' 해서는 그의 접시에 쌓아 놓았다. 그래도 그가 단호한 태도로 줄곧 그것을 먹어 댔던 일이 기억난다.

살이 벌어진다는 이런 이야기가 다시 등장하자 토미는 결코 반기지는 않았지만 당시 그 애가 놀림받던 시기는 이미 지났으므로 그 농담을 그 애와 연관시키는 사람은 아무도 없었다. 우리 모두는 웃음보를 터뜨렸고 비위가 상해 저녁 식사를 못하는 경우가 있었을 뿐이다. 그러니까 우리는 앞으로 다가올 사태를 어떤 식으로든 알고 있었던 셈이다. 이것이야말로 내가 말하고자 했던 요점이다. 그 무렵 우리는 그로부터 한두 해 전에 그랬듯이 기증 문제에 더 이상 위축되지는 않았지만, 그래도 그것에 대해 진지하게 생각하거나 토론하는 일은 없었다. '살이 벌어지는' 사건을 둘러싼 이 모든 일은 열세 살 무렵 우리에게 그런 문제 전체가 어떤 방식으로 영향을 주고 있었는지를 특징적으로 보여 준다.

따라서 그로부터 한두 해 후에 루시 선생님이 우리를 두고 '들었지만 듣지 못했다.'라고 말한 것은 적절했던 것 같다.

나아가 이제 그 일을 돌아보면 우리의 태도에 진정한 변화가 생긴 이유는 그날 오후 루시 선생님이 우리에게 그런 말을 했기 때문인 것 같다. 바로 그날부터 기증에 관한 농담은 자취를 감추었다. 우리는 사태를 진지하게 생각하기 시작했다. 기증에 관한 화제를 다시 회피하기 시작했지만 어릴 때와는 다른 식이었다. 그즈음 그 문제는 더 이상 어색하거나 당혹스러운 일이 아니었다. 그저 우울하고 심각한 문제였을 뿐이다.

몇 년 전에 모든 일들을 다시 돌아보면서 토미는 이렇게 말했다. "우스운 일이야. 우리 중 아무도 루시 선생님의 감정 같은 건 생각하지 않았다니 말이야. 그런 얘기를 하면서 선생님이 곤경에 처하지 않을까 하는 걱정을 한 번도 해 본 적이 없었어. 그때 우린 그 정도로 이기적이었던 거지."

"하지만 그렇다고 우릴 비난할 순 없어. 우리는 우리끼리 서로 배려하라는 가르침을 받았을 뿐 교사들까지 걱정하라는 얘기는 들은 적이 없잖아. 교사들끼리도 생각이 다를 수 있다는 걸 우리가 어떻게 알 수 있었겠어." 내가 대답했다.

하지만 그 말을 듣자마자 나는 토미가 무슨 뜻에서 그런 말을 하는지 알 수 있었다. 그는 헤일섬에서 우리가 보낸 마지막 여름 어느 날 이른 아침에 내가 22호실에서 우연히 그녀와 마주친 일을 이야기하고 있었다. 이제 와 그날의 일을 돌이켜 보면 토미의 말이 옳은 것 같다. 그 일 이후 우리도 루시 선생님이 얼마나 혼란스러워하고 있는지를 분명히 알 수 있었다. 하지만 토미의 말대로 우리는 사태를 그녀의 관점에서 파악한 적이 없었으므로, 말이나 행동으로 그녀를 지지해야 한다는 생각은 하지 못했다.

8

우리 대부분이 열여섯 살이 될 무렵이었다. 햇빛이 찬란하게 빛나던 어느 날 아침 본관에서 수업을 마친 뒤 안마당으로 내려서자마자 나는 교실에 두고 온 물건이 생각나서 다시 4층으로 올라갔다. 그렇게 해서 루시 선생님과 관련된 그 사건이 일어나게 된 것이다.

당시 나는 일종의 은밀한 놀이를 하고 있었다. 주위에 아무도 없다는 것이 확인되면 하던 일을 멈추고 창을 통해 밖을 내다본다든가 문간을 통해 방 안을 들여다본다든가 해서 시야에 사람이 들어오지 않는 곳을 찾아보곤 했다. 그렇게 함으로써 적어도 잠시 동안은 그곳 헤일섬이 학생들로 바글거리는 학교가 아니라 대여섯 명의 가족과 함께 사는 그런 조용하고 평온한 집이라는 환상을 가질 수 있었다. 그런 느낌을 가지려면 불필요한 소음이나 말소리를 차단하고 일종의 백일몽 상태로 들어가야 했다. 대개는 상당한 참을성도 필요했다. 다시 말해 창문을 통해 운동장의 한 지점에 초점을 맞추고 시야에 사람이 들어오지 않을 때를 기다려야 하는 것이다. 어쨌든 그날 아침 교실에 두고 온 물건을 찾아들고 4층 층계참으로 돌아온 나는 바로 그런 백일몽에 빠져 있었다.

나는 창가에 가만히 서서 조금 전에 서 있던 안마당 한 모퉁이를 바라보았다. 친구들은 모두 그 자리를 떠나고 없었다. 그렇게 아무도 없는 안마당을 바라보며 내 착각이 발효되기를 기다리고 있을 때였다. 뒤쪽 어딘가에서 가스나 스팀 같은 것이 강한 압력으로 빠져나오는 것 같은 소리가 들려왔다.

그 슛슛 하는 소리는 10초 정도 계속되다가 멈추었고 이윽고 다시 들려왔다. 그 소리에 내가 꼭 경계심을 품었다고 할 수는 없지만, 근처에 나밖에 없었으므로 가서 무슨 소리인지 알아보는 것이 낫겠다는 생각이 들었다.

나는 소리 나는 곳을 향해 층계참을 가로질러 조금 전에 들어갔던 교실을 지나 복도를 따라 끝에서 둘째 방인 22호실로 다가갔다. 문이 조금 열려 있었다. 내가 그 앞에 다다른 순간 바로 그 슛슛 하는 소리가 다시 크게 들려오기 시작했다. 조심스럽게 방문을 밀면서 무엇을 기대하고 있었는지 모르지만, 루시 선생님을 발견한 나는 정말 깜짝 놀랐다.

22호실은 방이 너무 작고 그날처럼 햇빛이 찬란한 날에도 빛이 거의 들지 않아서 수업에는 거의 사용되지 않았다. 교사들은 이따금 그곳에 들어가 숙제를 확인하거나 책을 읽었다. 그날 아침에는 블라인드가 거의 끝까지 내려져 있어서 평소보다 더 어두웠다. 사람들이 둘러앉을 수 있게 탁자두 개가 붙어 있었지만, 루시 선생님은 혼자 뒤쪽 탁자에 앉아 있었다. 탁자 위에는 짙은 색으로 번들거리는 종이 몇 장이 흩어져 있었다. 그녀는 고개를 푹 숙이고 두 팔을 위로 올린 채 종이 위를 연필 끝으로 문지르는 데 몰두해 있었다. 단정한 푸른 글씨 위로 굵은 검은 줄들이 그어지고 있었다. 그녀는 연필로 종이를 칠하고 있었다. 미술 시간에 우리가 음영을 넣는 것과 거의 비슷했는데, 다만 그녀의 동작은 종이가 뚫어져도 상관없다는 듯 분노에 차 있었다. 이윽고 나는 그것이 바로 그 이상한 소리의 진원이라는 것, 번들거리는 진한 색이라고 생각했던 탁자 위의 종이가 사실은 단정한 글씨들 위를 연필로 마구 칠해 놓은 것임을 깨달았다.

그녀는 그 일에 너무나도 몰두해서 한참이 지난 다음에야 내 존재를 깨달은 것 같았다. 소스라치며 올려다보는 그녀의 얼굴은 상기되어 있었지만 눈물 자국 같은 것은 없었다. 그녀는 물끄러미 나를 응시하며 연필을 내려놓았다.

"안녕, 꼬마 아가씨, 뭐가 필요하니?" 루시 선생님은 그렇게 말하고는 숨을 깊이 들이쉬었다.

그때 이미 나는 루시 선생님이나 탁자 위의 종이를 보지 않고 몸을 돌리고 있었던 것 같다. 내가 거기에 서 있던 이유를 제대로 설명했는지, 그 소리를 듣고 가스가 새는 것이 아닐까 걱정이 되어 왔다고 사실 그대로 말했는지 이제는 기억나지 않는다. 어쨌든 우리 사이에는 제대로 된 대화 같은 것은 오가지 않았다. 그녀는 내가 그곳에 있기를 바라지 않았고 나 역시 그러했다. 나는 사과의 말을 중얼거리며 방을 나오면서 그녀가 나를 불러 세우기를 기대했던 것 같다. 하지만 그녀는 그러지 않았다. 지금 기억나는 것은 층계를 내려가면서 수치심과 야속함으로 속을 끓였다는 사실뿐이다. 그때 나는 그 장면을 보지 않았더라면 얼마나 좋았을까 하고 생각했다. 누군가 내게 무엇 때문에 그렇게 당황했느냐고 물어오면 설명할 수 없었을지라도 말이다. 앞서 말한 대로 그 감정에는 수치심이 상당 부분 포함되었고, 딱히 루시 선생님을 향한 것은 아니었지만 분노 또한 담겨 있었다. 나는 몹시 혼란스러웠다. 그 일에 대해 훨씬 나중까지 친구들에게 함구했던 것은 아마도 그래서였을 것이다.

그날 아침 이후 나는 루시 선생님과 관련해 어떤 일이, 아마 다소 좋지 않은 일이 벌어지고 있다는 확신을 갖고 눈과 귀를 열어 두었다. 하지만 여러 날이 지나도 아무 소식도 들을 수 없었다. 22호실에서 그런 일이 있은 지 2~3일 후에 상당히 의미심장한 사건, 즉 루시 선생님과 토미 사이에 벌어진, 토미를 당황하게 하고 갈피를 잡을 수 없게 만든 그 일이 일어났다는 것을 당시 나는 모르고 있었다. 토미와 나는 그 얼마 전부터 이런 소식을 듣는 대로 즉각 서로에게 알리곤 했는데, 그해 여름 그 무렵에는 여러 가지 일 때문에 그리 자유롭게 이야기를 나누지 못했던 것이다.

내가 한참 후까지도 그 사건에 대해 듣지 못한 것은 바로 그래서였다. 나중에 나는 그런 것을 눈치채지 못한 것에 대해, 토미를 찾아 물어보지 않은 것에 자책했다. 하지만 앞서 말한 대로 그 무렵에는 토미와 루스 사이에 여러 가지 일이 있었고, 또 다른 문제들도 있었다. 그래서 토미에게서 이런저런 변화를 감지하고서도 그런 이유 때문일 것이라고 치부해 버렸던 것이다.

그해 여름 토미의 태도 전체가 불안정했다고 말하는 것은 지나치겠지만, 그 애가 몇 해 전의 부자연스럽고 불안정한 상태로 돌아가는 것이 아닐까 하고 심각하게 우려될 때가 여러 차례 있었다. 예컨대 이런 일도 있었다. 우리 여자애

몇 명이 별관에서 공동 침실로 가고 있는데 토미와 다른 남자애 몇 명이 앞서 걸어가는 것이 눈에 띄었다. 우리보다 몇 걸음 앞서 걸어가던 그들 모두, 토미까지도 소리 내어 웃으며 서로 밀치면서 기분이 좋은 듯했다. 나는 로라와 이야기를 하면서 나란히 걷고 있었다. 로라는 남자애들이 장난치는 것을 보고 무슨 일인지를 파악한 모양이었다. 얼마 전까지 토미는 땅바닥에 앉아 있었던 듯 럭비 셔츠의 진허리 근처에 꽤 커다랗게 진흙 얼룩이 묻어 있었다. 토미는 그 사실을 모르는 것이 분명했고, 그 애의 친구들 역시 그것을 보지 못한 듯했다. 보았다면 그들은 분명히 그것에 대해 말했을 터였다. 어쨌든 로라가 평소의 그 애답게 이렇게 외쳤다. "토미! 네 등에 지지가 묻었어! 도대체 뭘 하고 있었던 거야?"

로라의 태도는 아주 호의적이었고, 우리 몇몇 역시 소리를 질렀지만 우리 사이에 벌어지는 흔한 장난 이상은 아니었다. 따라서 토미가 갑자기 걸음을 멈추고 몸을 돌려서는 살벌한 얼굴로 로라를 노려본 것은 참으로 큰 충격이었다. 우리 모두 역시 걸음을 멈추었다. 남자애들도 우리만큼 당황한 것 같았다. 순간 나는 토미가 몇 년 만에 처음으로 울화통을 터뜨릴 것이라고 예상했다. 하지만 다음 순간 그는 눈길을 교환하며 어깨를 으쓱하고 있던 우리 모두를 내버려두고 성큼성큼 걸어가 버렸다.

내가 퍼트리샤 C.가 만든 달력을 그에게 보여 주었을 때도 그와 비슷한 고약한 상황이 벌어졌다. 퍼트리샤는 우리보다 두 학년 아래였지만, 그 애의 그림 솜씨 덕을 보지 않은 사람은 없었고, 그 애가 만든 물건은 교환회에서 언제나 인기였다. 특히 당시 얼마 전에 열린 교환회에서 가까스로 손에 넣은 바로 그 달력이 나는 몹시 만족스러웠다. 여러 주 전부터 그에 관한 소문이 떠돌았던 것이다. 다시 말해서 그것은 에밀리 선생님이 보여 주는 영국의 여러 지방 모습을 담은 너덜거리는 총천연색 달력과는 전혀 달랐다. 퍼트리샤가 만든 달력은 작고 도톰했으며 각 달마다 헤일셤 생활의 한 장면을 담은 아주 멋진 연필 스케치가 있었다. 지금 그것이 내 수중에 있다면 얼마나 좋을까. 특정 그림들, 6월이나 9월 같은 그림을 들여다보면 특정 학생이나 선생님의 얼굴을 알아볼 수 있을 테니 말이다. 코티지를 떠날 당시 마음이 다른 데 가 있던 나는 무엇을 가져올지 제대로 신경을 쓰지 못해 다른 물건들과 함께 그것을 잃어버리고 말았다. 하지만 이제 이런 식으로라도 그것에 적절한 평가를 해 주고 싶다. 요점은, 퍼트리샤의 달력이 정말 훌륭했다는 것, 그것을 가질 수 있어서 자랑스러웠고 바로 그런 이유에서 그것을 토미에게 보여 주고 싶었다는 것이다.

그날 남쪽 운동장의 커다란 플라타너스 옆에서 늦은 오

후 햇살을 받으며 서 있던 토미를 멀리서 본 나는, 문제의 달력이 가방에 들어 있다는 것을 생각하며(음악 수업 동안 나는 그것을 아이들에게 보여 주었다.) 그에게 다가갔다.

토미는 옆 운동장에서 벌어지는 하급생 남자애들의 축구 시합을 지켜보는 데 몰두해 있었다. 그즈음 그 애는 상태가 좋아진 것 같았고 심지어 차분해진 듯했다. 다가오는 나를 보고 그 애는 미소를 지어 보였다. 우리는 한동안 사소한 것들에 대해 이야기를 나누었다. 이윽고 내가 말했다. "토미, 내가 뭘 손에 넣었는지 좀 봐." 나는 의기양양한 기색을 굳이 감추려 하지 않았다. 달력을 꺼내 그에게 내밀 때는 "짜잔!" 하고 외치기까지 했다. 달력을 받아들 때 그 애의 얼굴에는 미소가 남아 있었지만 낱장을 넘겨 감에 따라 그의 안에서 뭔가가 닫히는 것을 느낄 수 있었다.

"퍼트리샤는 정말이지 훌륭해……." 하고 나는 말을 시작했지만 중간에 어조가 변하는 것을 나 스스로도 감지했다.

토미는 그 달력을 도로 내밀고는 더 이상 한마디도 하지 않고 나를 지나쳐 본관을 향해 걸어가기 시작했다.

이런 사건을 통해 나는 사태가 어떻게 돌아가고 있는지 알아챘어야 했다. 당시 내가 조금만 관심을 기울여 그 문제를 생각해 보았더라면 토미의 그런 상태가 루시 선생님과 그리고 '창조성'에 관한 그 애의 해묵은 문제와 관련 있음을 알아챘으리라. 하지만 앞서 말한 대로 나는 당시에 일어난 다른 많은 일들로 인해 사태를 제대로 파악하지 못했다. 당시에 나는 그런 과거사는 우리의 10대 초반과 더불어 지나가 버렸다고, 새로 떠오르는 관심사들만이 중요하다고 여겼던 것 같다.

당시에 어떤 일들이 일어났던가? 우선 루스와 토미의 결별 사건이 있었다. 그들은 당시까지 6개월 동안 커플로 지내왔다. 적어도 그 기간 동안 그들은 서로의 어깨에 팔을 두르고 다닌다든가 하는 '공인된 커플'로 지냈고, 남들 앞에서 애정을 과시하려 들지 않았기 때문에 존중을 받았다. 예를 들어 실비아 B.와 로저 D. 같은 커플은 역겨울 정도로 애정을 과시해서 그들을 정상으로 돌려놓으려면 보는 이들이 일제히 구역질 소리를 내야 했다. 하지만 루스와 토미는 사람들 앞에서 한 번도 추잡한 행동을 한 적이 없었다. 이따금 서로 부둥켜안기는 했지만 그것은 순수하게 상대에 대한 친밀감에서 나온 것일 뿐 남에게 보이기 위한 행동은 아닌 듯했다.

이제 과거를 돌아보면, 당시 우리 모두는 성교를 둘러싼 문제 전체에 상당히 혼란스러워하고 있었던 것 같다. 놀랄 일도 아니다. 당시 우리는 겨우 열여섯 살이었던 것이다. 그런데 교사들 역시 혼란스러워하고 있었고, 그 사실이 우리의 혼란을(이제 나는 그 실체를 좀 더 명확히 알 것 같다.) 가중시켰다. 다시 말해서 우리는 우리 자신의 몸을 당당히 여기고 '몸의 욕구를 존중하는 것'이 얼마나 중요한지, 서로 진정으로 원할 경우 성교가 '얼마나 아름다운 선물'인지에 대한 에밀리 선생님의 강의를 들었다. 하지만 실제로는 우리 중 누구라도 규칙을 깨지 않고는 제대로 성교를 하기가 불가능했다. 밤 9시 이후 우리 여자애들은 남자애들의 숙소에 갈 수 없었고 남자애들도 우리 숙소에 올 수 없었다. 교실 전체가 저녁에는 공식적으로 출입 금지 지역이었고, 헛간과 별관 뒤도 마찬가지였다. 아무리 날씨가 덥다 해도 들판에서 성교를 하고 싶어 하는 아이들은 없었다. 본관에서 다른 아이들이 그 장면을 쌍안경으로 차례차례 돌려가며 지켜보았다는 사실을 나중에 어김없이 알게 되기 때문이었다. 다시 말해서 우리는 성교가 아름다운 것이라는 이야기는 들었지만 정작 그런 상황을 교사들에게 들키면 곤란하다는 느낌을 강하게 받았던 것이다.

그 같은 경우로 내가 개인적으로 알고 있는 경험자는 14호실에서 들킨 제니 C.와 로브 D.뿐이었다. 점심시간 후 그들이 책상 위에서 성교를 하고 있는데 뭔가를 가지러 교실로 들어온 잭 선생님이 그 장면을 본 것이다. 제니의 말에 따르면 잭 선생님은 얼굴이 벌게져서 몸을 돌려 밖으로 나가 버렸고, 자기와 로브는 흥이 깨져서 중도에 그만두었다. 그들이 대충 옷을 입었을 때, 잭 선생님이 다시 교실로 들어오더니 마치 그제야 그들을 본 양 놀라움과 충격을 표했다는 것이다.

"너희가 뭘 하고 있었는지 내가 보기에 아주 분명한데 그건 적절치 못한 행동이다." 하고 말한 다음 잭 선생님은 두 사람 모두 교장실로 가서 에밀리 선생님을 만나 보라고 덧붙였다. 그들은 교장실로 갔지만 에밀리 선생님은 중요한 모임에 가는 길이라서 그들과 이야기할 시간이 없었다.

"하지만 해서는 안 될 일을 저질렀다는 사실을 너희도 알고 있을 테니 다시는 그러지 말기 바란다." 하고 말한 다음 에밀리 선생님은 서류철을 들고 서둘러 교장실을 나갔다.

말이 나온 김에 말하자면 남자들끼리 하는 성교에 대해서는 더더욱 혼란스럽지 않을 수 없었다. 어떤 이유에서인지 우리는 그것을 '엄브렐라 섹스', 곧 '우산 성교'라고 불렀다. 만약 누군가가 동성을 성교 대상으로 생각한다면 그는 '우산'인 셈이었다. 여러분이 지낸 곳에서는 어땠는지 모르지만 헤일섬에서는 어떤 종류든 동성애 문제에 너그럽지 않았다. 특히 사내애들은 그 문제에 극도로 가혹했다. 루스의 말에 따르면 실제로 어릴 때 그런 경험을 한 남자애들이 꽤 많은데, 이제야 자기들이 무슨 짓을 한 것인지 깨달았기 때문에 그 문제에 우스꽝스러울 정도로 엄격한 태도를 취한다는 것이었다. 루스의 말이 맞는지 어떤지는 알 수 없지만 누군가가 '우산을 썼다.'라는 말이 들리면 그 일은 대개 싸움으로 끝나곤 했다.

이 모든 이야기, 당시 우리가 줄곧 토론을 벌인 그런 이야기를 거듭하면서도 우리는 요컨대 교사들이 우리에게 성교를 권장하는 것인지 아닌지 확실한 결론을 내릴 수 없었다. 교사들은 우리가 성교하기를 바라는데 우리가 적절한 때를 찾지 못하고 있는 것뿐이라는 견해도 있었다. 우리로 하여금 성교를 하게 하는 것이야말로 선생님들의 의무라고 한 나는 주장했다. 그래야 나중에 좋은 기증자가 될 수 있다는 것이었다. 신장이나 췌장 같은 기관들은 적절히 성교를 하지 않으면 제대로 기능하지 못한다는 것이 그 애의 생각이었다. 또 어떤 아이들은 교사들 역시 우리와는 다른 '일반인'이라는 사실을 명심해야 한다고 말하기도 했다. 교사들이 그 문제에 그렇게 기묘하게 행동하는 것은 그런 이유에서라는 것이었다. 교사 자신들에게 성교란 아이를 원할 때만 하는 것으로서, '우리'가 아이를 가질 수 없는 존재라는 것을 머리로는 알고 있지만 마음 깊은 곳에서까지 확신하지는 못하기 때문에 우리의 성교를 불편하게 여긴다는 것이었다.

아네트 B.는 또 다른 가설을 세웠다. 우리끼리 성교하는 것을 교사들이 불편해하는 이유는 바로 '그들'이 우리와 성교를 하고 싶기 때문이라는 것이었다. 그 애는 특히 크리스 선생님이 그런 시선으로 우리 여자애들을 바라본다고 주장했다. 그러자 로라가, 아네트의 말은 '그 애 자신'이 크리스 선생님과 성교를 하고 싶다는 뜻이라고 지적했다. 그 말에 우리 모두는 배꼽이 빠지도록 웃었는데 그것은 크리스 선생님과의 성교는 생각만 해도 속이 이상해질 정도로 어이없게 여겨졌기 때문이다.

내 생각에 가장 사실과 근접한 가설은 루스가 세운 것이었다. "선생님들이 성교에 대한 얘기를 하는 건 우리가 헤일섬에서 나간 이후를 대비해서야. 우리가 좋아하는 사람과 병에 걸리지 않고 제대로 하기를 원해서이지. 하지만 선생님들이 진정으로 원하는 것은 그런 일이 이곳을 떠난 후에 이루어지는 거야. 우리가 여기에서 성교하는 걸 원하지 않는 건, 그렇게 되면 선생님들이 지나치게 혼란스러워지기 때문이야." 하고 그 애는 말했다.

어쨌든 내 추측으로는 실제로는 생각만큼 성교가 많이 이루어지지는 않았던 것 같다. 진한 키스나 애무는 상당히 많았던 것 같다. 그리고 커플들은 자기들이 명실상부한 성교를 하고 있다고 암시하곤 했지만, 지금 돌아보면 과연 그런 말들이 어느 정도까지 사실이었는지 의심스럽다. 자기들이 진짜 성교를 하고 있다고 주장하는 커플들의 말이 모두 사실이었다면, 헤일셤 주변을 산책할 때 그런 모습이 심심찮게 눈에 띄었어야 했다. 좌우 중앙을 막론하고 온 데가 커플들로 붐비지 않았겠는가.

기억하건대 당시 우리 사이에는 누군가가 그런 주장을 할 경우 상대를 지나치게 몰아세우지 않는다는 암묵적인 동의가 있었던 것 같다. 다시 말해서 어떤 여자애에 대한 이야기가 나왔다고 하자. 그 애를 두고 한나가 "처녀일 거야."라고 ("물론 '우리'는 아니지만 그 애는 그럴 거야. 당연히 그렇지 않겠어?"라는 뜻이었다.) 중얼거리며 눈알을 굴린다고 해도, 한나에게 직접 '그렇다면 넌 누구랑 했는데? 언제? 어디서?'라고 캐묻지는 않았다는 것이다. 그랬다, 우리는 그저 알겠다는 듯이 고개를 끄덕였을 뿐이다. 마치 보이지 않는 또 다른 세계가 있어서 우리 모두가 그곳에서만 성교를 하고 있다는 듯이.

당시 나는 주위에서 들려오는 그런 모든 주장에 타당성이 없다는 것을 알아채고 있었던 것 같다. 어쨌든 그해 여름이 다가올 무렵 내게는 이것이 점점 더 기묘하게 느껴졌다. 몇 년 전 '창조성'이 차지했던 위치를 이제 어떤 점에서 성교가 대신하게 되었다는 것이었다. 만약 누군가가 아직 성교를 하지 않았다면 어떻게 해서든 해야 하는 것, 그것도 가능한 한 빨리 해야 하는 것으로 간주되었다. 내 경우에는 상황이 더 복잡했다. 왜냐하면 가장 친한 여자 친구 둘이 이미 성교를 경험했기 때문이었다. 공개적으로 커플이 된 적은 없었지만 로라는 로브 D.와, 루스는 토미와 했던 것이다.

그런데도 나는 "만약 진정으로 그 경험을 공유하고 싶은 상대를 찾지 못한다면 성교를 하지 마라!"라고 했던 에밀리 선생님의 충고를 혼자 되뇌며 몇 년에 걸쳐 그 일을 미뤄 오고 있었다. 하지만 그해 봄 무렵 누구하고든 성교를 해도 괜찮겠다는 생각이 들기 시작했다. 성교가 어떤 것인지 알아보기 위해서일 뿐 아니라 성교에 익숙해질 필요도 있으므로 별로 좋아하지 않는 남자애와 먼저 해 보는 것도 좋을 듯했던 것이다. 그러면 나중에 특별한 누군가와 할 때 모든 것을 제대로 할 수 있지 않겠는가. 그러니까 에밀리 선생님의 말이 옳고 성교가 중요한 것이라면, 나로서는 정말로 성교가 잘 이루어져야 할 경우를 경험 없이 맞고 싶지는 않았다는 뜻이다.

그래서 나는 해리 C.를 눈여겨보았다. 내가 그 애를 선택한 데에는 여러 가지 이유가 있었다. 내가 알기로 그 애는 분명 그 일에 경험이 있었다. 샤론 D.와 말이다. 그리고 나는 그 애를 특별히 좋아하지는 않았지만 그렇다고 구역질나게 싫어하지도 않았다. 또한 그 애는 말수가 적고 점잖았으며 그 일이 완전히 끔찍한 결과를 초래하더라도 나중에 험담을 하고 다닐 가능성이 거의 없었다. 게다가 그 애는 나와 성교를 하고 싶다는 암시를 두어 차례 한 적이 있었다. 그랬다, 당시 많은 남자애들이 새롱거리는 소리를 하고 다녔지만, 우리는 어떤 것이 본심이고 어떤 것이 괜한 소리인지 구별할 수 있었다.

그래서 나는 해리를 택했다. 다만 몸 상태가 좋을 때 하고 싶었으므로 몇 달에 걸쳐 그 일을 유보하던 참이었다. 에밀리 선생님은 우리에게 그 부위가 충분히 젖지 않으면 성교가 고통스러울 수 있고 실패로 끝날 수 있다고 말한 적이 있었다. 사실 그것이야말로 나의 진짜 걱정이었다. 우리는 그곳이 찢어져 벌어지는 것은 아니라는 말을 종종 농담처럼 하곤 했는데, 사실은 상당수 여자애들은 남몰래 그 일을 두려워하고 있었다. 나는 빠른 시간 내에 축축해진다면 문제없을 것이라고 줄곧 생각해 왔고, 그래서 사태를 확실히 해 두기 위해 몇 차례 자위행위를 하기도 했다.

말하다 보니 당시 내 상태가 점점 편집적으로 들릴 수도 있겠다. 기억하건대 당시 나는 또 뭔가 알아낼 것이 없을까 하고 책에서 성교 장면을 찾아 여러 차례 반복해 읽기도 했다. 문제는 헤일섬에 있는 책들이 그런 일에 전혀 도움이 되지 않는다는 것이었다. 토머스 하디의 소설 같은 19세기 작품이 많았는데 사실 그런 책은 그다지 쓸모가 없었다. 에드나 오브라이언*이나 마거릿 드래블** 같은 이들이 쓴 현대 작품에도 성교 장면이 나오지만 그들은 언제나 독자에게 이미 여러 차례 경험이 있다고 상정하고 세세한 부분을 언급하지 않았기 때문에 도대체 무슨 일이 벌어지는지 제대로 알 수가 없었다. 나는 책을 통해 원하는 것을 얻을 수 없었고 비디오 역시 그보다 나을 것이 없었다. 그로부터 몇 년 전 당구실에 비디오 플레이어가 설치되어 그해 봄 무렵에는 상당히 많은 영화 테이프가 있었다. 많은 영화에 성교 장면이 등장했지만 대부분은 시작과 동시에 끝나거나 등장인물의 얼굴과 등만 보이고 마는 식이었다. 혹시 도움이 되는 장면이 나온다 해도 스쳐 지나가는 정도로만 볼 수 있었다. 당구실에서는 대개 스무 명 정도가 함께 영화를 보았기 때문이다. 우리는 특히 좋아하는 장면들, 예를 들어 「대탈출」에서 미국 배우가 오토바이를 타고 가시 철망을 뛰어넘는 순간 같은 장면을 다시 돌려 보는 방법을 생각해 냈다. 그런 장면이 나오면 "되돌려! 되돌려!"라고 일제히 외쳐 댔고, 이윽고 누군가가 리모컨을 집어 들어 문제의 부분을 두 차례,

---

* 아일랜드 작가. 『시골 소녀』, 『성자와 죄인』 등을 썼다.
** 영국 작가. 『찬란한 길』, 혜경궁 홍씨의 『한중록』을 소재로 한 『붉은 왕세자빈』 등의 작품이 있다.

때로는 서너 차례 되돌리곤 했다. 하지만 성교 장면을 다시 보기 위해 내가 먼저 나서서 되돌리라고 소리를 지를 수는 없었다.

그래서 나는 준비만 하면서 한 주 한 주 그 일을 미루고 있었다. 이윽고 여름이 오자, 나는 어느 때보다도 제대로 준비가 되었다는 생각이 들었다. 그래서 상당한 확신을 갖고 해리에게 넌지시 암시를 보내기 시작했다. 모든 것이 계획대로 진행되고 있었다. 그런데 루스와 토미가 헤어지는 일이 생겼고 그것 때문에 모든 것이 뒤죽박죽되고 말았다.

9

루스와 토미가 헤어지고 며칠 후 내가 미술실에서 몇몇 여자애들과 정물화를 그리고 있을 때였다. 기억하건대 뒤에서 선풍기가 윙윙 소리를 내며 돌아가는데도 숨이 막힐 듯 무더운 날이었다. 우리는 목탄을 쓰고 있었는데 누군가가 이젤을 모두 가져가 버려서 무릎 위에 판지를 올려놓고 그리고 있었다. 나는 옆에 앉은 신시아 E.와 수다를 떨면서 날씨가 덥다고 불평을 늘어놓았다. 그러다가 화제가 남자애들에 관한 것으로 넘어갔다. 신시아가 도화지에서 고개를 들지 않은 채 말했다.

"그런데 토미 말이야. 나는 그 애가 루스와 오래 못 갈 줄 알았어. 토미의 다음 상대는 네가 될 것 같아."

신시아가 특별히 강조해서 말을 한 것은 아니었다. 하지만 그 애는 명민한 편이었고 또 우리 무리의 일원이 아니라는 사실이 그 말에 더욱 무게를 실어 주었다. 그러니까 그 애의 말은 그 문제에 일정한 거리를 두고 있던 모든 아이들의 생각을 대변하는 것으로 받아들일 수 있었다. 따지고 보면 커플이니 뭐니 하는 문제가 대두되기 전까지 토미와 나는 여러 해 동안 친한 친구로 지내 오지 않았던가. 밖에서 보기에는 내가 당연히 루스의 '다음 차례'처럼 여겨질 수 있었다. 내가 별다른 대꾸를 하지 않자, 신시아도 특별히 강조하려는 기색 없이 입을 다물었다.

그로부터 하루 이틀 후 내가 한나와 함께 별관에서 나오고 있을 때였다. 한나가 갑자기 내 옆구리를 찌르더니 북쪽 운동장에 있는 한 무리의 남자애들을 고갯짓으로 가리켰다.

"저길 봐. 토미야. 혼자 앉아 있네." 그 애가 나직하게 말했다.

나는 '그래서 어쨌다는 건데?' 하는 의미로 어깨를 으쓱해 보였다. 그뿐이었다. 하지만 나중에 나는 나 자신이 그 문제를 줄곧 생각하고 있다는 것을 깨달았다. 한나의 말은 루스와 헤어진 후 토미가 좀 한가해 보인다는 뜻이었는지도 몰랐다. 하지만 나는 그렇게만 생각할 수가 없었다. 그러기에는 한나를 너무 잘 알고 있었던 것이다. 내 옆구리를 찌르고 목소리를 낮춘 것으로 미루어 그 애 역시 어떤 가정을 전달하고 있다는 것, 내가 루스의 '다음 차례'가 되는 것이 당연하다는 소문을 전달하고 있음이 분명했던 것이다.

앞서 말한 대로 나는 당시 '해리 계획'을 세워 놓고 있었으므로, 이 모든 일이 조금 혼란스러웠다. 이제 돌아보건대 '다음 차례' 사건이 아니었다면 실제로 나는 해리와 성교를 했을 것이다. 나는 그 모든 것을 생각해 두었고 준비가 착착 진행되고 있었다. 지금도 나는 그 시기에 내가 해리를 택한 것은 잘한 일이었다고 생각한다. 해리는 사려 깊고 친절하며 내가 자신에게서 무엇을 원하는지 알고 있었으리라.

지금으로부터 몇 해 전 월트셔에 있는 회복 센터에서 해리를 잠깐 본 적이 있다. 그는 기증을 마치고 그곳으로 이송된 참이었다. 내가 간병해 오던 기증자가 그 전날 밤 삶을 마쳤으므로 당시 나는 기분이 그리 좋지 않았다. 그 일로 나를 비난하는 사람은 없었지만(유난히 문제가 많은 수술이었다.) 그래도 나는 몹시 우울했고, 필요한 온갖 조치를 취하느라 거의 밤을 새우다시피 한 상태였다. 해리가 회복 센터로 들어온 것은 내가 접수처에서 떠날 채비를 하고 있을 때였다. 그는 휠체어에 앉아 있었다. (나중에 알게 된 바에 따르면 당시 그가 휠체어를 사용한 것은 실제로 걸을 수 없어서가 아니라 너무나도 약해져 있어서였다.) 내가 다가가 인사를 건넸을 때 그가 나를 정말 알아보았는지 확신할 수 없다. 사실 그의 기억 속에서 내가 특별한 자리를 차지해야 할 이유는 없는 것 같다. 앞서 말한 그 시기를 제외하면 그와 나는 특별히 관련된 일이 없었다. 혹시 기억한다 해도, 그에게 있어서 나는 한때 다가와 자기와 성교를 하고 싶은지 물어보고는 그냥 달아나 버린 엉뚱한 여자애일 뿐이리라. 당시 그 애는 나이에 비해 상당히 성숙했던 것 같다. 왜냐하면 그런 일을 당한 후에도 짜증을 내거나, 교태만 부리고 몸은 허락하지 않는 못된 여자라고 나를 험담하면서 돌아다니지 않았으니 말이다. 그래서 그날 회복 센터로 들어오는 그를 보고 새삼 고마움을 느낀 나는 그의 간병사가 되어 주고 싶었다. 주변을 돌아보았지만 그의 간병사처럼 보이는 사람은 없었다. 병원 잡역부들이 그를 빨리 방으로 데리고 가려고 조바심을 내는 바람에 나는 그와 이야기를 길게 나눌 수 없었다. 내가 잘 있었느냐고 하면서 곧 쾌차되기를 바란다고 말하자 그는 피로한 기색으로 미소를 지어 보였다. 내가 헤일셤을 언급하자 그는 엄지를 들어 올렸지만, 내가 누구인지 알아보지 못하는 것이 분명했다. 얼마 후 피로가 가시고 약 기운이 떨어졌을 때 아까 누구였을까 하고 기억을 더듬었으리라.

어쨌든 그 무렵 루스와 토미가 헤어짐으로써 나의 계획이 어떻게 엉망이 되어 버렸는지에 대한 이야기로 돌아가자. 이제 그 일을 돌이켜 보니 해리에게 조금 미안하다. 그렇게 많은 암시를 해 놓고는 한 주일 만에 갑자기 이런저런 핑계를 대며 그를 퇴짜 놓지 않았던가. 당시 나는 그가 몹시 그걸 원한다고 지레 짐작해 그를 물리치기 위해 땀깨나 흘렸던 것 같다. 그의 모습이 눈에 띌 때마다 언제나 재빨리 뭔가를 집어 들고는 그가 말을 건네기 전에 줄행랑을 놓았던 것이다. 당시 그가 성교 같은 것은 전혀 염두에 두지 않았을 수도 있다는 생각이 떠오른 것은 훨씬 나중이었다. 내가 복도나 운동장에서 그와 마주칠 때마다 다가가 나직한 어조로 그즈음 왜 그와 성교를 하고 싶지 않은지 둘러대지만 않았어도 그는 모든 일을 기꺼이 잊어 주었으리라. 해리 입장에서 보면 그것은 정말이지 정신 나간 행동이었을 테니 그의 품성이 그렇게 점잖지 않았다면 나는 순식간에 웃음거리가 되었으리라. 어쨌든 해리를 떨쳐 버리기 위한 시도들은 한두 주에 걸쳐 계속되었다. 그 후, 루스가 내게 부탁을 해 왔다.

그해 여름, 따뜻한 날씨가 자취를 감추고 본격적인 더위가 시작되기 직전까지 헤일섬에서는 좀 이상한 방식으로 야외에서 함께 음악을 듣는 것이 유행이었다. 그 전해 판매회때 워크맨이 출현한 이래 그해 여름에는 헤일섬에 적어도 여섯 개의 워크맨이 나돌고 있었다. 내가 말한 유행이란 하나의 워크맨을 둘러싸고 몇몇 아이들이 풀밭에 앉아 헤드셋을 돌려가며 음악을 듣는 것을 말한다. 그랬다, 그런 식으로 음악을 듣는다는 것이 좀 이상하게 들릴지도 모르지만 그것은 정말이지 기분 좋은 경험이었다. 누군가 헤드셋을 쓰고 20초간 음악을 들은 다음 그것을 벗어 다음 사람에게 넘겨주는 식으로 같은 카세트테이프를 반복해서 듣다 보면 일정 시간 후에는 놀랍게도 혼자서 그 테이프를 처음부터 끝까지 듣는 것처럼 전체를 들을 수 있었다. 앞서 말한 대로 이 유행은 그해 여름, 말 그대로 헤일섬을 휩쓸었다. 점심시간이면 워크맨을 둘러싸고 풀밭에 누워 있는 한 무리의 학생들을 곳곳에서 볼 수 있었다. 교사들은 그러다가 귓병이 퍼질 수 있다면서 그다지 좋아하지 않았지만 그 일을 막지는 않았다. 그해 여름을 떠올리면 워크맨을 둘러싸고 보낸 오후를 생각하지 않을 수가 없다. 이리저리 돌아다니면서 "지금 듣는 게 뭐니?" 하고 묻는 아이도 있었다. 그런 다음 자기가 원하는 대답이 돌아오면 거기에 앉아서 차례를 기다리는 것이다. 이런 모임의 분위기는 대개 무척 좋았다. 기억하건대 헤드셋 돌려 듣기를 거부한 아이는 없었다.

어느 날 내가 다른 여자애들과 함께 그런 식으로 음악을 듣고 있는데 루스가 다가와 얘기를 좀 할 수 있느냐고 물었다. 나는 중요한 이야기임을 감지하고 친구들을 내버려 두고 루스를 따라 나섰다. 우리는 공동 침실을 향해 걷기 시작했다. 이윽고 우리 방으로 들어갔다. 나는 창가 쪽에 있는 루스의 침대에(담요가 햇볕에 데워져 따뜻했다.) 앉았고, 루스는 안쪽 벽 가까이에 있는 내 침대에 앉았다. 금파리 한 마리가 윙윙거리며 주위를 날아다니고 있어서 한동안 우리는 파리가 정신을 못 차리게 이쪽저쪽으로 보내는 '금파리 테니스'를 하면서 웃음을 터뜨렸다. 이윽고 파리가 창밖으로 나가고 나자 루스가 입을 열었다.

"난 다시 토미와 커플이 되고 싶어. 캐시, 도와줄래?" 그런 다음 그 애는 덧붙여 물었다. "혹시 무슨 문제 있어?"

"전혀 없어. 다만 너희가 완전히 헤어진 줄 알았기 때문에 좀 놀랐을 뿐이야. 물론 도와줄게."

"토미와 다시 커플이 되고 싶다는 말은 아무에게도 하지 않았어. 한나에게조차 말이야. 내가 믿을 수 있는 사람은 너뿐이야."

"내가 어떻게 하면 되는데?"

"토미에게 내 말을 전해 주기만 하면 돼. 넌 언제나 그 애랑 말이 통하잖아. 걔는 네 말이라면 들을 거야. 나에 대해 하는 말을 진지하게 받아들일 거라고."

우리는 침대 아래로 늘어뜨린 두 발을 흔들며 잠시 시간을 보냈다.

"그렇게 말해 줘서 정말 고마워. 아마도 내가 가장 적당할 거야. 토미한테 그런 얘기를 하기에 말이야." 이윽고 내가 대답했다.

"내가 원하는 건 그 애와 새로 출발하는 거야. 이제 그 애와 나는 서로 빚진 게 없어. 둘 다 서로를 상처 입히기 위해 어이없는 행동을 했지만 이젠 됐어. 마사 H.와 어울리다니 어이가 없지 않니! 토미가 나를 웃기려고 그러는 것 같아. 그런 의도였다면 성공적이었다고 전해 줘. 그러니까 우린 이제 비긴 셈이야. 이제는 어른답게 행동하고 새롭게 시작할 때야. 넌 분명 걔를 설득할 수 있을 거야, 캐시. 너만큼 잘 해낼 사람은 없어. 네 말을 듣고도 정신을 못 차린다면 난 걔랑 어울리는 건 다시는 생각 안 할 거야."

나는 어깨를 으쓱해 보였다. "네 말대로 토미와 나는 언제나 말이 통하긴 했어."

"그래. 그리고 걔는 정말이지 네 의견을 존중해. 걔한테서 종종 얘기를 들어서 잘 알아. 너한테 배짱이 있다는 것, 일단 한다면 하는 성격이라는 걸 말이야. 언젠가는, 자기가 곤란에 처할 경우 어떤 남자애 이상으로 네가 도움이 될 거라고 하더라." 루스가 짧게 웃음을 터뜨렸다. "네가 내 부탁을 받아들여 주면 그 찬사가 사실이 되는 거야. 우리를 구해

주는 거라고. 토미와 난 서로를 위해 태어난 사람들이야. 그
애는 네 말을 들을 거야. 우리를 위해 이 일을 해 줄 거지,
캐시?"

나는 잠시 입을 다물고 있다가 이윽고 물었다. "루스, 토미
에 대한 네 감정이 진지한 거니? 그러니까 내가 잘 설득해서
너희 둘이 다시 커플이 된다고 하자. 나중에 또다시 걔한테
상처 주지 않을 자신 있느냐고?"

루스는 조바심을 내며 한숨을 내쉬었다. "물론 진지하지.
이제 우린 성인이야. 곧 헤일섬을 떠날 거고. 이건 더 이상
장난이 아니야."

"좋아. 토미한테 전해 줄게. 네 말대로 우린 곧 이곳을 떠
날 거야. 낭비할 시간이 없어."

그런 다음 기억하건대 우리는 그렇게 각자의 침대에 앉
아 한동안 이야기를 나누었다. 루스는 토미가 얼마나 어리
석었는지, 어째서 자기와 토미가 서로 완벽하게 어울리는 짝
인지, 이제 사태가 어떻게 달라질 것인지, 어떻게 좀 더 친밀
해질 것인지, 어떻게 좀 더 좋은 장소, 좀 더 좋은 때 성교할
것인지 등등을 거듭 말하고 싶어 했다. 우리는 그 모든 것에
대해 이야기를 나누었고, 루스는 그 하나하나에 내 충고를
구했다. 이윽고 창문 너머로 멀리 언덕을 바라보고 있던 나
는 루스가 갑자기 다가와 어깨를 꼭 껴안는 것을 느끼고 소

스라쳤다.

"캐시, 우리한테 넌 믿을 수 있는 사람이야. 토미 말이 맞아. 넌, 곤란에 처했을 때 의지할 수 있는 사람이야."

이런저런 일들로 인해 이후 며칠 동안 나는 토미와 이야기할 기회가 없었다. 어느 날 점심시간에 나는 남쪽 운동장가에서 축구 연습을 하고 있는 토미를 발견했다. 그 애는 얼마 전까지 다른 남자애 둘과 공을 차고 있다가 이제는 혼자 공중으로 공을 차 올리고 있었다. 나는 그쪽으로 걸어가 그 애 뒤쪽 잔디에 앉아 울타리 기둥에 등을 기댔다. 퍼트리샤 C.의 달력을 넘기다가 일어나 가 버린 일이 있은 지 얼마 되지 않은 때였다. 그래서 서로 어떻게 대해야 할지 어색해했던 기억이 난다. 그가 공을 쏘아보며 집중해서 무릎, 발, 머리, 발 순서로 공을 차는 동안 나는 클로버를 뜯으며 한때 우리를 그토록 겁에 질리게 했던, 저 멀리 떨어진 숲을 응시했다. 이윽고 나는 먼저 침묵을 깨기로 마음먹고 입을 열었다.

"토미, 얘기 좀 하자. 할 말이 있어."

그 말을 듣자마자 토미는 공을 굴러가게 내버려 두고는 내 옆으로 와서 앉았다. 내가 진심으로 자기와 이야기하고 싶어 한다는 사실을 깨닫는 순간 부루퉁한 기색 같은 것은 깡그리 지워 버리는 것이 토미의 특징이었다. 그 애의 얼굴에는 일종의 기분 좋은 갈망만이 떠올라 있었다. 그 표정을 보자 하급반 시절에 우리를 야단치던 선생님이 평소의 모습으로 돌아오는 것을 보았을 때 우리가 취하던 태도가 떠올랐다. 토미는 약간 땀을 흘리고 있었다. 물론 축구 때문이었지만 그로 인해 그가 뭔가를 갈망하고 있다는 인상이 더욱 강해진 것도 사실이었다. 요컨대 그런 모습을 보자 말을 시작하기도 전에 나는 짜증이 치밀었다. 이윽고 내가 입을 열었다. "토미, 난 알아. 네가 요즘 그다지 잘 지내지 못한다는 거 말이야." 그 애가 대답했다. "그게 무슨 말이야? 난 아주 잘 지내. 정말 잘 지내고 있다고." 그런 다음 그 애는 활짝 미소를 지어 보인 다음 기분 좋은 웃음을 터뜨렸다. 늘 그런 식이었다. 그로부터 몇 년 후 그에게서 그런 버릇의 잔재 같은 것을 발견하면 나는 슬그머니 웃음이 나곤 했다. 하지만 당시에는 그 애의 그런 행동에 진력이 나 있었다. 누군가에게 "그 문제 때문에 난 정말 화가 나 있어."라고 말할 때 토미는 그 말을 뒷받침하기 위해 즉각 풀 죽어 시무룩한 표정을 지었다. 그러니까 그 애의 그런 행동은 역설적인 의도에서 나온 것이 아니었다. 실제로 그 애는 그렇게 하면 자기 말이 좀 더 설득력 있게 들릴 것이라고 여겼다. 그러니까 당시 그 애는 잘 지내고 있다는 말을 증명하기 위해 짐짓 쾌활해 보이려고 애쓰고 있었던 것이다. 앞서 말한 것처럼 나중에는 그의 그런 면이 좋게 여겨졌지만, 그해 여름에는 그 애가 여전히 아이 태를 벗지 못했고 이용 당하기 쉬운 존재임을 그대로 드러내는 것으로만 여겨졌다. 당시 나는 앞으로 경험하게 될 헤일섬 너머의 세상에 대해 그리 많이 알지는 못했지만, 적어도 우리의 이해력을 총동원해서 대처해야 한다는 것 정도는 눈치채고 있었다. 그렇기 때문에 그런 토미의 어린애 같은 행동에 낭패감 비슷한 것을 느꼈다. 그래서 그런 느낌이 들어도 그냥 흘려보내던 그 전과는 달리(제대로 설명하기가 너무나 어렵게 여겨졌기 때문이다.) 버럭 소리를 지르고 말았다.

"토미, 그렇게 웃다니 정말 바보 같아! 네가 정말 잘 지내고 있다는 걸 보여 주려면 그런 표정을 지어선 안 돼! 내 말을 믿어. 그런 태도로는 곤란하다고! 곤란하고말고! 이봐, 넌 이제 성인이야. 너 자신을 보통 수준으로 끌어올려야 해. 최근 너한테는 모든 게 엉망이었지. 그 이유는 우리 둘 다 알고 있잖아."

토미는 어리둥절한 모습이었다. 내 말이 끝났다는 것이 확실해지자 그가 입을 열었다. "네 말이 맞아. 최근 나한텐 모든 게 엉망이야. 하지만 그 말은 무슨 뜻인지 잘 모르겠어, 캐시. 우리 둘 다 알고 있다니 그게 무슨 말이야? 네가 어떻게 그걸 아는지 모르겠다. 나는 아무한테도 얘기하지 않았는데."

"자세한 내용은 몰라. 하지만 네가 루스와 헤어졌다는 건 모두 알고 있는걸."

토미는 여전히 어리둥절한 표정이었다. 이윽고 그 애는 또다시 짤막하게 웃음을 터뜨렸는데 이번에는 짐짓 꾸며 댄 것이 아니라 진짜 웃음이었다. "네가 무슨 말을 하는지 이제야 알겠다." 하고 중얼거린 다음 그 애는 잠시 말을 멈추고 뭔가를 생각하는 것 같았다. "솔직히 말해서 캐시, 나를 성가시게 하는 건 그게 아니야. 내가 고민하고 있는 건 다른 문제야. 난 그 문제에 대해서 생각하고 있었을 뿐이야. 루시 선생님에 대해서 말이야."

그렇게 해서 나는 그 일, 그러니까 그해 여름 초에 토미와 루시 선생님 사이에 벌어진 일을 알게 되었다. 나중에 여유를 갖고 돌아보니 그 일은 내가 22호실에서 연필심으로 종이를 문질러 대던 루시 선생님을 목격한 지 며칠 후에 일어난 듯했다. 앞서 말한 것처럼 나는 토미에게서 좀 더 일찍 사실을 알아내지 못한 것이 후회스러웠다.

어느 날 오후의 '방과 후 시간', 수업은 모두 끝났지만 저녁 식사 때까지는 아직 시간이 남아 있는 그 시간에 토미는 루시 선생님이 대형 차트와 서류 상자를 한 아름 안고 본관에서 나오는 것을 보았다. 선생님의 팔에서 당장이라도 뭔가가 떨어질 것 같아서 토미는 달려가 돕겠다고 말했다.

"선생님은 나한테 몇 가지 물건을 건네주시더니 그걸 들고 선생님 방으로 가자고 하셨어. 둘이 나눠 들었는데도 너무 많아서 내가 가다가 한두 가지를 떨어뜨렸지. 오린저리 관 가까이에 이르렀을 때 선생님께서 갑자기 걸음을 멈추셔서 난 선생님 역시 뭔가를 떨어뜨리신 줄 알았어. 하지만 선생님은 아주 심각한 얼굴로 나를 뚫어져라 바라보셨어. 이렇게 말이야. 그런 다음 얘기 좀 하자고 하시더군. 나는 좋다고 했어. 우리는 오린저리 관에 있는 선생님 방으로 들어가 물건을 내려놓았어. 선생님은 나한테 앉으라고 하셨고 나는 지난 번, 그러니까 몇 년 전에 앉았던 바로 그 자리에 앉았어. 선생님도 그때를 떠올리신 것 같았어. 왜냐하면 선생님은 그 일이 바로 전날에 벌어지기라도 한 것처럼 바로 얘기를 시작하셨거든. 아무 설명도 아무 부연도 없이 그저 이렇게 말씀하셨어. '토미, 내가 실수했다. 지난번에 내가 한 말 말이다. 오래전에 사실을 제대로 말해 줬어야 했는데.' 그런 다음 선생님께서 전에 나한테 한 얘기를 깡그리 잊어버려야 한다고 하셨어. 창의적으로 되는 것에 신경 쓰지 말라고 한 말로 나한테 커다란 손해를 입혔다고 말이야. 다른 선생님들 말씀이 옳았고 내 그림 솜씨가 형편없다는 것에는 변명의 여지가 없다고 말이야……."

"잠깐만, 토미. 정말 루시 선생님께서 네 그림을 '형편없다'고 하셨단 말이야?"

"꼭 '형편없다'는 표현은 아니더라도 그 비슷한 말이었어. 시답잖다고 하셨을 수도 있어. 아니면 경쟁력이 없다고 하셨던가. 어쨌든 형편없다는 식으로 말씀하셨어. 그러면서 지난번에 선생님께서 하신 말씀이 아니었다면 그 무렵 내 문제가 어느 정도 해결되었을지도 모른다며 미안하다고 하셨어."

"그 얘기를 다 듣고 넌 뭐라고 했는데?"

"무슨 말을 해야 할지 알 수 없었어. 결국 선생님께서 물으시더군. '토미, 넌 어떻게 생각하니?' 그래서 나는 확신할 수는 없지만 어느 쪽이든 이제 괜찮으니까 걱정하시지 않아도 된다고 했어. 그러자 선생님은 그렇지 않다고, 내가 괜찮은 게 아니라고 하셨어. 내 미술 솜씨는 여전히 형편없고 그건 부분적으로 선생님 말씀 때문이라는 거야. 그래서 내가 말씀드렸지. 그게 뭐가 중요하냐고 말이야. 이제 나한테 아무 문제도 없고 그 일 때문에 나를 비웃는 사람도 더 이상 없다고 말이야. 하지만 선생님은 줄곧 고개를 내저으시면서 '그건 중요해. 난 그런 말을 하지 말았어야 했어.'라고 말씀하셨어. 그러자 나는 선생님께서 우리가 이곳을 떠난 다음에 대한 얘기를 하시는 건지도 모른다는 생각이 떠올랐어. 그래서 말했지. '전 괜찮을 거예요, 선생님. 전 정말 잘 지내고 있어요. 이제 저 자신을 어떻게 돌보면 되는지 알고 있어요. 기증을 시작할 때가 되면 정말이지 잘 해낼 수 있을 거예요.' 내 말에 선생님은 고개를 흔들기 시작하셨어. 어찌나 세차게 흔드시던지 어지럽지 않을지 걱정스러웠어. 이윽고 선생님은 다시 말씀하시더군. '잘 들어, 토미. 훌륭한 그림을 그리는 건 중요한 일이야. 그게 하나의 증거이기 때문에 그런 것만이 아니야. 너 자신을 위해 중요하다고. 너 자신만 두고 보더라도 그걸 통해 많은 걸 얻을 수 있어.'"

"잠깐만, 선생님께서 말씀하시는 '증거'라는 게 무슨 뜻이야?"

"나도 모르겠어. 하지만 선생님은 분명히 그렇게 말씀하셨어. 우리가 그린 그림이 중요한 건 '그게 하나의 증거이기 때문에 그런 것만이 아니'라고 말이야. 무슨 뜻으로 그런 말씀을 하셨는지는 모르지. 실제로 그 말씀을 듣고 나는 무슨 뜻인지 이해할 수 없다고, '마담'이나 마담의 화랑과 관계있는 얘기냐고 여쭤 보았어. 그러자 선생님은 깊은 한숨을 내쉬고는 말씀하셨어. '마담의 화랑, 그래. 그건 중요해. 내가 전에 생각했던 것보다 훨씬 더 중요하다는 걸 이제 알겠어.' 그런 다음 계속 말씀하셨어. '이봐, 토미, 네가 이해할 수 없는 온갖 일들이 있단다. 하지만 그걸 너한테 말해 줄 수는 없어. 헤일셤에 관한 것, 더 넓은 세상에서 네가 어떤 위치에 있는가 하는 것, 온갖 일에 대해 알려 줄 수가 없다고. 하지만 네가 노력하면 언젠가 알아낼 수 있을지도 몰라. 사람들이 네가 사실을 알아내기 어렵게 만들 테지만 네가 원한다면, 진정으로 원한다면 알아낼 수 있을 거야.' 그렇게 말씀하신 다음 선생님은 다시 고개를 흔들기 시작하셨는데 조금 전처럼 심하게는 아니었어. 그리고 다시 입을 떼셨어. '하지만 너라고 해서 다를 이유가 어디 있겠니? 이곳을 떠나는 학생들은 결코 많은 걸 알아내지 못하지. 네가 그들과 달라야 할 이유가 뭐냐고?' 선생님께서 무슨 말씀을 하시는지 몰라서 나는 그저 이렇게 말했어. '저는 괜찮을 거예요, 선생님.' 선생님은 한동안 가만히 계시다가 갑자기 자리에서 일어나 몸을 굽혀 나를 껴안으셨어. 남녀간의 포옹이 아니라 어린아이를 안아 줄 때처럼 말이야. 나는 최대한 몸을 움직이지 않고 서 있었어. 이윽고 선생님은 뒤로 물러서시더니 전에 그렇게 말해서 미안하다고 또 말씀하시더라. 그러고는 지금이라도 늦지 않았다고, 즉각 잃어버린 시간을 만회하기 시작해야 한다고 하셨어. 난 아무 대답도 하지 않은 것 같아. 나를 물끄러미 바라보시기에 난 선생님께서 또다시 나를 안으실 줄 알았어. 하지만 그 대신 선생님은 '나를 위해서 그렇게 해 주렴, 토미.'라고 하셨어. 나는 최선을 다하겠다고 말씀드렸어. 왜냐하면 그때쯤에는 얼른 그곳을 벗어나고 싶은 마음뿐이었거든. 내 얼굴은 아마도 새빨개져 있었을 거야. 선생님이 나를 안아 주신 것과 그 밖의 일들 때문에 말이야. 내 말은 그런 일이 전과는 다르다는 거야. 이제 우리 는 성인이잖아."

토미의 이야기에 너무나도 몰두한 나머지 나는 애초에 그 애와 이야기를 하려 했던 이유를 그때까지 잊고 있었다. 하지만 우리가 어른이 되었다는 그 애의 말을 듣자 원래의 임무가 생각났다.

"이봐, 토미. 조만간 이 문제를 자세히 얘기하기로 하자. 정 말 흥미로운 얘기구나. 이 문제로 네가 심란했으리라는 걸 이 제 알겠어. 하지만 어쨌든 넌 자신을 좀 더 추슬러야 해. 우 린 올여름에 이곳을 떠날 거야. 네 행동을 바로잡아야 한다 고. 지금 당장 바로잡을 일이 하나 있어. 루스는, 너희 둘이 서로 비긴 걸로 하고 너를 다시 받아들일 준비가 되어 있대. 내 생각에 이건 너한테 좋은 기회야. 이걸 망쳐 버리지 마."

토미는 한동안 말이 없다가는 입을 열었다.

"잘 모르겠어, 캐시. 이 모든 것들을 잘 생각해 봐야겠어."

"토미, 내 말 좀 들어 봐. 넌 정말이지 행운아야. 이곳 애 들 중에서 바로 루스가 널 원하고 있다고. 이곳을 떠난 다 음이라도 루스와 함께라면 넌 걱정할 필요가 없어. 그 애는 최고니까 걔랑 함께 있는 한 넌 안심해도 된다고. 걔가 너랑 새로 시작하기를 원한대. 그러니 기회를 놓치지 마."

나는 대답을 기다렸지만 토미는 아무 말도 하지 않았다. 또다시 낭패감 같은 것이 치밀어 오르는 것 같았다. 나는 앞으로 몸을 기울이고 말했다. "이봐, 이 바보야. 앞으론 별로 기회가 없을 거야. 우리가 이곳에서 이렇게 함께 있을 수 있는 시간이 얼마 남지 않았다는 걸 모르겠어?"

놀랍게도 토미의 반응은 차분하고 신중했다. (그런 토미의 일면은 이후 여러 해에 걸쳐 점점 더 강하게 드러났다.)

"나도 그걸 절실하게 깨닫고 있어, 캐시. 바로 그런 이유 때문에 나로서는 루스와 관계를 성급하게 회복할 수 없는 거야. 우리는 정말이지 신중하게 생각해서 다음 행동을 해야 하잖아." 그런 다음 그 애는 한숨을 내쉬고 나를 똑바로 바라보았다. "네 말대로야, 캐시. 우리는 곧 이곳을 떠나게 돼. 이건 더 이상 장난이 아니야. 아주 신중하게 생각해야 한다고."

나는 갑자기 할 말을 잃고 가만히 앉아 속절없이 클로버만 잡아 뜯었다. 그가 나를 바라보는 것을 느낄 수 있었지만 나는 눈을 들지 않았다. 만약 방해를 받지 않았다면 우리는 좀 더 오랫동안 그렇게 앉아 있었으리라. 하지만 조금 전에 그 애와 함께 축구를 했던 남자애들이 돌아왔든가, 근처를 왔다 갔다 하던 몇몇 아이들이 우리 옆으로 와서 앉았든가

했던 것 같다. 어쨌든 우리의 마음과 마음이 만났던 그 짧은 시간은 끝나 버렸고, 나는 자리에서 일어서면서 마땅히 해야 할 일을 하지 못한 것 같은 느낌, 왠지 루스의 기대를 저버린 것 같은 느낌이 들었다.

토미와 나눈 그 대화가 어떤 영향을 끼쳤는지 곰곰 생각해 볼 여유 같은 것은 주어지지 않았다. 왜냐하면 바로 다음 날 그 소식이 발표되었기 때문이다. 오전 무렵이었고 우리는 좀 다른 '역할 수행 연습'을 하고 있었다. 역할 수행 연습이란 우리가 찾아낸 다양한 인물, 그러니까 카페 웨이터나 경찰관 같은 역할을 해 보는 수업이었다. 이 수업은 언제나 흥분과 함께 불안감을 불러일으켰으므로 어쨌든 우리는 상당히 긴장해 있었다. 이윽고 수업이 끝나 우리가 줄지어 밖으로 나오고 있을 때 샤로트 F.가 교실로 뛰어 들어왔다. 그렇게 해서 루시 선생님이 헤일셤을 떠난다는 소식이 순식간에 모두에게 퍼졌다. 그 수업을 맡았던 크리스 선생님은 그런 내용을 알고 있었을 테지만 우리가 물어보기도 전에 무슨 잘못이라도 저지른 사람처럼 교실을 나가 버렸다. 처음에 우리는 샤로트의 말이 소문일 뿐인지 어떤지 알 수 없었지만, 그 애의 말을 들으면 들을수록 사실이라는 확신이 들었다. 그날 아침 다른 상급반 아이들이 루시 선생님의 음악

감상 수업을 위해 12호실로 갔는데, 에밀리 선생님이 대신 와 있었다는 것이었다. 에밀리 선생님은 루시 선생님이 이번 수업에 오지 못하므로 자기가 대신 수업을 진행할 것이라고 말했다. 이후 20여 분 동안은 모든 것이 아주 정상적으로 진행되었다. 에밀리 선생님은 베토벤에 관한 이야기를 하다 말고 갑자기, 수업 중간에 루시 선생님이 영영 헤일섬을 떠날 것이라는 소식을 발표했다. 수업은 몇 분 일찍 끝났다. 에밀리 선생님이 수심에 차 얼굴을 찡그린 채 서둘러 교실을 나갔다. 학생들이 교실 밖으로 나가자마자 그 소문은 헤일섬 전체로 퍼졌다.

나는 즉각 토미를 찾아 나섰다. 그 애가 그 소식을 다른 사람이 아닌 내게서 전해 듣기를 간절히 바랐던 것이다. 하지만 앞마당으로 들어서며 나는 이미 늦었다는 것을 알 수 있었다. 마당 저쪽에 한 무리의 남자애들이 고개를 끄덕이며 이야기를 듣고 있었는데, 그 가장자리에 토미가 서 있었기 때문이다. 다른 아이들은 왁자지껄 떠들어 댔고 흥분까지 한 듯했지만 토미의 두 눈은 텅 비어 있었다. 바로 그날 저녁에 토미와 루스는 다시 커플이 되었다. 루스는 그로부터 며칠 후 나를 찾아와 '모든 것을 그렇게 잘 해결해 준 데' 대해 고마움을 표했다. 실제로는 별다른 도움이 되지 못했을 것이라고 나는 말했지만 그녀는 내 말을 귀담아들으려

하지 않았다. 나는 결정적으로 그녀에게서 점수를 딴 셈이었다. 헤일섬에서 우리가 보낸 마지막 나날은 그런 식으로 흘러갔다.

러브

10

습지대를 가로지르는 길고 구불거리는 길이나 고랑이 난 밭들과 한결같은 잿빛 하늘이 수킬로미터에 걸쳐 펼쳐진 곳을 차를 몰고 지날 때면, 나는 코티지에서 쓰게 되어 있던 논문을 떠올리곤 한다. 헤일섬에서 보낸 마지막 여름 동안 교사들은 이따금 논문 이야기를 꺼내 각자에게 맞는 주제를 택하게 도와주었다. 어떤 주제든 간에 두 해 동안 우리가 몰두할 수 있는 것이면 되었다. 정확한 이유는 모르지만(어쩌면 교사들의 태도에서 뭔가를 눈치챘는지도 모른다.) 그 논문이 정말로 중요하다고 믿는 사람은 아무도 없었으므로 우리끼리는 그 문제를 언급하는 일이 거의 없었다. 나는 에밀리 선생님에게 가서 논문 주제로 빅토리아 시대의 소설을 택했다고 말하기는 했지만 사실은 그것에 관해 깊이 생각해 본 적이 없었고 선생님 역시 그 사실을 알고 있는 것 같았다. 하지만 에밀리 선생님은 특유의 탐색하는 듯한 눈길로 나를 응시했을 뿐 별다른 이야기를 하지 않았다.

하지만 일단 코티지에 도착하고 나자 논문은 새롭게 중요성을 띠게 되었다. 그곳에서 보낸 처음 얼마 동안 그리고 우리 중 몇몇에게는 훨씬 오랫동안 우리는 헤일셤의 마지막 과제라고 할 수 있는 논문이 마치 교사들이 준 작별 선물이라도 되는 것처럼 그것에 매달렸던 것 같다. 시간이 지남에 따라 교사들의 존재감은 마음속에서 퇴색했지만, 논문은 새로운 환경에서 갈피를 잡지 못하는 우리를 한동안 붙들어 주었다.

이제 논문에 대해 떠올릴 때면 나는 세부 사항을 되짚어 본다. 당시 전혀 다른 관점으로 새롭게 접근할 수는 없었는지, 전혀 다른 작가나 작품에 초점을 맞출 수는 없었는지 생각하는 것이다. 휴게소에서 커다란 유리창 너머로 도로를 응시하며 커피를 마실 때면 이유 없이 그때의 논문이 머릿속에 떠오른다. 그러면 모든 기억이 다시 떠올라 그곳에 앉아 있는 일이 즐거워지는 것이다. 최근에는 간병사 일을 그만두어 시간 여유가 생기면 다시 그 주제에 몰두해 볼까 하는 생각도 했지만, 그렇게까지 진지한 관심은 아닌 것 같다.

남는 시간을 보내는 데 필요한 한 조각 향수(鄕愁) 같은 것이었다고나 할까. 그러니까 헤일섬에서 특별히 소질을 보였던 라운더스 게임이나 오래전에 벌인 토론에 대해 그때 그럴 것이 아니라 이랬어야 했는데 하고 돌이켜 보는 식이었을 뿐이다. 요컨대 그런 종류, 일종의 백일몽 같은 것 말이다. 하지만 앞서 말한 대로 우리가 코티지에 막 도착했을 때의 상황은 좀 달랐다.

그해 여름 우리 여덟 명은 헤일섬을 떠나 마침내 코티지에 도착했다. 웰시 언덕에 있는 화이트 맨션이나 도싯에 있는 포플러 팜으로 간 아이들도 있었다. 당시 우리는 그 모든 곳들이 헤일섬과 아주 느슨하게만 연관되어 있을 뿐이라는 사실을 모르고 있었다. 코티지로 오면서 우리는 그곳이 나이 많은 학생들을 위한 헤일섬 같은 곳이리라 기대했다. 그리고 한동안 그곳을 그렇게 파악하고 있었던 것 같다. 우리는 코티지 이후의 삶에 대해서나, 누가 그곳을 운영하는지 혹은 그곳이 더 넓은 바깥세상과 어떻게 맞물리는지에 대해서는 별로 깊게 생각하지 않았다. 당시 우리 중 그런 생각을 한 사람은 아무도 없었다.

코티지는 전에는 농장이었지만 이미 여러 해 전에 모든 기능이 정지되고 만 곳이었다. 낡은 농가를 둘러싸고 헛간과 별채, 마구간들이 있었는데 모든 건물들이 우리가 거주

할 수 있게 개조되어 있었다. 또한 외따로 떨어진 건물들도 있었는데 그것들은 사실 거의 쓰러져 가고 있어서 제대로 이용할 수 없었다. 하지만 우리는 왠지 그런 건물들도 돌보아야 할 것 같은 인상을 받았다. 주로 케퍼스 때문이었다. 케퍼스는 일주일에 두세 차례 진흙투성이 밴을 타고 와서 그곳을 둘러보던 퉁명스러운 노인이었다. 그는 우리와 이야기하는 것을 그리 좋아하지 않았다. 그가 한숨을 내쉬고 역겹다는 듯이 고개를 내저으며 돌아다니는 것은 우리가 그곳을 제대로 관리하지 못하고 있다고 여기기 때문임이 분명했다. 하지만 무슨 일을 더 해야 하는지 도대체 분명하지가 않았다. 우리가 처음 그곳에 도착했을 때 그는 우리에게 허드렛일 목록을 보여 주었다. 우리보다 먼저 그곳에 이미 와 있던 학생들은(한나는 그들을 '선임'이라고 불렀다.) 오래전부터 당번제를 실시해 일을 처리해 왔고 우리는 성실하게 그것을 지켰다. 물이 새는 물받이 통을 알려 주고, 비가 많이 온 후 걸레로 닦아 내는 것 이외에 우리가 할 만한 일들은 정말이지 별로 없었다.

코티지의 본채인 낡은 농가에는 여러 개의 벽난로가 설치되어 있었고, 바깥 헛간에 쌓아 둔 장작을 가져다가 땔 수 있었다. 그러잖으면 사각형 가스난로를 사용해야 했는데, 날씨가 정말로 추울 때가 아니면 케퍼스가 가스를 충분히 준비해 놓지 않는다는 것이 문제였다. 우리는 그에게 가스를 충분히 남겨 달라고 줄곧 요청했지만, 그는 우리가 가스를 섣불리 써 버리거나 폭발 사고라도 일으킬 것처럼 불퉁대며 고개를 내저었다. 그래서 그곳에서 우리는 여름 몇 달을 제외하고는 대부분의 시간을 춥게 지낸 것 같다. 점퍼를 두 겹, 심지어는 세 겹 껴입고 돌아다녀야 했고 냉기 때문에 청바지가 얼어 뻣뻣해졌다. 때로는 하루 종일 웰링턴 장화를 신고 다녀서 방 전체에 질척한 진흙 자국을 남기기도 했다. 케퍼스는 그것을 보고 또 고개를 내저었지만, 우리가 달리 어떻게 해야 하느냐고 묻자 대답을 하지 못했다.

이렇게 말하면 당시 상황이 상당히 나빴던 것 같지만 사실은 아무도 그런 불편을 대수롭게 여기지 않았다. 그것은 코티지 체류가 불러일으키는 흥분의 일부였을 뿐이다. 하지만 솔직히 말하자면, 특히 처음 얼마 동안 우리 대부분이 교사들을 그리워했다는 사실을 인정하지 않을 수 없다. 몇몇 학생들은 한동안 케퍼스를 교사 같은 존재로 여기기도 했다. 하지만 케퍼스는 그런 대접을 전혀 받아들이려 하지 않았다. 밴을 타고 도착하는 그에게 우리가 다가가 인사를 하면, 그는 마치 정신 나간 사람을 대하는 눈길로 우리를 물끄러미 응시했다. 하지만 사실 우리는, 일단 헤일셤을 떠나면 더 이상 교사 같은 것은 없으므로 우리가 서로 돌보아야 한다는 말을 여러 차례 들어온 터였다. 대체로 우리는 서로를 돌보았다. 그러니 전반적으로 볼 때 헤일셤에서 제대로 훈련을 받은 셈이다.

헤일셤에서 가깝게 지냈던 친구들 대부분이 그해 여름에 결국 코티지로 왔다. 미술실에서 나에게 루스의 '다음 차례'가 되어야 한다고 말했던 신시아 E.가 같이 왔어도 좋았겠지만, 그녀는 자기 패거리와 함께 도싯으로 갔다. 그리고 내가 관계를 가질 뻔했던 해리는 소문에 의하면 웨일스로 간 모양이었다. 우리 패거리는 흩어지지 않았다. 그리고 혹시 다른 친구들이 보고 싶다면 그들을 방문하는 것을 막을 사람은 없을 터였다. 하지만 에밀리 선생님의 지도 수업을 통해 우리는 실제 거리 감각이나 특정 장소를 찾아가는 방법까지는 배우지 못했다. 우리는 선임들이 여행할 때 이용했다는 교통수단에 대해, 그리고 조만간 직접 운전을 배워 원할 때 친구들을 보러 가는 것에 대해 이야기를 나누었다.

물론 실제로는, 특히 처음 몇 달 동안에는 코티지 밖으로 나가는 일이 거의 없었다. 근처의 들판을 산책하거나 주변 마을을 돌아다니지도 않았다. 그렇다고 꼭 겁에 질려 있던 것 같지는 않다. 혹시 밖으로 나가고 싶으면 케퍼스의 숙박부에다 돌아올 날짜와 시간을 적어 두고 그 안에 돌아오기만 하면 된다는 것을 모두 알고 있었다. 그곳에 도착한 첫해 여름에 우리는 선임들이 겁내는 듯 마지못한 태도로 가방이나 배낭을 꾸려 2~3일간 여행을 떠나는 것을 자주 목격했다. 우리는 그런 그들을 감탄 어린 시선으로 바라보며 다음 해 여름이 되면 우리 역시 그렇게 할 수 있을까 자문했다. 물론 우리도 나중에 그렇게 할 수 있게 되었지만 처음 얼마간은 그런 일이 불가능한 것처럼 여겨졌다. 그 무렵까지 우리가 헤일섬 부근을 벗어난 적이 없다는 사실을 잊지 말아야 한다. 그래서 우리는 그런 상황에 당황하고 있었다. 만약 그로부터 1년도 채 안 되어 내가 혼자서 먼 길을 걷는 취미를 갖게 되고, 나아가 운전까지 배우게 될 것이라고 누군가가 말했다면 나는 그를 미친 사람으로 생각했으리라.

햇빛 찬란한 어느 날 미니버스가 우리를 작은 연못 옆에 있는, 비탈에 가려져 일부가 보이지 않는 농가 앞에 내려놓았을 때는 늘 씩씩했던 루스마저도 풀이 죽은 것 같았다. 헤일섬에서 멀리 보이던 숲을 연상시키는 언덕이 저 멀리 보였다. 하지만 그것은 마치 종이에다 친구의 얼굴을 그렸는데, 거의 비슷하긴 해도 완전히 똑같지는 않아서 섬뜩한 느낌이 들 때처럼 미묘하게 어긋난 듯한 인상을 주었다. 그래도 그때는 적어도 여름이어서 코티지가 그로부터 몇 달이 지난 뒤처럼 웅덩이가 얼어붙고 거친 땅에 서릿발이 빳빳하게 선 그런 모습은 아니었다. 사방이 웃자란 풀들로 둘러싸인 그곳은(우리에겐 신선한 풍경이었다.) 멋지고 아늑해 보였다. 우리 여덟은 한데 모여 서서 농가를 들락거리는 케퍼스의 모습을 지켜보며 그가 말을 걸어 주기를 기다렸다. 하지만 케퍼스는 그러지 않았다. 우리가 그에게서 포착할 수 있었던 것은 이미 그곳에서 살고 있는 학생들에 대한 짜증 섞인 기묘한 투덜거림뿐이었다. 케퍼스는 뭔가를 가지러 자기 밴으로 가다가 뚱한 눈길로 우리를 힐긋 쳐다보고는 다시 농가로 들어가 문을 닫아 버렸다.

하지만 잠시 후, 그런 딱한 모습의 우리를 조금쯤 재미있어하며 지켜보던 선임들이(그다음 해에 우리 역시 그들과 거의 비슷한 반응을 보이게 된다.) 밖으로 나와 우리를 맞아 주었다. 그때를 돌아보면 사실 그들은 우리가 그곳에 잘 적응하게 하기 위해 비상한 노력을 기울였던 것 같다. 그래도 처음 몇 주간은 그곳이 낯설게 느껴져서 우리는 함께 있다는 것을 위안으로 삼았다. 우리는 언제나 한데 몰려다녔고 달리 무엇을 해야 할지 몰라 농가 밖을 어색하게 서성거리며 하루의 대부분을 보냈다.

이제 그런 초기 시절을 회상하면, 코티지에서 보낸 2년 중에서 우리가 겁내고 어색해했던 처음 얼마간이 나머지 나날과 어쩌나 대조적인지 우습기까지 하다. 만약 이제 누군 가 코티지에 대해 말한다면, 나는 서로 방을 들락거리면서 보내던 편안한 나날과 오후부터 저녁이 되고 이윽고 밤으로 접어들던 그 나른한 시간을 떠올리게 되리라. 또한 나의 낡은 문고본 책 더미들과 마치 언젠가 바닷물에 젖기라도 했 던 것처럼 구불구불 물결치던 종잇장들을, 그리고 따뜻한 오후 잔디밭에 엎드려 시야를 가린 머리카락(당시 나는 머리가 길었다.) 사이로 책장을 넘기던 일을, 또한 검은색 헛간 건물 다락에 있던 내 방에서 매일 아침 바깥 들판에서 학생들이 시와 철학을 논하는 소리에 잠에서 깨던 기억을 떠올리리라. 혹은 긴 겨울을, 카프카나 피카소에 관한 논쟁이 두서없이 진행되던 김 서린 주방의 아침 식사를 떠올릴지도 모른다. 아침 식탁의 화제는 언제나 그런 것들이었다. 전날 밤 누구와 관계를 가졌다든가, 래리와 헬렌이 더 이상 서로 이야기를 하지 않는다든가 하는 것은 화젯거리로 오른 적이 없었다.

하지만 지금 돌아보면 첫날 농가 앞에 한데 모여 서 있던 우리의 모습이 결과적으로 전혀 생뚱맞게 여겨지지 않는다. 왜냐하면 그런 일은 우리가 한때 생각했던 것만큼 완전히 과거 속에 묻혀 버리지는 않았기 때문이다. 겉으로 드러나지 않는 어딘가에 우리 자신의 한 부분이, 주변 세상을 겁내고(그것 때문에 우리 자신을 얼마나 경멸했던가.) 서로에게 집착하던 우리의 모습이 그런 식으로 남아 있기 때문이다.

토미와 루스의 관계가 어떻게 진행되었는지 전혀 모르는 선임들은 그들을 아주 오래된 커플로 간주했고, 그 사실이 루스는 한없이 기쁜 것 같았다. 우리가 그곳에 도착한 처음 몇 주 동안 루스는 항상 토미의 몸에 팔을 두르고 다녔고, 때로는 남들이 있는데도 방 한 구석에서 토미를 안기도 하면서 관계를 과시했다. 그런 일은 헤일섬에서는 묵과되었지만 코티지에서는 유치한 행동으로 취급되었다. 선임 커플들은 남들 앞에서 애정을 과시하는 행동 같은 것은 결코 하지 않았다. 그들은 평범한 가정의 부부들처럼 점잖게 행동했다.

부연하자면, 이 선임 커플들에 대해 나는 한 가지 사실, 그들을 연구한 루스조차 눈치채지 못한 사실을 알아냈다. 그들이 습관적으로 취하던 행동 중 많은 부분이 텔레비전 속 인물들의 행동을 모방한 것이라는 사실이다. 내가 처음으로 그런 생각을 하게 된 것은 수지와 그렉 커플, 코티지에서 가장 고참으로 그곳을 '관장'하고 있다고 모두에게서 인정받던 그 커플을 주의 깊게 지켜보면서였다. 그렉이 프루스트나 그 밖의 인물에 대해 이야기를 시작하려 할 때면 수지는 특별한 반응을 보이곤 했다. 이야기를 듣는 우리를 향해 미소를 지어 보이고는 눈을 굴리며 입술은 요란하게 움직이지만 소리는 거의 들리지 않게 "신이여, 도우소서."라고 중얼거렸던 것이다. 헤일섬에서 텔레비전 시청은 어느 정도 제한되어 있었고 코티지에서도 그러했다. 하지만 사실 우리가 하루 종일 텔레비전을 본다 해도 막는 이는 없었다. 아무도 그런 일에 크게 신경을 쓰지 않았다. 농가에는 오래된 텔레비전이 한 대 있었고 헛간 건물에도 또 한 대가 있었다. 나는 이따금 텔레비전을 보았기 때문에 "신이여, 도우소서."라는 그 대사가 미국 연속극에서 나온 것임을 알 수 있었다. 등장인물이 어떤 말이나 행동을 하면 청중은 무조건 웃어 대곤 했는데, 수지는 바로 그 등장인물들 중 하나인, 주인공 옆집에 사는 뚱뚱한 여자의 행동을 흉내 낸 것이었다. 그 여자의 남편이 장광설을 늘어놓으려 할 때마다 그녀는 두 눈을 굴리며 "신이여, 도우소서."라고 말했고 그러면 청중은 폭소를 터뜨렸다. 그런 사실을 깨닫고 나자 나는 선임 커플들이 그 이외에도 텔레비전에 나오는 인물들의 여러 가지 행동을 흉내 내고 있음을 알 수 있었다. 서로를 향한 몸짓, 소파에 함께 앉는 방식이나 심지어는 말다툼을 벌이다가 휙하고 방을 나가 버리는 행동 같은 것들이 그러했다.

어쨌든 내가 지금 말하려는 것은, 얼마 지나지 않아 루스가 자기가 토미와 새롱거려 온 방식이 코티지에서는 전혀 어울리지 않는다는 것을 깨닫고 남들 앞에서 전과 다르게 행동하기 시작했다는 사실이다. 특히 루스가 자주 흉내 내던 선임들의 행동이 하나 있었다. 지난날 헤일셤에서 커플들은 잠시라도 헤어질 때면 그것을 구실 삼아 서로 얼싸안고 포옹하곤 했다. 하지만 코티지에서는 서로 안녕이라고 말할 뿐 다른 말을 덧붙이지도 포옹이나 입맞춤을 하지도 않았다. 대신 누군가의 관심을 끌려고 할 때처럼 손가락 등으로 상대방의 팔꿈치 근처를 가볍게 쳤다. 그런 행동은 대개 여자가 남자에게 했다. 그런 습관은 그해 겨울 무렵에는 시들해졌지만, 우리가 도착했을 무렵에는 한창 유행이었다. 루스는 이내 그런 행동을 토미에게 적용했다. 처음에 토미는 무슨 일인지 영문을 모르겠다는 듯 루스에게 홱 몸을 돌리고는 "왜 그래?" 하고 물었다. 그러면 루스는, 연극 중에 토미가 대사를 잊기라도 한 것처럼 책망하는 눈길로 그를 노려보았다. 루스가 토미와 그것에 대해 이야기를 한 모양이었다. 일주일쯤 지나자 그들은 선임 커플들과 거의 비슷하게 그 동작을 해냈다.

텔레비전에서 그렇게 팔꿈치를 치는 장면을 직접 본 적은 없지만 그 행동 역시 텔레비전에서 나온 것일 테고, 루스는 그 사실을 깨닫지 못했으리라. 그날 오후 풀밭에 앉아 『다니엘 데론다』*를 읽고 있는 내 곁으로 루스가 다가와 신경을 긁었을 때, 나는 이제 그 사실을 지적해 주어야 할 때가 되었다고 생각했다.

가을이 다가와 한기가 느껴지기 시작할 때였다. 선임들은 실외보다는 실내에서 더 오랜 시간을 보냈고 대개 여름 이전의 일상으로 돌아갔다. 하지만 우리 헤일셤 출신들은 줄곧 벌초되지 않은 풀밭에 앉아 시간을 보냈다. 우리에게 유일하게 익숙해진 일상적인 일을 가능한 한 길게 누리고 싶다는 듯이. 하지만 그날 오후 풀밭에는 나를 제외하면 서너 명 정도만이 책을 읽고 있었다. 게다가 나는 특별히 애써 찾아낸 조용한 구석자리에 앉아 있었으므로 루스와 나 사이의 일을 누군가 엿들을 염려 같은 것은 별로 할 필요가 없었다.

앞서 말한 것처럼 내가 방수 천으로 표지를 싼 낡은『다니엘 데론다』를 들고 누워 있는데, 근처를 지나가던 루스가 다가와 내 옆에 앉았다. 그 애는 내가 읽던 책의 표지를 힐긋 쳐다보더니 알겠다는 듯이 고개를 끄덕였다. 잠시 후 그 애는 내 예상대로『다니엘 데론다』의 전체 내용을 요약해서 말하기 시작했다. 그때까지 나는 기분이 아주 좋았고 루스

---

* 영국의 소설가 조지 엘리엇이 1876년 발표한 마지막 작품. 당대의 생활을 짜임새 있는 구성에 담아 냈다.

를 만나 반갑기까지 했는데 그즈음부터는 짜증이 나기 시작했다. 그녀는 전에도 한두 차례 그런 행동을 내게 한 적이 있었고, 다른 사람들에게 하는 것도 본 적이 있었다. 이를테면 루스가 그럴 때 취하던 특유의 태도가 있었다. 마치 상대가 자기의 조언에 당연히 고마워하리라는 듯 무심하고도 열정적인 태도 말이다. 그렇다, 그때 이미 나는 그 이면에 무엇이 자리 잡고 있는지를 막연하게 깨닫고 있었다. 코티지에 도착한 후 처음 몇 달 동안 우리는 그곳에 얼마나 잘 적응하는지, 즉 선임들의 행동을 얼마나 잘 따라하는지가 각자의 독서량에 좌우된다고 생각했다. 이상하게 들리겠지만 실제로 우리 헤일셤 출신들 사이에서는 그런 생각이 통용될 수 있었다. 그 개념은 전체적으로 어쩔 수 없이 막연한 것이었다. 실제로 그것은 우리가 헤일셤에서 성교에 대해 취했던 방식과 어느 정도 비슷했다. 다시 말해서 누군가『전쟁과 평화』에 대해 언급하는 것을 들으면 잘 알고 있다는 듯 고개를 끄덕이면서 온갖 종류의 책들을 섭렵했음을 암시하는 것이다. 하지만 그럴 때 지나치게 논리적으로 파고들거나 따져서는 안 된다는 합의가 있었다. 다만 잊지 말아야 할 것은 코티지에 도착한 이후 우리는 줄곧 한데 몰려 다녔으므로 우리 중 누군가가 나머지 사람들 모르게『전쟁과 평화』를 읽는 것은 불가능했다는 사실이다. 하지만 헤일셤에서 성교에 대해 그랬던 것처럼 우리는 그 모든 것을 읽을 수 있는 미지의 차원이 있다는 데 암묵적으로 동의한 셈이었다.

앞서 말한 대로 우리 모두는 어느 정도까지 그 게임에 연루되어 있었다. 하지만 누구보다도 그 게임을 극단으로 몰고 간 사람은 바로 루스였다. 그녀는 누가 무슨 책을 읽고 있든 자기가 이미 그 책을 읽은 것처럼 행동했다. 자기의 독서량을 과시하기 위해 우리가 한창 읽고 있는 소설의 줄거리를 줄줄 읊어 대며 돌아다니는 사람은 그녀뿐이었다. 그날 그녀가 『다니엘 데론다』의 줄거리를 늘어놓기 시작했을 때, 그때까지 그렇게 그 책에 빠져 있지도 않았으면서 내가 책을 덮고 몸을 일으킨 다음 완전히 정색을 하고 입을 연 것은 그런 이유에서였다.

"루스, 전부터 묻고 싶었던 게 있어. 토미와 작별 인사 할 때 어째서 늘 그런 식으로 토미 팔을 치는 거니? 내가 무슨 말을 하는지 너도 알 거야."

물론 그녀는 내가 무슨 말을 하는지 모르겠다고 주장했고 그래서 나는 내 말뜻을 참을성 있게 설명했다. 내 말을 다 듣고 난 루스는 어깨를 으쓱해 보였다.

"내가 그러는 줄은 나도 몰랐는데. 어쩌다 보니 그렇게 된 거겠지."

한두 달 전이라면 나는 따지지 않고 넘어갔으리라. 아니,

애당초 그런 일을 문제 삼지도 않았으리라. 하지만 그날 오후에 나는 그것이 텔레비전 연속극에 나오는 사람들을 흉내 낸 것이라고 지적하면서 그녀를 닦달하며 몰아세웠다. "그런 건 따라 할 가치가 없어. 네 생각은 어떤지 몰라도 그런 행동은 실제 생활에서 나오는 게 아니야."

루스 역시 이제는 화가 나 있었지만 어떻게 반격해야 할지 알 수 없는 듯했다. 그녀는 눈길을 돌리고는 또다시 어깨를 으쓱해 보였다. "그래서 어쨌다는 건데? 별로 중요한 거 아니잖아. 다들 그러는걸 뭐." 그녀가 말했다.

"그러니까 네 말은 크리시와 로드니가 그런다는 거겠지."

그 말을 내뱉은 순간 나는 실수했다는 것을 깨달았다. 조금 전까지 루스는 궁지에 몰려 있었지만 내가 그 두 사람을 언급한 순간 상황이 달라졌다. 그것은 체스에서 말을 내려 놓고 손가락을 떼는 순간 실수했다는 것을 깨닫는 것과도 흡사했다. 얼마만큼의 재난이 다가올지 알 수 없는, 그런 아찔한 공포 같은 것이었다. 루스의 눈에 번쩍 하는 빛이 떠올랐다. 다시 입을 열었을 때 그녀의 목소리는 조금 전과는 완전히 달라져 있었다.

"바로 그거였군. 가엾은 꼬마 캐시를 불안하게 하는 게 바로 그거였어. 루스가 이제 그녀에게 관심을 충분히 쏟아 주지 않는 거야. 루스에겐 새로 어른 친구들이 생겨서 꼬마 동생과 자주 놀아 주지 않는 거지."

"그만해. 어쨌든 그런 행동은 실제 일반 가정에서 하는 것과는 거리가 있어. 실상이 어떤지 넌 전혀 모르고 있다고."

"오, 캐시, 네가 실제 일반 가정 생활의 전문가였구나. 몰라 줘서 정말 미안하다. 하지만 내 말이 맞지 않아? 넌 줄곧 이런 생각을 갖고 있어. 우리 헤일셤 출신들은 단단히 결속해 함께 있어야 하고 새 친구 같은 건 사귀지 말아야 한다고 말이야."

"난 그렇게 말한 적 없어. 그저 크리시와 로드니에 대해 말하고 있는 것뿐이야. 그들이 하는 행동을 모조리 따라하는 건 바보 같은 짓이야."

"하지만 내 말이 맞잖아? 네가 화가 난 건, 내가 이곳에 그런대로 잘 적응하고 새 친구들을 사귀었기 때문이야. 선임 몇몇은 네 이름조차 기억하지 못하지만, 그렇다고 어떻게 그들을 비난할 수 있겠어? 넌 헤일셤 출신이 아니면 아무하고도 얘기하려 들지 않잖아. 하지만 내가 줄곧 네 손을 잡아 줄 순 없어. 우리가 여기 온 지 이제 거의 두 달이 다 되어 가니 말이야."

나는 그 미끼를 무는 대신 이렇게 말했다. "내 걱정은 마. 헤일셤 걱정 같은 건 하지 말라고. 넌 토미를 곤경에 빠뜨린 채 내버려 두고 있어. 너를 지켜봤더니 이번 주 들어서만도 이미 여러 차례 그러더구나. 예비 부품이라도 되는 것처럼 토미를 오가지도 못하게 해 놓고 말이야. 그건 공정하지 않아. 토미랑 너는 커플이잖아. 그러니까 넌 토미 입장을 헤아려 줘야 한다고."

"맞는 말이야, 캐시. 네 말대로 우린 커플이야. 그리고 네가 끼어들겠다면 말해 주지. 나는 토미와 이 문제에 대해 얘기했고 합의를 봤어. 토미가 크리시와 로드니와 함께 어울리는 데 때로 어색해한다 해도 그건 걔가 자초한 일이야. 나는 채 대비할 여유도 주지 않고 어떤 일을 강요하지는 않아. 이건 합의한 사항이니까 걔가 받아들여야 해. 어쨌든 신경 써 줘서 고마워." 그런 다음 그녀는 전혀 달라진 어조로 이렇게 덧붙였다. "그리고 그 문제 좀 생각해 봐. 최소한 선임 몇 명을 시간을 두고 사귀는 일 말이야. 넌 도대체 그럴 생각이 없는 것 같아."

루스는 주의 깊게 나를 지켜본 다음 마치 '우린 아직도 친구지, 안 그래?' 하고 말하듯이 웃음을 터뜨렸다. 하지만 나는 그녀의 말에 전혀 웃을 기분이 아니었다. 나는 책을 집어 들고 한 마디 말 없이 자리를 떴다.

11

루스의 그 말에 내가 왜 그렇게 마음이 상했는지 설명해야 할 것 같다. 우리의 우정에 있어서 코티지에서 보낸 처음 몇 달간은 기묘한 시기였다. 우리는 온갖 사소한 문제를 두고 줄곧 싸워 댔지만 동시에 그 어느 때보다도 서로 속내를 털어놓았다. 루스와 나는 특히 잠자리에 들기 직전 헛간 건물의 다락에 있는 내 방에서 대화를 나누었다. 그것은 헤일섬의 공동 침실에서 소등 후 나누었던 그런 밀담의 후속타라고 할 수 있었다. 어쨌든 낮 동안 아무리 사이가 틀어졌었다 해도 잠자리에 들 시간이 되면 루스와 나는 변함없이 내 매트리스에 나란히 앉아 마치 아무 일도 없었던 것처럼 뜨거운 음료를 홀짝이며 새로운 생활에 대해 속내를 털어놓곤 했다. 마음과 마음이 맞닿는 이런 밀담을 가능하게 한 것, 나아가 그 시기에 우리의 우정 자체를 가능하게 한 것은 그런 때 서로 어떤 이야기를 털어놓든 간에 상대가 그것을 깊이 배려하고 존중해 주리라는 믿음이었다. 상대가 털어놓은 이야기를 존중하고 아무리 심한 말다툼을 한다 해도 그때 나온 이야기를 무기로 들이대지 않으리라는 그런 묵계가 있었던 것이다. 그렇다, 반드시 말로 한 것은 아니었지만 앞서 말한 대로 분명 그런 묵계가 있었고, 우리 둘 다 그것을 위반하려는 시도조차 한 적이 없었다. 그런데 그날 오후에 『다니엘 데론다』 사건이 벌어진 것이다. 선임 몇몇과 찬찬히 사귀는 일을 하지 않는다는 루스의 지적에 내가 단순한 분노 이상의 감정을 느낀 이유는 바로 그래서였다. 내게 그것은 하나의 배신으로 여겨졌다. 그녀가 어떤 의미에서 그 말을 했는지 너무나 분명했기 때문이었다. 그녀는 어느 날 밤에 털어놓은 내 성적인 문제를 암시한 것이었다.

여러분도 짐작하겠지만 코티지에서의 성교는 헤일섬에서의 성교와는 달랐다. 훨씬 더 노골적이었다. 좀 더 '성숙'했다고도 할 수 있다. 누가 누구와 했느냐를 두고 수군거리고 킬킬거리며 돌아다니는 일 같은 것은 더 이상 없었다. 누가 누구와 성교를 했다는 사실이 알려졌다 해도 그들이 과연 좋은 커플이 될지 안 될지 이러쿵저러쿵 추측이 나오지도 않았다. 또 어느 날 새로운 커플이 나왔다 해도 대단한 일인 양 떠들고 돌아다니는 사람도 없었다. 그저 차분히 그 사실을 받아들이고 그 이후부터는 해당 커플에 대해 이야기할 때 한 사람을 언급하고 나서 또 한 사람에 대한 언급을 빠뜨리지 않는 정도였다. '크리시와 로드니'나 '루스와 토미'라는 식으로 말이다. 누군가와 성교를 원할 때 역시 훨씬 직접적이었다. 남자가 다가와 '기분 전환' 운운하며 자기 방에서 그날 밤을 보내지 않겠느냐고 묻는 것은 그리 대단한 일이 아니었다. 그 여자와 커플이 되고 싶어서 그러는 경우도 있었지만 대개는 그저 하룻밤 사랑이었을 뿐이다.

앞서 말한 대로 분위기가 훨씬 성숙했다. 하지만 이제 과거를 돌아보면 코티지에서의 성교는 좀 기계적이었던 것 같다. 아마도 그것은 소문이나 은밀함 같은 것이 자취를 감추었기 때문이리라. 어쩌면 추위 때문이었을 수도 있다. 코티지에서의 성교를 생각하면 나는 칠흑처럼 캄캄하고 얼어붙을 듯 추운 방에서 대개는 엄청난 양의 담요를 덮은 채 하던 것을 떠올리게 된다. 담요라고는 했지만 때로는 진짜 담요가 아니라 기묘하게 뒤섞인 천 무더기, 즉 낡은 커튼이나 심지어 카펫 조각 같은 것들이었다. 이따금 날씨가 정말로 추울 때면 손에 들어오는 것은 모조리 몸에 덮어야 했는데, 그 아래에서 관계를 하고 있으면 산 같은 천 더미가 몸을 두드려 대는 듯해서 실제로 남자와 관계를 하는 것인지 아니면 천 더미와 하는 것인지 알 수 없을 정도였다.

어쨌든 내가 지금 말하려는 요점은, 코티지에 온 지 얼마 안 되어 내가 두어 차례 그런 성교를 했다는 사실이다. 미리 계획해서 이루어진 일은 아니었다. 원래 내 계획은 시간을 두고 주의 깊게 대상을 선택해 그와 커플이 되는 것이었다. 그때까지 나는 누군가와 커플이 되어 본 적이 없었지만, 특히 루스와 토미를 한동안 지켜본 후에는 커플이 되는 일에 크게 관심을 갖기에 이르렀다. 앞서 말한 대로 그런 계획을 갖고 있었던 만큼 하룻밤 사랑을 연달아 하게 되자 나는 좀 불안해졌다. 그런 이유에서 나는 그날 밤 루스에게 그런 속내를 털어놓기로 결심했다.

그날 우리가 보낸 저녁 시간은 여러 가지 면에서 전형적이었다고 할 수 있다. 우리는 차가 담긴 머그잔을 들고 내 방으로 와서 서까래를 피해 고개를 살짝 기울인 채 매트리스에 나란히 앉았다. 그날의 화제는 코티지의 여러 남자들, 그 중 누가 내게 적당할지에 대한 것이었다. 그리고 루스는 최선을 다했다. 노련하고 현명하게 처신해 나를 격려하고 웃게 만들었던 것이다. 그랬기 때문에 나는 그녀에게 하룻밤 사랑에 대해 털어놓기로 마음먹었다. 진정으로 원한 것도 아닌데 그런 일이 일어났다는 것, 성교를 통해 아이를 가질 수 없다는 것을 알면서도 우습게도 에밀리 선생님의 경고대로 감정적인 영향을 받는다는 것을 그녀에게 이야기한 다음 물었다.

"루스, 너한테 물어보고 싶어. 넌 정말 반드시 성교를 해야 할 것 같은 그런 상태가 된 적이 없니? 상대가 누구든 상관없을 정도로 말이야?"

루스는 어깨를 으쓱해 보이고는 말했다. "나한텐 짝이 있잖아. 그러니까 그런 마음이 생기면 토미랑 하면 되지 뭐."

"그렇겠지. 어쩌면 나만 그런지도 몰라. 거기엔 마음에 들지 않는 뭔가가 있어. 때때로 난 정말, 정말이지 그걸 하고 싶어지거든."

"그건 좀 이상하다, 캐시." 걱정스러운 눈길로 나를 응시하는 루스를 보자 나는 더욱 불안해졌다.

"그러니까 너는 한 번도 그런 상태가 된 적이 없다는 거지?"

그녀는 다시 어깨를 으쓱해 보였다.

"상대가 상관없을 정도가 된 적은 없어. 네 경우는 좀 이상한 것 같아, 캐시. 하지만 곧 괜찮아질 거야."

"때로는 한동안 잠잠하기도 해. 그러다 갑자기 나타나는 거야. 첫 경우가 바로 그랬어. 남자가 나를 애무하기 시작했을 때 나는 그를 야단치고 싶은 마음뿐이었다고. 그런데 갑자기 그게 어디선가 나타난 거야. 그래서 할 수밖에 없었어."

루스가 고개를 내저었다. "좀 이상하다. 하지만 지나갈 거야. 어쩌면 여기에 와서 음식이 바뀌어서 그런지도 몰라."

그녀는 크게 도움을 주지는 않았지만 여러모로 마음을 써 주었으므로 그 이후 나는 그 모든 것에 대해 조금 기분이 나아졌다. 그렇기 때문에 그날 풀밭에서 말다툼 도중 루스가 그런 식으로 갑자기 그 문제를 언급한 것은 정말이지 충격이 아닐 수 없었다. 그렇다, 우리 말을 엿들을 사람은 없었지만, 그렇다 해도 그녀의 그런 행동에는 비열한 점이 있었다. 코티지에서 보낸 처음 몇 달 동안 루스와 나의 우정이 흠 없이 유지될 수 있었던 것은 적어도 나로서는 완전히 분리된 두 사람의 루스가 있다고 생각했기 때문이었다. 한 루스는 언제나 선임들에게 잘 보이려 애쓰면서 자기 능력을 발휘하는 데 방해가 된다고 판단되면 그것이 나든 토미든 다른 누구든 주저 없이 무시했다. 이 경우 그녀는 내가 좋아하지 않는 루스, 매일같이 으스대고 잘난 체하는 것을 참고 봐줘야 하는 루스, 팔꿈치를 건드리는 동작을 즐기는 루스였다. 하지만 하루가 끝날 무렵 내 작은 다락방에서 김이 모락모락 나는 머그잔을 손으로 감싸 쥔 채 매트리스 밖으로 두 다리를 길게 뻗고 앉아 있는 루스는 바로 헤일셤의 루스로, 낮 동안 무슨 일이 있었든 간에 우리는 그렇게 함께 앉아서 지난번에 하던 이야기를 이어갈 수 있었다. 그날 오후 풀밭에서 그 일이 있기 전까지 내게는 그 두 사람의 루스가 서로 뒤섞이지 않으리라는 절대적인 믿음 같은 것이 있었다. 함께 침대에 앉아 내가 속내를 털어놓는 사람은 절대적으로 믿을 수 있는 루스였다. 바로 그렇기 때문에 '최소한 선임 몇 명을 시간을 두고 사귀지 않는다.'라는 그녀의 말에 흥분하지 않을 수 없었던 것이다. 내가 책을 집어 들고 그 자리를 뜬 것은 바로 그런 이유에서였다.

하지만 이제 나는 그 일을 루스의 관점에서도 바라볼 수 있게 되었다. 어쩌면 그녀는 그 묵계를 내가 먼저 깨 버렸다고 느꼈는지도 모른다. 나의 아픈 곳을 찌른 그 한마디는 그 복수에 지나지 않았을지도 모른다. 당시 나로서는 결코 그렇게 생각할 수 없었지만 이제는 그렇게도 설명될 수 있을 것 같다. 어쨌든 그녀가 그런 말을 하기 직전에 나는 팔꿈치를 치는 그녀의 버릇을 지적하지 않았던가. 이제 와서 그 문제를 제대로 설명하기란 좀 어렵지만, 루스가 선임들 앞에서 취하던 행동에 대해 우리 사이에는 어떤 묵계 같은 것이 있었던 것이 사실이다. 그렇다, 루스는 종종 허세를 부렸고, 내가 알기로는 사실이 아닌 이야기들을 사실인 양 암시하기도 했으며, 때로는 앞서 말한 대로 우리를 희생시키면서까지 선임들에게 잘 보이려 들었다. 하지만 나는 루스가 그렇게 하는 것이 어느 정도 '우리 모두를 대표해서'라고 여겼던 것 같다. 그러므로 가장 절친한 친구인 내 역할은 무대에서 공연을 하고 있는 그녀에게 객석 맨 앞자리에 앉아 무언의 지지를 보내는 것이었다. 그녀는 다른 누군가가 되려고 악전고투하고 있었다. 우리 모두에 대해 어떤 책임감을 느끼고 나머지 우리들보다 훨씬 큰 압박감을 느끼고 있었는지도 모른다. 그랬다면 팔꿈치를 치는 버릇을 지적한 그 자체를 배신으로 느꼈을 수도 있고 그래서 그런 보복을 하는 것이 당연하다고 여겼는지도 모른다. 앞서 말한 대로 내가 사태를 이런 식으로 해석하게 된 것은 최근 들어서이다. 당시 나는 상황을 좀 더 넓게 보지도, 내 행동을 큰 틀 안에서 파악하지도 못했다. 발전하기 위해, 성장하기 위해, 헤일셤을 뒤로 하고 나아가기 위해 루스가 기울인 순전한 노력에 당시 나는 한 번도 감사를 표한 적이 없는 것 같다. 이제 그 일을 생각하니 얼마 전에 도버의 회복 센터에서 내 간호를 받던 그녀가 한 말이 떠오른다. 우리는 그녀의 방에 앉아 늘 하던 대로 내가 가져온 비스킷과 광천수를 마시며 석양을 바라보고 있었다. 내가 과거 헤일셤의 수집품 상자에 있던 물건 대부분을 여전히 침대 곁 소나무 함에 소중하게 보관하고 있다는 이야기를 하는 중이었다. 그러던 중에 특별히 어떤 화제나 요점을 언급하려는 의도 없이, 그러니까 별 생각 없이 내가 그녀에게 물었다.

"너는 헤일섬을 떠난 후에는 수집품 같은 거 없지, 그렇지?"

침대에서 일어나 앉아 있던 루스는 오랫동안 말이 없었다. 석양빛이 그녀 뒤의 타일 벽을 물들이고 있었다. 이윽고 그녀가 입을 열었다.

"헤일섬에서 선생님들이 각자의 수집품을 가지고 갈 수 있다고 줄곧 말씀하셨잖아. 그래서 난 내 상자에 든 걸 모두 꺼내 천 가방에 담았어. 코티지에 도착하는 대로 좋은 나무 상자를 구해 담아 둘 계획이었지. 하지만 그곳에 도착해 보니 선임들 중 아무도 수집품 같은 건 갖고 있지 않더라. 우리만 수집품을 갖고 있었고 그게 좀 이상해 보였어. 우리 모두 그걸 깨달았을 거야. 나 혼자만 느낀 게 아니라고. 하지만 우린 그런 얘기는 하지 않았지, 안 그래? 그래서 난 굳이 새 상자를 구할 생각을 하지 않았어. 수집품들을 여러 달 동안 천 가방에 그대로 넣어 두었다가 결국 버리고 말았지."

나는 물끄러미 그녀를 응시했다. "네 수집품들을 쓰레기와 함께 버렸단 말이야?"

루스는 고개를 내저었다. 그녀는 한동안 속으로 자기 수집품을 하나하나 떠올려 보는 모양이었다. 이윽고 그녀가 다시 입을 열었다.

"모두 커다란 자루에 넣었는데, 차마 쓰레기와 함께 버릴 수는 없었어. 언젠가 차를 막 출발시키려는 케퍼스를 보고 그 자루를 상점 같은 데 갖다줄 수 없겠느냐고 물었지. 자선 가게 같은 게 있다는 걸 찾아 봐서 알고 있었거든. 케퍼스는 자루의 물건들을 뒤적여 보더니 뭔지 도통 모르겠다는 표정을 지었어. 그가 어떻게 알겠어? 그는 웃음을 터뜨리고는 자기가 아는 가게에서는 그런 물건들을 좋아하지 않을 거라더군. 난, 그래도 정말 좋은 물건들이라고 했지. 그러자 그는 내가 좀 감상적이 되었다는 걸 눈치채고는 어조를 바꾸더군. 그러고는 '좋아, 아가씨. 이걸 옥스팜*에 가져다주지.' 하고 말했어. 그런 다음 아주 힘들여서 이렇게 덧붙였어. '이제 자세히 보니 아가씨 말이 맞군. 꽤 좋은 물건들인걸!' 하지만 그 말은 그다지 설득력이 없었어. 그는 그 자루를 어딘가 쓰레기통에 던져버렸을 거야. 그렇지만 적어도 나로서는 그 사실을 확인하지 않아도 되었던 거지." 루스는 미소를 지어 보이고는 다시 말했다. "넌 달랐어. 지금도 기억나. 넌 수집품을 갖고 있다는 사실에 한 번도 당혹스러워한 적 없이 줄곧 간직하고 있었지. 나도 그랬으면 좋았을걸."

---

* 1942년 결성된 영국의 대표적인 비영리 단체. 현재는 영국뿐 아니라 개발도상국들의 빈곤 퇴치 운동에 앞장서고 있다. 우리나라 '아름다운 가게'의 모델이 된 것으로 알려져 있다.

내가 말하고 싶은 것은 당시 우리 모두가 새로운 생활에 적응하기 위해 힘겨운 노력을 기울였다는 사실이다. 그리고 모두 나중에 후회할 일을 하기도 했던 것 같다. 당시 나는 그런 말을 한 데 대해 루스에게 정말 화가 났지만 이제 생각해 보면 코티지에서 보낸 처음 얼마 동안의 행동에 대해 루스나 또 다른 누구를 비판하는 것은 아무 의미도 없는 일 같다.

가을로 접어들자 나는 새로운 환경에 점차 익숙해져서 전에 놓치고 지나간 것들을 볼 수 있게 되었다. 예를 들어 최근 코티지를 나간 학생들에 대해 남은 학생들이 취한 기묘한 태도 같은 것 말이다. 화이트 맨션이나 포플러 팜으로 여행을 떠났다가 돌아온 선임들은 도중에 만난 이들에 대한 재미있는 일화를 스스럼없이 들려주곤 했다. 하지만 우리가 도착하기 직전까지 자기들의 절친한 친구였던, 코티지를 떠나간 이들에 대해서는 거의 언급하지 않았다.

내 눈에 띈, 그것과 연관된 또 하나의 특이한 점은 선임들이 '교육 과정'을 밟기 위해(그런 과정을 거쳐 간병사가 된다는 것은 우리도 알고 있었다.) 떠나는 것에 대해 말하기를 몹시 꺼려서 실제로 몇몇을 제외하고는 그 일에 대해 아는 사람이 없었다는 것이다. 그들은 4~5일 동안 코티지를 떠나 있었지만 그동안 벌어진 일에 대해서는 거의 언급하지 않았다. 실제로 코티지로 돌아온 그들에게 아무도 질문 같은 것을 하지 않았다. 친한 친구들에게는 사적으로 이야기했을 수도 있다. 하지만 그런 여행에 대해 공개적으로 언급해서는 안 된다는 분명한 합의 같은 것이 있었다. 어느 날 아침 코티지 주방의 김 서린 창문 너머로 교육 과정을 시작하기 위해 떠나는 선임 두 사람을 지켜보면서 다음 해 봄이나 여름까지 선임들이 모두 가 버리는 것은 아닌지, 우리 역시 그들에 대해 언급하지 않아야 하는지 자문했던 일이 생각난다.

그렇다고 해서 그곳을 떠난 학생들에 대해 언급하는 것이 금기였다고 하기는 좀 지나친 것 같다. 하려고만 들었다면 그들에 대해 이야기할 수 있었다. 대개의 경우 어떤 물건이나 잡일과 연관해서 그들을 간접적으로 언급했다. 예를 들어 낙수 홈통을 손봐야 할 일이 생기면, '마이크가 일하던 방식'에 대해 요란하게 논란이 벌어졌다. 또 헛간 건물 밖에 있는 나무둥치에는 '데이브의 둥치'라는 이름이 붙어 있었다. 우리가 도착하기 몇 주 전까지 데이브라는 선임이 3년여 동안 그곳에 앉아서 책을 읽기도 하고 글을 쓰기도 했기 때문이었다. 비가 오거나 추울 때도 그랬다는 것이었다. 그 중에서도 가장 기념할 만한 인물은 스티브이리라. 스티브는 뭔가 특이점을 발견해 내기 어려운 그런 종류의 사람이었다. 단 한 가지, 포르노 잡지를 좋아한다는 사실 외에는.

코티지 안을 돌아다니다 보면 포르노 잡지가 종종 눈에 띄었다. 소파 뒤에 던져져 있다든지 낡은 신문 더미 사이에 끼워져 있다든지 하는 식이었다. 그것들은 이른바 '가벼운' 포르노라고 불렸는데, 어떤 기준으로 구별되는지는 알 수 없었다. 전에 그런 것을 본 적이 없었던 우리는 그것을 어떻게 생각해야 할지 알 수 없었다. 새로운 포르노 잡지가 나타나면 선임들은 대개 웃음을 터뜨리고는 싫증 난 듯한 태도로 재빨리 책장을 넘긴 다음 옆으로 밀어 놓았다. 우리도 그들을 따라 했다. 몇 년 전에 이 모든 일을 떠올리면서 루스는 당시 코티지에 돌아다니던 포르노 잡지가 수십 권에 이르렀다고 주장했다. "아무도 그걸 보는 걸 즐긴다고 말하지는 않았지. 하지만 실제로는 어땠는지 너도 기억하잖아. 새로운 잡지가 나타나면 모두 따분하다는 듯한 반응을 보였지만 30분 후에 가 보면 누군가가 가져가 버리고 없었어." 하고 루스가 말했다.

어쨌든 지금 내 말의 요점은 이런 잡지가 나타날 때마다 사람들은 그것을 '스티브의 잡지' 중에서 남은 것이라고 주장했다는 것이다. 다시 말해 새롭게 나타나는 포르노 잡지 전부가 스티브의 것인 셈이었다. 앞서 말한 대로 우리는 스티브에게서 그 이외의 특징은 도대체 찾아낼 수 없었다. 하지만 당시에도 우리는 그런 논리에 우스꽝스러운 점이 있다는 사실을 알고 있었던 것 같다. 누군가 어떤 잡지를 가리키면서 "오, 이것 좀 봐. 스티브의 잡지잖아."라고 말할 때면 거기에는 약간의 비아냥거림이 담겨 있었던 것이다.

말이 나온 김에 말하자면 케퍼스는 이런 잡지를 발견할 때마다 미친 듯이 화를 냈다. 그가 몹시 종교적인 사람이라서 포르노뿐 아니라 성교 전반에 대해 지독히도 부정적이라는 소문이 돌았다. 때때로 그는 극단적인 흥분 상태에(잿빛 구레나룻 아래로 분노에 의해 붉으락푸르락하는 낯빛이 보였다.) 이르러서는, '스티브의 잡지' 중 마지막 한 권까지 찾아내겠다고 결심한 듯 노크도 하지 않은 채 쿵쾅대는 걸음으로 방마다 돌아다녔다. 우리는 그런 그의 행동에서 재미있는 점을 찾으려 최선을 다했지만 그럴 때의 케퍼스에게는 정말이지 사람을 겁에 질리게 하는 면이 있었다. 한 가지 예를 들어 언제나 달고 다니던 투덜거림이 자취를 감추고 갑자기 조용해졌다는 사실 하나만으로도 공포의 후광이 드리워진 것 같았다.

어느 날 '스티브의 잡지' 예닐곱 권을 찾아낸 케퍼스가 거친 동작으로 그것을 들고 자기 밴 안으로 가던 것이 기억난다. 내 방에서 나는 로라와 함께 그런 그를 내려다보고 있었다. 내가 로라의 말에 웃음을 터뜨린 순간 케퍼스가 자동차

문을 여는 것이 보였다. 두 손으로 짐을 옮기기 위해서인 듯 조금 전 그의 손에 들려 있던 잡지들이 보일러실 앞에 쌓인 벽돌(몇 달 전 선임 몇몇이 거기에 바비큐 시설을 만들려 했다.) 위에 놓여 있었다. 얼굴을 앞으로 숙인 탓에 케퍼스의 머리와 어깨는 차 안으로 들어가 보이지 않았다. 그는 한동안 뭔가를 찾고 있었다. 조금 전 격분했던 잡지들에 대해서는 까맣게 잊어버린 것 같았다. 몇 분 후 그는 몸을 펴고 운전석에 올라탄 다음 쾅 소리 나게 문을 닫고 차를 출발시켰다.

케퍼스가 잡지를 두고 갔다는 내 말에 로라가 대답했다. "하지만 잠시 후면 사라지고 말걸. 케퍼스는 또다시 그것들을 하나씩 찾아내야 할 거야. 다음번 일제 단속 때 말이야."

하지만 그로부터 30분 후 내가 산책을 나섰을 때 잡지 더미는 보일러실 앞 그 자리에 그대로 있었다. 순간 나는 그것을 내 방으로 가져가면 어떨까 하고 생각했다. 하지만 포르노 잡지를 방에 갖고 있다가 다른 사람 눈에 띈다면 나는 영원히 놀림감이 될 터였다. 내가 왜 그것을 방으로 가져갔는지 사람들은 이해할 수 없을 터였다. 그래서 나는 잡지 더미를 들고 보일러실로 들어갔다.

보일러실은 농가 끝에 있는 또 하나의 헛간으로, 낡은 잔디 깎는 기계나 쇠스랑 같은 것들, 혹시 보일러를 가동한다 해도 쉽게 불이 붙지 않으리라고 케퍼스가 판단한 물건들로 가득 차 있었다. 그곳에는 케퍼스가 가져다 둔 작업대도 있었다. 나는 작업대 위에 잡지를 내려놓고 낡은 넝마 더미를 한 쪽으로 밀고 그 위에 올라가 앉았다. 보일러실 안은 그다지 밝지 않았지만 뒤쪽 어딘가에 그을음으로 더러워진 창문이 있어서 맨 위의 잡지를 펼쳤을 때 그런대로 내용을 볼 수 있었다.

거기에는 두 다리를 벌리고 있거나 엉덩이를 쑥 내밀고 있는 여자들의 사진이 잔뜩 실려 있었다. 그런 사진들을 보고 흥분을 느낀 적이 있다는 것은 인정하지만 같은 여자와 그런 행위를 하는 상상 같은 것은 해 본 적이 없었다. 게다가 그날 오후에 내가 찾던 것은 그런 것이 아니었다. 나는 사진들에서 풍겨 나오는 성적 흥분 같은 것에 신경을 분산시키고 싶지 않아 재빨리 책장을 넘겼다. 실제로 나는 여자들의 얼굴을 살펴보는 데 집중해 있었으므로 어색하게 뒤틀린 몸 같은 것은 거의 눈에 들어오지 않았다. 한쪽 구석에 박혀 잘 보이지 않는 것부터 작은 비디오 광고에 이르기까지 나는 모든 얼굴을 살펴본 다음에야 다음 장으로 넘어갔다.

잡지 더미 아래쪽에 이를 때까지 나는 헛간 문 바로 앞에 누군가 서 있다는 것을 알아채지 못했다. 헛간 문은 내가 들어올 때 열어 둔 그대로였다. 습관적으로 그렇게 하곤 했고 열린 문을 통해 빛이 들어오기를 바랐기 때문이었다. 그때까지 나는 두 차례에 걸쳐 무슨 소리가 들린 것 같아 문 쪽을 바라보았지만 그때마다 아무도 보이지 않았으므로 다시 잡지로 관심을 돌린 참이었다. 하지만 이제는 거기에 누군가가 있다는 확신을 가질 수 있었다. 나는 잡지를 내려놓으면서 상대에게도 들릴 정도로 소리 내어 한숨을 내쉬었다.

나는 킬킬거리는 웃음소리가 들려오기를 기다렸다. 어쩌면 학생 두셋이 내가 포르노 잡지를 보고 있는 현장을 포착하려고 헛간으로 와락 달려들지도 몰랐다. 하지만 아무 일도 일어나지 않았다. 그래서 나는 짐짓 싫증 난 듯한 목소리로 소리쳤다.

"같이 보면 좋겠다. 왜 그렇게 부끄러워하는 거야?"

그러자 킬킬거리는 작은 웃음소리와 함께 토미가 문간에 모습을 드러냈다. "안녕, 캐시." 그가 순하게 인사를 건넸다.

"이리 들어와, 토미. 같이 재미있게 보자."

토미는 조심스럽게 나를 향해 걸어오다가는 몇 걸음 떨어진 곳에서 걸음을 멈추었다. 그런 다음 보일러 쪽을 건너다보며 말했다. "네가 그런 걸 좋아하는 줄 몰랐어."

"여자들이 봐도 되는 거잖아, 안 그래?"

나는 계속해서 책장을 넘겼고, 잠시 동안 토미는 침묵을 지켰다. 이윽고 내 귀에 그가 말하는 소리가 들려왔다.

"널 엿보려고 했던 건 아냐. 내 방에서 보이더라. 네가 여기 와서 케퍼스가 두고 간 잡지 더미를 집어 드는 게 말이야."

"다 본 다음에 미련 없이 너한테 넘겨줄게."

그는 어색한 듯 웃음을 터뜨렸다. "그건 그냥 포르노 잡지일 뿐이야. 이미 다 본 걸 거야." 그는 또다시 웃음을 터뜨렸다. 하지만 힐긋 올려다보니 심각한 표정으로 나를 지켜보고 있었다. 이윽고 그가 물었다.

"뭘 찾는 거니, 캐시?"

"무슨 얘기야? 난 자극적인 사진을 보고 있을 뿐인데."

"자극 받기 위해서?"

"그렇게 말할 수도 있겠지." 나는 다 본 잡지를 내려놓고 다음 권의 책장을 넘기기 시작했다.

다음 순간 내게로 다가오는 토미의 발소리가 들렸다. 이윽고 그는 바로 내 앞에서 걸음을 멈추었다. 다시 올려다보자, 그는 복잡한 작업을 하고 있는 나를 도와주고 싶어 몸살이라도 난 사람처럼 두 손을 초조하게 허공에서 휘저어 대고 있었다.

"캐시, 그게 아냐……. 음, 만약 성적 자극 때문이라면 그런 식으로 볼 리가 없어. 좀 더 주의 깊게 사진을 들여다봐야 한다고. 그렇게 빠르게 넘기면 효과가 없어."

"여자들한테 어떤 게 효과가 있는지 네가 어떻게 알아?

참, 혹시 루스와 함께 봤을지도 모르겠구나. 미안, 그 생각은 못했어."

"캐시, 뭘 찾는 거니?"

나는 토미의 질문을 무시했다. 이제 남은 잡지가 얼마 없었으므로 그 일을 끝마치는 것이 중요했다. 이윽고 토미가 다시 입을 열었다.

"전에도 한번 네가 이러는 걸 본 적이 있어."

나는 이번에는 책장을 넘기려다 말고 그를 바라보았다. "뭐야, 토미? 포르노 잡지 일제 단속 요원으로 케퍼스가 너를 차출하기라도 한 거야?"

"엿볼 생각은 없었어. 그냥 눈에 띈 것뿐이야. 지난주 찰리 방에서 모임이 끝난 다음에 말이야. 거기에도 포르노 잡지가 있었지. 넌 방에 아무도 없는 줄 알았을 거야. 나는 점퍼를 가지러 돌아갔었어. 클레어의 방문이 열려 있어서 찰리 방이 들여다보이더라. 그래서 네가 거기에서 잡지를 넘기고 있는 걸 볼 수 있었지."

"음, 그래서 어쨌다는 거지? 우리 모두 어떤 식으로든 성적 자극을 얻잖아."

"넌 성적 자극을 얻기 위해 그러는 게 아니야. 전에도 그랬고 지금도 그래. 네 얼굴에 나타나 있어, 캐시. 그때 찰리 방에서 넌 이상한 표정을 짓고 있었어. 슬픈 것 같기도 하고 겁에 질린 것 같기도 한 표정 말이야."

나는 작업대 위에서 펄쩍 뛰어 내려와 잡지들을 주워 모아 토미의 품에 갖다 안겼다. "자, 이걸 루스한테 갖다주렴. 이 잡지들이 걔한테 효과가 있는지 보라고."

나는 그를 지나쳐 헛간을 나왔다. 내가 그에게 아무 말도 하지 않아 그가 서운했으리라는 것은 알았지만, 그 단계에서는 나 자신도 충분히 숙고하지 못한 상태였으므로 누군가에게 이야기할 준비가 되어 있지 않았다. 하지만 토미가 내 뒤를 밟아 보일러실까지 들어온 일 자체에는 전혀 불쾌감이 느껴지지 않았다. 불쾌감이 느껴지기는커녕 보호받는 듯한 안락한 느낌까지 들었다. 실제로 나는 그 이야기를 나중에 토미에게 했다. 그것은 그로부터 몇 달 후 우리가 노퍽로 여행을 떠났을 때였다.

12

이제 나는 노퍽 여행에 대해, 그날 일어난 일에 대해 이야기하고 싶다. 그런데 여러분에게 그 여행을 하게 된 배경을 알려 주고 왜 우리가 하필이면 그곳으로 갔는지를 설명하기 위해 우선 그 직전에 일어난 일부터 말해야 할 것 같다.

코티지에서 맞는 첫 겨울이 끝나갈 무렵, 우리 모두는 한결 안정된 듯했다. 루스와 나는 사소한 문제들이 있긴 했지만, 뜨거운 음료를 들고 이야기를 나누면서 내 방에서 하루를 마무리하는 습관을 계속했다. 어느 날 그런 자리에서 농담을 하다가 루스가 갑자기 말했다.

"크리시와 로드니가 줄곧 하는 얘기, 너도 들었을 거야."

내가 듣지 못했다고 대답하자, 루스는 소리 내어 웃고는 말을 이었다. "그 두 사람이 날 놀리려고 그러는 것 같아. 괜히 놀리려고 하는 말이지 뭐. 신경 쓰지 마."

하지만 루스가 내심 그 이야기를 하고 싶어 한다는 것을 알아챈 나는 무슨 일인지 말하라고 채근했다. 이윽고 루스는 한결 낮은 어조로 말했다.

"크리시와 로드니가 지난주에 외출한 거 기억할 거야. 두 사람은 노픽 북쪽 해안에 있는 크로머라는 마을에 갔었대."

"거기에 뭘 하러 갔는데?"

"거기에 친구가 사나 봐. 전에 여기 있었던 사람이래. 요점은 그게 아니야. 그러니까 걔들의 주장에 따르면 그…… 사람을 봤다는 거야. 탁 트인 그곳 사무실에서 일하고 있더래. 그러니까, 음, 알잖아. 걔들의 판단에 따르면 그 사람이 '근원자'라는 거야. 나의 근원자 말이야."

우리 대부분이 처음으로 '근원자'에 대한 생각을 한 것은 과거 헤일섬에서였지만, 그것에 대한 토론이 금지된 일이라는 것을 감지하고 있었으므로 당시에는 수면으로 떠오르지 않았다. 하지만 그 문제는 끊임없이 우리의 호기심을 끄는 동시에 우리를 혼란스럽게 만들었다. 코티지에서도 그것은 편안하게 꺼낼 수 있는 화제가 아니었다. 근원자에 대한 이야기는 어떤 것이든 간에 성교에 대한 이야기보다 훨씬 더 어색했다. 동시에 매력적인 것도 사실이었다. 어떤 경우에는 편집적이 되기도 했다. 따라서 그 화제는 이를테면 제임스 조이스에 관한 토론 같은 것과는 동떨어진 또 하나의 세계로서, 대개 진지한 논쟁이 벌어질 때면 빠짐없이 등장했다.

근원자 이론의 이면에 있는 기본 개념은 단순한 것으로 별다른 논란거리가 아니었다. 그 내용은 다음과 같은 것이었다. 우리 각자가 일반인에게서 복제된 개체인 만큼 바깥 세상에는 우리의 근원자가 살고 있으리라는 것이었다. 이것은 적어도 이론적으로는 우리 각자가 자기 자신의 근원자를 찾아낼 수 있다는 뜻이었다. 바로 그런 이유에서 우리는 밖, 즉 시내나 쇼핑센터, 휴게소 같은 곳에 나가면 줄곧 신경을 곤두세워 자기나 친구들의 근원임직한 사람들, 곧 '근원자'를 찾아보곤 했다.

하지만 이 문제에 대해서는 이런 기본 사항 외에는 별다른 합의가 이루어지지 않았다. 우선 우리가 근원자를 찾을 때 어떤 점을 염두에 두어야 하는지 의견이 분분했다. 몇몇 학생들은 우리보다 스무 살에서 서른 살 많은 사람, 보통의 경우 부모가 될 만한 나이 대일 것이라고 생각했다. 하지만 그것은 감상적인 생각에 지나지 않는다고 주장하는 이들도 있었다. 우리와 우리의 근원자 사이에 반드시 '자연스러운' 세대 간격이 있어야 할 이유가 어디에 있단 말인가? 어린 아이나 노인이 근원자가 될 수도 있지 않은가. 그것이 무슨 차이가 있단 말인가? 이와 견해가 다른 학생들은, 근원자가 되는 조건으로 건강 상태가 최고조에 달한 사람들을 선호했을 것이므로 우리의 근원자들은 '정상적인 부모' 나이 대의 사람들일 가능성이 높다고 반박했다. 하지만 거기까지 이르면 우리 모두는 발을 들여놓고 싶지 않은 영역 근처에 왔음을 감지했고, 그래서 논쟁도 흐지부지되고 말았다.

그다음, 어째서 우리가 자신의 근원자를 찾아내고 싶어 하는가에 대한 질문이 있었다. 자신의 근원자를 찾아내고 싶은 마음 이면에는, 실제로 그 사람을 찾아내면 그를 통해 앞으로 자기가 어떤 사람이 될 것인지를 짐작할 수 있을 것이라는 생각이 자리 잡고 있었다. 그렇다고 예를 들어 누군가의 근원자가 현재 철도국에서 일한다고 해서 그 역시 나중에 철도국 직원이 될 것이라고 생각했다는 뜻은 아니다. 그렇게 단순하지 않다는 것은 우리 모두 알고 있었다. 그런데도 우리는 모두 정도는 다르지만 자기가 복제되어 나온 근원자를 보게 되면 진짜 자기 자신에 대한 깊은 통찰과 앞으로의 삶을 예측할 수 있을 것이라고 여겼다.

근원자에 대해 신경을 쓰는 것은 어리석은 일이라고 생각하는 학생들도 있었다. 우리의 근원자는 우리를 이 세상에 나오게 하기 위해 기술적으로 필요한 존재였을 뿐, 우리의 삶을 어떻게 만들어 나가느냐 하는 것은 우리 각자의 손에 달려 있다는 것이었다. 루스는 언제나 이런 생각을 가진 편이었고 나 역시 그랬던 것 같다. 그렇다 해도 누구의 근원자든 간에 근원자에 대해 새로운 이야기가 들려올 때마다 그것에 무심할 수는 없었다.

이제 기억해 보면 누군가의 근원자를 보았다는 이야기는 특정 시기에 집중되어 나오는 경향이 있었다. 몇 주에 걸쳐 그 문제에 대한 언급이 전혀 없었다가는, 누군가 근원자를 보았다는 말이 나오면 다른 이들에게서도 비슷한 이야기가 터져 나오는 식이었다. 그런 이야기 중 대부분은 지나가는 차 안에 앉아 있는 사람을 보았는데 누군가의 근원자 같다든가 하는 식으로 유념할 가치가 없는 것들이었다. 하지만 이따금 일리가 있는 목격담도 있었다. 그날 밤 루스가 나에게 말해 준 이야기가 바로 그러했다.

루스의 말에 따르면, 그 해변 마을에 도착한 크리시와 로드니는 잠시 헤어져 그곳을 이리저리 돌아다녔다고 한다. 잠시 후 다시 만났을 때 로드니가 몹시 흥분해서 크리시에게 이렇게 말했다는 것이다. 하이스트리트에서 조금 떨어진 골목길을 돌아다니다가 전면이 커다란 유리로 된 사무실에서 사람들이 책상에 앉아 있기도 하고 돌아다니면서 이야기를 나누기도 하는 것을 보았는데, 그중 한 사람이 루스의 근원자 같다는 것이었다.

"코티지로 돌아오자마자 크리시가 나한테 와서 말해 주더라. 크리시는 로드니에게 자세히 설명해 보라고 했지만 그런게 말로 다 설명되진 않잖아. 두 사람은 같이 차를 타고 가보자고 하는데 난 잘 모르겠어. 어떻게 해야 할지 알 수가 없다고."

그날 저녁 내가 루스에게 무슨 말을 했는지 정확히 기억나지 않지만, 그 시점에서 나는 상당히 회의적인 태도를 취했던 것 같다. 솔직히 말해 나는 그 이야기를 크리시와 로드니가 지어낸 것이라고 생각했다. 그 둘이 나쁜 사람들이라고 말하고 싶지는 않다. 그렇다면 불공정한 일이 되리라. 실제로 나는 여러 면에서 그들을 좋아했다. 하지만 그들이 새로 그곳에 입주한 우리를 대하는 태도, 특히 루스를 대하는 태도는 정직과는 거리가 멀었다. 키가 큰 크리시는 자세를 바로 하면 상당히 아름다웠지만 본인은 그 점을 모르는 듯대개 다른 사람들의 키에 맞추어 몸을 구부정하게 하고 다녔다. 바로 그런 이유에서 그녀는 영화배우라기보다는 심술궂은 마녀 쪽에 가까워 보였다. (말을 하려고 할 때마다 언제나 손가락 하나를 세워 상대를 쿡쿡 찔러 대는 짜증나는 습관 때문에 그런 인상이 더욱 강해졌다.) 그녀는 언제나 면바지보다는 긴 치마를 입는 편이었고 얼굴에 지나치게 끼는 작은 안경을 쓰고 다녔다. 그녀는 그해 여름에 도착한 우리를 크게 환영해 준 선임들 중 하나였다. 처음에 나는 우리를 대하는 그녀를 보고 인도자 역할을 해 주지 않을까 하고 생각했다. 하지만 몇 주 후에는 유보적인 태도를 취하지 않을 수 없었다. 헤일섬 출신이라는 사실 하나로 우리에 관한 거의 모든 것들이 설명된다고 여기는 듯한 그녀의 태도에는 뭔가 이상한 점이 있었다. 그녀는 아주 일상적으로 보이려 애쓰며 우리에게 헤일섬에 관한 질문을 던졌다. 그것은 지금 내가 돌보는 기증자들이 하는 것과 비슷한 아주 사소한 질문들이었지만, 그녀가 헤일섬에 관해 다른 차원의 관심을 갖고 있음을 나는 알 수 있었다. 나를 화나게 했던 또 한 가지는 그녀가 줄곧 우리를 떼어 놓으려 한 것이었다. 우리 몇몇이 함께 뭔가를 하고 있는 도중에 한두 사람을 불러내 뭔가를 하자고 해서 나머지 두 사람을 이러지도 저러지도 못하는 상태로 만들어 버리는 식이었다.

크리시는 남자 친구인 로드니와 거의 언제나 같이 다녔다. 로드니는 1970년대 록 뮤지션처럼 머리를 뒤로 모아 하나로 묶고 다녔고 윤회 같은 것에 대한 이야기를 많이 했다. 실제로 나는 그를 상당히 좋아하게 되었다. 하지만 그는 크리시의 영향을 크게 받고 있었다. 어떤 토론에서든 크리시의 입장을 지지했고, 크리시가 뭔가에 대해 이야기하며 가

녑게 웃음을 터뜨리면 그보다 재미있을 수 없다는 듯 고개까지 내저으며 웃어 댔다.

그렇다, 나는 지금 이 두 사람에 대해 좀 심하게 말하고 있는지도 모른다. 얼마 전에 이들에 대해 회고했을 때 토미는 두 사람을 상당히 점잖은 이들로 기억하고 있었다. 지금 이런 이야기를 하는 것은 루스의 근원자를 보았다는 그들의 말에 내가 왜 그렇게 회의적으로 반응했는지를 설명하기 위해서이다. 앞서 말한 것처럼 그 이야기를 들었을 때 우선적으로 든 생각은 믿을 수 없다, 크리시가 뭔가를 꾸미고 있다는 것이었다. 내가 이 모든 것을 의혹의 눈으로 보게 된 또 다른 이유는, 그 여자가 전면이 유리로 된 멋진 사무실에서 일하고 있었다는 그들의 설명 때문이었다. 내가 보기에 그런 설명은, 당시 우리가 알고 있던 루스의 장래 희망과 지나치게 잘 맞아떨어지는 듯했던 것이다.

그해 겨울 '장래 희망'이라는 화제를 꺼낸 것은 대부분 새로 온 우리였지만 상당수의 선임들 역시 그런 화제에 합세했다. 실제로 그런 이야기가 시작되면 나이 든 몇몇 선임들, 특히 이미 훈련 과정을 시작한 사람들은 나직하게 한숨을 내쉬고 방을 나가 버렸지만, 우리는 한동안 그런 사실을 눈치조차 채지 못했다. 이런 토론이 진행되는 동안 우리 각자가 속으로 어떤 생각을 했는지는 모르겠다. 아마도 우리는 그런 이야기가 실현될 수 없다는 것은 알고 있었지만 그렇다고 환상에 불과하다고 여기지도 않았을 것이다. 헤일셤에서는 나왔지만, 간병사가 되기 위한 수속이나 운전 교육 등등의 일이 아직 시작되지 않은 그 6개월여 동안 우리는 우리의 진짜 정체성을 잊고 있었는지도 모른다. 다시 말해서 헤일셤에서 교사들이 우리에게 말해 주었던 것, 비 오는 날 오후 별관에서 루시 선생님이 우리에게 폭로한 이야기 그리고 여러 해를 두고 우리가 생각해 온 모든 추론들을 잠시 잊고 있었는지도 모른다. 물론 그런 시기는 오래 계속될 수 없었지만 앞서 말한 것처럼 그 몇 달 동안 우리는 그런 달콤한 부유 상태에 머물며 일상적인 제약 같은 것에서 해방되어 우리의 삶을 생각할 수 있었다. 이제 돌아보면 우리는 김이 자욱한 부엌에서 아침 식사를 하고 난 뒤 잠시 동안 불이 반쯤 사그라진 난롯가에 모여 앉아 앞으로 어떻게 살 것인가에 대한 이야기를 하며 그 시기를 보냈던 것 같다.

하지만 우리 중 누구도 그런 이야기를 지나치게 밀어붙이지는 않았음을 잊어서는 안 된다. 누군가 영화배우나 그 비슷한 것이 되겠다고 말하는 것을 나는 들은 기억이 없다. 우편배달부가 될 것이라든가, 농장에서 일하고 싶다는 이야기는 훨씬 흔하게 들을 수 있었다. 이런저런 종류의 운전사가 되고 싶어 하는 이들도 있었다. 대화가 이런 쪽으로 흐르면 몇몇 선임들은 종종 여행길에서 본, 풍광이 유난히 아름다운 길이나 멋진 도로변의 카페, 운전하기 어려운 에움길 같은 것에 대해 이야기했다. 나는 지금은 그런 것에 대해 많은 이야기를 할 수 있게 되었지만, 당시에는 그저 대화에 취해 말없이 듣기만 했다. 밤이 이슥해지면 나는 두 눈을 감고 소파의 팔걸이, 혹은 공식적으로 누군가와 '함께'인 길지 않은 기간 중이라면 상대 남자의 어깨에 기대어 잠 속을 들락날락하며 머릿속에서 그런 풍경을 떠올렸다.

어쨌든 조금 전에 하려던 이야기로 돌아가면 이런 이야기가 진행될 때, 특히 그 자리에 선임들이 있을 때 그 화제를 누구보다 과도하게 밀어붙인 사람은 대개 루스였다. 루스가 사무실에서 일하고 싶다고 말하기 시작한 것은 그해 겨울 초였지만, 그것이 실체를 갖춘 그녀의 '장래 희망'이 된 것은 나와 함께 근처 마을에 다녀온 어느 날 아침 이후였다.

여러 날 계속되던 지독히도 추운 날씨에 상자형 가스난로가 줄곧 문제를 일으키던 어느 날이었다. 우리는 철컥거리는 소리를 내며 어떻게든 그 난로에 불을 붙여 보려 했지만 이윽고 포기하고 말았다. 그와 더불어 그 난로로 난방을 해야 하는 방들까지 포기해야 했다. 난로는 우리 책임이라면서 케퍼스는 그 문제를 해결해 주지 않았다. 하지만 날씨가 정말로 추워지자 그는 사 와야 할 점화 연료명이 적힌 메모지와 돈 봉투를 건네주었다. 루스와 나는 근처 마을까지 걸어가 그것을 사 오겠다고 자원했다. 그렇게 해서 그 서리 내린 아침에 우리는 그 길을 걷게 되었다. 양쪽으로 울타리 같은 것이 높이 솟아 있고, 꽁꽁 얼어붙은 쇠똥이 뒤덮인 곳에 이르렀을 때, 몇 걸음 떨어져서 내 뒤를 따라오던 루스가 갑자기 걸음을 멈추었다.

내가 그 사실을 깨달은 것은 시간이 좀 흐르고 난 다음이었던 것 같다. 내가 몸을 돌려 바라보았을 즈음 루스는 몸을 숙인 채 손을 입에 갖다 대고 숨을 쉬면서 자기 발 옆을 들여다보고 있었다. 나는 루스가 추위에 얼어 죽은 가엾은 짐승을 보고 있는 줄 알았다. 하지만 가까이 다가가 보니 루스가 들여다보고 있는 것은 컬러 잡지, 그러니까 '스티브의 잡지' 같은 것이 아니라 신문에 무료로 끼워지는 밝고 경박한 잡지였다. 광택 있는 종이에 양면 광고가 게재된 부분이 펼쳐져 있었는데, 종이가 물에 젖고 한쪽 귀퉁이에 진흙이 묻었지만 내용은 충분히 알아볼 수 있었다. 그것은 칸막이를 최소한으로 줄인 아름답고 현대적인 개방형 사무실에서 서너 명의 사람들이 농담을 주고받고 있는 사진이었다. 사무실과 사람들은 활기에 차 있었다. 그 사진을 물끄러미 바라보던 루스는 곁에 와 있는 내게 말했다.

"'저런 곳'이야말로 일하기에 '적당한' 장소 같아."

그런 다음 그녀는 어색해진 듯, 자기가 그러고 있는 것을 들킨 것에 화가 난 듯 조금 전보다 빨라진 걸음으로 다시 걷기 시작했다.

며칠 후 우리 몇몇이 농가의 난로 주위에 앉아 있을 때였다. 루스는 자기가 앞으로 일하고 싶은 이상적인 사무실에 대해 이야기하기 시작했고, 그 즉시 나는 바로 그 잡지에 나왔던 사무실을 말하는 것임을 알 수 있었다. 그녀는 모든 상세한 부분들, 즉 화분, 번쩍이는 집기, 바퀴 달린 회전의자에 대해 이야기했는데 표현이 어찌나 생생했던지 모두들 한동안 이야기를 중단시킬 수가 없었다. 나는 그런 그녀를 가까이에서 지켜보고 있었다. 루스는 내가 그녀가 말한 내용과 그 잡지를 연관시킬 수 있다는 생각은 미처 하지 못하는 듯했다. 어쩌면 그런 이미지를 어디에서 차용해 왔는지 그녀 자신조차 잊었는지도 모른다. 어떤 순간 그녀는 그 사무실에서 일하는 사람들이 얼마나 '역동적이고 진취적인 타입'인지에 대해서까지 이야기했는데, 나로서는 그 잡지 광고의 상단에 커다란 글자로 씌어 있던 '당신은 역동적이고 진취적인 타입입니까?'라는 문구를 선명하게 떠올릴 수 있었다. 물론 나는 아무 말도 하지 않았다. 그녀의 말을 들으면서 나는 실제로 어쩌면 그것이 실현될 수도 있지 않을까, 언젠가 우리 모두가 그런 장소로 옮겨 가서 함께 살 수도 있지 않을까 하고 자문했다.

그날 밤 거기에 함께 있던 크리시와 로드니는 루스의 말한 마디 한 마디에 귀를 기울였다. 그 후 며칠에 걸쳐 크리시는 루스에게 그에 대해 좀 더 많은 이야기를 해 달라고 졸라 댔다. 방 한 구석에 함께 앉아 있는 그들 앞을 지나갈 때면 "그런 곳에서 일할 때 서로 따돌리는 일 같은 건 정말 없을까?" 하는 크리시의 말이 들려오기도 했다. 루스로 하여금 그 이야기를 다시 꺼내게 하려는 것이었다.

요컨대 크리시에 대해 하고 싶은 말은(그리고 이것은 대부분의 선임들에게도 적용된다.) 우리가 그곳에 도착했을 때 그녀가 조금 선심 쓰는 듯한 태도를 취하면서도 우리가 헤일셤 출신이라는 사실에 위압 당한 듯했다는 사실이다. 내가 그 사실을 깨닫는 데에는 한참이 걸렸다. 루스의 사무실건을 예로 들면, 크리시 자신의 경우라면 어떤 종류든 간에사무실에서 일하고 싶다는 말 같은 것은 꺼내지 않았을 터였다. 루스가 헤일셤 출신이기 때문에 그런 일이 가능하다고 생각했던 것이다. 크리시는 사태를 그렇게 파악하고 있었고, 루스는 기회가 있을 때마다 우리 헤일셤 출신들에게는별도의 규칙이 적용된다는 이야기를 애매한 방식으로 한두 마디씩 흘림으로써 그런 생각을 부추긴 것 같다. 실제로나는 루스가 선임들에게 구체적으로 거짓말하는 것을 들은 적은 없다. 루스는 특정 사항을 군이 부정하지 않거나 넌지시 다른 사항을 암시하는 태도를 취했다. 물론 나는 여러 차례 그 사실을 지적할 수 있었다. 루스는 한창 이야기를 하다가 내 눈길을 의식하고 때로 당황했지만 내가 자기를 배반하지 않으리라는 것을 확신하는 듯했다. 그리고 나는 그녀를 배반하지 않았다.

이런 배경에서 루스의 '근원자'를 보았다는 크리시와 로드니의 주장이 나온 것이다. 내가 왜 그렇게 미심쩍어했는지 이제 여러분은 이해할 수 있으리라. 나는 루스가 그들과 함께 노픽으로 가지 않기를 바랐지만 진짜 이유를 밝힐 수는 없었다. 루스가 가는 것이 확실해지자 나 역시 가겠다고 그녀에게 말했다. 처음에 루스는 내가 가는 것을 크게 달가워하지 않는 듯했고, 토미도 데려가지 않겠다는 암시까지 했다. 하지만 결국 우리 다섯, 그러니까 크리시, 로드니, 루스, 토미와 나는 함께 그곳에 가게 되었다.

13

　그날을 위해 운전 면허증이 있는 로드니가 차도에서 몇 킬로미터 떨어진 메클리 마을의 농장 일꾼들에게서 차를 빌리기로 했다. 로드니는 이런 식으로 이따금 차를 빌렸는데 하필 우리가 떠나기로 한 전날 그 약속이 깨지고 말았다. 하지만 그 일은 어렵지 않게 해결되었다. 로드니가 그 농장까지 걸어가서 다른 차를 빌려 주겠다는 약속을 받아 낸 것이다. 다만 흥미로웠던 것은 그 여행이 취소되었다고 생각하던 몇 시간 동안 루스가 보인 반응이었다.

　그때까지 루스는 그 모든 것이 장난에 지나지 않는 듯, 자기가 거기에 가는 것은 그저 크리시를 기쁘게 해 주기 위해서라는 듯 처신했다. 또한 그녀는 헤일셤을 떠나온 이래 우리가 어딘가로 자유롭게 떠나 본 적이 없다고 거듭 말했다. 어쨌든 그녀는 '분실물을 찾기 위해' 오래전부터 노퍽에 가고 싶었다는 것이었다. 다시 말해서 루스는 자신의 '근원자'를 찾아내는 일을 그리 진지하게 생각하지 않는다는 인상을 우리에게 주기 위해 비상한 노력을 기울였다.

우리가 떠나기로 한 전날이었다. 산책을 나갔던 루스와 내가 부엌으로 들어갔을 때 그곳에서 몇몇 선임들과 함께 엄청난 양의 스튜를 만들고 있던 피오나가 고개도 들지 않고 하던 일을 계속하며 조금 전 농장에서 소년이 와서 그런 전갈을 주고 갔다고 알려 주었다. 나는 바로 앞에 서 있던 루스의 표정은 볼 수 없었지만 그녀의 온몸이 경직되는 것을 알 수 있었다. 다음 순간 루스는 한 마디도 하지 않고 몸을 돌려서는 나를 지나쳐 밖으로 뛰쳐나갔다. 그때 힐긋 루스의 표정을 본 나는 그제야 그녀가 그 일로 얼마나 마음이 상했는지를 알았다. 피오나가 "이런, 그렇게 심각하게 생각하는 줄은……." 하고 입을 열기에 나는 재빨리 그녀의 말허리를 잘랐다. "루스가 화난 건 그것 때문이 아냐. 다른 일 때문이지. 조금 전에 일이 좀 있었어." 그것은 그리 훌륭한 구실은 아니었지만 그 순간 내가 생각해 낼 수 있는 최선이었다.

앞서 말한 대로 결국 자동차 문제가 해결되어 다음 날 새벽 아직 동이 트지도 않았을 때 우리 다섯은 쭈그러지긴 했지만 상당히 쓸 만해 보이는 로버에 올랐다. 운전석의 로드니 옆에는 크리시가 앉았고 우리 셋은 뒷좌석에 앉았다. 그렇게 하는 것이 자연스러웠을 뿐 별다른 뜻은 없었다. 하지만 얼마 후 차가 어두컴컴하고 바람 부는 길을 벗어나 도로다운 도로로 나오자, 뒷좌석 가운데에 앉아 있던 루스가 앞으로 몸을 기울여 앞좌석에 두 손을 짚고는 선임들에게 이야기를 하기 시작했다. 그럼으로써 그녀의 양쪽에 있는 토미와 나는 그들이 하는 말을 한 마디도 알아들을 수 없음은 물론 사이를 가로막은 그녀 때문에 서로 대화는 고사하고 얼굴조차 볼 수 없었다. 이따금 아주 드물게 루스가 몸을 뒤로 젖힐 때면 나는 우리 세 사람이 함께 나눌 만한 적당한 화제를 찾아내려 애썼다. 하지만 루스는 내 말을 받으려 하지 않고 이내 다시 앞쪽으로 몸을 기울여 앞 좌석 사이로 얼굴을 들이밀었다.

약 한 시간 후 날이 밝을 무렵, 우리는 다리도 펼 겸 로드니가 화장실에도 갈 겸해서 쉬었다 가기로 했다. 텅 빈 넓은 들판 가에 차를 대놓고 우리는 작은 도랑을 뛰어넘은 다음, 두 손을 비벼 대며 입김을 불면서 한동안을 보냈다. 그러다가 나는 루스가 우리와 떨어져서 동이 터오는 들판 너머를 응시하고 있는 것을 보았다. 나는 그녀에게 다가가 앞으로도 선임들과 이야기를 하고 싶으면 나와 자리를 바꾸자고 제안했다. 그러면 여행하는 동안 그녀는 크리시와 이야기를 계속할 수 있고 토미와 나도 대화를 나눌 수 있을 터였다. 내가 말을 채 마치기도 전에 루스가 나지막하게 속삭였다.

"왜 이렇게 까다롭게 구니? 늘 그러더니 지금도 그러잖아! 도대체 이해할 수가 없어. 어째서 문제를 만들려는 거냐고?" 그런 다음 그녀는 내 몸을 홱 잡아당겨 다른 사람들에게 우리의 얼굴이 보이지 않게 했다. 우리가 싸우기 시작했음을 다른 이들에게 알리지 않기 위해서인 듯했다. 내가 퍼뜩 그녀의 진짜 의도를 깨달은 것은 그녀의 말이 아니라 그 행동 때문이었다. 루스가 차 안에서 그런 노력을 기울인 것은 크리시와 로드니에게 자기 자신만이 아니라 우리 모두를 제대로 알리기 위해서였다. 그런데 나는 그런 그녀의 뜻을 거스르고 어색한 장면을 연출하겠다고 협박하고 있었던 것이다. 이제 나는 모든 것을 이해할 수 있었으므로 그녀의 어깨를 툭 치고 나머지 사람들에게로 돌아갔다. 우리가 다시 차에 올랐을 때 나는 좌석 배치가 전과 같아지게 신경을 썼다. 하지만 차가 다시 출발하고 난 후 루스는 말수가 점점 줄었다. 그녀는 제자리에 등을 대고 앉아서는 앞좌석에서 크리시나 로드니가 뭐라 외칠 때도 시무룩하게 단음절로만 대답했다.

목적지인 해변 마을에 도착하자 사태는 한결 나아졌다. 우리는 점심시간 무렵 그곳에 도착해 펄럭이는 깃발로 뒤덮인 미니 골프 코스 옆 주차장에 로버를 세웠다. 날씨는 눈부시고 쾌청했다. 내 기억에 의하면 처음 한 시간 동안 우리 모두는 야외로 나왔다는 것에 들뜬 나머지 무엇 때문에 그곳에 왔는지 잊어버릴 정도였다. 이윽고 로드니가 두 팔을 휙휙 소리 나게 휘둘러 대며 주택가와 노점을 지나는 오르막길로 우리를 인도했다. 드넓은 하늘만으로도 그 길이 바다를 향해 있음을 느낄 수 있었다.

실제로 눈앞에 바다가 펼쳐졌고, 길은 벼랑 끝으로 휘돌아가고 있었다. 얼핏 보기에는 가파른 비탈을 지나 모래밭으로 연결될 것 같았지만 난간 너머로 몸을 기울여 아래를 내려다보면 절벽에서 해변으로 꼬불꼬불한 길들이 나 있음을 알 수 있었다.

그즈음 몹시 배가 고파진 우리는 그중 한 길이 시작되는 절벽 면에 자리 잡은 작은 카페로 들어갔다. 우리가 들어갔을 때 카페에는 그곳에서 일하는 듯한, 앞치마를 두른 통통한 여자 둘뿐이었다. 그들은 탁자에 앉아 담배를 피우다가 재빨리 자리에서 일어나 주방으로 들어갔고, 우리는 그 자리에 앉았다.

그 안쪽의 오른편 탁자, 다시 말해서 절벽 끝에서 가장 가까운 탁자에 앉자 마치 바다 위에 매달려 있는 듯한 느낌이 들었다. 당시에는 그곳의 규모에 대해 뭐라 말할 수 없었지만 이제 와 떠올려 보면 작은 탁자가 서너 개 놓인 아주 작은 카페였다. 창문이 열려 있었으므로(아마도 튀김 냄새가 실내에 가득 차는 것을 막기 위해서인 듯했다.) 이따금 돌풍이 카페 안을 휩쓸고 지나가며 광고 포스터를 펄럭였다. 카운터 위에 핀으로 꽂힌 판지 안내문 꼭대기에는 컬러 사인펜으로 'LOOK(주목)'이라는 단어가 씌어 있었는데, 각각의 'O'자 안에 상대를 물끄러미 응시하는 듯한 눈이 그려져 있었다. 이제는 그런 것들을 너무 자주 본 나머지 어디에서 보았는지조차 기억할 수 없지만 당시에는 처음 보는 것이었으므로 나는 그것을 감탄의 눈길로 응시했다. 그러다가 루스에게 눈길을 돌리니, 그녀 역시 매혹 당한 듯 그것을 바라보고 있었다. 우리는 함께 웃음을 터뜨렸다. 유쾌한 그 한순간, 차를 타고 오는 동안 줄곧 커져 온 불쾌한 감정이 훌쩍 물러나는 것 같았다. 하지만 이제 돌아보면 그 나들이 동안 루스와 나 사이에 그런 흐뭇한 감정이 생긴 것은 그때가 마지막이었다.

마을에 도착한 이래 '근원자'에 대한 이야기는 전혀 나오지 않았다. 어딘가 자리를 잡고 앉으면 그 문제에 대해 제대로 이야기할 수 있으리라고 나는 생각했다. 하지만 샌드위치를 먹기 시작했을 때, 로드니는 그 전해에 코티지를 떠나 지금은 그곳 중심가에 살고 있는 오랜 친구 마틴 이야기를 꺼냈다. 크리시는 그 화제에 반색했다. 얼마 지나지 않아 두 선임은 마틴이 벌였던 온갖 우스운 소동에 대해 말하기 시작했다. 우리로서는 대부분 맥을 잡을 수 없는 화제였지만, 크리시와 로드니는 정말로 즐거운 모양이었다. 그들은 줄곧 서로 눈짓과 웃음을 교환했다. 겉으로는 우리를 위해 이야기하고 있었지만 실제로는 추억을 회고하고 있는 것이 분명했다. 이제 그 일을 돌아보니 당시의 실상이 어떠했는지를 알 것 같다. 코티지에서는 그곳을 떠난 사람들에 대한 이야기는 금기에 가까운 것으로서 크리시와 로드니 두 사람 사이에서도 터놓고 할 수 없었는데, 일단 밖으로 나오자 그런 이야기를 해도 될 것 같은 느낌이 들었을 것이다.

그들이 웃음을 터뜨릴 때마다 나는 예의상 같이 웃어 주었다. 토미는 나 이상으로 대화의 맥을 잡기가 어려운 듯 조금 뒤처지는 반응을 보이며 머뭇머뭇 반웃음을 지었다. 하지만 루스는 계속해서 웃어 대며 마틴에 대한 모든 이야기를 자기도 아는 것처럼 줄곧 고개를 끄덕여 댔다. 그러다가 크리시가 정말로 애매한 말을 했을 때도("오, 그래, 그가 바지를 내렸을 때 말이야!"라는 말이었던 것 같다.) 루스는 '어서 말해, 쟤네들도 함께 즐길 수 있게 설명해 주라고.' 하고 말하는 듯 우리 쪽을 가리키며 요란하게 웃음을 터뜨렸다.

나는 그 모든 것을 그냥 보아 넘겼다. 하지만 크리시와 로드니가 마틴의 아파트에 들르는 문제를 의논하기 시작했을 때는 한마디 하지 않을 수 없었다. 내 말투는 아마 좀 차가웠을 것이다.

"그가 여기에서 하는 일이 정확히 뭔데요? 어째서 그 사람한테 아파트가 주어진 거죠?"

순간 침묵이 찾아왔다. 이윽고 루스가 과장되게 한숨을 내쉬는 소리가 들려왔다. 크리시는 탁자 위로 몸을 기울이고는 마치 어린아이에게 설명하듯 나직하게 내게 말했다. "그는 지금 간병사로 일하고 있어. 그가 여기에서 달리 뭘 하겠어? 그는 이제 어엿한 간병사야."

나는 그녀의 말에서 술책의 기미 같은 것을 느끼고 이렇게 말했다. "그래서 하는 말이에요. 우리는 간병사를 방문하면 안 되잖아요."

크리시가 한숨을 내쉬었다. "맞아. 우리는 간병사를 방문하면 안 되지. 엄밀하게는 그래. 결코 권장할 일이 아니라고."

로드니가 킬킬거리며 덧붙였다. "절대 권장해선 안 되지. 그를 만나러 가는 일은 아주, 몹시 잘못된 일이야."

"잘못이고말고." 하고 대답한 후 크리시는 혀 차는 소리를 냈다. 그러자 루스가 이런 말로 합세했다.

"캐시는 잘못된 일을 하는 걸 싫어해. 그러니까 그를 방문하지 않는 게 낫겠어."

토미는 루스가 누구 편인지 의아한 듯 그녀를 바라보았고, 나 역시 확신할 수가 없었다. 이 여행이 곁길로 빠지는 것을 루스도 원하지 않는 만큼 적극적으로는 아니더라도 내 편을 드는 것인지도 모른다는 생각에 내가 미소를 지어 보였지만 그녀는 내 미소에 응답하지 않았다. 이윽고 토미가 불쑥 물었다.

"도대체 어디에서 루스의 '근원자'를 본 겁니까, 로드니?"

"이런⋯⋯." 우리가 그 도시에 온 후 로드니는 근원자 문제에는 그다지 흥미가 없는 것 같았다. 나는 루스의 얼굴에 불안한 기색이 스쳐 가는 것을 보았다. 이윽고 로드니가 대답했다.

"하이스트리트에서 조금 떨어진 모퉁이 맞은편에서 봤어. 물론 그 여자가 오늘 사무실에 나오지 않았을 수도 있어." 아무도 대답을 하지 않자 그는 이렇게 덧붙였다. "알다시피 쉬는 날이라는 게 있잖아. 항상 일터에 나오는 건 아니라고."

그 말을 듣자 우리가 사태를 완전히 잘못 판단했을지도 모른다는 공포 같은 것이 머릿속을 스쳐 갔다. 근원자 이야기가 종종 여행 구실이 되어 주었던 만큼 그들 역시 우리가 그 이야기를 그 정도로 받아들이기를 기대했을 수도 있었다. 루스 역시 나와 같은 생각을 하는 듯 정말로 걱정스러운 표정을 짓고 있었다. 하지만 그녀는 로드니의 말이 농담이라도 되는 듯 짤막하게 웃음을 터뜨렸다.

그러자 크리시가 조금 전과는 전혀 다른 투로 말했다. "그러니까 루스, 몇 년 후에 우리는 '너'를 만나러 이곳에 올지도 몰라. 멋진 사무실에서 일하고 있는 너를 만나기 위해 말이야. 그때 우리가 너를 방문하는 걸 아무도 막을 수 없을 거야."

루스가 재빨리 대답했다. "맞아요, 여러분. 모두 나를 보러 와도 좋아요."

"사무실에서 일하는 사람을 방문해선 안 된다는 규칙 같은 건 없는 것 같아." 하고 말한 다음 로드니는 갑자기 웃음을 터뜨렸다. "하긴 알 수 없지. 전에는 그런 일이 일어난 적이 없으니까 말이야."

"괜찮을 거예요. 그런 것까지 막지는 않겠죠. 모두 나를 만나러 와도 좋아요. 토미는 예외지만." 루스가 말했다.

토미는 충격을 받은 것 같았다. "어째서 나는 안 되지?"

"왜냐하면 너는 나와 함께 있을 거거든, 이 바보야. 난 너랑 떨어지지 않을 테니까." 루스가 대답했다.

우리 모두 웃음을 터뜨렸다. 토미의 반응은 이번에도 우리보다 한 박자 늦었던 것이다.

"웨일스에 있는 어떤 여자 이야기를 들은 적이 있어. 그 여자는 헤일셤 출신으로 너희보다 몇 년 위일 거야. 그 여자는 지금 옷가게에서 일하는 모양이야. 정말 멋진 일이지." 크리시가 말했다.

다들 동의의 말을 중얼거렸다. 우리 모두는 한동안 몽롱한 눈길로 구름을 바라보았다.

"너희가 나온 헤일셤은 바로 그런 곳이야." 이윽고 로드니는 그렇게 말하고는 감탄하듯 고개를 내저었다.

"그리고 또 다른 경우도 있어." 크리시가 루스에게 몸을 돌렸다. "지난번 네가 말한 그 남자 말이야. 너보다 몇 년 선배고, 지금 공원 관리인이라고 했잖아."

루스는 생각에 잠겨 고개를 끄덕였다. 순간 내 머릿속에는 토미에게 경고의 눈빛을 보내야 한다는 생각이 떠올랐다. 하지만 내가 몸을 돌렸을 때 토미는 이미 말을 시작하고 있었다.

"그게 누군데?" 토미가 어리둥절한 목소리로 물었다.

"알잖아, 토미." 내가 재빨리 대답했다. 그에게 면박을 주거나, 나아가 목소리에 공모의 기미를 담는 것은 위험했다. 그러면 크리시는 즉각 진상을 알아차릴 터였다. 그래서 나는 토미의 건망증에 넌더리가 난다는 듯 약간 걱정하는 감정을 담아 직선적으로 말하는 편을 택한 것이다. 하지만 그랬기때문에 토미는 여전히 사태를 알아채지 못한 모양이었다.

"우리가 아는 누구 말이야?"

"토미, 또다시 왈가왈부하지 말자. 네 머리는 점검을 좀 받아야겠는걸."

마침내 사태를 깨달은 듯 토미는 입을 다물었다.

크리시가 말했다. "내가 코티지에 오게 되어서 정말 행운 이라는 건 잘 알아. 하지만 너희 헤일섬 출신들이야말로 정 말 행운아들이야. 그러니까……." 그녀는 목소리를 낮춘 다 음 다시 몸을 앞으로 기울였다. "너희한테 줄곧 하고 싶은 말이 있었는데 그곳 코티지에서는 할 수가 없었어. 항상 누 군가 듣고 있었으니까 말이야."

크리시는 탁자 주위를 둘러보고는 루스를 똑바로 응시했 다. 갑자기 긴장한 모습으로 로드니 역시 앞으로 몸을 기울 였다. 그 순간 나는 크리시와 로드니가 이 여행을 계획한 진 짜 의도가 바로 그것이었음을 알 수 있었다.

"로드니랑 웨일스에 갔을 때 난 옷가게에서 일한다는 그 여자 얘기를 들었어. 헤일섬 출신자들에 대한 또 다른 얘기 도 들었지. 떠도는 소문인데, 몇몇 헤일섬 출신자들이 특별 한 상황하에서 집행 연기를 받았다는 거야. 헤일섬 출신이 라면 그게 가능하다는 거지. 헤일섬 출신자는 기증 집행을 3년, 나아가 4년 후로 늦춰 달라고 요청할 수 있대. 쉽진 않 지만 때때로 요청이 받아들여지기도 한대. 그들을 설득할 수만 있고, 자격이 되기만 한다면 말이야." 크리시가 말했다.

크리시는 말을 멈추고 극적인 효과를 불러일으키려는 듯, 아니면 동의의 반응을 끌어내려는 듯 우리 한 사람 한 사람을 응시했다. 토미와 나는 아마도 당혹스러운 표정이었을 테고, 루스는 무슨 생각을 하고 있는지 도무지 알 수 없는 특유의 표정을 짓고 있었다.

크리시는 말을 계속했다. "소문에 따르면, 어떤 커플이 진정으로 사랑한다는 것을 증명해 보이면 헤일셤 운영자들이 그 진위를 가려낸대. 그 결과 사실로 인정되면 두 사람은 몇 년간 함께 지낸 다음 기증을 시작할 수 있다는 거야."

이제 우리가 앉은 탁자 주위에는 기묘한 분위기가 감돌았다. 감질나는 흥분 같은 것이 주위를 감돌았다.

크리시는 말을 이었다. "헤일셤 출신자 중 그런 커플이 있다는 얘기를 웨일스의 화이트 맨션에 있는 학생들이 들었대. 남자는 간병사 과정을 겨우 몇 주 남겨 두고 있었대. 그들은 누군가를 찾아가서 필요한 모든 걸 보여 주고 3년의 유예 기간을 얻어 냈대. 그래서 훈련 같은 건 잊고 그곳 화이트 맨션에서 3년을 함께 살 수 있게 되었다는 거야. 진정으로 사랑에 빠졌다는 걸 증명할 수 있었기 때문에 3년이라는 시간이 주어진 거지."

그 대목에서 나는 루스가 몹시 권위 있는 태도로 고개

를 끄덕이는 것을 눈치챘다. 크리시와 로드니 역시 그 사실을 알아챈 듯 한동안 최면에라도 걸린 것처럼 그런 그녀를 지켜보았다. 그 순간 나는 지난 몇 달 동안 코티지에서 크리시와 로드니가 이 문제를 두고 설왕설래하는 모습을 눈앞에 떠올릴 수 있었다. 처음에 그들은 우연히 이 문제를 꺼냈다가 어깨를 으쓱해 보이고는 한쪽으로 밀쳐 두었으리라. 하지만 결코 잊을 수 없어서 다시 언급하게 되었으리라. 나는 이 문제를 우리에게 이야기하려고 곱씹는 그들의 모습을 떠올릴 수 있었다. 어떤 식으로 그 일을 해낼 것인지, 정확히 무슨 말을 할 것인지를 거듭 궁리했으리라. 이제 나는 루스를 뚫어져라 응시하는 크리시와 로드니를 바라보면서 그들의 표정을 읽어 내려 애썼다. 크리시는 두려운 동시에 기대에 차 있었고, 로드니는 마치 말해서는 안 될 것을 입밖에 낸 사람처럼 초조한 표정이었다.

내가 집행 연기에 대한 소문을 접한 것은 이번이 처음이 아니었다. 코티지에서는 여러 주에 걸쳐 그런 소문이 나돌았고 그런 일이 점점 잦아졌다. 그 문제에 대해 선임들은 언제나 자기들끼리만 이야기했고 중간에 우리 헤일셤 출신자가 나타나면 어색한 표정을 지으며 말을 끊었다. 하지만 주워들은 말로 요점을 파악한 나는 그 소문이 특히 우리 헤일셤 출신자들과 관계있다는 것을 알고 있었다. 하지만 이 모든 이야기가 몇몇 선임들에게 얼마나 중요한지를 깨달은 것은 그날 해변 카페에서였다.

크리시가 약간 떨리는 목소리로 말을 이었다. "너희는 알고 있을 것 같아. 규칙이나 그런 것들에 대해서 말이야."

그녀와 로드니는 우리를 각각 차례로 응시했다. 이윽고 그들의 눈길이 루스에게 머물렀다. 루스는 한숨을 내쉬고 말했다. "음, 그들이 우리한테 몇 가지 얘기를 한 건 분명해요. 하지만……." 그녀는 어깨를 한번 으쓱해 보였다. "우리라고 해서 그 일에 대해 그렇게 많은 걸 알고 있긴 않아요. 실제로 우린 그 문제에 대해 공개적으로 얘기해 본 적이 없어요. 어쨌든 곧 알아보긴 해야겠죠."

"누구한테 알아봐야 하는데?" 로드니가 불쑥 물었다. "만약 그런 '시도'를 하려면 누구한테 가야 하는 거냐고?"

루스는 다시 어깨를 으쓱해 보였다. "음, 아까도 말했듯이 이 문제에 대해서는 우리도 그다지 많이 알지 못해요." 그녀는 거의 본능적으로 지지를 구하듯 나와 토미를 바라보았는데 그것은 실수였던 것 같다. 토미가 이렇게 말했으니 말이다.

"솔직히 말해서 나는 무슨 말을 하는 건지 도대체 모르겠어요. 그 규칙이라는 게 도대체 뭐죠?"

루스는 쏘아보는 듯한 시선으로 토미를 바라보았고 내가 재빨리 끼어들었다. "알잖아, 토미. 헤일섬에서 나돌던 그 얘기들 말이야."

토미는 고개를 내저었다. "난 전혀 기억나지 않는걸." 그는 평온한 어조로 말했다. 나는(그리고 루스 역시 그랬으리라.) 이번에는 그가 사태 파악에 뒤처진 것이 아님을 알 수 있었다. "나는 헤일섬에서 그런 소문을 들은 기억이 없어."

루스가 그에게서 시선을 돌리고는 크리시에게 말했다. "두 분이 알아야 할 것은 토미는 헤일섬 출신이지만 진짜 헤일섬 학생이라기엔 무리가 있다는 거예요. 얘는 모든 것들로부터 소외되어 있었고 다른 학생들은 언제나 그를 비웃었어요. 그러니까 얘한테 이런 문제에 대해 묻는 건 의미가 없어요. 자, 이제 로드니가 봤다는 그 사람을 찾아가 봤으면 좋겠어요."

순간 토미의 눈빛에 떠오른 표정을 보고 나는 숨을 죽이지 않을 수 없었다. 그것은 아주 오랜만에 다시 떠오른, 헤일섬에서 교실 안에 바리케이드를 쌓아 놓고 책상을 발로 차던 바로 그런 때의 토미 특유의 표정이었다. 이윽고 그 표정은 점차 잦아들었다. 토미는 바깥 하늘로 시선을 돌리고 깊은 숨을 토해 냈다.

선임들은 아무것도 눈치채지 못한 것 같았다. 왜냐하면 그 순간 루스가 외투를 만지작거리며 의자에서 몸을 일으켰고, 이어 우리 모두가 작은 탁자에서 동시에 의자를 뒤로 밀고 일어나는 바람에 조금 정신이 없었던 것이다. 여행 경비를 맡고 있던 나는 계산대로 갔고, 다른 이들은 줄지어 걸어 나와 밖으로 나갔다. 거스름돈을 기다리면서 나는 뿌연 대형 유리창 너머로 햇빛을 받으며 말없이 바다를 내려다보고 있는 그들을 지켜보았다.

14

카페 밖으로 나왔을 즈음, 처음 그곳에 도착했을 때 느낀 우리의 흥분은 완전히 사라지고 없었다. 우리는 말없이 걸었다. 로드니가 앞서 걸었는데, 뒷골목은 햇빛이 거의 들지 않는 데다가 너무 좁아서 때로는 한 줄로 걸어야 했다. 다행히 하이스트리트로 나오자 소음 덕택에 우리의 기분이 엉망이라는 사실을 덜 의식할 수 있었다. 횡단보도를 건너 햇빛이 비치는 길로 들어섰을 때 나는 로드니와 크리시가 이야기를 나누는 것을 보았다. 이렇게 분위기가 나빠진 것은 그 두 사람이 우리가 헤일셤의 커다란 비밀을 감추고 있다고 판단했기 때문일 수도 있었다. 그들은 조금 전에 토미를 평하한 루스의 말 역시 그런 식으로 받아들이고 있는지도 모른다고 나는 생각했다.

이윽고 하이스트리트를 관통하자 크리시는 로드니와 함께 생일 카드를 사러 가고 싶다고 선언하듯 말했다. 그 말에 루스는 어안이 벙벙한 모양이었지만, 크리시는 말을 이었다.

"우린 생일 카드를 묶음으로 사는 걸 좋아해. 장기적으로 보면 그게 항상 더 싸거든. 그리고 누군가의 생일이 되었을 때 늘 멋진 카드를 갖고 있을 수 있지." 그녀는 울워스 상점의 출입문을 가리켰다. "저기에서는 멋진 카드를 정말 싸게 살 수 있어."

로드니는 고개를 끄덕였다. 미소 짓는 그의 입가에는 비웃는 기색이 서려 있는 듯했다. "당연하지. 결국에는 똑같은 카드를 여러 장 갖고 있게 되지만 거기에 직접 그림을 그려 넣을 수 있어. 말하자면 개성을 가미하는 거지." 하고 그가 말했다.

이제 선임 둘은 보도 한가운데 서서 그 도전적인 선언에 대한 우리의 반응을 기다리고 있었다. 행인들이 유모차를 밀며 그들을 빙 돌아갔다. 루스는 화가 난 것이 분명했지만, 어쨌든 로드니의 협조 없이는 할 수 있는 일이 거의 없었다.

그래서 우리는 울워스 상점으로 들어갔다. 그곳에 들어서자마자 나는 즉각 기분이 한결 나아졌다. 지금도 나는 그런 곳을 좋아한다. 밝은 색 플라스틱 장난감과 축하 카드, 화장품이 전시된 수많은 통로와 때로는 사진 찍는 부스까지 갖춘 대형 상점 말이다. 요즈음 어떤 도시에 도착해 한동안 시간을 보내야 할 상황에 처할 경우 내가 가는 데가 바로 그런 곳이다. 그곳에서는 아무것도 사지 않고 이리저리 어슬렁거리며 즐겨도 점원의 눈총을 받는 일이 없다.

어쨌든 우리는 상점으로 들어갔고 얼마 지나지 않아 각자 흩어져 다른 통로를 살펴보았다. 로드니는 입구 가까이에 있는 대형 카드 판매대 근처를 떠나지 않았고 좀 더 안쪽의 대형 팝 그룹 포스터 아래에서는 토미가 음악 카세트테이프를 뒤적거리고 있었다. 10분쯤 후 상점 뒤쪽에 서 있는 내 귀에 루스의 목소리가 들려왔다. 나는 소리 나는 쪽을 향해 천천히 걸어갔다. 루스와 크리시가 이마를 맞대고 밀담을 나누고 있다는 것을 깨달은 것은 이미 문제의 통로, 푹신한 봉제 인형과 커다란 조각 그림 상자들이 잔뜩 쌓여 있는 그 통로로 접어든 다음이었다. 나는 어찌해야 좋을지 알 수 없었다. 그들을 방해하고 싶지는 않았지만 어쨌든 나갈 때가 된 만큼 돌아온 길을 되짚어가고 싶지는 않았다. 나는 조각 그림을 살펴보는 척하면서 그곳에 잠시 서서 그들이 나를 발견하기를 기다렸다.

이윽고 나는 그들이 그 소문에 관해 다시 이야기하고 있다는 것을 알았다. 크리시가 훨씬 낮은 목소리로 이렇게 말하고 있었다.

"네가 헤일섬에 있는 동안 어떻게 그 일을 해야 하는지 더 많이 생각하지 않았다는 게 놀라워. 허가를 받기 위해 누구한테 가야 하는지 등등에 대해 알아보지 않았다는 게 말이야."

"이해할 수 없는 게 당연해요. 헤일섬 출신이라면 내 말을 이해할 테지만요. 우리한텐 그런 문제가 그렇게 중요하게 여겨지지 않았어요. 그걸 알아보려면 당연히 헤일섬에 가야 할 거라고 줄곧 생각하고 있었던 것 같아요……." 나를 발견하자 루스는 즉각 말을 멈추었다. 내가 조각 그림 상자를 내려놓고 몸을 돌렸을 때, 두 사람은 화난 눈길로 나를 쏘아보는 동시에 해서는 안 될 짓을 하다가 들키기라도 한 것처럼 어색하게 서로 몸을 떼었다.

"이제 가야 할 시간이야." 나는 아무것도 못들은 체하며 말했다.

하지만 루스는 속지 않았다. 내 곁을 지나가며 루스는 정말이지 기분 나쁜 표정을 지어 보였다.

로드니가 한 달 전에 루스의 근원자를 보았다는 문제의 사무실을 향해 그의 뒤를 따라 다시 걷기 시작했을 때, 우리 사이는 더욱 험악해져 있었다. 로드니가 거듭 길을 잘못 든 것도 사태를 악화시켰다. 적어도 네 차례에 걸쳐 로드니는 하이스트리트에서 조금 떨어진 모퉁이로 확신을 갖고 우리를 데려갔지만 거기에는 상점과 휴업 중인 사무실뿐이었으므로 몸을 돌려 나올 수밖에 없었다. 얼마 지나지 않아 로드니는 방어적인 태도로 찾기를 포기하려 들었다. 하지만 그 순간 우리는 그곳을 발견했다.

우리가 또다시 몸을 돌려 하이스트리트를 향해 길을 되짚어 가기 시작했을 때 로드니가 갑자기 걸음을 멈췄다. 다음 순간 그는 말없이 맞은편 사무실을 가리켰다.

과연 그랬다. 충분히 비슷했다. 그곳은 루스와 내가 얼마 전 길에서 발견한 잡지 광고와 똑같지는 않았지만 많이 다르지도 않았다. 거리 쪽 전면이 커다란 통유리로 되어 있었으므로 지나가는 사람 누구나 안을 들여다볼 수 있었다. 탁 트인 대형 사무실 안에는 열두 개 정도의 책상들이 불규칙한 L 자 모양으로 배치되어 있었다. 또 종려나무 화분과 번쩍이는 사무기기가 있었고 위에서 탁상용 램프가 빛을 던지고 있었다. 몇몇 사람들은 책상 사이를 이리저리 왔다 갔다 하거나 파티션에 기대어 이야기를 나누고 있었고, 또 몇몇은 앉은 채 회전의자를 굴려 다른 사람 곁으로 가서 커피와 샌드위치를 먹고 있었다.

"저기 좀 봐. 점심시간인데도 저 사람들은 밖에 나가지 않는군. 그걸 갖고 뭐랄 순 없지." 토미가 말했다.

우리는 그곳에서 눈을 뗄 수 없었다. 그곳은 멋지고 아늑하고 안정된 세계의 표상처럼 보였다. 나는 루스를 힐긋 바라보았다. 그녀의 두 눈이 유리창 너머에 있는 얼굴들 사이를 절박하게 왔다 갔다 하고 있었다.

"좋아, 로드니. 그러니까 누가 루스의 근원자란 거야?" 크리시가 물었다.

이 일이 결과적으로 로드니가 잘못 본 것으로 밝혀지리라는 것을 확신한다는 듯 거의 비꼬는 말투였다. 하지만 로드니는 흥분과 떨림이 깃든 목소리로 대답했다.

"붉은 옷을 입은 몸집 큰 여자랑 얘기하고 있는 저기 구석에 푸른 옷을 입은 사람."

한눈에 알아볼 정도는 아니었지만 지켜보는 시간이 길어지면 길어질수록 로드니의 말이 맞는 것처럼 여겨졌다. 문제의 여자는 50세 가량으로 상당히 관리를 잘해 온 얼굴이었다. 그녀는 루스보다 짙은 색 머리카락을(그런데 염색을 했을 수도 있었다.) 루스가 종종 하고 다니는 것처럼 아무 꾸밈 없이 말총머리 모양으로 뒤로 당겨 묶고 있었다. 붉은 옷을 입은 동료의 말에 웃음을 터뜨리는 그녀의 모습, 특히 고개를 약간 흔들면서 웃음을 멈출 때의 모습에는 단순히 루스와 닮은 것 이상의 뭔가가 있었다.

우리 모두는 한 마디도 하지 않고 줄곧 그 여자를 지켜보왔다. 이윽고 우리 맞은편에 있는 그 사무실 안의 여자 두 엇이 우리가 자기들을 바라보고 있음을 감지한 모양이었다. 확실하지는 않지만 그중 한 여자는 우리에게 손을 흔드는 것 같기도 했다. 그 동작에 마법이 깨어지고 우리는 두려운 마음으로 겉으로는 웃음을 지어 보이며 발길을 돌렸다.

길을 따라 좀 더 걸어 내려온 우리는 이윽고 걸음을 멈추고 일제히 흥분해서 떠들어 대기 시작했다. 그 와중에 루스만이 침묵을 지키고 있었다. 그 순간 그녀의 표정을 읽기는 어려웠다. 실망하지 않은 것은 분명했지만 그렇다고 고무된 것 같지도 않았다. 그녀는, 고함을 지르며 주위를 뛰어다니면서, 좋아, 하고 싶은 대로 해, 하고 말해 달라고 졸라 대는 아이들을 바라보는 어머니처럼 반쯤 미소를 띠고 있었다. 나는 다른 사람들과 마찬가지로 방금 보고 온 여자가 루스의 근원자라는 데 의문의 여지가 없다고 진심으로 말할 수 있어서 기뻤다. 실제로 우리 모두는 그 사실에 안도하고 있었다. 분명히 의식한 것은 아니었지만 우리는 실망할 것에 대비하고 있었다. 그러나 이제 코티지로 돌아가면 루스는 자기가 두 눈으로 확인한 그 사실을 떠올리며 격려를 받을 수 있을 테고 우리는 그런 그녀를 지지해 줄 수 있을 터였다. 표면상 그 여자가 영위하고 있는 사무실 생활은 루스가 종종 묘사하던 미래의 꿈과 흡사했다. 그날 마음 깊은 곳에서 어떤 갈등이 있었든 간에 루스가 풀이 죽은 채 코티지로 돌아가기를 바라는 사람은 없었다. 그래서 그 순간 우리는 마음이 편해졌다. 그래서 그 문제는 그 정도로 일단락되었을 터였다.

하지만 잠시 후에 루스가 말했다. "저기 잠깐 앉기로 해요. 저 담장 위에 말이에요. 잠깐이면 돼요. 그 사람들이 우리를 잊어버릴 때쯤 다시 한번 가 보자고요."

우리는 그 말에 동의했다. 루스가 가리킨 작은 주차장 둘레에 쳐진 나지막한 담장을 향해 걸어가던 크리시가 좀 지나칠 정도로 열성적으로 말했다.

"다시 볼 것도 없이 그 여자가 네 근원자라는 사실에 모두 동의해. 멋진 사무실이더라. 정말 멋졌어."

"그냥 여기서 잠깐 기다려요. 그런 다음 다시 가 보는 거예요." 루스가 대답했다.

나는 그 담장 위에 앉지 않았다. 담장이 갈라지고 축축한 데다가 금방이라도 누군가 나타나 왜 거기에 앉느냐고 소리칠 것 같았던 것이다. 하지만 루스는 말을 타듯 그 위에 걸터앉아 담장 양쪽으로 다리를 늘어뜨렸다. 이제 나는 그곳에서 우리가 보낸 10분에서 15분간을 생생하게 떠올릴 수 있다. 아무도 근원자에 대해 더 이상 말하지 않았다. 대신 우리는 걱정거리 없는 당일 여행 중에 경치 좋은 장소에서 잠깐 시간을 보내고 있는 척했다. 로드니는 기분이 좋다는 것을 과시하려는 듯 가볍게 춤을 추고 있었다. 그는 담장 위로 올라가 그 위에서 균형을 잡으며 걷다가 당연한 일이지만 떨어지고 말았다. 토미는 지나가는 사람들을 바라보며 농담을 했고, 농담이 그리 재미있지 않았는데도 우리 모두 소리 내어 웃었다. 그 와중에 루스만이 담장에 걸터앉은 채 침묵하고 있었다. 그녀는 얼굴에 미소를 띠고 있었지만 표정에는 거의 변화가 없었다. 미풍이 그녀의 머리카락을 흐트러뜨렸고 약한 겨울 태양이 그녀의 두 눈을 찡그리게 했으므로, 우리는 그녀가 우리의 익살에 미소를 짓고 있는 것인지 아니면 그저 햇빛에 눈이 부셔서 찡그리고 있는 것인지 확실히 알 수 없었다. 그 주차장에서 보낸 시간을 생각하면 이런 영상이 떠오른다. 우리는 언제 다시 그곳으로 출발할 것인지 루스가 결정해 주기를 기다리고 있었던 것 같다. 하지만 루스는 그런 결정을 내릴 필요가 없었다. 다음 순간에 그 일이 일어났기 때문이다.

로드니와 함께 담장 위에서 어슬렁거리고 있던 토미가 갑자기 펄쩍 뛰어 내려와서는 못 박힌 듯 그 자리에서 움직이지 않았다. 이윽고 그가 말했다. "그 여자야. 바로 그 여자라고."

우리는 모두 동작을 멈추고 사무실 쪽에서 이쪽을 향해

걸어오는 사람을 지켜보았다. 그 여자였다. 여자는 이제 크림색 외투를 걸치고 있었고 걸음을 멈추지 않은 채 서류 가방을 당겨 닫느라 애를 먹고 있었다. 버클이 제대로 닫히지 않자 그녀는 걸음을 늦추었다가 다시 보통 걸음으로 걷기 시작했다. 그녀가 맞은편 인도를 걸어 지나가는 동안 우리는 일종의 최면 상태에 빠져 그 모습을 줄곧 지켜보았다. 이윽고 그녀가 하이스트리트로 접어들자 루스가 갑자기 몸을 일으키더니 말했다. "저 여자를 따라가 보자."

우리는 최면 상태에서 빠져나와 그 여자를 따라가기 시작했다. 실제로 크리시는 우리에게 너무 빨리 걸어서는 안 된다는 사실을 상기시켰다. 우리가 그 여자를 미행하는 불량배들이라고 생각할 수도 있었기 때문이다. 우리는 그녀와 적당한 사이를 두고 하이스트리트를 따라 걸었다. 킥킥거리기도 했고 행인들에게 길을 내주느라 헤어졌다가 다시 합치기도 했다. 2시경이었다. 보도는 쇼핑 나온 사람들로 붐볐다. 우리는 여러 차례 그 여자를 놓칠 뻔했지만, 그녀가 상점 안으로 들어가면 쇼윈도 앞에서 빈둥거리며 기다렸고 그녀가 다시 밖으로 나오면 유모차나 노인들을 추월해 매번 그녀를 따라잡았다. 이윽고 그 여자는 하이스트리트를 벗어나 해변 근처의 좁은 길로 들어섰다. 그녀가 우리를 알아볼지도 모른다고 크리시가 걱정했지만 루스가 들은 척도

하지 않고 줄곧 걸었으므로 우리도 그 뒤를 따르지 않을 수 없었다.

실제로 우리는 좁다란 옆 골목에 들어와 있었다. 임시 상점이 있었지만 주로 평범한 주택이 들어서 있는 골목이었다. 우리는 다시 한 줄로 걸어야 했고 반대쪽에서 트럭이 다가오자 길을 내주기 위해 주택 전면으로 몸을 붙여야 했다. 얼마 지나지 않아 그 길에는 그 여자와 우리밖에 없었으므로, 그녀가 뒤를 돌아본다면 우리는 발견되지 않을 도리가 없었다. 하지만 열두어 걸음 정도 앞선 채 그녀는 걸음을 계속했고 이윽고 '포트웨이 스튜디오'라고 쓰인 상점 문을 열고 안으로 들어갔다.

그 이후 나는 '포트웨이 스튜디오'를 수없이 드나들었다. 당시 그 상점은 흰색의 두 공간으로 이루어져, 충분한 공간을 사이에 두고 그림만을 보기 좋게 전시해서 파는 곳이었는데, 몇 년 전에 주인이 바뀌어 이제는 작은 단지, 접시, 점토로 만든 동물 인형 같은 각종 공예품을 팔고 있다. 하지만 문 위에 달려 있는 나무 간판은 그때와 똑같다. 그런 조용하고 좁은 길에서 서성거린다면 무척 수상쩍어 보일 것이라는 로드니의 지적에 따라 우리는 안으로 들어가기로 했다. 상점에 들어가면 적어도 그림을 감상하는 척할 수 있었던 것이다.

우리가 들어갔을 때, 우리가 뒤쫓아 온 문제의 여자는 훨씬 나이 든 은발의 노부인과 이야기를 하고 있었다. 노부인이 그곳의 주인인 듯했다. 문 근처의 작은 탁자에 마주 앉은 그들 외에 화랑 안에는 아무도 없었다. 줄지어 들어와 흩어져 그림에 열중하는 듯한 우리를 보고도 그 여자는 별달리 신경을 쓰는 것 같지 않았다.

루스의 근원자에게 신경을 쓰고 있긴 했지만 실제로 나는 그곳의 고요함과 그림을 즐기기 시작했다. 그곳은 마치 하이스트리트에서 수백 킬로미터 떨어져 있는 것 같았다. 벽과 천장은 박하 빛이었고 높다란 처마 가까이에는 낡은 배의 일부나 그물 조각이 장식되어 있었다. 그림, 그러니까 대부분 짙은 푸른색과 초록색으로 된 유화 역시 바다를 주제로 한 것이었다. 갑작스럽게 피곤에 강타 당하기라도 한 듯 (그러니까 우리는 해 뜨기 전부터 줄곧 길에 나와 있었던 셈이다.) 그곳에서 백일몽에 빠져든 것은 나만이 아니었다. 이리저리 흩어진 다른 이들 역시 그림을 차례로 응시하다가 이따금 기묘하게 목소리를 낮춰서는 이렇게 소곤거렸다. "이리 와서 이것 좀 봐!"

하지만 루스의 근원자와 은발의 노부인이 나누는 말소리는 줄곧 우리 귀에 들려왔다. 특별히 큰 소리로 이야기하지는 않았지만 그들의 말소리는 그 공간을 가득 채우고 있는 것 같았다. 그들은 둘 다 알고 있는 어떤 남자에 대해 이야기하고 있었다. 그가 자기 아이들과 도통 대화가 통하지 않는다는 것이었다. 그리고 우리가 은밀히 시선을 던져 가며 그들의 대화를 듣는 가운데 뭔가 조금씩 바뀌기 시작했다. 그런 변화는 나 자신뿐 아니라 다른 이들에게도 일어나고 있음이 분명했다. 만약 우리가 사무실 유리창 너머에 있던 그 여자를 보고 돌아섰다면, 그 여자를 따라 시내를 가로지른 다음 그만 놓치고 말았다면, 줄곧 흥분과 의기양양한 기분에 잠긴 채 코티지로 돌아갈 수 있었으리라. 그러나 이제 그 화랑 안에서의 대면은 우리의 바람에 비해 지나치게 가까웠다. 그 여자의 이야기를 들으면 들을수록, 그 여자를 바라보면 바라볼수록 그녀는 점점 더 루스와 달라 보였다. 그런 느낌은 우리 사이에 점점 더 강해져 갔고, 화랑 저편에서 그림을 들여다보고 있는 루스 역시 그 사실을 극명하게 느끼고 있음이 분명했다. 어쩌면 그런 이유에서 우리는 그렇게 오랫동안 화랑에 머물렀는지도 모른다. 그럼으로써 그 느낌을 말로 인정해야 할 순간을 늦추고 있었던 것이다.

이윽고 그 여자가 갑자기 화랑을 나갔다. 우리는 서로 시선을 피하며 서성거리고 있었다. 이제 우리 중 누구도 그 여자를 따라갈 생각 같은 것은 하지 않았다. 똑딱똑딱 시간이 흘러감에 따라 말은 하지 않았지만 그 상황을 어떻게 보고 있는지에 대해 암묵적인 합의가 이루어진 듯했다.

은발의 부인이 탁자에서 일어나더니 가장 가까이에 서 있던 토미에게 다가가 말했다. "이건 특히 사랑스러운 작품이라오. 내가 가장 좋아하는 것 중 하나지요." 토미는 그녀에게로 몸을 돌리고 짤막하게 웃음을 터뜨렸다. 그를 도와주기 위해 내가 서둘러 다가가자 부인이 물었다. "미술을 전공하는 학생들인가요?"

"꼭 그런 건 아닙니다. 우리는 그저 그림에 관심이 있을 뿐입니다." 토미가 뭐라 말하기 전에 내가 대답했다.

은발의 부인은 밝게 미소를 지어 보이고는 그 그림을 그린 화가와 자기가 어떤 관계인지, 그 화가의 경력이 어떤지 이야기하기 시작했다. 우리는 헤일섬에서 교사의 이야기를 들을 때처럼 둥글게 모여 그녀의 이야기를 경청함으로써 당시 처해 있던 일종의 최면 상태로부터 벗어날 수 있었다. 그런 우리의 태도에 고무된 듯 은발의 부인은 각 그림이 어디에서 그려졌는지, 각 화가가 하루 중 어느 때 작업하기를 좋아하는지, 몇몇 그림들이 어떻게 스케치 없이 그려질 수 있었는지에 대해 길게 이야기했다. 그동안 우리는 줄곧 고개를 끄덕이며 감탄을 연발했다. 이윽고 부인의 강의가 끝나자 우리는 크게 숨을 내쉬며 감사를 표한 다음 화랑을 나왔다.

길이 너무 좁아서 우리는 한동안 제대로 이야기를 나눌

285

수 없었는데, 모두가 그 사실에 내심 안도하는 것 같았다. 화랑을 나와 한 줄로 걸어가면서 로드니는 처음 그 도시에 도착했을 때 그랬듯이 들뜬 태도로 두 팔을 과장되게 뻗으며 앞서 걸었다. 하지만 그것은 소기의 성과를 거두지 못했다. 좀 더 넓은 도로로 나오자 우리는 머무적거리며 걸음을 멈추었다.

우리는 또다시 절벽 근처에 와 있었다. 난간 아래를 내려다보면 해변으로 통하는 꼬불꼬불한 길들이 보일 터였다. 하지만 우리가 서 있는 곳에서 보이는 것은 저 아래 판자를 둘러친 노점들이 늘어서 있는 산책길뿐이었다.

우리는 잠시 바람에 몸을 맡긴 채 해변을 내려다보았다. 로드니는 이런 일로 멋진 소풍을 망칠 수는 없다고 결심한 것처럼 여전히 쾌활함을 가장하고 있었다. 그는 크리시를 바라보며 수평선에서 좀 떨어진 바다 위의 뭔가를 가리켰다. 하지만 크리시는 그에게서 몸을 돌리고는 말했다.

"그러니까 다들 나랑 같은 생각일 거야. 안 그래? 그 사람은 루스의 근원자가 아니었어."

그녀는 조그맣게 웃음을 터뜨리고는 루스의 어깨에 한 손을 얹었다. "유감이야. 우리 모두 그렇게 생각해. 하지만 로드니를 비난할 순 없어. 정말 맞는 것 같았잖아. 창밖에서 봤을 때는 그래 보였다는 걸 너도 인정할 거야." 그렇게 말꼬리를 흐린 다음 크리시는 다시 루스의 어깨를 살짝 쳤다.

루스는 아무 말도 하지 않았지만 크리시의 손길을 떨어내기라도 하듯 어깨를 슬쩍 올렸다가 내렸다. 그녀는 바다가 아니라 그 너머의 하늘을 바라보는 것 같았다. 루스가 몹시 화가 나 있다는 것을 나는 알 수 있었지만 그녀를 잘 모르는 사람은 그저 생각에 잠겨 있다고 여길 터였다.

"미안해, 루스." 하고 말하며 로드니 역시 크리시처럼 루스의 어깨를 토닥였다. 하지만 그는 단 한 순간도 비난 받을 걱정 같은 것은 하지 않는 듯 얼굴 가득 미소를 띠고 있었다. 그러니까 그의 사과는 진심에서 우러난 것이라기보다는 상대에게 호의를 베푼다는 식의 것이었고, 그것은 효과가 없었다.

그 순간 내가 크리시와 로드니를 바라보면서 '그래, 저들은 아무렇지도 않은 거군.' 하고 생각했던 기억이 난다. 그들은 나름대로 친절했고 루스의 기분을 풀어 주려 애썼지만 (그런 이야기를 하는 쪽은 그들이었고 토미와 나는 그저 입을 다물고 있었다.) 기억하건대 나는 루스를 대신해 그들에게 분노 같은 것을 느꼈다. 왜냐하면 친절한 태도로 루스를 위로하긴 했지만 그들이 마음 깊은 곳에서는 안도하고 있음을 알 수 있었기 때문이다. 그들은 사태가 마음먹은 대로 흘러간 것에 다행스러워하고 있었다. 어지러울 정도로 희망에 부푼 루스를 대하며 소외감을 느끼는 대신 위로를 할 수 있게 된 데에, 그들 자신을 매혹시키고 몰입시키고 나아가 겁에 질리게 하는, 우리 헤일섬 출신자들에게만 열려 있는 온갖 가능성에 대해 어느 때보다도 극명하게 직면하지 않아도 된다는 사실에 안도하고 있었던 것이다. 그런 그들을 보며 나는 그들이 우리 셋과 정말이지 다른 사람들이라고 생각했던 기억이 난다.

이윽고 토미가 말했다. "난 무슨 차이가 있는지 모르겠는걸. 그저 재미 삼아 와 본 것뿐이잖아."

"넌 재미 삼아 왔겠지." 루스가 여전히 정면을 똑바로 응시한 채 차갑게 말했다. "우리가 찾아 나섰던 게 '너'의 근원자였다면 생각이 달라졌을걸?"

"그랬다 해도 마찬가지였을 거야. 그게 도대체 왜 중요한지 난 모르겠어. 설사 너의 근원자, 너를 존재하게 한 사람을 찾아냈다 해도 뭐가 달라지는지 모르겠어." 토미가 대답했다.

"그렇게 예리하게 지적해 주다니 고마워서 어쩔 줄 모르겠구나, 토미." 루스가 말했다.

"하지만 토미의 말에도 일리가 있어." 하고 내가 말했다. "네가 네 근원자와 똑같은 삶을 살게 될 거라고 믿는 건 어리석어. 난 토미 의견에 동의해. 이건 그저 재미 삼아 한 일이었어. 그러니까 심각하게 받아들일 필요 없다고."

나 역시 손을 뻗어 루스의 어깨를 어루만졌다. 크리시와 로드니의 경우와는 다른 느낌을 전달하고 싶어서 나는 일부러 그들이 토닥였던 바로 그 지점을 택했다. 그러면서 토미와 내가 선임들과는 달리 자신을 이해하고 있음을 알아주는 어떤 표시, 어떤 반응을 루스가 보여 주기를 기대했다. 하지만 그녀는 아무 반응도 보이지 않았다. 크리시에게 했던 어깨를 으쓱해 보이는 동작조차 하지 않았다.

내 뒤 어디에선가 로드니가 강한 바람 때문에 점차 추워지고 있음을 환기시키려는 듯 제자리에서 발을 들썩거리는 소리가 들려왔다. 그가 물었다. "이제 마틴을 만나러 가는 게 어떨까? 그의 아파트가 바로 저기거든. 저 주택들 뒤 말이야."

그 순간 루스가 갑자기 한숨을 내쉬며 우리에게로 몸을 돌렸다. "솔직히 말해서 나는 줄곧 이게 어리석은 짓이라는 걸 알고 있었어." 그녀가 말했다.

"그래, 그저 재미 삼아 한 일이야." 토미가 신이 나서 대답했다.

루스는 그에게 짜증 섞인 눈길을 던졌다. "토미, 제발 그 '재미 삼아'라는 말 좀 그만해 줄래? 귀담아듣는 사람 아무도 없다고." 그런 다음 그녀는 크리시와 로드니에게로 다시 몸을 돌리고 말을 계속했다. "두 분이 처음 그 얘기를 꺼냈을 때 즉각 그렇게 말하고 싶진 않았지만요, 하지만 봐요. 결코 그럴 리가 없잖아요. 절대로, 결단코 그 여자 같은 사람들이 우리의 근원자가 될 리가 없어요. 생각해 봐요. 그 여자가 도대체 왜 그런 걸 하려 들겠어요? 우리 모두 사실을 알고 있고, 바로 그렇기 때문에 그 사실을 회피하고 있는 거예요. 우린 그런 부류의 사람들에게서 복제된 게 아니에요. 우리가 복제된 것은 그런 부류의 사람들이 아니라……."

"루스." 내가 엄한 목소리로 그녀의 말허리를 잘랐다. "루스, 그만해."

하지만 그녀는 말을 멈추지 않았다. "우리 모두 알고 있어요. 우리는 부랑자나 인간쓰레기, 창녀, 알코올 중독자, 매춘부, 정신병자나 죄수들로부터 복제된 거예요. 그게 우리 근원이에요. 우리 모두 그걸 알고 있어요. 그런데 어째서 말로 인정하려 들지 않는 거죠? 아까 본 그런 여자요? 이런, 그래 맞아, 토미. 그저 재미 삼아 해본 것뿐이야. 소일 삼아 해 본 거라고. 거기에 있던 또 다른 여자, 그 여자의 친구인 화랑의 노부인은 우리가 미술을 전공하는 학생들이라고 생각했어요. 그 부인이 우리 정체를 알았다면 그런 얘기를 들려주었을 것 같아요? 우리가 그 부인에게 '실례합니다. 혹시 당신 친구분이 클론의 근원자일 가능성이 있을까요?'라고 물었다면 뭐라고 대답했을까요? 부인은 우리를 쫓아냈을 거예요. 그러니까 이렇게 말할 수 있어요. 누구든 자신의 근원자를 찾고 싶다면, 진짜 그 일을 해내고 싶다면 빈민가로, 쓰레기장으로, 화장실로 가야 한다고 말이에요. 그런 곳들이 우리가 시작된 곳이니까요."

"루스." 로드니의 목소리는 엄했고 경고의 뜻이 담겨 있었다. "이제 그 일은 잊어버리고 마틴을 만나러 가자. 오늘 오후에 그가 비번이야. 마음에 들 거야. 정말 재미있는 사람이거든."

크리시가 루스의 어깨에 한쪽 팔을 얹었다. "자, 루스, 마틴을 만나러 가자." 루스가 자리에서 일어서자 로드니도 걷기 시작했다.

"음, 다들 가요. 나는 가지 않겠어요." 내가 조용히 말했다.

루스는 몸을 돌리고 나를 주의 깊은 눈길로 바라보았다. "이런, 설마? 지금 누가 화나 있는 거지?"

"나는 화나지 않았어. 하지만 넌 때때로 정말 쓸데없는 말을 하는 것 같다, 루스."

"오, 이제 누가 화가 났는지 좀 봐. 가엾은 캐시, 그녀는 직선적으로 말하는 걸 결코 좋아하지 않지."

"이건 그것과는 아무 상관도 없어. 나는 간병사를 방문하고 싶지 않아. 금지된 일이잖아. 게다가 난 그 사람, 알지도 못하는걸."

　루스는 어깨를 으쓱해 보이고는 크리시와 시선을 교환한 다음 다시 말했다. "좋아. 계속 다 함께 돌아다닐 필요는 없지. 저 아가씨가 우리와 합류하고 싶지 않다면 강요할 필요는 없어. 혼자 행동하게 해 주자고." 그런 다음 그녀는 크리시에게 몸을 기울이고는 거의 속삭이듯 말했다. "캐시가 저런 기분일 때는 이게 가장 좋은 방법이에요. 혼자 내버려 두면 좋아질 거예요."

　"4시 정각까지 차 있는 곳으로 돌아와. 안 그러면 남의 차를 얻어 타고 와야 할 거야." 하고 말한 다음 로드니는 웃음을 터뜨렸다.

　"이봐, 캐시. 심술 부리지 마."

　"아니, 다들 가요. 난 가고 싶지 않아요."

　로드니는 어깨를 으쓱해 보이고는 다시 걷기 시작했다. 루스와 크리시가 그들을 따랐지만 토미는 움직이지 않았다. 루스가 뚫어져라 바라보자 이윽고 토미가 말했다.

　"캐시와 함께 있겠어. 갈라져야 한다면 나는 캐시 옆에 있겠어."

　루스는 화난 눈길로 그를 쏘아본 다음 몸을 돌리고 가 버렸다. 크리시와 로드니는 어색하게 토미를 바라본 다음 역시 걸음을 옮겼다.

15

토미와 나는 다른 사람들이 보이지 않을 때까지 난간 너머로 몸을 기울이고 눈앞의 풍경을 바라보았다.

"그건 그냥 말을 위한 말일 뿐이야." 이윽고 토미가 말했다. 그런 다음 잠시 시간을 두었다가 다시 말했다. "그건 그냥 사람들이 자기 자신을 동정할 때 하는 얘기일 뿐이야. 선생님들은 우리한테 그런 얘기를 하신 적이 없잖아."

다른 사람들이 간 것과는 반대 방향으로 내가 걷기 시작하자 토미도 내 옆에서 걸음을 옮겨 놓았다.

"그런 일은 화낼 가치도 없어." 토미가 말을 계속했다. "루스는 늘 그렇잖아. 그런 식으로 화를 가라앉히는 거야. 어쨌든 내가 줄곧 말했던 대로 그중 극히 일부분이 사실이라 해도 무슨 차이가 있는지 모르겠어. 우리 근원자가 어떤 모습이든 우리랑 상관없어, 캐시. 이건 화낼 가치도 없는 일이야."

"그래." 내가 대답했다. 그리고 일부러 내 어깨를 그의 어깨에 부딪쳤다. "그래, 네 말이 맞아."

우리가 걷고 있는 방향이 중심가 쪽인 것 같긴 했지만 확신할 수는 없었다. 내가 화제를 바꿀 방법을 궁리하고 있는데 토미가 먼저 입을 열었다.

"조금 전 울워스 상점에 들어갔을 때 알지? 네가 다른 사람들과 상점 뒤쪽에 있을 때 말이야. 난 뭔가를 찾고 있었어. 너한테 줄 걸 말이야."

"나한테 줄 선물을?" 나는 놀라서 그를 바라보았다. "루스가 그래도 된다고 할지 모르겠다. 네가 루스에게 더 좋은 선물을 한다면 또 모르지만."

"선물 같은 거라고 할 수 있지. 하지만 찾지 못했어. 그래서 너한테 그 얘기를 안 할 생각이었지. 그런데 이제 다시 그걸 찾아볼 기회가 생겼네. 네가 도와줘야 하지만 말이야. 나는 물건 사는 일에는 그리 재주가 없거든."

"토미, 그게 무슨 말이야? 나한테 선물하고 싶은데 뭘 살지 도와달라니……."

"아니야. 뭘 선물해야 할지는 알고 있어. 그건 그러니까……." 그는 웃음을 터뜨리고는 어깨를 으쓱해 보였다. "그래, 말하는 편이 낫겠다. 우리가 조금 전에 갔던 그 상점에 레코드와 테이프들이 잔뜩 쌓여 있는 판매대가 있더라. 그래서 네가 잃어버린 테이프를 찾아봤지. 기억해, 캐시? 난 이제 제목은 기억 안 나."

"내 테이프? 네가 그걸 알고 있는 줄 몰랐는데, 토미?"

"그래. 그걸 잃어버려서 네가 몹시 상심해 있으니 모두 찾아보자고 루스가 말했거든. 그래서 그걸 찾아봤어. 그때 너한테 말한 적은 없지만 정말로 열심히 찾아봤지. 몇몇 장소는 네가 접근할 수 없으리라고 생각했거든. 남자애들의 공동 침실 같은 곳 말이야. 기억하건대 오랫동안 찾았지만 찾을 수가 없었어."

나는 그를 물끄러미 쳐다보았다. 엉망이었던 기분이 풀리는 것이 느껴졌다. "나는 까맣게 몰랐어, 토미. 정말 고맙다."

"하지만 실제로는 아무 도움도 되지 못했는걸. 나는 정말 그걸 찾아 주고 싶었어. 결국 찾을 수 없다는 게 분명해져서 나는 다짐했지. 언젠가 노퍽에 가게 되면 널 위해 그걸 찾아 주겠다고 말이야."

"영국의 외딴 구석 말이지."라고 말하고 나는 주위를 둘러보았다. "그러고 보니 이제 우리가 여기에 와 있네!"

토미 역시 주위를 둘러보았다. 우리는 걸음을 멈추었다. 우리가 와 있는 곳은 화랑이 있던 길보다 조금 널찍한 옆

골목이었다. 우리는 잠시 동안 과장된 몸짓으로 주위를 둘러보다가 키득거리며 웃었다.

"그러니까 그건 일리가 있는 생각이었지. 조금 전에 갔던 울워스에는 그런 카세트테이프가 무척 많았거든. 그래서 나는 네가 찾던 테이프도 있을 거라고 생각했어. 하지만 없었던 것 같아."

"그 테이프가 거기에 있을 줄 알았다고? 오, 토미. 그러니까 넌 제대로 보지도 않은 거잖아."

"제대로 살펴봤어, 캐시. 그런데 정말 짜증나게도 제목이 생각나지 않는 거야. 헤일셤에서 남자애들 수집품 상자 같은 걸 모조리 열어 보며 찾아다녔었는데 이제는 제목이 기억나지 않는다고. 줄리 브리지스인가 뭔가 하는 거였는데 말이야……."

"주디 브리지워터야. 제목은 『송스 애프터 다크』이고."

토미는 엄숙한 태도로 고개를 저었다. "그런 건 분명히 그 상점에 없었어."

나는 웃음을 터뜨리고는 그의 팔을 한 대 쳤다. 그가 어리둥절한 표정을 짓는 것을 보고 나는 말했다. "토미, 그런 건 울워스 상점에서 팔지 않아. 그 상점에서 파는 건 최신 히트 음반들이야. 주디 브리지워터는 옛날 가수잖아. 그 테이프는 헤일셤 판매회 때 나왔던 거야. 지금 울워스에서 파는 그런 테이프가 아니란 말이야, 이 바보야."

"조금 전에 말했다시피 난 그런 건 잘 몰라. 하지만 거기에 테이프들이 잔뜩 있기에……."

"거기엔 꽤 많긴 하지, 토미. 이런, 마음 쓰지 마. 생각해 준 것만으로도 정말 고마워. 정말 감동했어. 좋은 생각이었어. 어쨌든 이곳은 노퍽이잖아."

우리가 다시 걷기 시작했을 때 토미가 머뭇거리며 말했다. "바로 그렇기 때문에 이 얘길 꺼낸 거야. 너를 깜짝 놀라게 해 주고 싶었지만 그럴 수가 없었거든. 혹시 그 음반 제목을 안다 해도 어디를 찾아봐야 할지 모르니 말이야. 이제 네가 알았으니 나를 도와줄 수 있잖아. 우리 함께 찾아보자."

"토미, 도대체 무슨 얘길 하는 거야?" 나는 목소리에 비난하는 기색을 담으려 애썼지만 터져 나오는 웃음을 막을 수가 없었다.

"그러니까 지금 우리에겐 한 시간 이상 여유가 있잖아. 정말 좋은 기회라고."

"토미, 이 바보야. 정말 그렇게 생각해? 정말 그렇게 믿는 거냐고? 후미진 외딴 곳이니 뭐니 하는 그 얘기들을 말이야?"

"꼭 믿는 건 아니야. 하지만 우리가 여기에 와 있으니까 찾아보는 게 좋을 것 같아. 내 말은, 넌 지금도 그걸 되찾았으면 하는 마음이잖아, 안 그래? 찾아본다 해서 손해 볼 게 뭐 있겠어?"

"그래. 넌 정말 속속들이 바보구나. 하지만 좋아."

그는 어쩔 수 없다는 듯 두 팔을 벌려 보였다. "그렇다면 캐시, 이제 어디로 갈까? 아까 말한 대로 난 물건 사는 데는 재주가 없거든."

잠시 생각해 본 다음 내가 대답했다. "중고 상점을 찾아봐야 해. 낡은 옷과 옛날 책들이 가득한 곳 말이야. 그런 데는 레코드와 테이프로 가득 찬 상자가 있기도 하거든."

"좋아. 그런데 그런 상점들이 어디에 있지?"

우리가 탐색을 시작하기에 앞서 그 작은 뒷길에 서 있던 때를 떠올리면 몸속에서 따뜻한 기운이 솟는 것 같다. 갑자기 모든 것이 완벽하게 여겨졌다. 우리 앞에 놓인 한 시간을 쓰기에 그보다 좋은 구실도 없는 것 같았다. 나는 바보같이 실실 웃어 대고 어린아이처럼 보도에서 깡충거리고 싶은 마음을 가까스로 억제했다. 지금으로부터 얼마 전, 토미를 간호하다가 내가 그 노픽 여행 이야기를 꺼내자 토미는 자기도 똑같은 기분이었다고 했다. 내 잃어버린 테이프를 찾으러 가기로 결정한 순간, 갑자기 모든 구름이 걷히고 우리 앞에 즐거움과 웃음만이 놓여 있는 듯 여겨졌던 것이다.

처음에 우리가 찾아간 상점들은 전혀 엉뚱한 곳들이었다. 중고 진공 청소기들만 잔뜩 있을 뿐 음악에 관련된 것은 찾아볼 수 없는 그런 상점이나 헌책방이었던 것이다. 잠시 후 토미는 내가 자기보다 나을 것이 없다고 결론짓고 자기가 앞장서서 탐색에 나서겠다고 선언했다. 그런데 공교롭게도(정말이지 그것은 행운이었다.) 그렇게 앞장서자마자 그는 우리가 찾는 그런 상점들 네 곳이 줄지어 있는 거리를 발견했다. 쇼윈도에는 옷과 핸드백, 아이들의 졸업 앨범이 잔뜩 놓여 있었고 안으로 들어가자 퀴퀴하고도 달큰한 냄새가 났다. 그곳에는 구겨진 문고본과 엽서와 자질구레한 물건으로 가득 찬 먼지투성이 상자들이 쌓여 있었다. 한 가게는 히피 물건 전문점이었고, 또 한 가게는 사막에서 찍은 군인들 사진과 전쟁 훈장을 취급하는 곳이었다. 그런데 그 상점들 한 구석에는 어김없이 엘피판과 카세트테이프들이 들어 있는 커다란 판지 상자가 한두 개 놓여 있었다. 우리는 이 상점 저 상점을 돌아다녔다. 거짓말이 아니라 잠시 후 우리는 주디 브리지워터에 대해서는 어느 정도 잊어버리고 그모든 것들을 함께 둘러보는 것을 즐기고 있었다. 서로 흩어져 이것저것 뒤적여 보다가는, 한 줄기 햇빛이 들어오는 먼지투성이 구석에서 둘이 동시에 잡동사니 상자를 경쟁하듯 찾아내 다시 어깨를 나란히 하고 그 안을 살펴보았다.

그러다가 나는 그것을 발견했다. 머릿속으로 다른 생각을 하면서 줄지어 놓인 카세트테이프 케이스를 훑어보는데 손가락 아래에서 갑자기 오래전 그때와 똑같은 모습으로 그것이 모습을 나타냈다. 주디, 그녀의 담배, 웨이터를 향해 애교 부리는 듯한 눈길, 그리고 배경의 흐릿한 종려나무에 이르기까지 내가 잃어버린 것과 같은 테이프였다.

그 순간 나는 조금쯤 흥분되는 다른 물건을 발견했을 때처럼 감탄사를 내지르지 않았다. 나는 기뻐해야 하는 것인지 아닌지 확신하지 못한 채 가만히 서서 그 플라스틱 케이스를 바라보았다. 한순간 그것은 실수처럼 여겨지기도 했다. 이 모든 즐거움을 추구하는 데 완벽한 구실이 되어 준 테이프가 나타났으므로 이제 우리는 그 일을 중단해야 할 터였다. 내가 놀랍게도 즉각 그 사실을 알리지 않은 것은 그런 이유에서였던 것 같다. 같은 이유에서 나는 그것을 발견하지 못한 척할까 하는 생각까지 했다. 그때 내 앞에 나타난 그 테이프에는 유년기의 뭔가를 어른이 되고 난 후 대할 때 느껴지는 막연한 당혹감 같은 것이 있었다. 실제로 나는 그 테이프 위에 옆의 테이프를 포개 놓기까지 했다. 하지만 그 케이스의 등이 줄곧 나를 바라보고 있었으므로 결국 토미를 부르지 않을 수 없었다.

"그거 맞아?" 그는 정말로 확신이 들지 않는 듯했다. 내가 호들갑을 떨지 않았기 때문에 더 그런 모양이었다. 나는 테이프를 집어 들어 두 손으로 잡았다. 그러자 갑자기 커다란 기쁨이 몰려왔다. 아니, 그보다 복잡한 그 무엇 때문에 눈물이 차올랐다.

하지만 나는 감정을 억제하고 토미의 팔을 잡아당겼다.

"그래, 바로 그거야." 하고 말하고는 처음으로 짜릿하게 미소를 지어 보였다. "믿기니? 우리가 정말로 이걸 찾아낸 거야!"

"혹시 이게 바로 그거 아닐까? 내 말은 진짜 그것 말이야. 네가 잃어버린 바로 그 물건 아니겠느냐고?"

나는 테이프를 뒤집어보았다. 뒷면의 세세한 디자인과 트랙의 노래 제목 등등이 내 기억 그대로였다.

"그럴 수도 있겠지. 하지만 토미, 이런 것들은 분명히 수천 개가 돌아다닐 거야." 내가 대답했다.

이윽고 나는 이번에는 토미가 기대보다 훨씬 의기양양해하지 않고 있음을 눈치챘다.

"토미, 내가 이걸 찾아낸 게 넌 그다지 기쁘지 않은 모양인데." 내가 장난기가 다분한 어조로 말했다.

"너한텐 정말 잘된 일이야, 캐시. 정말 그래. 다만 내가 발견하고 싶었어."

그런 다음 그는 조그맣게 소리 내어 웃고는 말을 이었다. "예전에 네가 그걸 잃어버렸을 때 내가 찾아내서 갖다주면 어떨까 하고 속으로 생각해 보곤 했어. 그럴 때 네가 어떤 말을 할지, 어떤 표정을 지을지 등등을 말이야."

그의 목소리는 평소보다 부드러웠다. 그는 내가 들고 있는 플라스틱 케이스에서 눈을 떼지 않았다. 문득 나는 전면의 계산대 뒤에서 뭔가를 쓰는 데 몰두해 있는 노인 외에는 그 상점에 우리만 있다는 사실을 분명하게 의식했다. 우리가 있는 곳은 그 상점 내에서도 외부와 훨씬 격리되어 있고 훨씬 어둑한, 바닥이 조금 높은 안쪽 공간의 오른편이었다. 노인은 이쪽의 물건들은 신경 쓰고 싶지 않다는 듯 커튼으로 심리적인 칸막이를 만들어 놓았다. 잠시 동안 토미는 몰입 상태에 빠져 있는 듯했다. 나는 그가 머릿속에서 잃어버린 테이프를 되찾아 내게 돌려주는 오래된 환상 중 하나를 떠올리고 있음을 알 수 있었다. 이윽고 그는 갑자기 내 손에서 그 케이스를 잡아챘다.

"이제 너를 위해 이걸 사 줄 수는 있어." 그렇게 말하며 그는 씩 웃어 보이고는 내가 제지하기도 전에 단을 내려가 상점 앞쪽을 향해 걷기 시작했다.

노인이 케이스에 맞는 테이프를 찾는 동안 나는 줄곧 상점 뒤쪽을 훑어보았다. 그것을 그토록 빨리 찾아낸 것이 여전히 아쉬웠다. 내가 그 테이프, 그리고 그 노래를 되찾은 것에 진정으로 기뻐한 것은 코티지로 돌아와 내 방에 혼자 있게 되었을 때였다. 그리고 그때도 주된 감정은 일종의 향수였다. 요즘 그 테이프를 꺼내 볼 때면 우리가 헤일섬에서 보낸 나날과 함께 그날 오후 노퍽에서의 추억이 떠오른다.

상점을 나온 다음 나는 조금 전에 가졌던 거의 유치하기까지 했던 그 편안한 기분을 회복하려 애썼다. 하지만 내가 한두 마디 사소한 농담을 던졌을 때, 토미는 깊은 생각에 빠진 듯 대답을 하지 않았다.

우리는 가파른 길을 오르기 시작했다. 100미터 정도 앞 절벽 오른쪽 끝에 전망대 같은 것이 있었고 몇 개의 벤치들이 바다를 마주하고 놓여 있었다. 여름날 일가족이 앉아서 도시락을 먹기에 꼭 어울리는 그런 곳이었다. 이제 으스스한 바람이 불어오고 있었지만 우리는 그곳으로 갈 생각이었다. 그곳에 거의 도착할 무렵 토미가 천천히 걸음을 멈추더니 입을 열었다.

"크리시와 로드니는 그 생각을 떨쳐 버릴 수 없는 모양이야. 그러니까 진정으로 사랑에 빠진 이들이라면 기증 집행 연기를 신청할 수 있다는 생각 말이야. 그들은 우리가 당연히 그것에 대해 알고 있을 거라고 생각하지만 사실 헤일셤에서 그런 비슷한 말도 들은 게 없잖아. 적어도 나는 그런 말을 들은 적이 없어. 넌 들었니, 캐시? 아닐 거야, 그건 그저 최근 선임들 사이에 도는 소문일 뿐이야. 그리고 루스 같은 애가 그것을 부추기고 있는 거고 말이야."

나는 주의 깊게 그의 표정을 살폈지만 그가 그렇게 말하는 것이 심술궂은 애정에서인지, 일종의 역겨움에서인지 판단하기 어려웠다. 어쨌든 그는 마음속에서 루스와 상관없는 뭔가를 생각하고 있는 것 같았으므로 나는 가만히 다음 말을 기다렸다. 실제로 이제 그는 완전히 걸음을 멈추고 땅에 떨어져 찌그러진 종이컵을 발로 눌러 대기 시작했다. 이윽고 그가 다시 입을 열었다.

"사실 말이지, 캐시. 난 한동안 줄곧 그 문제를 생각했어. 분명 우리 생각이 맞아. 헤일섬에 그런 얘기 같은 건 나돌지 않았어. 하지만 이치에 맞지 않은 것들은 많았지. 그래서 생각해 봤어. 만약 그 소문이 사실이라면 많은 것들이 설명되거든. 우리 골머리를 썩였던 그런 문제들 말이야."

"뭘 말하는 거야? 어떤 걸 말하는 거지?"

"예를 들자면 화랑에 관한 것 말이야." 토미는 목소리를 낮추었고, 나는 그에게로 좀 더 가까이 다가섰다. 마치 우리가 여전히 헤일섬에서 저녁 식사 줄을 서 있거나 다른 사람의 눈을 피해 연못가에서 이야기를 나누고 있는 것 같았다. "우리는 그 저변에 뭐가 있는지를 알아낼 수 없었지. 도대체 화랑이 무엇 때문에 존재하는지, 어째서 '마담'은 가장 잘된 작품을 모조리 거둬 가는지. 하지만 이제는 알 것 같아, 캐시. 우리가 토큰 논쟁에 뛰어들었던 때 기억나? 마담이 거둬

간 작품에 대한 보상으로 해당 학생에게 토큰이 주어져야 하는가를 두고 벌어진 토론 말이야. 로이 J.가 그 문제로 에밀리 선생님을 만나 보기까지 했잖아? 그때 에밀리 선생님이 한 말이 있었어. 그러니까 무심코 입 밖에 낸 말이었지. 내가 줄곧 생각해 왔다는 건 바로 그거야."

여자 두 사람이 줄에 묶인 개를 데리고 우리 옆을 지나갔다. 그럴 필요가 전혀 없다는 것을 알면서도 우리는 그들이 언덕을 올라가 목소리가 들리지 않을 곳에 이를 때까지 이야기를 멈추었다. 이윽고 내가 말했다.

"무슨 말 말이야, 토미? 에밀리 선생님이 무심코 입 밖에 낸 말이 뭔데?"

"로이 J.가 어째서 마담이 우리 작품을 가져가느냐고 물었을 때, 에밀리 선생님이 뭐라고 대답했는지 기억해?"

"내 기억으로는, 선생님은 그건 일종의 특권이라고 했어. 그러니까 자부심을 가져야 한다고……."

"그게 전부가 아니었어." 토미의 목소리는 이제 거의 속삭이듯 낮아졌다. "선생님이 그때 로이에게 한 말, 그런 말을 할 생각이 아니었겠지만, 그러니까 무심코 흘린 말이 무엇이었는지 혹시 기억나, 캐시? 선생님은 로이한테 그림이나 시 같은 건 '한 인간의 내면을 드러낸다.'라고 했어. '영혼을 드러낸다.'라고 말이야."

그 말을 듣는 순간 머릿속에 갑자기 언젠가 로라가 자기 몸속을 그렸던 일이 생각나 나는 웃음을 터뜨렸다. 선생님의 그 말은 나도 기억하고 있었다.

"맞아. 나도 기억나. 그래서 결론이 뭔데?" 내가 물었다.

"내 생각은 이래." 하고 토미는 천천히 말했다. "그러니까 선임들이 하는 말이 사실이라고 하자. 헤일섬 출신자들을 위해 특별한 계약 같은 게 마련되어 있다고 쳐. 진정으로 사랑에 빠졌다고 여기는 두 사람이 함께 지낼 시간을 요청할 수 있다는 게 사실이라고 가정하자고. 그럴 경우 말이야, 캐시. 그들의 말이 사실인지 아닌지를 판단할 방법이 있어야 하잖아. 단순히 기증 집행을 연기하려고 사랑에 빠졌다고 거짓말하는 경우도 있을 테니까 말이야. 그걸 판단하기가 무척 어렵지 않겠어? 또 자기들은 진정으로 사랑에 빠졌다고 믿지만 사실은 단순히 성적인 관계일 수도 있어. 아니면 한때 잠시 반한 것이든가 말이야. 내 말이 무슨 뜻인지 알지, 캐시? 그 판단은 정말 어려운 문제이니 만큼 매번 제대로 가려내기란 아마도 불가능할 거야. 요컨대 내 말의 요점은 결정을 내리는 사람이 누구든 간에, 마담이든 혹은 다른 사람이든 간에 그들에겐 '판단 기준이 될 만한 뭔가가 필요하다.'라는 거지."

나는 천천히 고개를 끄덕였다. "그러니까 바로 그런 이유에서 우리 작품들을 거둬 갔다는 거군……."

"그럴 수도 있다는 거야. 마담은 어딘가에 화랑을 만들어 놓고 거기에 우리가 아주 어릴 때부터 만든 작품을 모아 놓았어. 어떤 커플이 와서 자기들이 사랑에 빠졌다고 말한다고 하자. 그러면 마담은 그들이 여러 해에 걸쳐 만든 작품들을 찾아보는 거지. 그럼으로써 그들이 진심을 말하고 있는지, 두 사람이 서로 어울리는지 판단할 수 있는 거야. 잊지 마, 캐시. 마담은 우리의 영혼을 들여다보는 뭔가가 있어. 어떤 커플이 잘 어울리는지, 어떤 커플이 한때의 불장난인지를 가려낼 수 있다고."

나는 천천히 다시 걷기 시작했지만 앞을 거의 보지 않았다. 토미 역시 내 대답을 기다리며 걸음을 옮겨 놓았다.

"난 잘 모르겠는걸." 이윽고 내가 말했다. "네 논리가 에밀리 선생님이 로이한테 한 말을 뒷받침하는 건 분명해. 또 그림이나 그 밖의 능력이 우리한테 그렇게 중요하다고 교사들이 생각했던 이유도 설명되고 말이야."

"내 말이 그 말이야. 바로 그런 이유에서……." 토미는 한숨을 내쉬고는 조금 힘을 주어 말을 이었다. "바로 그런 이유에서 루시 선생님은 나한테 그런 게 중요하지 않다고 한 말이 잘못이었다고 하신 거야. 바로 그 이유에서 선생님은 그때 나한테 미안하다고 한 거고. 그러니까 그즈음 선생님은 마음 깊은 곳에서 그것이 '중요하다.'라는 것을 알고 계셨어. 헤일셤 출신자라는 건 그 특별한 기회를 갖고 있다는 뜻이지. 그런데 마담의 화랑에 작품이 없다면 그 소중한 기회를 그냥 버리는 것과 같은 거지."

그 말을 들은 다음에야 나는 정말로 몸이 떨리면서 토미가 왜 이런 이야기를 하는지 퍼뜩 깨달았다. 나는 걸음을 멈추고 그에게로 몸을 돌렸다. 하지만 내가 입을 열기 전에 토미가 먼저 웃음을 터뜨렸다.

"이런 생각이 맞다면, 그렇다면 나는 이미 기회를 날려 버렸는지도 몰라."

"토미, 네 작품 중 화랑으로 간 게 하나도 없니? 네가 훨씬 어릴 때도 말이야."

내 말이 끝나기도 전에 그는 고개를 젓기 시작했다. "내가 그 점에서 얼마나 형편없는지 너도 알잖아. 그리고 루시 선생님과 그런 일이 있었지. 선생님이 왜 그런 말을 했는지 이제 알겠어. 선생님은 내게 미안해서 나를 돕고 싶었던 거야. 틀림없이 그랬을 거야. 내 추론이 맞는다면, 그렇다면……."

"그건 추론일 뿐이야. 네 추론이 어떤 건지 알면서 그래." 내가 대답했다.

나는 분위기를 좀 가볍게 만들고 싶었지만, 그에 어울리는 말투를 찾아내지 못했다. 머릿속에서 조금 전에 그가 한 말을 줄곧 생각하고 있었던 것이다. "온갖 다양한 판단 방법이 있을 거야." 잠시 후 내가 말했다. "우리 작품은 그 방법 중 하나일 테고."

토미는 다시 고개를 저었다. "예를 들어 어떤 게 있다는 거지? 마담은 우리를 제대로 알려고도 하지 않았어. 그녀는 우리를 개인적으로 알고 싶어 하지 않았어. 게다가 결정을 내리는 사람은 마담 혼자만이 아닐 거야. 더 높은 사람들이 있을 거라고. 헤일섬에는 발도 들여놓은 적이 없는 사람들 말이야. 나는 이 문제에 대해 많이 생각했어, 캐시. 이렇게 생각하면 모든 게 맞아떨어져. 바로 그런 이유에서 화랑이 그토록 중요했던 거야. 그런 이유에서 선생님들은 우리가 미술이나 시를 열심히 공부하기를 원했던 거지. 캐시, 지금 무슨 생각하니?"

사실 나는 약간 다른 생각을 하고 있었다. 그때 나는, 우리가 조금 전에 발견한 문제의 테이프를 어느 날 오후 공동 침실에서 혼자 들었던 일을 떠올리고 있었다. 나는 가슴에 베개를 끌어안고 몸을 흔들고 있었고, 마담은 두 눈에 눈물이 찬 채 문간에서 나를 지켜보고 있지 않았던가. 나로서는 지금까지 설득력 있는 설명을 찾지 못한 이 일화 역시 토미의 추론을 적용하면 설명이 되는 듯했다. 머릿속에서 나는 베개가 아니라 아이를 안고 있다고 상상하고 있었지만 마담은 그 사실을 알 리가 없었다. 그녀는 내가 사랑하는 사람을 품에 안고 있다고 여겼을 것이다. 토미의 추론이 맞는다면, 나중에 우리가 사랑에 빠져 기증 집행 유예를 요청할 때 그것을 제대로 판단하려는 유일한 목적에서 마담이 우리와 연결된 거라면 그렇다면 있을 수 있는 일이었다. 그녀는 그런 장면을 우연히 발견하고 정말이지 감동했을 터였다. 대개는 우리를 냉랭하게 대했지만 머릿속을 스쳐 지나가는 이 모든 생각을 나는 토미에게 이야기할 참이었다. 하지만 나 자신을 억제했다. 우선은 그의 추론을 틀린 것으로 몰고 가고 싶었던 것이다.

"네가 방금 말한 걸 생각해 보고 있었어. 이제 돌아가야 할 것 같아. 주차장까지 시간이 꽤 걸릴 거야." 내가 말했다.

우리는 온 길을 되짚어 언덕을 내려가기 시작했다. 하지만 시간이 충분했으므로 서두를 필요가 없다는 것을 둘 다 알고 있었다.

한동안 걷고 나서 내가 그를 불렀다. "토미, 이런 얘기 루스한테 한 적 있니?"

그는 고개를 내젓고 걸음을 계속하다가 이윽고 말했다. "중요한 건 루스가 선임들의 말을 모조리 믿고 있다는 거야. 그래, 루스는 실제보다 많이 아는 척하길 좋아해. 그런데 루스는 그걸 믿고 있어. 그러니 조만간 사태를 더 진전시키겠지."

"네 말은 루스가 그러니까 그걸……."

"그래. 루스는 집행 유예를 요청하고 싶어 할 거야. 하지만 아직 충분히 생각해 보지는 않았겠지. 우리가 조금 전에 말한 그런 식으로는 말이야."

"화랑에 대한 네 추론을 루스에게 말한 적 없어?"

그는 말없이 다시 고개를 저었다.

"그걸 듣고 루스가 그게 맞다고 여긴다면…… 그러면 루스는 무척 화낼 거야." 내가 말했다.

토미는 생각에 잠긴 것처럼 보였지만, 이번에도 말이 없었다. 그가 다시 입을 연 것은 좀 전에 지나왔던 좁은 옆길로 들어섰을 때였다. 그의 목소리가 갑자기 온순해져 있었다.

"실제로 말이야, 캐시. '그동안' 나도 뭘 좀 해 왔어. 만약에 대비해서 말이야. 하지만 그 일을 아무한테도, 심지어는 루스한테도 말하지 않았어. 그냥 시작일 뿐이었거든."

그렇게 해서 나는 토미의 상상 속 동물에 대해 듣게 되었다. 자신의 작업에 대해 묘사하는 그의 이야기를 처음 들었을 때(실제로 그 일부를 보게 된 것은 그로부터 몇 주 후였다.) 실제로 나는 그다지 열광적인 반응을 보일 수 없었다. 그 순간 내가 헤일섬에서 그 모든 문제를 촉발시켰던 토미의 '풀밭 위의 코끼리' 그림을 떠올렸다는 사실을 인정하지 않을 수 없다. 그 자신의 설명에 따르면 토미는 코티지의 어떤 소파 뒤에서 뒷장이 떨어져 나간 낡은 동화책을 발견하고 영감을 받은 모양이었다. 그는 케퍼스에게 숫자를 갈겨쓰곤 하는 까만 공책을 하나 달라고 해서 그때부터 적어도 열두 장에 이르는 환상의 동물을 그렸다고 했다.

"중요한 건 그걸 아주 조그맣게 그렸다는 거야. 헤일섬에서는 그런 생각이 떠오르지 않았어. 그때 잘못 생각했던 게 그 점이었는지도 몰라. 동물을 아주 작은 크기로 그리면 종이 크기가 이 정도 되니까 모든 게 달라지지. 마치 동물들이 스스로 살아나는 것 같아. 그래서 그 세부를 전혀 다르게 그려야 해. 동물들이 어떻게 자기 자신을 보호하는지, 어떻게 사물에 접근하는지를 생각해 봐야 하고 말이야. 솔직히 말해서 캐시, 그건 내가 헤일섬에서 그렸던 그림하고는 전혀 달라."

그는 좋아하는 동물 그림을 묘사하기 시작했지만 나는 그의 이야기에 집중할 수 없었다. 그가 동물 이야기에 열을 올리면 올릴수록 나는 불편한 마음이 점점 커져 갔다. 나는 그에게 '토미, 넌 또다시 너 자신을 웃음거리로 만들고 있어. 상상의 동물? 도대체 머리가 어떻게 된 거 아니니?'라고 말하고 싶었지만, 차마 그럴 수 없었다. 다만 호기심 어린 눈길로 그를 바라보면서 "정말 멋진 얘기구나, 토미." 하는 말을 되풀이했을 뿐이다.

어느 순간 그가 말했다. "좀 전에 말했듯이 말이야, 캐시. 루스는 이 동물에 대해 아무것도 몰라." 그 말을 하면서 그는 어쩌다가 그 이야기가 나오게 되었는지를 다시 떠올린 모양이었다. 그의 표정에서 열정이 빠져나갔다. 우리는 다시 말없이 걸었다. 이윽고 하이스트리트로 나왔을 때 내가 말했다.

"네 추론이 맞다 해도 말이야, 토미. 여전히 알아내야 할 게 많아. 일례로 그걸 원하는 커플은 어떻게 지원해야 하지? 그들이 해야 할 일은 어떤 거지? 정확히 정해진 형식 같은 게 없잖아."

"그 문제도 생각해 봤어." 그의 목소리는 다시 엄숙하고 차분해졌다. "내가 아는 한 분명한 건 하나뿐이야. 마담을 찾아내야 한다는 거지."

나는 잠시 생각에 잠겼다가 말했다. "그리 쉬운 일이 아닐 거야. 사실 우리는 마담에 대해 아무것도 모르잖아. 심지어 이름조차 몰라. 그리고 마담이 어땠는지 기억나? 우리가 자기 옆에 오는 것조차 싫어했잖아. 사는 곳을 알아낸다 해도 우리한테 무슨 도움이 될지 잘 모르겠어."

토미는 한숨을 내쉬고는 말했다. "나도 알아. 하지만 우리한텐 시간이 있잖아. 우리 중 누구도 아직 그렇게 서둘러야 하는 건 아니니까 말이야."

우리가 주차장에 도착했을 즈음 날은 이미 저물어 상당
히 추워지고 있었다. 다른 사람들은 아직 오지 않은 듯했으
므로 토미와 나는 차에 기댄 채 미니 골프 코스를 바라보았
다. 경기 중인 사람은 없었고 깃발이 바람에 날리고 있었다.
마담이나 화랑 같은 이야기는 더 이상 하고 싶지 않았으므
로 나는 작은 가방에서 주디 브리지워터의 테이프를 꺼내
찬찬히 살펴보았다.

"이거 사 줘서 고마워." 내가 말했다.

토미가 미소 지었다. "만약 내가 테이프가 든 상자를 맡고
네가 엘피판 상자를 맡았다면 내가 그걸 발견했을 거야. 가
엾은 토미에게 운이 없었던 거지."

"그렇다 해도 아무 차이 없어. 우리가 이걸 찾을 수 있었
던 건 네가 그러자고 했기 때문이잖아. 나는 분실물 보관소
에 관한 건 까맣게 잊고 있었거든. 루스가 아까 한 말 때문
에 나는 상당히 우울했었어. 나의 오랜 친구 주디 브리지워
터, 마치 줄곧 내 곁에 있었던 것 같아. 그런데 도대체 누가
그걸 가져갔을까?"

우리는 다른 사람들이 오지 않나 하고 잠시 길 쪽을 돌아
보았다.

"루스가 아까 그런 얘기를 했을 때 네가 얼마나 화났는지

난 알아……." 토미가 말했다.

"잊어버려, 토미. 난 이제 괜찮아. 그리고 루스가 돌아왔을 때 그 문제를 갖고 또 얘기하고 싶진 않아."

"아니야. 그런 뜻에서 한 말이 아니야." 그는 차에서 몸을 떼고는 공기압력을 점검이라도 하는 것처럼 발로 앞바퀴를 눌렀다. "내가 말하려는 건, 루스한테서 그 얘기를 듣는 순간 네가 지난번에 왜 포르노 잡지들을 그렇게 넘겨 보고 있었는지를 깨달았다는 거야. 그래, 이제 난 확실히 알 것 같아. 물론 추론에 불과하지만. 하지만 조금 전 루스한테서 그런 말을 들었을 때 뭔가 찰칵 하고 맞아떨어지는 느낌이 들었어." 그가 나를 바라보고 있다는 것을 알고 있었지만 나는 줄곧 앞만 바라본 채 아무 대답도 하지 않았다.

"하지만 그래도 알 수 없는 게 있어, 캐시." 이윽고 그가 다시 말했다. "루스 말이 맞다 해도 어째서 네가 너의 근원자를 찾기 위해 낡은 포르노 잡지를 뒤적여야 하는 거지? 어째서 너는 그 여자들 중 하나가 네 근원자일 거라고 생각하는 거야?"

나는 줄곧 그의 눈길을 피한 채 어깨를 으쓱해 보였다. "그게 맞다고 주장할 생각은 없어. 그저 그렇게 된 것뿐이야." 순간 두 눈에 눈물이 차오르고 있었으므로 나는 그런 모습을 토미에게 보이지 않으려 애썼다. 하지만 입을 열었을 때 내 목소리는 떨리고 있었다. "그게 그렇게 신경 쓰인다면 더 이상 그러지 않을게." 토미가 내 눈물을 보았는지 어떤지 나는 알 수 없었다. 어쨌든 그가 가까이 다가와 내 어깨를 꼭 잡았을 때는 그런대로 눈물을 억제할 수 있었다. 그런 행동은 그가 이따금 하는 것으로 특별할 것도 새로울 것도 없었다. 하지만 왠지 나는 기분이 좋아져서 조그맣게 웃음을 터뜨렸다. 그는 내 어깨에서 손을 뗐지만 우리는 여전히 차에 등을 댄 채 거의 닿을 정도로 나란히 서 있었다.

"그래, 그건 타당성 없는 일이야. 하지만 우리는 모두 그런 식으로 행동하잖아. 안 그래? 모두들 각자의 근원자가 어떤 사람인지 궁금해하지. 사실, 우리가 오늘 여기에 온 것도 그 때문이잖아. 모두들 그렇다고." 내가 말했다.

"캐시, 그만해. 나는 아무한테도 말하지 않았어. 보일러실에서 있었던 일 말이야. 루스나 다른 누구한테도. 그냥 내가 궁금해서 그래. 네가 왜 그런 건지 감이 잡히지 않는다고."

"좋아, 토미. 말해 줄게. 내 말을 듣고도 넌 그게 도대체 이치에 맞지 않는다고 여길지도 몰라. 하지만 어쨌든 말해 줄게. 이따금 관계를 갖고 싶어지면 나는 정말이지 강한 성욕을 느끼곤 해. 그런 욕망이 어디에선가 다가와서는 한두 시간 동안 두려울 정도로 강해져. 내가 아는 건 그럴 때면 케퍼스 아저씨하고도 할 수 있을 정도라는 것뿐이야. 그 정도로 지독해. 바로 그래서였어……. 그래서 나는 휴기와 관계를 가졌고 올리버와도 가졌어. 무슨 깊은 뜻이 있어서가 아니었어. 심지어 그들이 좋았던 것도 아니라고. 나로서는 그게 뭔지 모르겠어. 일단 그런 욕망이 지나가면 겁에 질렸지. 그래서 그게 어딘가 다른 곳에서 온 건지도 모른다는 생각이 들기 시작했어. 내 근본적인 존재 방식과 관련이 있는 게 분명하다는 생각 말이야." 나는 말을 끊었다가 토미에게서 아무 말도 나오지 않아 다시 계속했다. "그래서 만약 그런 잡지에서 내 근원자임직한 얼굴을 발견한다면 적어도 그런 현상을 설명할 수 있을 거라고 생각했지. 밖으로 나가 근원자를 찾아보고 싶은 생각은 없어. 그저 왜 내가 그러는지에 대한 설명 같은 걸 찾고 싶었던 것뿐이야."

"나도 이따금 그래. 정말로 그걸 하고 싶을 땐 나도 그렇다고. 솔직히 모두들 그럴 거야. 너만 특별히 다른 건 아닐 거야, 캐시. 사실 난 그런 때가 상당히 많거든……."

그는 말을 멈추고 웃음을 터뜨렸지만 나는 웃지 않았다.

"내 경우는 좀 달라. 다른 사람들을 지켜봤는데, 그들도 그런 기분이 될 때가 있지만 그렇다고 해서 바로 그런 행위로 이어지진 않아. 나처럼 휴기와 어울리거나 하지는 않는다고."

토미가 다시 내 어깨에 팔을 두르는 것이 느껴지자 나는 또 눈물이 나올 것 같았다. 신경이 몹시 곤두서 있었는데도 우리가 처한 상황을 의식하고 있었으므로 나는 루스나 다른 사람들이 모습을 나타내지 않았는지, 지금 우리의 모습이 그들의 눈에 띈다면 오해의 소지가 없겠는지를 속으로 점검했다. 우리는 줄곧 차에 기대어 나란히 서 있었으므로, 혹시 지금 우리를 본다 해도 그들은 내가 뭔가에 신경이 곤두서서 토미가 나를 위로해 주고 있다고 여길 터였다.

이윽고 토미가 말했다. "그게 꼭 나쁜 일 같지는 않아, 캐시. 네가 정말로 함께 있고 싶은 누군가를 발견한다면 그건 정말로 멋진 일이 될 거야. 선생님들이 우리한테 해 준 말 기억나? 잘 맞는 사람과 함께라면 그건 정말이지 멋진 일이라고 했잖아."

나는 몸을 움직여 어깨에서 토미의 팔을 떨궈 낸 다음 깊이 숨을 들이쉬었다. "이제 그 문제는 잊어버리자. 어쨌든 이젠 그런 기분이 될 때도 훨씬 통제하기가 쉬워졌어. 그러니 잊어버리자고."

"어쨌든 캐시, 그런 잡지를 뒤적이는 건 어리석은 짓이야."

"어리석지. 맞아. 토미, 그만하자. 난 이제 괜찮아."

다른 사람들이 모습을 나타낼 때까지 우리가 무엇에 대해 이야기를 나누었는지 이제는 기억나지 않는다. 우리는 더 이상 그런 심각한 이야기는 하지 않았으므로 혹시 다른 사람들이 우리 분위기에서 남아 있는 뭔가를 느꼈다 해도 특별히 주목하지는 않았을 것이다. 그들은 기분이 좋아져 있었다. 특히 루스는 좀 전에 자기가 저지른 고약한 행동을 만회하기로 마음먹은 듯했다. 그녀는 내 곁에 다가와 농담 같은 것을 던지며 내 볼을 건드렸고, 차에 타고 나서는 우호적인 분위기가 유지되게 신경을 썼다. 그녀와 크리시는 마틴의 온갖 우스꽝스러운 점들을 찾아내서는, 이제 그의 아파트에서 나온 만큼 드러내 놓고 웃고 있었다. 로드니는 못마땅한 기색이었다. 루스와 크리시가 재미는 있지만 믿기지 않는 이야기를 하고 있는 것은 주로 그를 놀리기 위해서라는 것을 나는 깨달았다. 하지만 모든 것이 좋은 의도에서 나온 것 같았다. 내가 주목한 것은, 돌아오는 동안 루스가 줄곧 내게 몸을 돌려 그들이 하는 이야기를 조심스럽게 설명해 줌으로써 그 모든 농담과 언급으로부터 토미와 내가 소외되지 않도록 해 주었다는 사실이다. 실제로 차 안에서 하는 모든 이야기가 토미와 나, 특히 나를 위한 것처럼 느껴졌으므로 얼마 지나자 좀 부담이 되었다. 하지만 나는 그렇게 호들갑 떠는 루스가 고마웠다. 그것이 잘못을 인정하는 루스의 방식이라는 것을 나와 토미는 알 수 있었다. 여행을 떠나올 때처럼 우리는 그녀를 가운데 두고 앉아 있었지만 이제 루스는 줄곧 내게 이야기를 했고, 때로는 반대편으로 몸을 돌려 토미를 살짝 껴안거나 뜬금없이 입맞춤을 했다. 분위기가 좋았다. 루스의 근원자 같은 화제를 입에 올리는 사람은 없었다. 나는 토미가 주디 브리지워터 테이프를 사 주었다는 말은 하지 않았다. 조만간 루스는 그것을 발견하게 될 테지만 아직은 그녀에게 그 사실을 알리고 싶지 않았다. 길게 펼쳐진 인적 없는 길 위로 어둠이 내리는 가운데 코티지로 돌아오면서 우리 셋은 다시 가까워진 기분이 들었으므로, 그런 분위기를 해칠 어떤 일도 하고 싶지 않았던 것이다.

16

노퍽에서 일단 돌아오고 나자 우리는 기묘하게도 그 여행에 대해 거의 언급하지 않았다. 어쩌나 철저하게 함구했던지 한동안 노퍽에서의 우리 행적을 두고 온갖 소문이 나돌 정도였다. 그럴 때조차 우리가 입을 다물고 있자, 이윽고 사람들은 흥미를 잃었다.

왜 그랬는지는 지금도 확실히 모르겠다. 아마도 우리는 그 여행에 관해 어디까지 이야기해야 하는지가 루스의 재량에 달려 있다고 보고 그녀에게서 어떤 신호가 오기를 기다리고 있었던 것 같다. 그런데 루스는 자신의 근원자를 둘러싸고 전개된 일들에 당황했든지 혹은 그런 비밀을 즐기고 있든지 어쨌든 그 일에 대해 줄곧 입을 다물고 있었다. 우리끼리조차도 그 여행에 관한 이야기는 금기였다. 이런 비밀스러운 분위기 덕분에 나는 토미가 주디 브리지워터 테이프를 사 준 일에 대해 함구할 수 있었다. 루스에게 사실을 숨기려 했던 것은 아니었다. 나는 그 테이프를 방의 굽도리 판자 옆에 있는 내 파일에 넣어 두었다. 그래도 그것이 밖으로 나와 있거나 맨 위에 올라와 있지 않게 항상 신경을 쓰기는 했다. 배경 음악으로 그 테이프를 틀어 놓고 그녀와 그 일에 대해 이야기하고 헤일셤을 추억하고 싶은 생각이 간절했던 적이 몇 번 있었다. 하지만 노퍽 여행을 다녀온 후 시간이 흐르고 내가 그 이야기를 함구하는 기간이 길어지면 길어질수록 그 일은 점점 더 죄스러운 비밀처럼 느껴졌다. 물론 결과적으로 나중에 훨씬 더 나쁜 때에 루스는 그 테이프를 보게 되었지만, 사람의 일이란 때때로 그렇게 흘러가는 법 아닌가.

봄이 오자 훈련 과정을 시작하는 선임들이 늘어났다. 그들은 평소대로 별다른 수선을 피우지 않고 코티지를 떠났지만, 그런 사람들이 늘어나는 바람에 이제 우리는 그것을 무시할 수가 없게 되었다. 그들이 떠나는 것을 바라보는 우리의 느낌이 어땠는지 이제는 분명히 말하기 어렵다. 우리는 그렇게 떠나는 이들을 어느 정도 부러워했던 것 같다. 그들이 좀 더 크고 좀 더 짜릿한 세상으로 가는 것처럼 여겨졌던 것이다. 하지만 그들의 출발로 인해 우리가 점점 더 불편한 마음이 들었다는 것에는 의심의 여지가 없었다.

이윽고 4월 무렵 우리 헤일섬 출신자 중 처음으로 앨리스 F.가 코티지를 떠났고 얼마 안 되어 고든 C.가 그 뒤를 따랐다. 둘 다 훈련을 시작하겠다고 자원한 경우로 활기찬 미소를 띠고 떠났지만, 어쨌든 그 이후 코티지에서 우리 무리의 분위기는 완전히 바뀌고 말았다.

많은 선임들 역시 그런 출발에 동요하는 듯했다. 그 직접적인 결과로, 크리시와 로드니가 노퍽에서 이야기한 것과 비슷한 소문들이 다시 무더기로 등장했다. 그 지방 어느 지역에선가 진정으로 사랑에 빠졌음을 증명해 집행 연기 허가를 받아 낸 학생들이 있다는 소문이 나돌았다. (이제는 헤일섬 출신이 아닌 이들에 대한 것도 때때로 등장했다.) 노퍽 여행을 다녀온 우리 다섯은 이번에도 그런 화제와 거리를 두었다. 한때 그런 이야기의 중심에 있던 크리시와 로드니조차 이런 소문들이 돌자 어색한 태도로 침묵을 지켰다. '노퍽 충격'은 토미와 나에게도 영향을 미쳤다. 코티지로 돌아가 단둘이 이야기할 기회가 생기면 그의 화랑 이론에 대해 더 많은 생각을 교환할 수 있으리라고 나는 생각했다. 하지만 어떤 이유에서인지(토미 때문이었다기보다는 나 때문이었던 것 같다.) 그럴 만한 기회는 한 번밖에 주어지지 않았다. 그

한 번이란 어느 날 아침 거위 우리에서 토미가 나에게 자기가 그린 상상의 동물들을 보여 주었을 때이다.

우리가 거위 우리라고 부르던 그 헛간은 코티지 외곽에 있는 것으로 지붕에서 심하게 비가 새고 문짝은 경첩에서 완전히 떨어져 나가, 날씨가 상대적으로 따뜻한 1년 중 몇 달 동안 커플들의 은밀한 장소로 사용되는 것이 고작이었다. 그즈음 나는 종종 혼자 오랫동안 산책을 했다. 어느 날 그런 산책 중에 거위 우리 앞을 막 지나치는데 토미가 나를 부르는 소리가 들렸다. 뒤돌아보자, 커다란 물웅덩이들로 둘러싸인 좁은 마른 땅 위에 토미가 맨발로 불안정하게 서 있었다. 그는 균형을 잡기 위해 한 손으로 헛간 벽을 짚고 있었다.

"장화는 어쩌고 그래, 토미?" 내가 물었다. 그는 평소처럼 두꺼운 점퍼와 청바지 차림이었지만 맨발이었다.

"그림 그리는 중이야……." 웃음을 터뜨리며 그는 케퍼스가 늘 갖고 다니는 것과 같은 까만색 작은 공책을 들어 보였다. 노퍽 여행에서 돌아온 지 두 달이나 지난 후였지만 그 공책을 보는 순간 나는 그것이 뭔지 알 수 있었다. 하지만 나는 그의 다음 말을 기다렸다.

"괜찮다면, 캐시. 좀 봐 줘."

토미는 펄쩍펄쩍 뛰어 마른 땅을 골라 디디며 앞장서서 거위 우리 안으로 들어갔다. 어두우리라는 내 예상과는 달리 우리 안은 채광창을 통해 햇빛이 쏟아져 들어오고 있었다. 한쪽 벽에는 부서진 탁자, 낡은 냉장고 같은 여러 해 동안 모인 다양한 가구의 잔해들이 방치되어 있었다. 토미는 그중에서 검은 플라스틱 틀 밖으로 속이 삐져나온 2인용 긴 의자 하나를 찾아내 헛간 한가운데에 끌어내 놓고 거기에 앉아 그림을 그리고 있다가, 내가 지나가는 것을 본 모양이었다. 바로 옆에는 긴 장화가 옆으로 눕혀 있었고, 장화에는 축구용 양말이 쑤셔 넣어져 있었다.

토미는 엄지발가락을 매만지며 의자 위로 올라갔다. "더러운 발을 보여서 미안. 나도 모르게 양말까지 다 벗어 버렸지 뭐야. 지금 보니 좀 다친 것 같아. 캐시, 이것 좀 볼래? 지난주에는 루스한테 보여 줬고 그다음에 너한테 보여 줄 생각이었어. 이걸 본 사람은 루스뿐이야. 한번 봐, 캐시."

그렇게 해서 나는 그가 그린 동물들을 보게 되었다. 노퍽에서 그것에 대해 들었을 때 나는 어린아이들이 그리는 그런 그림의 축소판을 상상했다. 하지만 눈앞의 그림에는 각각의 요소가 어찌나 세밀하게 그려져 있던지 흠칫 놀라지 않을 수 없었다. 실제로 그것이 동물 그림이라는 것을 알아보려면 시간이 필요했다. 얼핏 보기에 그것은 뒤판을 떼어 낸 라디오 내부를 연상시켰다. 작은 도관, 이리저리 얽인 줄, 작은 나사와 바퀴가 편집적일 정도로 정확하게 그려져 있어 그 페이지를 넘길 즈음에야 그것이 남미의 맹금 아르마딜로 같은 것이라는 것을 알 수 있었다.

"이건 두 번째 공책이야. 첫 공책은 아무한테도 보여 줄 수 없어! 제대로 그릴 수 있을 때까지 시간이 필요했거든." 토미가 말했다.

이제 그는 의자에 누워 발을 양말에 밀어 넣으며 아무렇지도 않은 척 말하고 있었다. 하지만 나는 그가 내 반응을 초조하게 기다리고 있음을 알 수 있었다. 그런데도 나는 한동안 진심 어린 감탄 같은 것을 할 수가 없었다. 아마도 그것은 부분적으로 그가 어떤 것을 그리든 간에 그것 때문에 또다시 곤란한 지경에 처할지도 모른다는 우려에서였을 것이다. 하지만 아울러 눈앞의 그림이 헤일셤에서 우리가 배운 것과 너무나도 다르기 때문이기도 했다. 나로서는 그것을 어떻게 판단해야 할지 알 수 없었으므로 그저 이렇게 말했을 뿐이다.

"맙소사, 토미. 이걸 그리려면 정말 굉장한 집중력이 필요했겠구나. 이렇게 어두운 데서 세밀하게 그릴 수 있었다니 정말 놀랍다." 공책을 넘기며 나는 적절한 말을 찾아내기 위해 애쓰며 다시 말했다. "마담이 이걸 보고 어떤 반응을 보일지 잘 모르겠는걸."

나는 농담조로 말했고 토미는 킬킬거리는 웃음으로 대답했지만, 우리 사이에는 이제 전에 없었던 뭔가가 감돌고 있었다. 그의 시선을 피한 채 4분의 3 정도가 그림으로 채워진 공책을 줄곧 넘기면서 나는 마담 이야기를 하지 말걸 하고 생각했다. 이윽고 그의 목소리가 들려왔다.

"마담한테는 그림 실력이 훨씬 나아진 다음에 보여 줘야 할 것 같아."

그때야말로 그 그림이 얼마나 훌륭한지를 말할 적절한 기회였는지도 모른다. 하지만 그즈음 나는 눈앞에 펼쳐진 환상의 동물에 말 그대로 끌려 들어가고 있었다. 금속으로 만들어진 듯한, 하지만 생동감 있는 그들의 모습에는 섬세한 뭔가가 있었고, 나아가 각각이 상처 입기 쉬운 살아 있는 존재처럼 여겨졌다. 자기가 그린 그것들이 어떻게 자기 자신을 보호할지, 어떻게 팔을 뻗어 뭔가를 가져올지 걱정스럽다고 노픽에서 그가 말한 것이 기억났다. 그 동물을 바라보며 나역시 비슷한 불안감을 느꼈다. 그런데도 나는 나 자신도 알 수 없는 어떤 이유에서 여전히 그에게 찬사를 보낼 수가 없었다. 이윽고 토미가 말했다.

"어쨌든 꼭 마담한테 보여 주기 위해 이 동물들을 그리는 건 아니야. 그저 좋아서 그리는 것뿐이야. 캐시, 이걸 줄곧 비밀로 해야 할지 어떨지 생각 중이야. 내가 이런 그림을 그리고 있다는 게 알려진다 해도 큰 문제 없을 것 같다는 생각이 들거든. 한나는 지금도 수채화를 그리고 있고, 많은 선임들도 뭔가를 하고 있잖아. 내 말은, 그렇다고 모든 이들에게 이걸 보여 주겠다는 건 아냐. 하지만 이 일을 더는 비밀로 할 필요가 없을 것 같아."

마침내 나는 눈을 들고 그를 바라보며 확신에 차서 말할 수 있었다. "토미, 그럴 필요는 없어. 없고말고. 그림들은 훌륭해. 정말 아주 훌륭해. 네가 지금 이렇게 숨어서 그리는 게 그런 이유 때문이라면 정말 바보 같은 짓이야."

그는 아무 대답도 하지 않았지만 그의 얼굴에는 마치 혼자 농담이라도 즐기는 듯한 의미심장한 웃음이 떠올랐다. 나는 내 말에 그가 얼마나 기뻐하는지 알 수 있었다. 그 이후 우리는 별달리 많은 이야기를 나누지 않은 것 같다. 얼마 지나지 않아 그는 장화를 신었고 우리는 함께 거위 우리를 나왔다. 앞서 말한 것처럼 그해 봄 토미와 내가 화랑에 대한 그의 추론을 직접적으로 언급한 것은 그때뿐이었다.

그런 다음 여름이 왔고, 우리가 처음으로 코티지에 도착한 그 무렵이 되었다. 우리가 그랬던 것처럼 한 무리의 새로운 학생들이 미니버스를 타고 그곳에 왔지만 헤일셤 출신은 없었다. 어떤 의미에서는 다행이었다. 내 생각에 우리 모두는 새로 도착한 헤일섬 학생들이 사태를 복잡하게 만들지 않을까 걱정하고 있었던 것 같다. 하지만 헤일섬 학생들이 오지 않았다는 사실이 적어도 나에게는 헤일섬이 이제 과거 속으로 까마득히 멀어져 버리고 우리 무리를 묶는 끈이 점점 더 느슨해지고 있다는 느낌을 더해 주었다. 그것은 한나 같은 이가 앨리스의 선례를 따라 훈련 과정을 시작하기 위해 떠나겠다고 하고, 로라 같은 이가 헤일섬 출신이 아닌 남자 친구를 사귀면서 한때 우리와 긴밀한 관계였다는 사실을 거의 잊어 가고 있다는 사실 때문만은 아니었다.

아울러 루스가 헤일섬에 관한 이야기를 줄곧 잊어버린 척했다는 사실도 언급해야 한다. 그랬다, 그것은 대부분 사소한 것들이었지만 나는 그런 그녀에게 점점 더 화가 나기 시작했다. 한 가지 예로, 부엌 식탁에 둘러 앉아 느긋하게 아침 식사를 하고 난 후 루스와 나와 몇몇 선임들이 있는 자리에서 어떤 선임이 늦은 밤에 치즈를 먹으면 잠자리가 불편하다고 말했던 때를 들 수 있다. 나는 루스에게 "제럴딘 선생님이 언제나 그렇게 말했던 거 기억나?"라고 물었다. 평범한 이야기였으므로 루스로서는 미소를 지어 보이거나 고개를 끄덕이기만 하면 되었다. 하지만 그녀는 내가 무슨 이야기를 하는지 전혀 모르겠다는 듯 움직임을 멈추고 멍한 눈으로 나를 바라보았다. 내가 선임들에게 설명해 주기 위해 "우리 선생님 중 한 분이 말이죠……."라고 말을 시작하고 나서야 루스는 그제야 생각났다는 듯이 미간을 찌푸리며 고개를 끄덕였다.

그 경우 나는 아무 말도 하지 않고 넘어갔다. 하지만 폐허가 된 버스 정류장에서 그런 일이 또 일어났을 때는 그럴 수가 없었다. 내가 그때 그렇게 화가 났던 것은 그런 일이 선임들 앞에서 벌어지는 것과, 루스와 나 둘만의 진지한 대화 중에 일어나는 것과는 전혀 다른 문제였기 때문이었다. 내가 지나가는 말로, 헤일셤에서 대황밭을 가로질러 연못으로 가는 지름길이 출입 금지였다고 언급하자 루스는 금시초문이라는 듯한 표정을 지어 보였다. 그래서 나는 말하려던 주제에서 벗어나 "루스, 네가 그걸 잊었을 리가 없어. 그러니 그런 표정 짓지 마." 하고 지적했다.

내가 그렇게 날카롭게 그녀를 몰아세우지 않았다면, 그녀의 말을 농담으로 치부하고 하던 말을 계속했다면 루스는 자기 행동이 얼마나 어이없었는지를 깨닫고 웃음을 터뜨렸을지도 모른다. 하지만 내가 딱딱거리며 말하자 루스는 나를 뚫어져라 응시하며 반문했다.

"어쨌든 그게 뭐가 중요하니? 대황밭이 이런 것과 도대체 무슨 상관이냐고? 하던 말이나 계속해."

제법 늦은 시각이었고 여름 저녁이 다해 가고 있었다. 폐허가 된 버스 정류장은 얼마 전 폭풍우가 지나가고 난 다음 곰팡내와 습기가 더욱 심해진 것 같았다. 왜 그런 것이 그렇게 중요한지 따질 기분이 아니었으므로 나는 더 이상 그 문제를 물고 늘어지지 않았다. 우리는 토론을 계속했지만 싸늘해진 분위기 때문에 당시 토론 중인 골치 아픈 문제를 해결할 수 없었다.

그날 저녁의 사건을 설명하기 위해서는 그로부터 몇 주일 전, 그러니까 그해 여름이 시작되던 때로 거슬러 올라가야 한다. 당시 나는 선임들 중 레니라는 남자와 교제하고 있었는데, 사실 단순히 성적인 관계였을 뿐이다. 그런데 그가 갑자기 훈련을 받겠다고 자원해 코티지를 떠나 버렸다. 그 일 때문에 나는 정서적으로 약간 불안해져 있었는데, 루스는 언제나 그런 나를 차분하게 지켜봐 주고 우울한 내 기분을 북돋워 주는 일을 훌륭히 해냈다. 또 샌드위치를 만들어 준다든가 청소 당번을 대신 맡아 준다든가 하는 작은 호의를 연달아 베풀기도 했다.

레니가 떠난 지 2주 정도 지난 어느 날 자정이 넘은 시각에 우리는 차가 든 머그잔을 들고 내 다락방에 앉아 수다를 떨고 있었다. 내가 루스가 레니에 대해 한 말 때문에 웃음을 터뜨린 참이었다. 실제로 레니는 그렇게 고약한 남자는 아니었지만, 일단 루스와 내가 그의 내밀한 면을 화제로 삼았다 하면 그의 모든 면이 우스꽝스럽게 여겨졌다. 우리는 웃고 또 웃었다. 그러다가 루스는 손가락을 뻗어 내 방의 굽도리 판자를 따라 쌓여 있는 카세트테이프들을 훑어 내렸다. 그녀는 줄곧 웃어 대며 약간 방심한 듯한 태도로 그런 행동을 하고 있었지만 나중에 나는 그것이 우연이 아니었다는 생각을 하지 않을 수 없었다. 그녀는 아마도 그로부터 며칠 전 그곳에서 그 테이프를 보았지만 공개적으로 그것을 '발견'하기에 가장 좋은 때를 기다린 모양이었다. 실제로 나는 나중에 이런 이야기를 루스에게 슬쩍 건넸는데 그녀는 무슨 말인지 정말 모르겠다는 표정을 지었다. 그러므로 내 생각이 틀렸을 수도 있다. 어쨌든 그 딱한 레니에 대한 새로운 이야기가 나올 때마다 웃고 또 웃던 우리는 갑자기 플러그가 빠진 것 같은 소강상태를 맞았다. 러그에 옆으로 누워 흐릿한 불빛 아래에서 테이프 케이스의 등을 굽어보고 있던 루스의 손에는 다음 순간 주디 브리지워터의 테이프가 들려 있었다. 까마득한 시간처럼 느껴지는 순간이 지난 후 그녀가 묻는 소리가 들려왔다.

"그런데 언제 이걸 다시 산 거니?"

나는 그날 그녀가 다른 사람들과 떠나 있는 동안 토미와 내가 그것을 발견했다는 이야기를 가능한 한 아무렇지도 않은 투로 들려주었다. 그녀는 줄곧 그것을 살펴보다가는 이윽고 말했다.

"그러니까 토미가 이걸 찾아내 준 거구나."

"아냐. 내가 찾아냈어. 내가 먼저 봤거든."

"너희 둘 다 나한테 그 말을 하지 않았어." 그녀는 어깨를 으쓱해 보였다. "넌 말했는지 몰라도 나는 못 들은 것 같아."

"노픽에 대해 우리가 했던 얘기는 사실이었어. 그러니까 그곳이 영국 전체의 분실물 보관소라는 얘기 말이야."

루스가 혹시 이 이야기도 기억나지 않는 척할지도 모른다는 생각이 내 머릿속을 번개처럼 스쳤지만, 그녀는 생각에 잠긴 표정으로 고개를 끄덕였다.

"그때 나도 그 생각을 했어야 하는 건데. 그랬다면 잃어버린 빨간 스카프를 찾을 수 있었을지도 모르는데."

우리는 둘 다 웃음을 터뜨렸고 불편한 분위기는 사라진 듯했다. 하지만 더 이상의 언급 없이 그 테이프를 내려놓는 루스의 품새에는 이야기가 끝난 것이 아니라는 암시 같은 것이 담겨 있었다.

루스가 그 테이프를 발견했기 때문에 그 이후의 일을 의도적으로 통제한 것인지, 아니면 사태가 원래 그런 식으로 흘러가게 되어 있었는지 잘 모르겠다. 하지만 루스는 그 직후 그 문제를 어떻게 다루어야 할지 알아챈 것 같았다. 우리는 레니에 대한 화제로 돌아가, 특히 관계를 가질 때의 행동에 대해 이야기하며 또다시 웃음을 터뜨렸다. 그 무렵 나는 루스가 마침내 그 테이프를 발견하고도 별다른 소동을 일으키지 않고 지나간 것에 안도한 나머지 평소의 신중함을 잃었던 것 같다. 얼마 지나지 않아 우리는 비웃음의 대상을 레니에게서 토미로 바꾼 것이다. 처음 우리의 대화는 토미에 대한 애정의 발현인 양 상당히 호의적이었지만, 얼마 안 가서 그가 그린 동물을 비웃기에 이르렀다.

앞서 말한 대로 나는 루스가 의도적으로 사태를 그렇게 몰고 간 것인지 어떤지 잘 알 수 없다. 공정하게 말하자면 그 동물에 대해 먼저 말을 꺼낸 사람이 루스였는지조차 확실하지 않다. 일단 그 이야기가 시작되자 나는 어떤 동물은 팬티를 입고 있는 것처럼 보였고, 또 어떤 동물은 찌부러진 고슴도치를 보고 영감을 받은 것 같다며 그녀만큼 요란하게 웃어 댔다. 그 어디쯤에서 나는 그 그림들이 상당히 훌륭하다는 것, 그 정도로 그려 내기 위해 토미가 각고의 노력을 기울였으리라는 말을 했어야 했다. 하지만 나는 그러지 않았다. 그것은 부분적으로 그 테이프 때문이기도 했고, 솔직하게 말하자면 루스가 그 동물과 그것이 의미하는 것 전체를 그리 진지하게 받아들이지 않는다는 사실이 좋았기 때문이기도 했다. 실제로 동이 틀 즈음 우리는 전처럼 가까워진 듯한 느낌이 들었다. 루스는 방을 나갈 때 내 뺨을 살짝 건드리며 이렇게 말했다. "이 방법은 네 원기를 북돋우는 데 정말 효과적인 것 같아, 캐시."

그러므로 그로부터 며칠 후 교회 마당에서 그 사건이 일어났을 때 나는 전혀 준비가 되어 있지 않았다. 코티지에서 800미터 정도 떨어져 있는 그 사랑스러운 낡은 교회는 그해 여름 루스가 발견했다. 교회 뒤에는 풀숲에 아주 오래된 비석들이 세워져 있는 한가로운 공터가 있었다. 풀들이 웃자라 있었지만 그곳은 정말이지 평화로웠으므로 루스는 읽을 거리를 들고 교회 뒤쪽의 커다란 버드나무 아래에 있는 벤치로 가곤 했다. 그 전해 여름 코티지 밖에 면해 있는 잔디에 함께 둘러앉아 있었던 것을 기억하고 있던 나로서는 그런 변화가 그다지 달갑지 않았다. 그런데도 산책하다가 루스가 그곳에 있을지도 모른다는 생각이 들면 나지막한 나무 대문과 비석을 지나 수풀이 우거진 오솔길로 접어들곤 했다. 어느 따뜻하고 조용한 오후, 꿈꾸는 듯한 기분으로 묘비에 쓰인 이름을 읽으며 그 오솔길로 접어들었을 때 나는, 버드나무 아래 벤치에 루스는 물론 토미가 함께 앉아 있는 것을 보았다.

루스는 벤치에 앉아 있었고 토미는 벤치의 녹슨 팔걸이에 한쪽 발을 올려놓고 서서 스트레칭을 하며 이야기를 나누고 있었다. 심각한 대화를 나누는 것 같지 않아서 나는 망설임 없이 그들에게 다가갔다. 그들이 인사하는 품새에서 뭔가 눈치를 챘어야 마땅했지만 별다른 것을 느끼지 못했던 것 같다. 내가 조바심을 내며 새로 도착한 학생들에 관한 소문을 떠들어 대는 동안 그들은 고개를 끄덕이며 맥이 닿지 않는 질문을 던졌다. 뭔가 이상하다는 생각이 든 것은 한참이 지난 후였고 그때도 나는 말을 멈추고 농담조로 이렇게 물었을 뿐이었다. "혹시 내가 방해가 된 거야?"

하지만 루스는 이렇게 응수했다. "토미가 나한테 그 대단한 가설을 얘기해 주고 있었어. 너한텐 이미 얘기했다더구나. 아주 오래전에 말이야. 그리고 이제 정말 친절하게도 나한테도 그 얘기를 해 주고 있어."

토미는 한숨을 내쉬고 뭔가 말하려고 했지만, 루스는 짐짓 속삭임을 가장하며 이렇게 말했다. "그러니까 토미의 그 잘난 화랑 이론 말이야!"

그런 다음 두 사람은 이제 공이 내게로 넘어왔다는 듯, 다음에 무슨 일이 일어날지는 나한테 달려 있다는 듯 둘 다 나를 바라보았다.

"그렇게 형편없는 가설은 아니야. 맞는 얘기일 수도 있어, 나도 잘은 모르지만 말이야. 네 생각은 어때, 루스?" 내가 물었다.

"그 얘길 듣기 위해 나는 이 착한 남자를 몰아붙여야 했어. 나한테는 그 얘기를 정말 하고 싶지 않았던 거야, 자기? 내가 '작품'이 어떤 의미를 갖고 있는지 말해 달라고 몰아붙인 다음에야 이런 얘길 해 주다니 말이야."

"꼭 그런 이유에서 그림을 그리는 건 아니거든." 토미가 무뚝뚝하게 대답했다. 그는 한쪽 발을 벤치의 팔걸이에 올린 채 스트레칭을 계속했다. "내 말은 그저 화랑에 관한 내 추론이 맞는다면 동물을 그리는 데 더 많은 힘을 쏟을 수 있다는 것뿐이야……."

"토미, 자기야, 우리 친구 앞에서 너 자신을 바보로 만들지 마. 내 앞에서는 괜찮아. 하지만 친애하는 캐시 앞에서는 그러지 말라고."

"어째서 그게 그렇게 허황된 얘기라는 건지 모르겠어. 하나의 가설일 수 있잖아." 토미가 대답했다.

"우습게 여겨진다면 일단 제대로 된 '가설'이라고 할 수 없어, 자기. 괜찮은 가설이라면 사람들은 당연히 인정하겠지. 하지만 네 작은 동물을 '마담'에게 보여 준다는 생각은 정말이지……." 루스는 웃음을 지어 보이며 고개를 내저었다.

토미는 말없이 스트레칭을 계속했다. 나는 나서서 토미를 변호하고 싶었지만 루스의 화를 돋우지 않고 토미의 기분을 좋게 할 적당한 방법이 떠오르지 않았다. 이윽고 루스가 다시 입을 열었다. 그 말은 당시에도 치명적이었지만 그 간접적인 파장이 이후 얼마나 멀리까지 미칠지에 대해 그날 그 교회 뜰에서 나는 짐작조차 할 수 없었다. 루스가 말했다.

"그렇게 생각하는 건 나뿐이 아냐, 자기. 여기 캐시도 자기의 동물 그림이 아무 가치도 없다는 데 같은 의견이라고."

본능적으로 든 첫 생각은 그 말을 부정해야 한다는 것이었고, 다음에는 어떻게든 농담으로 몰고 가야 한다는 것이었다. 하지만 그렇게 말하는 루스의 태도에는 권위가 있었고, 그녀의 말에 뭔가 근거가 있으리라는 것을 알 만큼 우리 셋은 서로에 대해 잘 알고 있었다. 그래서 결국 나는 아무 대답도 하지 않고 잠자코 있었다. 머릿속으로 미친 듯이 과거를 더듬던 나는 루스와 함께 차가 든 머그잔을 손에 들고 내 방에 앉아 있던 그날 밤 일을 차가운 공포와 함께 떠올릴 수 있었다. 이윽고 루스가 말했다. "네가 장난으로 작은 동물들을 그리는 건 좋아. 하지만 진지하게 그걸 그리고 있다고 사람들에게 알리지는 마, 부탁이야."

토미는 스트레칭을 멈추고 묻는 듯한 눈길로 나를 바라보았다. 갑자기 그는 입장 같은 것이 없는 어린아이로 돌아간 것 같았다. 나는 그의 눈빛 속에서 어둡고 혼란스러운 뭔가가 떠오르기 시작하는 것도 볼 수 있었다.

"이것 봐 토미. 사태를 제대로 파악하라고." 루스가 말을 계속했다. "캐시랑 내가 깔깔거린 건 괜찮아. 그건 우리 사이니까 말이야. 하지만 부탁인데, 다른 사람들도 웃게 만들지는 말아 줘."

나중에 나는 이 순간에 대해 거듭 생각해 보았다. 그때 나는 뭔가 할 말을 찾아냈어야 했다. 그렇다 해도 토미는 내 말을 믿지 않았으리라. 하지만 나는 루스의 말을 부정할 수 있었다. 사태를 사실 그대로 설명하기에는 너무 복잡했겠지만 그래도 나는 뭔가를 했어야 했다. 루스의 말에 동의할 수 없다고 밝히고, 그녀가 사태를 꼬아서 생각하고 있다고 지적하고, 내가 그 동물을 두고 웃음을 터뜨리긴 했지만 조금 전 그녀가 말한 그런 이유에서는 아니었다고 말할 수도 있었다. 나아가 토미에게 다가가 루스 앞에서 그를 안아 줄 수도 있었다. 하지만 이런 생각들이 떠오른 것은 그로부터 몇 년이 지나서였다. 나라는 인간의 성정과 우리 셋의 관계로 미루어 볼 때, 실제로 그것은 당시 내가 선택할 수 있는 반응이 아니었으리라. 그렇게 했다면 우리의 말다툼은 더욱 격해지기만 했으리라.

나는 어떤 말도 행동도 하지 않았다. 그것은 부분적으로 루스가 그렇게 교묘하게 우리의 내밀한 이야기를 발설했다는 사실에 너무나도 당황했기 때문이었던 것 같다. 얽히고설킨 혼란 가운데 커다란 피로감, 일종의 무력감 같은 것이 엄습했던 것이 기억난다. 마치 머리에서 기운이 완전히 빠져 버린 순간에 풀어야 할 수학 문제가 주어진 것 같았다. 어디 엔가 먼 곳에 답이 있다는 사실은 알고 있지만, 힘을 내 그 리로 걸어갈 수가 없었던 것이다. 내 안에서 뭔가가 나를 포 기시켰다. 어떤 목소리가 이렇게 말하고 있었다. '좋아, 그가 최악의 경우를 생각하게 내버려 두자고. 그냥 그렇게 생각 하게 하자고. 그렇게 해 버려.' 체념한 나는 '그래 그 말이 맞 아. 그 외에 어떤 걸 기대했던 거야?'라고 말하는 듯한 표정 으로 토미를 바라본 것 같다. 지금 이 순간 나는 그 무엇보 다도 생생하게 토미의 그때 표정을 떠올릴 수 있다. 그 순간 그의 얼굴에서는 분노가 빠져나가고 경악에 가까운 표정이 떠올랐다. 마치 내가 담장 기둥에 앉은 희귀한 나비라도 되 는 것처럼.

그때 나는 눈물이 터질 것 같다든지 이성을 잃을 것 같다 든지 하는 기분은 아니었다. 그저 몸을 돌려 그 자리에서 벗 어나기로 마음먹었을 뿐이다. 그날이 채 지나기도 전에 나 는 그것이 지독한 실수였다는 것을 깨달았다. 하지만 당시 내가 무엇보다도 겁났던 것은 그들 중 한 사람이 먼저 자리 를 떠서 나머지 한 사람과 내가 남게 되는 것이었다. 이유는 알 수 없었지만 우리 중 하나가 화를 내서 그 자리를 뜨는 것 외의 다른 가능성은 없는 것처럼 여겨졌고, 나는 내가 먼저 떠나는 사람이 되고 싶었다. 그래서 나는 몸을 돌려 비석을 지나 나지막한 나무 문을 향해 걷기 시작했다. 이후 몇 분간 나는 마치 승리한 것 같은 기분이었다. 이제 그들 두 사람은 남아서 고통을 받고 있을 터였다. 그들은 그런 고통을 받아야 마땅했다.

17

앞서 말한 대로 그 교회 마당에서 있었던 우리의 사소한 대치가 얼마나 커다란 파급 효과를 가져왔는지를 내가 깨달은 것은 아주 오랜 시간이 흐른 후, 내가 코티지를 떠난 지 오랜 후였다. 당시에 나는 사실 무척 화가 나 있었다. 하지만 그 사건이 전에 우리가 하곤 했던 사소한 말다툼과 그렇게까지 다르다고는 생각하지 않았다. 그때까지 그렇게 긴밀하게 뒤얽혀 온 우리 삶이 그런 일로 인해 갈라져 뿔뿔이 흩어지게 될 줄은 몰랐던 것이다.

하지만 실제로는 어떤 강한 성향 같은 것이 줄곧 우리를 갈라놓아 왔고, 그 일을 완결하기 위해 그런 사건이 필요했는지도 모른다. 만약 당시에 이런 사실을 깨달았다면(하지만 누군들 그런 것을 알 수 있었겠는가.) 우리는 서로 연결된 끈을 더 꼭 붙잡으려 애썼으리라.

우선 말해 두어야 할 것은, 간병사가 되기 위해 떠나는 학생들이 점점 많아졌고, 우리 헤일섬 출신자들 중에서도 그것이 응당 따라야 할 자연스러운 과정이라는 분위기가 점점 더 커지고 있었다는 사실이다. 우리는 아직 논문을 끝내지 못한 상태였지만 훈련을 시작하겠다고 자원할 경우 논문을 끝내지 않아도 된다는 것은 잘 알려진 사실이었다. 코티지에 도착한 처음 얼마간은 논문을 끝내지 못한다는 것은 상상조차 할 수 없었다. 하지만 헤일섬이 멀어지면 멀어질수록 논문의 중요성은 점점 더 줄어드는 듯했다. 논문 비중이 조금씩 엷어짐과 더불어 헤일섬 출신자로서 우리를 묶고 있던 그 무엇 역시 그렇게 되리라는 것이 당시 나의 생각이었다. (그리고 그 생각은 옳았던 것 같다.) 그런 이유에서 나는 책을 읽고 적어 두는 일에 한동안 성의를 다하려 애썼다. 하지만 우리가 선생님들을 다시 만날 이유가 없다는 생각과 더불어 너무 많은 학생들이 떠나감에 따라 얼마 지나지 않아 논문은 잘못 주어진 과제처럼 느껴지기 시작했다.

어쨌든 교회 마당에서 그런 이야기가 오간 후 며칠에 걸쳐 나는 그 일을 심각하게 만들지 않기 위해 최선을 다했다. 나는 토미와 루스 둘 다에게 특별한 일이 전혀 일어나지 않은 것처럼 행동했고, 그들도 비슷했다. 하지만 이제 우리 사이에는 뭔가 개운하지 않은 것이 있었고, 나와 그들 사이에만 그런 것이 아니었다. 토미와 루스는 여전히 커플 행세를 하고 있었지만(서로 헤어질 때면 여전히 '팔꿈치 치기'를 했다.) 두 사람 사이가 상당히 멀어졌음은 어렵지 않게 알 수 있었다.

물론 나는 그 모든 것에 대해, 특히 토미가 그린 동물에 대해 찜찜한 기분이었다. 하지만 이제 사태는 토미에게 가서 미안하다고 말하고 설명하는 것으로 해결될 만큼 단순하지 않았다. 몇 년 전이었다면, 심지어 몇 달 전이었더라도 괜찮았을 것이다. 토미와 나는 대화로 문제를 해결할 수 있었으리라. 하지만 코티지에서 맞은 그 두 번째 여름 사태는 좀 다르게 전개되었다. 어쩌면 그것은 내가 레니와 관계를 가졌기 때문이었는지도 모르겠다. 어쨌든 토미와 대화하기가 더이상 그렇게 쉽지 않았다. 적어도 표면상으로는 전과 크게 다르지 않았지만, 바로 그 동물이나 교회 마당에서 벌어졌던 일에 대해서 우리는 더 이상 언급할 수가 없었다.

그러니까 폐허가 된 버스 정류장에서 루스와 대화를 나누었을 즈음 우리 사이에는 이런 일이 벌어지고 있었다. 그때 나는 헤일셤의 대황밭을 루스가 잊은 척하는 것에 무척 짜증이 나 있었다. 앞서 말한 대로 그 이야기가 그런 진지한 대화 중에 나온 것이 아니었다면 그렇게까지 화가 나진 않았으리라. 그랬다, 우리는 핵심적인 이야기를 거의 끝낸 상태였다. 하지만 그렇다 해도, 당시 우리의 대화가 긴장을 풀고 그저 수다에 지나지 않았다 해도 문제를 함께 해결하려 애쓰는 노력의 일환이었으므로, 거기에는 그런 식의 척하는 행위가 발붙일 여지가 없었다.

그런데 그런 일이 일어난 것이다. 나와 토미 사이에 뭔가 있긴 했지만 그것은 루스와 나 사이의 것과는 전혀 달랐다. 적어도 나는 그렇게 생각했다. 그래서 나는 교회 앞마당에서 벌어졌던 그 일에 관해 그녀와 이야기할 때가 되었다고 생각했다. 비가 내리고 천둥이 치는 어느 여름날이었다. 습도가 높았는데도 우리는 밖으로 나가지 않고 건물 안에 머물러 있었다. 저녁이 되어 기분 좋은 분홍빛 석양과 더불어 날이 개자 나는 루스에게 바람을 쐬고 오자고 말했다. 골짜기를 따라 가파르게 높아지는 오솔길을 알아두었던 것이다. 그곳에서 도로로 나오는 곳에 폐허가 된 버스 정류장 휴게소가 있었다. 버스는 오래전에 운행을 멈추었고 정류장 표지판은 떨어져 나갔으며 뒷벽에는 버스 시간이 적힌 유리가 끼워진 안내판 테두리만 남아 있었다. 하지만 골짜기를 향해 낮아지는 들판에 면해 아름답게 지어진 정류장 건물 자체는 무너지지 않았고 안쪽 벤치 역시 멀쩡했다. 루스와 나는 그곳에 앉아 숨을 고르며 서까래 위에 늘어진 거미줄과 여름 날의 저녁 풍경을 바라보았다. 이윽고 내가 입을 열었다.

"잘 알겠지만 루스, 지난번 일에 대해 한번 얘기해 봐야 할 것 같아."

나는 부드럽게 말했고 루스 역시 호응했다. 그녀는 정말 어리석은 일이었다고, 우리 셋이 정말이지 어리석은 일을 저질렀다고 바로 대답했다. 그런 다음 전에 있었던 비슷한 일에 대해 말했고, 우리는 잠시 함께 웃음을 터뜨렸다. 하지만 루스가 그 일을 그렇게 덮어 버리는 것이 마음에 들지 않았으므로 나는 도전적인 어조를 누그러뜨리지 않았다.

"루스, 난 때때로 생각하곤 해. 커플이 되면 당사자들은 외부에서 보는 것만큼 상대를 정확하게 보지 못하는 것 같아. 때로는 말이야."

그녀는 고개를 끄덕였다. "그럴 수도 있지."

"난 너희 사이에 끼어들고 싶진 않아. 하지만 최근 토미가 무척 화난 것 같아. 그러니까, 네가 최근에 한 행동과 말 때문에 말이야."

나는 루스가 화를 낼까 봐 걱정했지만 그녀는 고개를 끄덕이고 한숨을 내쉬며 말했다. "그런 것 같아. 나도 그 문제에 대해 많이 생각하고 있어."

"그렇다면 이런 말을 할 필요가 없었겠구나. 사태가 어떻게 돌아가고 있는지 너도 아는 줄 몰랐어. 이건 정말 내 문제는 아니거든."

"하지만 네 문제이기도 해, 캐시. 우린 아주 가까운 사이잖아. 그러니까 이건 언제나 네 일인 거야. 네 말이 맞아. 그일은 고약했어. 네가 무슨 말을 하는지 알아. 지난번 일, 토미가 그린 동물에 관한 얘기 말이야. 그건 잘한 게 아니었어. 그 일에 대해 미안하다고 토미에게 사과했어."

"너희 둘이 이미 얘기했다니 다행이다. 그런 줄 몰랐어."

루스는 벤치의 나무 거스름 같은 것을 잡아 뜯고 있었다. 잠시 동안 그녀는 그 일에 완전히 빠져 있는 것 같았다. 이윽고 그녀가 말했다.

"이것 봐, 캐시. 지금 토미에 대해 얘기해 두는 게 좋을 것 같아. 너한테 얘기하고 싶은 게 있는데 언제 어떤 식으로 말해야 좋을지 알 수가 없었어. 캐시, 내 말에 너무 화내지 않겠다고 약속해 줘."

나는 그녀를 바라보며 말했다. "그 티셔츠 얘기를 다시 꺼내는 것만 아니라면 화내지 않겠다고 약속할게."

"아냐. 이건 진지하게 하는 말이야. 너무 화내지 않겠다고 약속해 줘. 왜냐하면 난 이 얘기를 너한테 꼭 해야 하거든. 줄곧 침묵을 지킨다면 나 자신을 용서할 수 없을 거야."

"좋아. 뭔데?"

"캐시, 난 한동안 이 문제를 생각해 왔어. 너는 바보가 아냐. 그러니까 토미랑 내가 영원히 커플로 남을 수는 없다는 걸 알 거야. 그건 비극은 아냐. 우린 한때 서로 잘 맞았어. 하지만 줄곧 커플로 남을지 어떨지는 아무도 몰라. 그런데 이제 어떤 커플이 진정으로 사랑에 빠졌다는 걸 증명할 수 있다면 기증 집행을 연기할 수 있다는 소문이 돌고 있어. 좋아, 내 말 좀 들어 봐. 내가 하고 싶은 말은 바로 이런 거야, 캐시. 그러니까 내가 토미와 더 이상 커플이 될 수 없다는 결정을 내린 다음 벌어질 일에 자연스럽게 생각이 미쳤다는 거야. 그렇다고 지금 헤어지려는 건 아니니까 오해하진 마. 하지만 그런 추측을 해 보는 건 아주 자연스러운 일 같아. 그래서 말인데 캐시, 토미가 너를 그런 관점에서 보고 있지 않다는 걸 네가 알아야 할 것 같아. 걘 진정으로 너를 좋아하고 괜찮은 사람이라고 여기고 있어. 하지만 너를, 그러니까 여자 친구라는 자리에 어울리는 여자로 보진 않는다는 거야. 게다가……." 루스는 잠시 말을 멈추었다가 한숨을 내쉬었다. "토미가 어떤지 너도 알잖아. 걘 무척 까다로운 편이거든."

나는 그녀를 물끄러미 바라보았다. "무슨 뜻이야?"

"무슨 뜻인지 알잖아. 그러니까 토미는 이 사람 저 사람과 관계를 갖는 여자를 좋아하지 않아. 그냥 걔 취향이 그렇다고. 미안해, 캐시. 하지만 이런 얘기를 너한테 해 두는 게 맞는 거 같아서 말이야."

나는 잠시 생각해 본 다음 말했다. "그런 얘길 알아 두는 건 늘 좋은 일이지."

루스가 내 팔을 잡는 것이 느껴졌다. "네가 오해하지 않고 받아 줄 줄 알았어. 하지만 토미가 너를 더없이 소중하게 생각하고 있다는 걸 잊어선 안 돼. 정말이야."

나는 화제를 바꾸고 싶었지만 순간 머릿속이 텅 비어 버렸다. 루스는 이런 내 상태를 눈치챈 모양이었다. 그녀는 두 팔을 뻗어 하품하는 시늉을 하며 이렇게 말했다.

"언젠가 운전을 배우면 다들 태우고 황량한 습지 같은 데로 여행을 떠나고 싶어. 다트무어 같은 곳으로 말이야. 우리 셋, 그리고 로라나 한나까지 같이 가도 좋아. 나는 습지가 참 좋거든."

우리는 앞으로 그런 여행을 가게 된다면 무엇을 할지 이야기하며 몇 분간을 보냈다. 어디에 묵을 것인지 내가 묻자 루스는 커다란 텐트를 빌리겠다고 대답했다. 그런 곳은 바람이 너무 거세서 밤 동안 텐트가 날아가 버릴지도 모른다고 내가 지적했다. 전혀 심각하지 않은 이야기들이었다. 어느 대목에서 나는 헤일섬에서 우리가 하급생이었을 때 제럴딘 선생님과 함께 연못가로 소풍을 갔던 기억이 떠올랐다.

그때 우리가 구워 놓은 케이크를 가지러 본관에 갔던 제임스 B.가 돌아오는 길에 강한 돌풍을 만나 부드러운 빵 한 층 전체가 바람에 실려 대황잎 속으로 곤두박질했다. 루스가 그 사건이 잘 생각나지 않는다고 해서 나는 그녀의 기억을 되살리려 애쓰며 이렇게 말했다.

"중요한 건 그렇게 해서 그가 대황밭을 걸었다는 게 증명되는 바람에 곤란에 처했었다는 거야."

바로 그 순간 루스는 나를 바라보며 반문했다. "왜? 그게 뭐가 잘못되었는데?"

루스의 그 말은 만약 거기에 다른 누군가가 있었다면 그 역시 알아챌 수 있을 정도로 가식적이었다. 짜증이 난 나는 한숨을 내쉬고는 말했다.

"루스, 이러지 좀 마. 네가 그것을 잊었을 리가 없잖아. 그 길이 통행금지였다는 걸 모를 리가 없다고."

내 어조가 조금 날카로웠을지도 모른다. 어쨌든 루스는 물러서지 않았다. 그녀는 줄곧 아무것도 기억하지 못하는 척했고 나는 점점 더 짜증이 났다. 이윽고 루스가 말했다.

"어쨌든 그게 뭐가 중요해? 대황밭이 무슨 상관이냐고? 원래 하려던 얘기나 계속해."

그런대로 우호적인 분위기에서 하던 이야기를 좀 더 계속하다가 우리는 어슴푸레한 오솔길로 접어들어 코티지로 돌아온 것 같다. 하지만 분위기는 회복되지 않았다. 헛간 건물 앞에서 잘 자라고 인사할 때 우리는 평소처럼 팔과 어깨를 살짝 만지는 동작 같은 것은 하지 않았다.

그로부터 얼마 지나지 않아 나는 결심을 했고 일단 결정을 내린 후에는 머뭇거리지 않았다. 그저 어느 날 아침에 일어나 케퍼스에게 가서 간병사가 되기 위한 훈련을 시작하고 싶다고 말했을 뿐이다. 그 일은 놀랄 정도로 쉬웠다. 진흙이 잔뜩 묻은 긴 장화를 신고 파이프 조각 같은 것을 손에 든 채 웅얼거리며 뜰을 가로지르는 케퍼스에게 다가가 용건을 말하자 그는 장작 모으는 것을 방해하기라도 한 것처럼 나를 노려보았다. 그는 웅얼거리듯 오후에 자기한테 와서 신청서를 작성하라고 말했다. 그 일은 그렇게 쉬웠다.

그 후 약간 시간이 걸리기는 했지만 모든 일들이 예정대로 진행되었다. 갑자기 나는 모든 것, 그러니까 코티지와 그곳의 모든 사람들을 전혀 다른 관점에서 보게 되었다. 이제 나는 떠나는 사람 편에 서 있었고, 얼마 지나지 않아 그 사실은 모두에게 알려졌다. 루스는 나의 미래를 놓고 여러 시간에 걸쳐 이야기를 나눠야겠다고 생각했던 것 같다. 그리고 내가 마음을 바꾸거나 하는 데 자기가 커다란 영향을 미칠 수 있으리라 여겼던 것 같다. 하지만 나는 그녀나 토미와 일정한 거리를 두었다. 그 이후 코티지에서 우리는 다시는 대화다운 대화를 하지 않았다. 의식하지 못한 채 나는 이미 작별을 고하고 있었다.

3부

18

간병사 일은 대부분 내게 잘 맞았다. 나아가 그 일에 최고의 자질을 발휘했다고까지 할 수 있다. 하지만 그 일이 잘 맞지 않는 사람들도 있다. 그런 이들에게는 모든 것이 정말이지 겨우겨우 헤쳐 나가야 하는 싸움이 되고 만다. 그들은 상당히 긍정적으로 출발하지만 이윽고 모든 시간을 고통과 걱정으로 보내게 된다. 그런 다음 맡고 있는 기증자가 겨우 두 번째 기증이고 아무도 합병증을 예상하지 않았음에도 버텨 내지 못하는 사태가 벌어진다. 그런 식으로 기증자가 갑자기 죽고 나면, 그 후 간호사들이 어떤 말을 한다 해도, 보고서에 당신이 최선을 다했고 줄곧 이 일을 훌륭히 해 왔다고 분명히 씌어 있다 해도 결과는 달라지지 않는다. 적어도 한동안은 의기소침해지는 것이다. 어떤 간병사들은 그럴 때 어떻게 극복해야 하는지 이내 배운다. 하지만 몇몇 사람들, 다시 말해서 로라 같은 사람들은 결코 그러지 못하는 것이다.

그리고 고독이라는 문제가 있다. 사람은 많은 이들에게 둘러싸여 성장하는 것이라고 배우지 않았던가. 그런데 간병사가 된다는 것은 혼자가 되는 것이다. 혼자 차를 몰고 이 센터에서 저 센터로, 이 병원에서 저 병원으로 먼 길을 다녀야 하고, 토막잠을 자야 하고, 누구에게도 걱정거리를 털어놓을 수 없고, 누구와도 함께 소리 내어 웃을 수 없다. 이따금 옛날에 알던 학생, 지금은 간병사나 기증자가 된 사람을 만나지만 마음을 터놓고 이야기할 충분한 기회 같은 것은 결코 주어지지 않는다. 늘 시간에 쫓기든가 그렇지 않을 때는 극도로 지쳐서 제대로 대화를 나눌 수 없는 것이다. 얼마 지나지 않아 긴 근무 시간과 먼 거리 이동, 수면 부족은 존재의 내면으로 슬며시 들어와 당신의 일부가 되어 모든 사람들이 당신의 태도와 시선과 말하고 행동하는 방식에서 그 사실을 알아채게 된다.

내가 이 모든 영향에서 자유롭다고 주장하는 것은 아니다. 다만 이런 것들과 함께 사는 법을 배웠다는 것뿐이다. 어떤 간병사들은 태도 자체에 기운이 빠져 있다. 그런 간병사 중 많은 이들은 장담하건대 그 일을 그만두고 기증자가 되라는 통고를 기다리며 하루하루를 버티고 있을 것이다. 그런 이들 중 대부분이 병원에 발을 들여놓는 순간 '중심을 잃고 마는 것'에 나는 정말이지 화가 난다. 그들은 흰 가운을 입은 사람들에게 무슨 말을 해야 하는지, 자기가 맡은 기증자를 위해 무엇을 해야 하는지 모른다. 그러니 기증자의 상태가 나빠지면 좌절감을 느끼고 자책하는 것도 놀라운 일이 아니다. 나는 되도록이면 남에게 싫은 소리를 하지 않으려 노력하지만 불가피할 경우에는 내 주장을 관철하는 방법을 생각해 두었다. 상황이 아주 고약해질 경우에는 나 역시 신경이 날카로워지지만, 적어도 내가 최선을 다했다는 것, 사태가 나아질 것이라는 확신을 가질 수 있다.

간병사로서 겪는 외로움도 마찬가지다. 나는 실제로 고독을 즐기게 되었다. 그렇다고 해서 간병사 일이 끝나는 올해 말에 좀 더 많은 이들과의 교제를 기대하지 않는다는 말은 아니다. 다만, 나는 내 작은 차에 올라 길과 넓게 펼쳐진 잿빛 하늘과 나의 백일몽만을 친구 삼아 몇 시간을 보내는 것을 좋아하고, 어떤 도시에서 시간을 보내야 할 때면 상점의 쇼윈도를 살펴보는 일을 즐긴다. 내 방의 침대 머리맡에는 색은 다르지만 디자인은 모두 같은, 램프 목이 갈빗대 모양으로 되어 있어서 원하는 대로 구부릴 수 있는 탁상용 램프가 네 개 있는데, 이런 램프가 혹시 없는지 상점의 쇼윈도를 기웃거린다. 사려는 것이 아니라 집에 있는 것들과 비교해 보려는 것이다.

나 혼자만의 생각에 몰입한 나머지 이따금 아는 사람과 뜻밖에 부딪힐 때면 깜짝 놀라서 적응하는 데 다소 시간이 걸리기도 한다. 그날 아침 바람이 몰아치는 휴게소의 주차장을 가로질러 걸어가다가 주차된 차의 운전석에 앉아 도로 쪽을 멍하니 바라보고 있는 로라를 발견했을 때도 그러했다. 로라가 있는 곳까지는 꽤 떨어져 있었으므로 나는 순간 그녀를 못 본 척하고 그대로 지나쳐 버릴까 하고 생각했다. 7년 전 코티지를 떠나온 이래 그녀를 만난 적이 없었고, 그녀가 당시 내 가장 친한 친구 중 하나였다는 점을 감안할 때 이것이 무척 어이없는 반응이라는 것은 나도 안다. 부분적으로 그 이유는 앞서 말한 대로 백일몽에서 벗어나는 것이 달갑지 않았기 때문이다. 그리고 또 다른 이유는, 그렇게 차에 털썩 주저앉아 있는 로라를 보는 순간 그녀가 조금 전에 묘사한 바로 그런 딱한 간병사 중 하나라는 것을 알 수 있었다. 그래서 더 많은 것을 알고 싶지 않았던 것이다.

물론 나는 로라가 있는 곳을 향해 걷기 시작했다. 다른 자동차들로부터 조금 떨어진 곳에 주차된 그녀의 해치백으로 걸어가는 내 얼굴에 스산한 바람이 불어닥쳤다. 로라는 품이 넉넉한 푸른색 아노락 차림이었고 전보다 훨씬 짧게 자른 머리가 이마에 달라붙어 있었다. 차창을 두드리는 나를 보고도 그녀는 소스라쳐 놀라지 않았다. 나아가 그렇게 오랜만에 만난 것이 놀랍지도 않은 모양이었다. 꼭 내가 아니더라도 과거에 알던 나 같은 존재를 기다리고 있었던 듯했다. 그래서 내가 나타났을 때 그녀의 머릿속에 처음으로 떠오른 생각은 '드디어 등장했군!' 하는 것이 아니었을까. 그녀의 어깨가 한숨짓듯 움직이는 것이 보였다. 이윽고 로라는 더 이상의 연극적인 동작 없이 팔을 뻗어 차 문을 열어 주었다.

우리는 20분 동안 이야기를 나누었다. 정말 가야 할 시간이 될 때까지 나는 거기에 앉아 있었다. 대화의 많은 부분은 로라에 관한 것이었다. 그녀가 얼마나 지쳐 있는지, 그녀가 맡은 기증자 중 하나가 얼마나 까다로운지, 이 간호사 혹은 저 의사가 얼마나 혐오스러운지 등등이었다. 개구쟁이처럼 웃고 기회가 있을 때마다 재치 있는 말을 던지던 과거 그녀의 모습이 잠깐이라도 되살아날 때를 기다렸지만 그런 일은 일어나지 않았다. 그녀는 평소보다 훨씬 빠른 속도로 이야기했다. 나를 만난 것에 물론 기뻐하는 기색이었지만, 꼭 내가 아니라 다른 누구를 만났더라도 자기 이야기만 할 수 있다면 그녀에게는 큰 차이가 없었으리라는 느낌이 들기도 했다.

우리 둘 다 과거를 회고하는 것이 위험하다는 것을 감지하고 있었던 것 같다. 과거에 대한 어떤 언급도 한동안 피했던 것이다. 하지만 이윽고 우리는 루스 이야기를 시작했다. 몇 년 전 루스가 아직 간병사일 때 한 병원에서 만난 적이 있었다고 로라는 말했다. 루스가 어떻게 지내는 것 같더냐고 내가 물었지만 로라는 몹시 말을 아꼈다. 결국 내가 그녀에게 단도직입적으로 말했다.

"이봐, '알맹이'를 말해야 하잖아."

로라는 긴 한숨을 내쉬고는 말했다. "상황이 어떤지 너도 알잖아. 우리 둘 다 제대로 얘기할 시간이 없었어." 그런 다음 그녀는 이렇게 덧붙였다. "어쨌든 전에 코티지에서 루스와 난 좋은 관계로 헤어지지 못했거든. 그래서 그렇게 만난 게 그다지 반갑지 않았을지도 몰라."

"너도 루스와 사이가 나빴는지는 몰랐어." 내가 말했다.

로라는 어깨를 으쓱해 보였다. "크게 나빴던 건 아니야. 그때 루스가 어땠는지 너도 기억할 거야. 문제는 네가 떠난 다음 그런 경향이 더 심해졌다는 거야. 그러니까 걘 언제나 모든 사람들에게 이러쿵저러쿵 잔소리를 하고 다녔어. 그래서 걔를 피했던 것뿐이야. 크게 싸우거나 한 적은 없어. 그러니까 넌 그때 이후로 루스를 한 번도 보지 못한 거야?"

"그래. 우습지만 먼발치에서조차 본 적이 없어."

"그래, 정말 우습네. 우리 모두 서로 훨씬 더 자주 만날 줄 알았는데. 난 한나를 몇 번 만났어. 마이클 H.도 봤어." 그런 다음 그녀는 다시 말했다. "내가 들은 소문에 따르면, 루스의 첫 번째 기증이 아주 고약했대. 그저 소문일 뿐이지만 여러 차례 들었어."

"그런 소문은 나도 들었어." 내가 대답했다.

"가엾은 루스."

우리는 한동안 침묵했다. 이윽고 로라가 물었다. "근데 사실이니, 캐시? 네가 간병할 사람을 선택할 수 있다는 거 말이야?"

로라의 태도에는 사람들이 때때로 동원하는 비난의 기색이 들어 있지 않았으므로 나는 고개를 끄덕이며 대답했다. "항상 그런 건 아니야. 하지만 몇몇 기증자들의 경우 좋은 결과를 거둘 수 있었지. 그래서 이따금 요구할 수 있어."

"너한테 선택권이 있다면 루스의 간병사가 되어 주는 건 어때?" 로라가 물었다.

나는 어깨를 으쓱해 보였다. "나도 생각해 봤어. 하지만 정말 좋은 생각인지 확신할 수가 없어."

로라는 당황한 표정이었다. "루스랑 넌 무척 가까웠잖아."

"그래. 그랬던 것 같아. 하지만 로라, 너랑 그랬던 것처럼 나도 마지막에는 그렇게 사이가 좋지 않았어."

"이런, 하지만 그건 지난 일이잖아. 루스는 지금 힘든 시간을 보내고 있어. 내가 듣기로 간병사들과도 문제가 있대. 간병사를 여러 차례 바꾸지 않을 수 없었다더라."

"사실 놀라운 일도 아니지. 루스의 간병사가 된다는 게 상상이 가니?" 내가 말했다.

로라가 웃음을 터뜨렸다. 그녀의 눈빛에 떠오른 표정으로 나는 드디어 로라 특유의 재치 있는 말을 듣게 되려나 보다 하고 생각했다. 하지만 그 빛은 이내 잦아들고, 로라는 여전히 피곤한 기색으로 앉아 있었다.

이어 우리는 로라의 문제, 특히 로라를 싫어하는 어떤 간호사 문제에 대해 좀 더 이야기를 나누었다. 드디어 내가 출발해야 할 시간이 되었다. 나는 팔을 뻗어 문을 열면서 다음에 만나면 좀 더 많은 이야기를 하자고 했다. 하지만 그즈음 우리는 응당 해야 할 말을 언급하지 않았다는 사실을 둘 다 날카롭게 의식하고 있었고, 그런 식으로 헤어지는 것이 뭔가 잘못이라고 느꼈던 것 같다. 그 순간 우리가 머릿속에서 같은 생각을 했으리라는 것을 이제 나는 어느 정도 확신할 수 있다. 이윽고 로라가 말했다.

"이상해. 그 모든 게 지나가 버렸다고 생각하니 말이야."

나는 자리에 앉은 채로 몸을 돌려 다시 그녀를 마주보았다. "그래, 정말 이상해. 그 시절이 지나가 버렸다는 게 믿기지 않아."

"정말 이상해. 이제 와선 그런 게 전혀 상관없어야 할 것 같지만, 실제로는 여전히 상관이 있는걸."

"무슨 말인지 알아."

우리는 마침내 헤일섬이 폐교된다는 이야기를 꺼냈다. 그 이야기를 하자 우리는 갑자기 다시 가까워진 기분이 들어 거의 반사적으로 서로 얼싸안았다. 그것은 서로 위로한다기보다는 우리 둘 다의 기억 속에 헤일섬이 여전히 남아 있다는 사실을 확인하는 방법이었다. 그런 다음 나는 서둘러 내차가 있는 곳으로 돌아와야 했다.

헤일섬이 폐교된다는 소문을 처음으로 들은 것은 그 주차장에서 로라와 만나기 1년 전이었다. 당시 나는 기증자인지 간병사인지 기억나지 않는 누군가와 이야기를 나누고 있었는데, 내가 응당 그것을 알고 있으리라는 듯 상대가 지나가는 말로 "당신 헤일섬 출신 맞죠? 그런데 그 소문이 사실인가요?" 하고 물어 왔던 것이다. 그러다가 어느 날 서포크의 병원에서 나보다 한 학년 아래였던 로저 C.를 만났는데, 그는 실제로 그런 일이 벌어지고 있다고 장담했다. 헤일섬은 곧 폐교되고 그 건물과 부지는 어떤 호텔 체인에 매각되리라는 것이었다. 그 말을 듣고 내가 보인 첫 반응이 아직도 기억난다. "그곳 학생들은 도대체 어쩌라는 거지?"라고 반문하지 않았던가. 로저는 내 말이 당시 그곳의 재학생들, 교사들에게 의존하는 어린 학생들을 가리키는 줄 알았던 모양이다. 그는 당혹스러운 표정을 지으며 그중 몇몇이 헤일셤에서 멀리 떨어진 전국의 다른 학교들로 이송될 것이라고 자세하게 설명하기 시작했다. 하지만 내 말의 의미는 그런 것이 아니었다. 내가 말하는 학생들이란, 그러니까 나와 함께 성장해 이제는 간병사나 기증자가 되어 전국으로 흩어졌지만 고향인 그곳과 여전히 어떤 식으로든 연결되어 있는 '우리'를 뜻했다. 그날 밤 나는 애써 잠을 청하며 그로부터 한두 해 전에 일어난 일을 거듭 생각했다. 당시 나는 노스웨일스에 있는 어떤 해안 도시에 가 있었다. 오전 내내 세차게 빗줄기가 퍼부었지만 정오가 지나자 비가 그치고 해가 구름 밖으로 살짝 얼굴을 내밀었다. 나는 길고 곧은 해안 도로를 따라 차가 있는 곳으로 돌아가는 중이었다. 길에는 사람이 거의 없었으므로 눈앞에 젖은 포장 도로가 죽 이어져 선명하게 펼쳐져 있었다. 잠시 후 약 30미터 앞에 밴 한 대가 와서 서더니 차에서 광대 복장을 한 남자가 내렸다. 그는 차의 뒷문을 열어 한 박스 정도 되는 헬륨 풍선을 꺼내서는 한 손으로 잡은 채 몸을 숙이고 다른 손으로 차 안을 여기저기 뒤적거렸다. 좀 더 다가가자 그 풍선들에 얼굴이 그려져 있고 귀 모양이 나 있는 것이 보였다. 작은 부족 무리 같은 풍선들이 주인이 일을 마치기를 기다리며 위에서 건들거리고 있었다.

이윽고 광대는 몸을 일으키고 차 문을 닫은 다음 한 손에는 여행 가방을 들고 다른 손에는 풍선을 든 채 나보다 몇 걸음 앞서서 걷기 시작했다. 그의 뒤를 따라 곧고 길게 뚫려 있는 해안 도로를 걷는 그 시간이 내게는 까마득히 오랜 세월처럼 여겨졌다. 때때로 나는 그런 상황이 어색하게 느껴졌고, 심지어는 그 광대가 몸을 돌려 말을 걸어오지 않을까 하는 생각까지 들었다. 하지만 나 역시 그쪽으로 가야 했으므로 어쩔 수 없었다. 그날 아침부터 줄곧 젖어 있던 인적 없는 도로를 따라 그와 나는 계속 걸었고 그러는 동안 풍선들은 웃는 얼굴로 나를 내려다보며 서로 몸을 부딪쳤다. 풍선 줄을 모아 쥔 남자의 주먹이 내 눈에 들어왔다. 그는 풍선 줄을 한데 꼬아 단단히 쥐고 있었지만, 나는 줄 하나가 그의 손을 빠져나가 그 줄에 매달린 풍선이 구름 낀 하늘로 날아가 버릴 것 같은 불안감을 떨칠 수 없었다.

헤일섬 폐교에 대한 로저의 말을 들은 그날 밤 나는 자리에 누웠지만 잠을 이룰 수 없었다. 머릿속에 그 풍선들이 떠올랐다. 헤일섬이 폐교된다는 것은 누군가가 큰 가위를 가져와 그 남자의 주먹 바로 위의 꼬인 줄을 싹둑 잘라 버리는 것과 다를 바 없었다. 그러면 그 풍선들 하나하나는 더 이상 같은 무리라는 것을 실감할 수 없게 된다. 나에게 헤일섬 소식을 전하면서 로저는 우리 같은 졸업생들에게는 별로 영향이 없는 일이라고 말했다. 어떤 점에서는 그 말이 옳은 지도 몰랐다. 하지만 헤일섬이 언제나처럼 존재하지 않는다고, 다시 말해서 북쪽 운동장에서 하급생 무리를 이끄는 제 럴딘 선생님 같은 이가 없다고 생각하니 나는 맥이 빠지지 않을 수 없었다.

로저에게서 그런 말을 들은 후 몇 달에 걸쳐 나는 그 문 제를, 헤일섬 폐교와 그것이 시사하는 바를 생각하고 또 생 각했다. 그러자 시간이 충분히 있다고 여겨지던 것들에 대 해 빨리 조치를 취하지 않는다면 그 기회를 영영 잃어버릴 지도 모른다는 생각이 들기 시작했다. 그렇다고 내가 겁에 질렸다는 것은 아니다. 하지만 헤일섬이 사라진다고 생각하 자 우리 주위의 모든 것이 바뀌는 것 같았다. 그날 루스의 간병사가 되는 것이 어떠냐는 로라의 말이 내게 커다란 파 장을 불러일으킨 것은 바로 그런 이유에서였다. 당시 내가 루스에 대해 여전히 넘을 수 없는 장벽 같은 것을 느끼고 있 었음에도 말이다. 마치 나의 일부가 이미 결정을 내려놓고 있었고, 로라의 말이 단지 그 위에 덮여 있던 베일을 벗겨 낸 것 같았다.

내가 도버에 있는 회복 센터, 벽들이 하얀 타일로 덮인 현대식 건물로 루스를 찾아간 것은 로라와 대화를 나눈 몇 주 후였다. 당시 루스는 첫 번째 기증을 한 지 두 달째 접어들고 있었다. (로라가 전에 말했던 것처럼 그녀는 경과가 좋지 않았다.) 내가 방으로 들어갔을 때 잠옷 차림으로 침대 가에 앉아 있던 루스는 활짝 미소를 지어 보였다. 그녀는 일어서서 나를 껴안았지만 거의 즉각 다시 주저앉았다. 그녀는 내게 아주 좋아 보인다고 하면서 머리 모양이 정말 잘 어울린다고 말했다. 나 역시 그녀에게 좋아 보인다고 말했다. 처음 30분 동안 우리는 다시 만난 것을 순수하게 기뻐했던 것 같다. 우리는 온갖 것들, 헤일셤, 코티지, 그 이후 우리가 해온 일들에 대해 이야기를 나누었고, 언제까지라도 그렇게 이야기를 할 수 있을 것 같았다. 요컨대 그것은 정말이지 고무적인 출발이었다. 내 기대 이상으로.

하지만 그렇다 해도 그날 우리는 과거에 우리가 헤어진 상황에 대해서는 언급하지 않았다. 처음부터 그 문제를 파고들었더라면 사태가 달라졌을지도 모른다. 누가 알겠는가? 하지만 우리는 그 이야기를 하지 않고 넘어갔고, 한동안 다른 이야기를 하고 나자 마치 그런 일이 없었던 체하는 데 암묵적으로 동의한 상황이 되어 버렸다.

재회의 첫 만남은 좋았다고 할 수 있다. 하지만 내가 공식적인 간병사가 되어 루스를 규칙적으로 만나게 되자 우리 사이에는 뭔가 딱 맞아떨어지지 않는다는 느낌이 점점 더 강해지기 시작했다. 나는 대개 일주일에 서너 차례 늦은 오후에 생수 한 병과 그녀가 좋아하는 비스킷 한 봉지를 들고 그곳에 들렀다. 그 일은 차질 없이 진행되었다. 처음에는 그 정도였다. 우리는 전혀 중요하지 않은 것에 대해 이야기를 시작했고, 이윽고 분명한 이유 없이 대화가 끊겼다. 그러지 않고 가능한 한 오래도록 이야기를 이어 나갈 경우에는 대화가 더 형식적이고 조심스러워졌다.

어느 날 오후 루스의 방으로 통하는 복도를 걷다가 나는 그녀의 방 맞은편 샤워실을 누군가가 쓰고 있는 소리를 들었다. 나는 루스가 샤워를 하고 있을 것이라 생각하고 그녀의 방으로 들어가 창문가에 서서 눈앞에 펼쳐진 지붕들을 내려다보며 기다렸다. 5분쯤 지나자 루스가 타월로 몸을 감싼 채 방 안으로 들어왔다. 이제 그 일을 공정하게 말하자면 루스는 그 시각 그곳에서 나를 보리라고 기대하지 않았던 것 같다. 그리고 샤워 후 타월만 두르고 있으면 모두 조금쯤 상처 입기 쉬운 상태가 되는 것 같다. 그렇다 해도 그 순간 루스의 얼굴에 스친 경계의 표정을 보고 나는 흠칫 뒤로 물러서지 않을 수 없었다. 이 일에 대해서는 설명이 좀 필요하다. 물론 나는 그녀가 조금쯤은 놀랄 것이라고 예상하고 있었다. 그런데 방 안에 있는 사람이 나라는 것을 안 한순간, 어쩌면 조금 더 긴 시간 동안 나를 바라보는 루스의 눈빛에 공포까지는 아니더라도 뚜렷한 경계의 빛이 떠올랐다. 마치 내가 자신에게 뭔가 행동을 취할 거라고 여기고 기다리고 있었는데 마침내 올 것이 왔다는 그런 표정이었다.

다음 순간 그 표정은 사라져 버렸고 우리는 여느 때처럼 행동했다. 하지만 그 사건으로 우리 둘 다 충격을 받은 것 같다. 그 일로 인해 나는 루스가 나를 믿지 않고 있음을 알았다. 어쩌면 그 순간까지 루스 자신도 그 사실을 제대로 깨닫지 못했는지도 모른다. 어쨌든 그날 이후 우리 사이의 분위기는 훨씬 나빠지고 말았다. 마치 뭔가를 꺼내 놓았는데 그것이 분위기를 밝게 해 주기는커녕 우리 사이에 일어났던 모든 일들을 어느 때보다도 강하게 의식하게 만들어 버린 듯했다. 그리하여 나는 루스를 만나야 할 때면 시련을 앞둔 사람처럼 차 안에서 몇 분간 마음의 준비를 해야 하기에 이르렀다. 그 기간이 끝날 무렵 싸늘한 침묵 속에서 루스의 상태에 대한 모든 점검이 이루어졌다. 그런 다음 계속되는 침묵 속에서 거기에 앉아 나는 그 일이 성과가 없었다고, 루스의 간병사 일을 그만두겠다고 보고해야겠다고 생각했다. 하지만 얼마 지나지 않아 모든 것이 바뀌고 말았는데, 그것은 문제의 배 덕분이었다.

이런 일들이 어떻게 일어나는지는 신만이 알리라. 이런 일은 때로는 특별한 농담 같기도 하고 때로는 하나의 소문 같기도 하다. 이 회복 센터에서 저 회복 센터로 전국을 떠돌다가 어느 날 갑자기 모든 기증자들이 그것에 관한 이야기를 하게 되는 것이다. 이번 경우 문제가 된 것은 배였다. 내가 처음으로 그 이야기를 들은 것은 당시 맡고 있던 노스웨일스의 기증자들로부터였다. 그로부터 며칠 후 루스도 그 이야기를 하기 시작했다. 우리가 함께 이야기할 화제를 찾아냈다는 사실에 안도해 나는 그녀의 말을 부추겼다.

"옆방 남자의 간병사가 실제로 그걸 봤대. 옆방 남자 말에 따르면 길에서 별로 떨어져 있지 않아서 누구라도 별 어려움 없이 볼 수 있다더라. 그 배는 늪에 좌초되어 있대."

"어떻게 거기까지 올 수 있었을까?" 내가 물었다.

"내가 어떻게 알겠어? 누군지 모르지만 주인이 내다 버리고 싶었나 보지. 아니면 홍수가 나서 모든 것이 물에 잠겼을 때 이리저리 떠돌다가 거기에 이르렀는지도 몰라. 누가 알겠어? 낡은 낚싯배인 모양이야. 폭풍우 칠 때 어부 두세 사람이 몸을 피할 수 있는 작은 선실이 딸렸대."

이후 내가 방문할 때면 루스는 언제나 화제를 그 배에 관한 것으로 끌어갔다. 어느 날 오후 그녀는 그 센터의 한 기증자가 간병사의 도움을 받아 그 배를 보고 왔다는 이야기를 하기 시작했다. 내가 입을 열었다.

"이봐, 그곳은 그다지 가깝다고 할 수 없어. 한 시간 정도, 어쩌면 한 시간 30분을 차로 달려야 한다고."

"꼭 가자는 말은 아니야. 네가 다른 기증자들에게도 신경을 써야 한다는 건 나도 알아."

"하지만 보고 싶은 거지, 루스?"

"그럴지도 몰라. 아니 그런 것 같아. 이런 곳에서 하루하루 세월을 보내는 사람에겐 그런 걸 보는 게 도움이 되거든."

"그러니까 네 말은, 차를 몰고 그쪽으로 가는 길에 토미를 방문하는 게 어떠냐는 거지? 걔가 있는 회복 센터가 배 있는 곳에서 멀지 않으니 말이야." 나는 이 말을 비꼬는 기색 없이 부드럽게 말했다.

처음에 루스의 얼굴에는 아무 표정도 떠오르지 않았다. "그런 일을 생각해 봐도 괜찮을 것 같아." 그녀는 웃음을 터뜨리고는 이렇게 덧붙였다. "솔직히 말해서 캐시, 반드시 그래서 배 얘기를 해 댄 건 아니야. 그런 것과 상관없이 그냥 그 배를 보고 싶어. 병원을 들락거리다가 이곳에 틀어박혀 있는 지금 같은 땐. 그런 게 전보다 훨씬 더 중요해지는 것 같아. 하지만 맞아. 나는 알고 있었어. 토미가 킹스필드 회복 센터에 있다는 걸 알고 있었다고."

"정말 만나 보고 싶어?"

"그래." 루스는 주저 없이 나를 똑바로 응시하며 대답했다. "그래, 그러고 싶어." 그런 다음 그녀는 조용히 말했다. "오랫동안 보지 못했어. 코티지를 떠난 후에는 전혀."

마침내 우리는 토미 이야기를 하게 되었다. 요란하게 그 문제를 다룬 것이 아니었으므로, 그때까지 알던 것 외에 새로운 사실이 등장하지는 않았다. 하지만 우리 둘 다 마침내 토미를 화제에 올렸다는 사실에 기분이 한결 좋아졌던 것 같다. 루스는 내가 떠난 그해 가을에 자기도 코티지를 떠났는데 그 무렵에는 토미와 사실상 헤어진 상태였다고 말했다.

"어쨌든 훈련을 받으러 떠날 거였으니까 굳이 결별까지 할 필요는 없을 것 같았어. 그래서 내가 떠날 때까지 그런 상태를 유지한 것뿐이야." 그날 우리는 그 화제를 그 이상으로 진전시키지 않았다.

배를 보러 가자는 이야기가 처음 나왔을 때 나는 찬성도 반대도 하지 않았다. 하지만 이후 여러 주에 걸쳐 루스는 줄곧 그 문제를 언급했고, 그럼으로써 그 계획은 점차 확고한 것으로 자리를 잡아 갔다. 마침내 어느 날 나는 토미의 간병사에게 전갈을 보내 거절의 통지가 없다면 그다음 주 아무 날 오후에 킹스필드 센터로 찾아가겠다고 알렸다.

19

당시 나는 킹스필드 회복 센터에 가 본 적이 없었으므로 그곳을 찾기 위해 여러 차례 지도를 봐야 했고 그러고도 몇 분 늦게야 도착했다. 회복 센터라기에는 그다지 설비가 잘된 편이 아니었다. 그러니까 그런 일이 아니라면, 그다지 방문하고 싶지 않은 곳이었다. 간선 도로에서 벗어나 있어 접근하기가 어려운 곳인데도 평화롭거나 조용하다는 느낌이 들지 않았다. 대로를 지나다니는 자동차 소리가 담장 너머로 줄곧 들려왔고, 내부 수리가 끝없이 계속되고 있는 듯한 느낌이 들었다. 기증자의 병실 대부분이 휠체어를 타고 접근할 수 없거나 지나치게 답답하거나 외풍이 몹시 심했다. 욕실이 충분하지 않았음은 물론 있는 욕실도 제대로 관리되지 않았고 겨울에는 얼음이 얼었으며 대부분 병실에서 너무 멀었다. 다시 말해서 킹스필드 센터는, 핸들을 비틀기만 하면 잠기는 이중창과 번쩍이는 타일로 뒤덮인 루스가 있는 도버의 회복 센터 같은 곳에 비하면 시설이 형편없었다.

그곳이 익숙하고 소중한 장소가 된 다음 나는 원무과 건물들 중 한 곳에서 틀에 끼워진 흑백사진 한 장을 보았다. 그곳이 회복 센터로 개조되기 전 가족 단위 고객을 위한 유원지였던 때의 모습을 담은 사진이었다. 1950년대 후반이나 1960년대 초반에 직사각형의 대형 수영장에서 아이들과 그 부모들로 보이는 행락객들이 사방으로 물을 튀기며 놀고 있었다. 수영장 주변은 사방이 콘크리트였지만 데크와 접이식 의자 그리고 그늘을 만드는 대형 파라솔이 설치되어 있었다. 처음 그 사진을 보았을 때 나는 지금의 기증자들이 '광장'이라고 부르는, 차를 몰고 들어가 가장 먼저 만나는 센터의 입구가 바로 그곳임을 깨닫기까지 한참이 걸렸다. 물론 이제 수영장은 메워지고 없었지만 윤곽은 남아 있었다. 그곳이 완성된 모습이 아니었다는 일례를 들자면, 한쪽 끝에 높다란 다이빙 보드를 위한 금속 얼거리가 그대로 남아 있다는 사실이었다. 그 사진을 보고서야 나는 그 구조물이 무엇인지, 왜 거기에 서 있는지 알 수 있었다. 이제 그것을 바라볼 때면 나는 수영하던 사람 하나가 그 꼭대기에서 다이

빙을 해서 시멘트 바닥에 머리가 깨지고 마는 장면을 떠올리게 된다.

수영장이 있는 삼면의 공간에서 모두 보이는 창고 같은 두 층짜리 하얀 송상관 건물이 배경에 없었다면, 그 사진 속의 장소가 지금의 광장이라는 것을 알아보기가 더 어려웠으리라. 행락객들의 별장으로 쓰였음직한 건물 내부는 상당히 많이 바뀌었겠지만 외관은 그때와 거의 비슷했다. 오늘날의 그 광장은 어떤 점에서 보자면 당시의 수영장과 기능상 그리 다르지 않은 것 같다. 그곳은 기증자들이 각자의 방에서 나와 바람을 쐬거나 대화를 나누는 사교 장소였다. 광장 주위에 목재로 된 벤치가 한두 개 놓여 있었지만, 기증자들은 다이빙 보드 얼거리 뒤에 있는 휴게실 건물의 평평한 지붕 아래에 모여 앉는 것을 더 좋아했다. 해가 몹시 뜨거울 때나 비가 올 때면 특히 그러했다.

루스와 내가 킹스필드 센터를 찾아갔던 그날 오후는 날씨가 흐리고 좀 으스스했다. 우리가 차를 몰고 들어갔을 때 그 지붕 아래에 기증자 예닐곱 명의 모습이 흐릿하게 보였을 뿐 광장은 거의 비어 있었다. 내가 과거에 수영장이었던 곳(당시에는 그 사실을 몰랐다.) 근처에 차를 세우자, 무리 중한 사람이 우리에게로 걸어왔다. 토미였다. 물 빠진 초록색 방한복 웃옷을 입은 그는 내가 마지막으로 보았을 때보다

5~6킬로그램 정도 체중이 는 것 같았다. 내 옆에 앉은 루스
는 순간 겁에 질린 듯했다. 그녀가 말했다. "이제 어떻게 해
야 하지? 밖으로 나가야 하나? 아니, 아니. 나가지 말자. 움
직이지 마. 움직이지 말라고."

내가 어쩔 생각이었는지는 나도 잘 모르겠다. 그런 루스
의 말을 들었을 때 나는 이유는 잘 모르지만 제대로 생각도
해 보지 않고 그저 차에서 내렸다. 루스는 차 안에서 움직이
지 않았다. 다가온 토미가 먼저 나를 보고 껴안은 것은 그런
이유에서였다. 그에게서는 뭔지 정확히 알 수 없는 약품 냄
새가 났다. 무어라 인사를 나누기도 전에 우리는 차 안에서
지켜보고 있는 루스를 의식하고 몸을 떼었다.

차의 앞 유리에 하늘이 가득 비쳐 루스의 표정은 제대로
보이지 않았다. 하지만 토미와 내가 연극 속의 인물이고 자
기는 그 연극을 바라보기라도 하는 것처럼 얼어붙은 듯 심
각한 표정을 짓고 있는 것 같았다. 그 표정에는 어떤 기묘함
이 있었고 나는 그것이 불편했다. 이윽고 토미는 나를 지나
쳐 차를 향해 걸어갔다. 그는 뒷문을 열고 뒷좌석에 올라탔
다. 이번에는 내가 차 안에 앉은 두 사람을 지켜보았다. 그
들은 인사를 나눈 다음 예의를 갖추어 뺨에 입맞춤을 했다.

광장 맞은편 지붕 밑에서 기증자들 역시 그들을 바라보
고 있었다. 그들에게 적대감을 느끼는 것은 아니었지만 나

는 문득 얼른 그곳에서 벗어나고 싶었다. 하지만 토미와 루스가 좀 더 시간을 가질 수 있게 잠시 서 있다가 이윽고 차에 올랐다.

차는 좁고 꼬불거리는 길을 나아가기 시작했다. 이윽고 앞이 탁 트인 평범한 들판이 나왔다. 길에는 거의 사람이 없었다. 배를 보러 간 그 여행의 이 부분에서 기억나는 것은 해가 아주 오랜만에 잿빛 구름을 뚫고 비치기 시작했다는 사실이다. 그리고 옆에 앉은 루스를 힐긋 쳐다볼 때마다 그녀가 조용히 미소를 짓고 있었다는 것이다. 서로 나눈 대화에 대해 말하자면 우리는 마치 그동안 줄곧 만나 오기라도 한 것처럼 당장의 관심사 외에는 이야기할 필요가 없는 것처럼 행동했다. 내가 토미에게 그 배를 본 적이 있느냐고 묻자 토미는 자기는 보지 못했지만 그 센터의 기증자들 중 많은 이들이 보았다고 대답했다. 몇 번 볼 기회가 있었지만 보지 않았다는 것이었다.

"나는 별로 가고 싶지 않았어." 그는 뒷좌석에서 앞으로 몸을 기울이며 말했다. "정말 그럴 마음이 들지 않더라고. 한번은 기증자 몇 명과 그들의 간병사들과 함께 가려고 했는데 마침 그때 출혈이 있어서 갈 수 없었어. 오래전 얘기야. 이제 출혈 같은 건 없어."

잠시 후 차가 텅 빈 들판을 가로지르자, 루스는 자리에서 몸을 오른쪽으로 틀어 토미를 가만히 바라보기 시작했다. 좀 전의 그 희미한 미소를 띤 채였다. 토미가 눈에 띄게 거북해하는 것을 나는 거울을 통해 볼 수 있었다. 그는 자기쪽 창밖을 내다보다가 루스를 쳐다보다가 다시 창밖을 내다보았다. 그렇게 루스는 토미에게서 눈을 떼지 않은 채 같은 센터에 있는 어떤 기증자에 대해, 우리가 모르는 사람에 대해, 이 사람 저 사람에 대해 되는대로 이야기를 시작했다. 그녀의 시선은 토미에게 고정되어 있었고 얼굴에는 부드러운 미소가 떠올라 있었다. 그녀의 이야기가 지루하게 느껴져서였을 수도 있고 토미를 곤란한 상황에서 구해 주고 싶어서였을 수도 있다. 잠시 후에 나는 이런 말로 루스의 말허리를 잘랐다.

"됐어. 그 여자에 대해 우리가 그렇게 시시콜콜한 것까지 알아야 할 필요는 없잖아."

아무런 악의도 없었고 뭔가 다른 뜻이 있었던 것도 아니었다. 그런데 루스가 입을 다물기도 전에, 내 말이 끝나기도 전에 토미가 갑자기 웃음을 터뜨렸다. 그에게서 한 번도 들어본 적이 없는 그런 웃음소리였다. 이윽고 그가 입을 열었다.

"나도 막 그렇게 말하려고 했어. 조금 전부터 무슨 말을 하는 건지 도통 알 수가 없더라고."

앞을 바라보며 운전을 하던 나는 방금 전의 말이 나를 보고 한 말인지 루스를 보고 한 말인지 확신할 수 없었다. 어쨌든 루스는 입을 다물고는 천천히 몸을 틀어 다시 정면을 향했다. 특별히 기분이 상한 것 같지는 않았지만 조금 전까지의 미소는 사라졌고 눈길은 눈앞에 펼쳐진 먼 하늘 어딘가에 고정되었다. 솔직하게 말하기로 하자. 그 순간 내가 신경 쓰고 있던 대상은 루스가 아니었다. 내 가슴은 약간 두근거리기 시작했다. 왜냐하면 내게 맞장구치며 터뜨린 그 웃음으로 모든 세월을 뛰어넘어 토미와 내가 다시 가까워진 듯한 느낌이 들었던 것이다.

킹스필드 센터를 출발한 지 약 20분 후에 나는 접어들어야 하는 모퉁이를 발견했다. 나는 울타리에 가려 잘 보이지 않는 좁고 구불거리는 길을 따라 내려가 큰 단풍나무 옆에 차를 세우고 숲이 시작되는 곳을 향해 앞장서서 걷기 시작했다. 나무들 사이로 세 갈래 길이 나오자 나는 걸음을 멈추고 가져온 약도를 들여다보았다. 거기 서서 약도를 그려준 사람의 필적을 해독하려 애쓰던 나는, 루스와 토미가 어린아이처럼 내 뒤에 가만히 서서 어느 길로 가야 할지 말해주기를 기다리고 있다는 사실을 깨달았다.

우리는 숲으로 들어갔다. 그 길은 걷기에 전혀 어렵지 않았지만 루스는 점점 더 숨이 가빠지는 듯했다. 반면 토미는 약간 절뚝이긴 했지만 걷는 데는 아무 어려움이 없는 듯했다. 이윽고 우리는 기울어진 녹슨 가시 철망 울타리 앞에 이르렀다. 그런 철망이 그곳 전체에 둘러쳐져 있었다. 그것을 보고 루스는 갑자기 걸음을 멈추었다.

"이런, 안 돼." 그녀가 불안한 투로 소리쳤다. 그러고는 내게로 몸을 돌렸다. "이런 게 있다는 말은 하지 않았잖아. 가시 철망을 지나가야 한다는 말은 들은 적이 없다고!"

"별로 어렵지 않을 거야. 철망 아래로 지나가면 돼. 서로 철망을 잡아 주면 되는 거야." 내가 말했다.

하지만 루스는 정말로 화가 난 듯 그 자리에서 움직이지 않았다. 거기 서서 어깨를 들썩이며 힘들게 숨을 쉬는 그녀를 보고서야 토미는 루스가 얼마나 약해졌는지를 깨달은 모양이었다. 어쩌면 그 전에 눈치채긴 했지만 인정하고 싶지 않았는지도 모른다. 그는 꽤 오랫동안 루스를 응시했다. 다음 순간 토미와 나는 차 안에서 한 편이 되어 루스에게 맞섰던 일을 떠올린 것 같다. (물론 토미가 정말 그랬는지는 확신할 수 없다.) 우리는 거의 본능적으로 루스에게 다가갔다. 내가 한쪽 팔을 잡자 토미는 반대쪽에서 그녀의 팔꿈치를 들어 주었다. 우리는 그녀를 부축해 천천히 울타리를 향해 걸음을 옮겨 놓았다.

이윽고 나는 루스를 잡고 있던 손을 놓고 먼저 울타리를 넘었다. 그런 다음 가능한 한 높이 철망을 들어 올렸다. 토미와 나는 루스가 그 아래로 지나가도록 도와주었다. 요컨대 그 일은 루스에게도 그리 힘든 것이 아니었다. 문제는 능력이라기보다 믿음이었다. 우리가 신경 써서 도와주자 그녀는 울타리에 대한 공포를 잊은 것 같았다. 실제로 일단 울타리 이쪽 편으로 오고 나자 그녀는 나를 도와 토미가 넘어오도록 철망을 들어 주기까지 했다. 토미가 간단하게 철망을 건너오자 루스가 말했다.

"그렇게 몸을 굽히기만 하면 되는구나. 나는 때때로 그런 일에 몹시 서툴러."

토미는 온순해진 것 같았다. 조금 전에 일어난 일에 당황한 것인지 아니면 차 안에서 나와 한통속이 되어 루스에게 맞섰던 일을 또다시 떠올린 것인지 알 수 없었다. 그는 우리 앞에 서 있는 나무들을 향해 고개를 끄덕이며 말했다.

"저쪽으로 가는 것 같은데. 맞지, 캐시?"

나는 약도를 힐긋 바라본 다음 다시 앞서 걷기 시작했다. 숲 속으로 더 들어가자 주변은 상당히 어두워졌고 바닥은 점점 더 축축해졌다.

"길을 잃지 않았으면 좋겠는데." 루스가 웃으면서 토미에게 말하는 소리가 들려왔다. 잠시 후 멀지 않은 곳에 공터가 있는 것이 보였다. 이제 시간을 갖고 곰곰 생각해 보니 당시 차 안에서 일어난 일에 왜 그렇게 신경이 쓰였는지 알 것 같다. 그것은 단지 토미와 내가 합세해서 루스를 몰아붙여서가 아니었다. 문제는 그것을 받아들이는 루스의 방식이 달라진 데 있었다. 옛날이라면 루스가 반격을 가하지 않는다는 것은 생각할 수도 없는 일이었다. 이윽고 상황을 이해한 나는 걸음을 멈추고 루스와 토미를 기다렸다가 루스의 어깨에 한쪽 팔을 둘렀다.

그 행동은 그렇게까지 감상적인 것으로 보이지 않을 터였다. 그저 간병사의 의례적인 행동으로 여겨질 법했다. 그 무렵 루스의 걸음은 좀 불안정했다. 나는 그녀의 상태를 어리석게도 과소평가한 것이 아닐까 자문했다. 그녀의 숨은 점점 더 거칠어졌고 내 쪽으로 몸이 기울어지기도 했다. 하지만 그 무렵 우리는 숲을 벗어나 공터로 접어들었고 마침내 그 배를 볼 수 있었다.

우리가 실제로 그 공터에 발을 들여놓은 것은 아니었다. 자그마한 숲이 끝나고 이제 우리 앞에는 눈이 닿는 데까지 탁 트인 습지가 나타났고, 흐릿한 하늘이 드넓게 펼쳐져 있었다. 군데군데 생겨난 물웅덩이에도 하늘이 비쳤다. 그 숲은 얼마 전까지만 해도 훨씬 넓었던 모양이었다. 땅 위로 튀어나온 죽은 나무둥치들이 여기저기 눈에 띄었는데, 그것들은 대부분 1미터 정도 높이로 잘려 있었다. 죽은 나무둥치들로부터 약 50미터 떨어진 늪지에 희미한 태양빛을 받으며 문제의 배가 있었다.

"오, 내 친구가 말한 그대로네. 정말 아름답다." 루스가 말했다.

우리는 정적에 둘러싸여 있었다. 배를 향해 걸음을 옮겨 놓자 신발에 흙이 붙었다 떨어지는 소리가 들려왔다. 얼마 안 가서 두 발이 덤불숲 아래의 바닥으로 빠져드는 것을 느끼고 내가 소리쳤다. "됐어, 이 이상은 가지 말자."

내 뒤를 따라오던 두 사람은 반대하지 않았다. 어깨 너머로 힐긋 돌아보자 토미가 다시 루스의 팔을 잡고 있었다. 이번에는 그녀가 균형을 잡게 도와주었다. 나는 바닥이 좀 더 단단해 보이는, 가장 가까이에 있는 죽은 나무둥치 위로 올라가 몸의 균형을 잡았다. 토미와 루스도 나처럼 왼쪽 뒤편에 조금 떨어져 있는, 내 발밑의 것보다 홀쭉하고 속이 우묵하게 들어간 나무둥치로 올라갔다. 우리는 뭍에 올라와 있는 배를 물끄러미 바라보았다. 페인트칠이 군데군데 일어나 있고 작은 선실의 목재가 갈라진 것이 보였다. 원래 하늘색으로 칠해져 있던 그 배는 이제 하늘을 배경으로 해서 보자니 거의 흰색 같았다.

"어떻게 여기까지 왔는지 모르겠는걸." 내가 말했다. 두 사람에게 들리도록 목소리를 높여 말한 다음 나는 메아리가 울리기를 기다렸다. 하지만 내 목소리는 카펫이 깔린 방 안에서처럼 놀랍게도 울림 없이 잦아들었다.

다음 순간 내 뒤에서 토미의 목소리가 들려왔다. "어떻게 보면 이건 헤일셤의 지금 모습 같아. 어떻게 생각해?"

"어째서 그렇다는 거야?" 루스가 정말로 모르겠다는 듯 어리둥절해하면서 말했다. "헤일셤이 폐교되었다고 해서 늪지가 되는 건 아니잖아."

"그렇지, 늪지가 된다는 건 아냐. 하지만 왠지 지금의 헤일셤이 이런 것 같아. 논리적으로 그렇다는 게 아냐. 사실은 내 머릿속의 그림이 그렇다고나 할까. 물론 배 같은 건 없지만 말이야. 헤일셤이 이와 비슷하다 해도 그렇게 고약한 건 아니잖아."

"그거 참 재미있네. 어느 날 아침 헤일셤의 14호실에 가 있는 꿈을 꾸었거든. 그곳 전체가 폐쇄되었다는 걸 알고 있는 내가 거기 14호실에서 창밖을 내다보고 있었어. 그런데 바깥의 모든 것이 물에 잠겨 있는 거야. 마치 커다란 호수처럼 말이야. 창가 바로 아래에는 빈 음료수 상자 같은 쓰레기가 물에 둥둥 떠 있었어. 하지만 겁이 난다거나 하는 느낌은 전혀 아니었어. 그곳은 멋지고 고요했어. 지금 이곳처럼 말이야. 꿈속에서 나는 그곳이 폐쇄되었기 때문에 위험할 게 전혀 없다고 생각했어." 루스가 말했다.

"메그 B가 한동안 우리 센터에 있었어. 이제는 떠나고 없지만 말이야. 세 번째 기증을 위해 북쪽 어딘가로 갔다더군. 그 후 걔가 어떻게 되었는지 전혀 듣지 못했어. 혹시 걔 얘기 들은 적 있니?" 토미가 물었다.

나는 고개를 저었다. 그런 다음 루스에게서 아무 반응이 없어서 몸을 돌려 그녀를 바라보았다. 처음에 나는 그녀가 줄곧 그 배를 바라보고 있다고 생각했다. 하지만 그녀는 상당히 멀리 있는, 비행기의 꼬리에서 시작해 하늘을 향해 천천히 올라가고 있는 비행운을 물끄러미 바라보고 있었다. 이윽고 그녀가 입을 열었다.

"내가 들은 걸 말해 줄게. 크리시 소식을 들었어. 두 번째 기증을 하던 중 삶을 마쳤대."

"나도 들었어. 사실일 거야. 내가 들은 얘기도 똑같거든. 안타까운 일이지. 겨우 두 번째였는데 말이야. 나한테 그런 일이 일어나지 않아서 다행이야." 토미가 말했다.

"그런 일은 그들이 우리한테 말해 주는 것보다 훨씬 많이 일어나는 것 같아. 현장에 있었던 내 간병사는 그 말이 사실이라는 걸 알고 있었던 것 같아. 하지만 말하려 들지 않았어."

"무슨 대단한 음모가 있는 건 아니야." 내가 다시 배 쪽으로 몸을 돌리며 말했다. "때때로 그런 일이 일어날 수 있지. 크리시 일은 정말 안타까워. 하지만 그렇게 자주 일어나는 건 아니야. 요즘 그들은 정말 조심하거든."

"장담하건데 그런 일은 그들이 말해 주는 것보다 훨씬 더 많이 일어나는 게 분명해." 루스가 다시 말했다. "그들이 우리를 여러 곳으로 옮겨 다니며 기증하게 하는 것도 그런 이유에서야."

"한번은 로드니를 만났어. 크리시가 삶을 마친 지 얼마 후에 말이야. 당시 그는 노스웨일스의 병원에 있었어. 잘 지내고 있더라." 내가 말했다.

"하지만 크리시 때문에 몹시 상심했을 거야." 하고 말한 다음 루스는 토미에게로 몸을 돌렸다. "그들이 말해 주는 건 실제의 반 정도가 아닐까?"

"실제로 로드니는 그 일로 그렇게까지 상심하지는 않았어. 물론 슬퍼하긴 했지. 하지만 괜찮은 것 같았어. 어쨌든 그들은 몇 년 동안 서로 보지 않고 지냈는걸 뭐. 로드니 말이, 크리시도 그렇게 힘들어하지는 않았을 거래. 그는 크리시의 심정을 알고 있었던 것 같아." 내가 말했다.

"어떻게 알 수 있었겠어? 어떻게 그가 크리시의 느낌을 알 수 있었겠느냐고? 그녀가 원한 게 어떤 거였을지 말이야. 수술대 위에서 삶에 매달렸던 사람은 그가 아니잖아. 그런데 어떻게 그가 그 느낌을 알 수 있겠어?" 루스가 말했다.

이런 분노에 찬 언급은 과거의 루스를 연상시켰으므로

나는 다시 그녀에게로 몸을 돌렸다. 하지만 그것은 한순간 눈빛에 떠오른 번득임에 지나지 않았던 듯, 이제 그녀는 딱딱하고 경직된 표정으로 나를 바라보고 있었다.

"좋은 일은 아니지. 두 번째 기증에서 삶을 마감한다는 건 말이야. 좋을 수가 없어." 토미가 말했다.

"로드니가 그 일에 그렇게 상심하지 않았다는 얘기를 난 믿을 수가 없어. 너는 그와 겨우 몇 분간만 얘기했을 뿐이잖아. 그걸로 어떻게 실상을 알 수 있겠어?" 루스가 말했다.

"음, 하지만 캐시가 말했듯이 그들이 이미 헤어졌다면……." 토미가 말했다.

"그렇다 해도 아무 차이 없어." 루스가 말허리를 잘랐다. "어떤 점에서 그럴 경우 상심이 더욱 클 수도 있어."

"로드니 같은 입장에 처한 사람들을 나는 많이 봤어. 다들 그런 일에 익숙해지는 거야." 내가 말했다.

"네가 어떻게 알아? 어떻게 알 수 있느냐고? 너는 아직 간병사일 뿐 기증자가 아니잖아." 루스가 말했다.

"간병사로서 난 많은 걸 목격했어. 끔찍할 정도로 많은 걸 말이야."

"그래도 모를 거야, 안 그래, 토미? 그게 정말로 어떤 느낌인지 말이야."

루스와 나 둘 다 잠시 토미를 건너다보았지만, 그는 그저 배를 바라보고 있을 뿐이었다.

"우리 센터에 이런 사람이 있어. 그는 자기가 두 번째 기증을 넘기지 못할 거라고 늘 걱정했지. 뼛속 깊이 그 사실을 느낄 수 있다면서 말이야. 하지만 결과는 모든 게 잘됐어. 지금 그는 세 번째 기증을 마쳤는데 경과가 아주 좋아." 하고 말하고 토미는 한 손을 눈 위로 들어 햇빛을 가렸다. "나는 간병사로서는 그다지 훌륭한 편이 아니었어. 도대체 운전도 배울 수 없었고 말이야. 그래서 기증을 시작하라는 통지가 그렇게 빨리 온 것 같아. 그런 식으로 진행되어서는 안 된다고들 하지만 사실이 그런 것 같아. 하지만 정말 상관없었어. 지금 나는 기증자로서는 꽤 잘하고 있는 것 같아. 간병사로서는 형편없었지만 말이야." 한동안 아무도 말을 하지 않았다. 이윽고 루스가 입을 열었다. 그녀의 목소리는 더욱 차분해져 있었다.

"나는 간병사 일을 그럭저럭 괜찮게 해낸 것 같아. 하지만 5년이면 충분한 것 같았어. 나도 네 경우와 같아, 토미. 기증자로 결정되었을 때 나는 그런대로 준비가 되어 있었어. 기분도 괜찮았고 말이야. 결국 그건 우리가 '해야만 하는' 일이잖아, 안 그래?"

그녀가 대답을 기대하는 것인지 아닌지 나는 분명하게 알 수가 없었다. 무슨 특별한 목적이 있어서 그런 말을 한 것은 아닐 터였다. 그저 습관적으로 한 말일 수도 있었다. (기증자들은 언제나 그런 식의 이야기를 나누었다.) 내가 다시 그들에게로 몸을 돌렸을 때 토미는 여전히 한 손으로 눈앞의 햇빛을 가리고 있었다.

"저 배에 더 가까이 가지 못하다니 유감이군. 날씨가 좀 건조해진 후에 다시 올 수 있겠지."

"저걸 볼 수 있어서 기뻐." 루스가 조용히 말했다. "정말 멋지구나. 하지만 이젠 돌아가고 싶어. 바람이 상당히 찬걸."

"적어도 이제 저걸 보긴 했군." 토미가 말했다.

차가 있는 데까지 걸어 돌아오는 동안 우리는 조금 전 그곳까지 걸어갔을 때보다 훨씬 더 자유롭게 많은 이야기를 했다. 루스와 토미는 각자 머물고 있는 센터의 음식, 타월 등 여러 가지를 비교했고 나는 줄곧 그들의 대화에 끼어들지 않을 수 없었다. 그들이 나에게 어느 것이 정상인지, 다른 센터는 어떤지 물어 왔던 것이다. 이제 루스의 걸음걸이는 한결 안정되었고, 울타리에 이르러 내가 철망을 들어 주자 거의 망설임 없이 그곳을 통과했다.

차를 탈 때 토미는 또다시 뒷좌석에 자리를 잡았다. 한동안 아주 좋은 분위기가 지속되었다. 이제 그때를 돌아보면 뭔가 감추어져 있었던 것 같다. 하지만 지금 내가 다음에 일어난 일에 비추어 결과적으로 그렇게 생각하는 것인지도 모른다.

그 일은 올 때 일어난 사건과 비슷하게 시작되었다. 우리가 다시 차가 별로 없는 긴 도로로 접어들었을 때, 막 지나친 광고판에 대해 루스가 말했다. 이제는 그것이 어떤 광고였는지도 기억나지 않는다. 그저 길가에서 흔히 보이는 그런 거대한 광고 중 하나였을 것이다. 그녀는 별다른 의미를 두지 않고 혼잣말하듯 이렇게 중얼거렸다. "이런, 맙소사, 저것 좀 봐. 적어도 뭔가 새로운 걸 생각해 내려 애쓴 흔적이 보여야 하잖아."

하지만 토미가 뒷좌석에서 이렇게 응수했다. "하지만 난 무척 마음에 드는걸. 저 광고는 신문에도 났더라고. 사람을 끄는 뭔가가 있는 것 같아."

나는 어쩌면 토미와 가까워진 그 느낌을 다시 맛보고 싶었는지도 모른다. 배를 보기 위해 걸어간 일은 그 자체로 좋았다. 하지만 처음 만나 서로 얼싸안았을 때와 올 때 차 안에서 있었던 일 외에는 토미와 내가 만난 지점이 없었다는 생각이 들기 시작한 참이었다. 어쨌든 나는 이렇게 말하고 있었다.

"사실은 나도 저게 마음에 들어. 저런 광고를 만드는 건 생각보다 훨씬 어려운 일이야."

"맞아. 저런 걸 만들려면 몇 주나 걸린대. 심지어 여러 달이 걸릴 때도 있대. 제대로 될 때까지 밤을 새워 일한다더라."

"차를 타고 지나가면서 비판하기는 쉽지." 내가 말했다.

"세상에 그것만큼 쉬운 것도 없지." 토미가 맞장구쳤다.

루스는 말없이 눈앞에 펼쳐진 빈 도로를 바라보고 있었다. 이윽고 내가 다시 말했다.

"광고 얘기가 나왔으니 말인데 오는 길에 광고를 하나 봤어. 조금 있으면 나타날 거야. 이번에는 이쪽 편에 있겠지. 이제 보일 때가 됐는데."

"뭐에 관한 건데?" 토미가 물었다.

"직접 봐. 곧 보인다니까."

나는 옆에 앉은 루스를 힐긋 바라보았다. 그녀의 눈빛에는 분노가 아니라 경계심 같은 것이 떠올라 있었다. 곧 나타날 그 광고판이 아무런 문제도 일으키지 않았으면, 우리에게 헤일셤을 연상시키지 않았으면 하는 일말의 희망까지 어려 있는 듯했다. 그녀의 얼굴에는 아직 구체적으로 결정되지 않은, 줄곧 주저하는 듯한 표정이 떠올라 있었다. 눈길은 여전히 정면을 향한 채였다.

나는 속도를 늦추고 이윽고 거친 풀숲에 차를 댔다.

"왜 차를 세우는 거지, 캐시?" 토미가 물었다.

"왜냐하면 그게 여기서 가장 잘 보이거든. 더 가까이 가면 고개를 젖히고 올려다봐야 해."

뒷좌석에서 토미가 그 광고판을 더 잘 보기 위해 움직이는 소리가 들려왔다. 루스는 몸을 움직이지 않았으므로 그것을 보고 있는 것인지 아닌지 알 수 없었다. "맞아, 똑같진 않아." 잠시 후에 내가 말했다. "하지만 저걸 보면 떠올리지 않을 수 없어. 앞이 탁 트인 그 사무실과 그 안에서 웃고 있던 사람들 말이야."

루스는 계속 침묵을 지켰고, 토미가 뒤에서 말했다. "알겠다. 그러니까 그때 우리가 갔던 그곳이구나."

"게다가 그 광고 사진과도 흡사해. 땅바닥에 떨어져 있던 그 잡지 광고 말이야. 기억나지, 루스?"

"잘 모르겠어." 루스가 조용히 대답했다.

"오, 이런. 기억 못할 리가 없어. 길에 떨어져 있던 잡지에서 함께 그 광고를 봤잖아. 웅덩이 근처에서 말이야. 그때 넌 정말 크게 감명 받았었지. 잊어버린 척하지 마."

"그런 일이 있었던 것 같긴 하다." 이제 루스의 목소리는 속삭임에 가까웠다. 화물차 한 대가 지나가는 바람에 우리 차의 차체가 흔들려 시야가 잠시 흐릿해졌다. 그 화물차가 광고 사진을 데려가 버리기를 바라는 듯 루스는 고개를 떨어뜨렸고, 이윽고 광고판이 다시 명료하게 시야에 들어왔을 때도 눈을 들지 않았다.

"이제 와서 그 모든 걸 생각하면 정말 재미있어. 네가 얼마나 그 얘기를 많이 했었는지 생각나? 언젠가 저것과 똑같은 사무실에서 일하겠다고 했던 것 말이야?"

"그래. 그날 우리가 길을 나선 게 바로 그런 이유에서였지." 그제야 생각난 듯 토미가 말했다. "그래서 노픽에 갔었잖아. 너의 근원자를 찾으러. 사무실에서 일하던 네 근원자 말이야."

"네가 그 문제에 좀 더 노력해야 했다는 생각이 이따금 들지 않니?" 내가 루스에게 물었다. "맞아, 그랬더라면 네가 최초의 사례가 되었을지도 몰라. 우리 중에서 처음으로 그런 일을 한 사람으로 말이야. 하지만 넌 그러지 않았지. 혹시 시도했다면 어떤 일이 벌어졌을지 때때로 궁금하지 않니?"

"내가 어떻게 그런 시도를 할 수 있었겠어?" 루스의 목소리는 알아듣기 힘들 정도로 낮아져 있었다. "그건 그저 한때의 꿈에 불과해. 그뿐이야."

"하지만 노력을 기울였다면 또 모르잖아? 그들이 너한테 기회를 줬을지도 모르지."

"그래, 루스. 적어도 시도는 했어야 했던 것 같아. 그 문제에 그렇게 집착했었으니 말이야. 캐시 말에 일리가 있는 것 같아."

"난 그 문제에 집착하지 않았어, 토미. 적어도 내가 기억하기로는 그러지 않았다고."

"하지만 토미 말이 옳아. 적어도 시도는 해 봤어야 해. 그랬다면 저런 광고 사진을 보고 한때 저런 꿈을 꾸었고, 그 꿈을 이루기 위해 노력했다고 회상할 수 있잖아."

"내가 어떻게 그런 시도를 할 수 있었겠어?" 루스의 목소리에 처음으로 힘이 들어갔다. 하지만 잠시 후 그녀는 다시 한숨을 내쉬고는 시선을 떨어뜨렸다.

"넌 특별한 대우를 받을 자격이 있는 것처럼 줄곧 얘기했었잖아. 그리고 내가 아는 한 실제로 그럴 수도 있었어. 그러니 적어도 요구는 해 봤어야 해."

"좋아. 너희 말은 내가 그 문제를 좀 더 파고들었어야 했다는 거지. 하지만 어떻게? 어디 가서 말해야 했을까? 그 문제를 파고들 방법이 없었어."

"하지만 토미 말이 옳아. 정말 너 자신이 특별한 존재라고 확신했다면 적어도 요구 정도는 해 봤어야지. 마담에게 가서 그렇게 해 달라고 요구했어야 해."

그 말, 마담에 대한 언급을 하자마자 나는 내가 실수했음을 깨달았다. 루스는 눈을 들어 나를 바라보았고, 그녀의 얼굴에 의기양양한 표정 같은 것이 지나갔다. 영화에서 보면 상대에게 총을 겨누고 있는 동안은 무슨 짓이든 할 수 있다. 그런데 갑자기 실수로 싸움이 일어나 총이 상대에게 넘어간다. 그러면 조금 전에 자기를 위협하던 사람을 바라보는 그 사람의 눈빛에는 온갖 종류의 복수가 가능해진 지금의 행운이 믿기지 않는다는 듯한 표정이 떠오르는 것이다. 그 순간 나를 바라보는 루스의 눈길이 바로 그러했다. 집행 연기에 대해서는 한마디도 하지 않았지만 일단 마담을 언급했으므로 이제 우리의 대화는 전혀 새로운 국면으로 접어들 터였다.

겁에 질린 내 표정을 보고 루스는 앉은 채 나를 향해 몸을 틀었다. 나는 그녀의 공격에 대비해 마음의 준비를 했다. 그녀가 어떤 말로 공격을 해 오든 간에 이제 상황이 달라진 만큼 예전처럼 당하고만 있지는 않을 것이라고 나 자신을 안심시켰다. 스스로에게 그렇게 말하느라 바쁜 나머지 나는 다음 순간 루스가 이렇게 말했을 때 전혀 대비가 되어 있지 않았다.

"캐시, 네가 언젠가 나를 용서해 주리라고 감히 기대하는 건 아니야. 사실 네가 날 용서해야 할 이유도 모르겠어. 그래도 너한테 부탁하고 싶은 게 있어."

그녀의 말에 어찌나 충격을 받았던지 나는 맥없이 고작 이렇게 반문했을 뿐이다. "뭘 용서한다는 거야?"

"뭘 용서하느냐고? 우선 성적 충동에 관한 네 고민에 줄곧 거짓으로 대했던 일이 있지. 지난날 네가 그런 충동이 때때로 엄습하면 아무하고나 그걸 하고 싶어진다고 얘기했을 때 말이야."

뒷좌석에서 토미가 또다시 몸을 움직거렸다. 하지만 루스는 이제 앞으로 몸을 기울인 채 마치 차 안에 우리 둘만 있는 것처럼 나를 똑바로 응시했다.

"네가 그것 때문에 얼마나 걱정하는지 나는 알고 있었어. 그때 너한테 말했어야 했어. 나도 그렇다고 털어놓았어야 했다고. 이제 너는 그게 극히 정상이라는 걸 깨달았을 거야. 하지만 당시에는 그렇지 못했던 만큼 내가 말해 주었어야 했어. 토미와 커플이었는데도 때때로 다른 남자와 그걸 하지 않을 수 없었다고, 코티지에 있는 동안 적어도 세 사람과 그랬다고 너한테 털어놓았어야 했다고."

그 말을 하면서도 루스는 여전히 토미 쪽을 바라보지 않았다. 토미를 무시해서라기보다는 나에게 집중한 나머지 다른 것이 눈에 들어오지 않아서인 듯했다.

"몇 차례 털어놓으려고 했어." 루스가 말을 이었다. "하지만 그러지 못했어. 나중에 네가 그 사실을 깨닫고 나를 비난할 거라는 생각이 그때 들었지. 그런데도 난 너한테 진실을 말하지 않았어. 네가 그런 나를 용서해야 할 이유는 없어, 하지만 이제 내가 이런 말을 하는 이유는……." 그녀는 갑자기 말을 멈추었다.

"이유가 뭔데?" 내가 물었다.

그녀는 웃음을 터뜨리고는 말했다. "이유 같은 건 없어. 네가 나를 용서해 주면 좋겠지만 꼭 그럴 거라고 기대하진 않아. 어쨌든 이건 내가 저지른 잘못의 반도 되지 않아. 극히 일부에 지나지 않는다고. 내가 저지른 제일 큰 잘못은 너와 토미 사이를 줄곧 갈라놓았다는 거야." 그녀의 목소리가 다시 속삭이듯 작아졌다. "내가 한 짓 중 가장 지독하지."

그녀는 다시 조금 몸을 틀어 처음으로 토미를 바라보았다. 그런 다음 거의 즉시 다시 내게로 시선을 돌렸다. 하지만 이제는 우리 둘 다를 향해 이야기하고 있는 것 같았다.

"그건 내가 저지른 잘못 중 가장 끔찍한 짓이야." 그녀는 다시 말했다. "그걸 용서해 달라는 말조차 못하겠어. 맙소사, 머릿속에서 이런 얘기를 얼마나 여러 번 했는지 몰라. 실제로 이 얘기를 하고 있다는 게 믿기지 않는구나. 너희 둘은 줄곧 함께 했어야 했어. 그런 사실을 몰랐던 게 아니야. 나는 아주 오래전부터 그 사실을 알고 있었어. 그런데도 줄곧 너희 둘을 떼어 놓았지. 너희에게 그런 나를 용서하라는 게 아니야. 내가 하려는 건 그런 게 아니야. 내가 원하는 건 이제라도 사태를 바로잡는 거야. 내가 엉망으로 만들어 놓은 걸 너희가 바로잡게 하려는 거라고."

"무슨 뜻이야, 루스?" 토미가 물었다. "사태를 바로잡으라니 그게 무슨 뜻이야?" 그의 목소리는 부드러웠고 어린아이 같은 호기심에 차 있었다. 내게서 흐느낌이 터져 나온 것은 바로 그래서였던 것 같다.

"캐시, 내 말 들어 봐. 토미와 함께 집행 연기를 신청해서 허가를 받는 거야. 너희 둘이라면 할 수 있어. 틀림없이 할 수 있을 거야." 루스가 말했다.

그녀는 한 손을 뻗어 내 어깨에 올려놓았다. 하지만 나는 거칠게 그 손을 뿌리치고는 눈물 너머로 그녀를 응시했다.

"그러기엔 이제 늦었어. 너무 늦었다고."

"그렇게 늦지 않았어. 캐시, 내 말 들어 봐. 그렇게 늦은 건 아냐. 그래, 토미는 이미 두 차례 기증을 했어. 그렇다고 무슨 차이가 있어?"

"모든 게 이젠 너무 늦어 버렸어." 나는 또다시 흐느끼기 시작했다. "그런 생각을 하는 것조차 어리석은 일이야. 저런 사무실에서 일하기를 꿈꾸는 것만큼이나 어리석다고. 우리는 이제 그 너머로 와 버렸어."

루스는 고개를 젓고 있었다. "그렇게 늦지 않았어. 토미, 네가 캐시한테 말 좀 해."

핸들 위로 몸을 기울이고 있었으므로 나는 토미의 표정을 전혀 볼 수 없었다. 그는 당혹스러운 듯 흠흠 소리를 냈을 뿐 아무 말도 하지 않았다. "나 좀 봐. 너희 둘 다 내 말 좀 들어 보라고. 우리 셋이 함께 하는 이 여행을 계획한 건 이 말을 들려주고 싶어서였어. 또 너희한테 줄 게 있기 때문이기도 했고." 그렇게 말하고 루스는 아노락 주머니를 뒤져 구겨진 종잇조각을 꺼냈다. "토미, 이건 네가 가지고 있는 게 좋겠어. 잘 간수해. 갖고 있다가 캐시 마음이 바뀌면 사용하라고."

토미는 좌석 사이로 팔을 뻗어 메모지를 받았다.

"고마워, 루스." 토미는 루스가 초콜릿 바라도 건넨 것처럼 말했다. 잠시 후 그가 물었다. "그런데 이게 뭐야? 난 도통 모르겠는걸."

"마담 집 주소야. 조금 전 너희가 나한테 말한 것과 똑같아. 너희는 적어도 시도는 해 봐야 해."

"이걸 어떻게 구했는데?" 토미가 물었다.

"쉽진 않았어. 오랜 시간이 걸렸고 여러 번 위험을 감수해야 했어. 하지만 결국 손에 넣었지. 내가 이걸 찾아낸 건 너희를 위해서야. 이제 마담을 찾아 집행 연기를 신청하는 건 너희한테 달렸어."

그 무렵 나는 흐느낌을 그치고 시동을 걸었다. "이런 얘기는 그만하자. 이제 토미를 데려다 줘야 해. 그런 다음 우리도 돌아가야 하고." 내가 말했다.

"너희 두 사람 모두 이 일에 관해 생각해 볼 거지? 그렇지?"

"지금 내가 원하는 건 돌아가는 것뿐이야." 내가 대답했다.

"토미, 그 주소 안전하게 보관할 거지? 캐시의 마음이 바뀔 경우에 대비해서 말이야."

"잘 보관할게." 하고 대답한 다음 토미는 조금 전보다 훨씬 엄숙하게 다시 말했다. "고마워, 루스."

"우리는 그 배를 봤어. 이제는 돌아가야 해. 도버까지 가려면 두 시간 넘게 걸릴 거야." 내가 말했다.

우리는 다시 달리기 시작했다. 기억하건대 킹스필드 센터로 돌아가는 동안 우리의 말수가 눈에 띄게 줄었던 것 같다. 차가 광장으로 들어섰을 때 그 지붕 아래에는 역시 서너 명의 기증자들이 모여 있었다. 나는 차를 돌려 토미를 내려 주었다. 루스도 나도 그에게 입맞춤이나 포옹을 하지 않았다. 동료들을 향해 걸어가다가 토미는 걸음을 멈추더니 우리에게 활짝 미소를 지어 보이고 손을 흔들었다.

이상하게 들리겠지만 루스의 센터로 돌아오는 동안 우리는 조금 전의 그 일에 대해서는 한마디도 하지 않았다. 루스가 탈진했기 때문이기도 했고(길가에서 한 이야기가 그녀의 기운을 앗아간 것 같았다.) 심각한 이야기는 그 정도면 됐다는 느낌과 함께 잘못하다가는 사태가 나빠지리라는 것을 감지했기 때문이다. 돌아오는 길에 루스의 기분이 어땠는지는 잘 모르겠다. 다만 내 경우에는 어둠이 깔리고 가로등이 빛나기 시작하자 모든 강렬한 감정들이 가라앉고 마음이 편안해졌다. 오랫동안 나를 짓누르고 있던 뭔가가 사라져 버린 것 같은, 아직 해결된 것은 아니지만 좀 더 나은 곳을 향한 문 하나가 열린 것 같은 기분이었다. 당시 내가 무척 고무된 상태였다는 뜻은 아니다. 나와 토미와 루스, 세 사람 사이의 모든 일이 정말이지 미묘하게 여겨졌다. 나는 어떤 긴장감을 느끼고 있었지만 요컨대 그리 나쁜 기분은 아니었다.

토미에 대해서도 우리는 그의 모습이 보기 좋았다든가, 그의 현재 체중이 궁금하다든가 하는 것 이상의 이야기는 하지 않았다. 그런 다음 우리는 대부분 침묵 속에서 함께 눈앞을 응시하며 센터로 돌아왔다.

그로부터 며칠 지나지 않아 나는 그 여행으로 얼마나 많은 것들이 바뀌었는지를 깨달았다. 나와 루스 사이에 있던 모든 경계심과 의혹이 자취를 감추어 우리는 한때 서로에게 의미가 있었던 모든 것들을 편안하게 회고할 수 있었다. 그렇게 한 시기가 시작되었다. 여름이 다가오면서 루스의 건강은 안정권에 접어들었다. 나는 저녁마다 비스킷과 광천수를 가지고 그녀를 방문했다. 우리는 그녀의 방 창문 가에 나란히 앉아 지붕들 위로 지는 해를 지켜보며 헤일섬과 코티지 그리고 온갖 것들에 대해 마음 가는 대로 이야기를 하곤 했다. 이제 루스를 떠올리면 그녀가 세상을 뜬 것은 물론 슬프지만 마지막 그 시기에 대해서는 정말이지 고마움을 느낀다.

하지만 우리는 한 가지 화제, 곧 그날 길가에서 루스가 토미와 나에게 말한 것에 관해서는 깊이 이야기하기를 줄곧 피했다. 이따금 루스가 그것을 암시했을 뿐이다. 그녀가 그 이야기를 꺼내는 것은 이런 식이었다.

"토미의 간병사가 되는 건 어때? 네가 하려고만 든다면 허가를 받아 낼 수 있을 거야."

얼마 지나지않아 그 생각, 내가 토미의 간병사가 된다는 그 생각은 나머지 모든 화제를 대신하기에 이르렀다. 나는 루스에게 그런 생각을 안 하고 있는 것은 아니라고, 어쨌든 아무리 나라고 해도 그런 허가를 얻어 내는 것은 그렇게 간단하지 않다고 대답했다. 그런 다음 우리는 대개 그 화제를 접어 두었지만, 루스가 머릿속에서 줄곧 그 생각을 하고 있다는 것을 나는 알 수 있었다. 바로 그런 이유에서 마지막 만남 동안 루스가 말을 할 수 없는 상태였는데도 나는 그녀가 그 이야기를 하고 싶어 한다는 것을 알 수 있었던 것이다.

루스가 두 번째 기증을 한 지 사흘 후에 드디어 오전 한두 시간 동안 그녀를 만나 봐도 좋다는 허가가 떨어졌다. 루스는 병실에 혼자 있었는데 할 수 있는 모든 조치는 다 취해진 것 같았다. 의사와 담당자와 간호사의 행동으로 미루어

보건대 그들은 루스가 고비를 넘길 수 없으리라고 생각하고 있었다. 희미한 불빛을 받으며 병원 침대에 누워 있는 그녀의 얼굴에는 다른 기증자들에게서 흔히 보이는 그런 표정이 떠올라 있었다. 그녀는 시선을 자기 내부로 돌리고 싶은 듯했다. 그럼으로써 자기 몸속에 별도로 자리 잡고 있는 고통의 영역을 더 잘 살펴보고 정돈하려는 것이다. 마치 사려 깊은 간병사가 전국 여러 곳에 흩어져 있는 서너 명의 병약한 기증자들을 바삐 왔다 갔다 하며 돌보는 것처럼. 엄밀하게 말해서 그녀는 아직 의식을 잃지 않은 상태였지만 철제 침대 옆에 서 있는 나를 알아보지 못했다. 하지만 나는 의자를 끌어와 그 옆에 앉은 다음 두 손으로 루스의 한 손을 쥐고, 그녀가 고통의 파도에 휩쓸려 손을 비틀어 빼내려 할 때마다 잡은 손에 힘을 주곤 했다.

나는 허락되는 한 오랫동안, 그러니까 서너 시간 이상을 그녀 곁에 머물렀다. 앞서 말한 대로 그동안 그녀는 거의 대부분 자기 자신 속에 침잠해 있었다. 하지만 단 한 차례 그녀는 부자연스럽게 무서울 정도로 강하게 몸을 뒤틀었다. 내가 진통제를 더 달라고 간호사를 부르려는 순간, 그녀는 몇 초에 걸쳐 나를 똑바로 응시했다. 내가 누구인지 알아보는 것이 분명했다. 죽어 가는 기증자들이 무시무시한 싸움 중에 이르곤 하는 그 작은 명징의 섬에 도달한 듯했다. 그 순간 그녀는 나를 바라보았다. 소리 내어 말하지는 않았지만 나는 그녀의 시선이 무엇을 말하는지 알 수 있었으므로, 이렇게 말했다. '좋아. 그렇게 할게, 루스. 최대한 빨리 토미의 간병사가 될게.' 나는 그 말을 입 밖에 내어 말하지는 않았다. 내가 고함을 친다 해도 어쨌든 그녀로서는 듣지 못했으리라. 하지만 우리의 시선이 서로 얽힌 그 순간 내가 그녀의 시선을 읽은 것처럼 그녀도 나의 표정을 읽기를 바랐다. 이윽고 그 순간이 지나가자 그녀는 다시 정신을 놓았다. 확신할 수는 없지만 그녀는 내 뜻을 이해한 것 같았다. 그리고 이제 생각해 보면 그녀는 그런 말을 듣기 전에 이미 내가 토미의 간병사가 되리라는 것, 그날 차 안에서 자기가 말한 것을 토미와 내가 '시도'하리라는 것을 줄곧 알고 있었던 것 같다.

20

배를 보러 간 그 여행으로부터 거의 1년이 지난 후 나는 토미의 간병사가 되었다. 당시 토미는 세 번째 기증을 끝낸 지 얼마 되지 않은 상태였다. 그의 회복은 순조로웠지만 오랫동안 쉬어야 했다. 그리고 그런 상황은 우리가 새로운 단계를 함께 시작하는 데 결과적으로 유리하게 작용한 셈이었다. 얼마 지나지 않아 나는 킹스필드 센터에 익숙해졌고 나아가 그곳이 좋아지기에 이르렀다.

킹스필드 센터에서는 세 번 이상 기증을 한 기증자들에게 독방을 주었으므로 토미도 센터에서 가장 큰 독방 중 하나를 쓰고 있었다. 나중에 몇몇 사람들은 그 방을 내가 그를 위해 준비해 주었다고 숙덕거렸지만 그것은 사실이 아니었다. 단지 운이 좋았을 뿐이다. 어쨌든 그리 대단한 방은 아니었다. 그 방은 그곳이 행락지였던 시절에 욕실이었던 것 같다. 젖빛 유리가 끼워진 하나뿐인 창이 천장 가까이 아주 높은 곳에 자리 잡고 있었다. 밖을 내다보기 위해서는 의자에 올라가 창유리를 열어야 했는데 보이는 것이라고는 빽빽한 관목 숲뿐이었다. 방의 형태는 L 자이고, 그래서 기본적으로 놓이는 침대 외에 의자, 옷장, 위로 열리는 뚜껑이 달린 작은 학생용 책상을(이것은 결과적으로 정말이지 과외의 행운이었던 셈인데 이에 대해서는 나중에 설명하기로 하자.) 들여놓을 수 있었다.

킹스필드 센터에서 보낸 그 시기에 대해 잘못된 인상을 주고 싶지는 않다. 그 시기의 대부분은 정말이지 편안했고 나아가 목가적이기까지 했다. 내가 그곳에 도착하는 시간은 대개 점심시간 이후로, 그 무렵 토미는 좁은 침대에 길게 누워 있었다. '환자'처럼 보이고 싶지 않다는 이유로 언제나 옷을 갖춰 입은 상태였다. 나는 의자에 앉아서 가져온 여러 권의 문고본 책 중에서 『오디세이아』나 『천일야화』 같은 책을 읽어 주곤 했다. 때로 옛날에 대해, 때로는 또 다른 것들에 대해 이야기를 나누기도 했다. 늦은 오후가 되면 그는 종종 잠에 빠져들었고 그동안 나는 그의 책상에서 밀린 보고서를 썼다. 시간이 그런 식으로 서서히 녹아들고 우리가 서로에 대해 그렇게 편안해지는 것은 정말이지 경이로웠다.

하지만 모든 것이 전과 다름없었던 것은 아니다. 우선 말해 둘 것은 토미와 내가 마침내 관계를 갖기 시작했다는 사실이다. 우리가 그것을 시작하기 전에 토미가 그 문제를 얼마나 많이 생각했는지는 알 수 없다. 어쨌든 그는 회복기였으므로 그의 마음속에서 그것이 맨 앞자리를 차지하지는 않았을 것이다. 나는 그 문제로 그를 몰아세우고 싶지는 않았지만, 한편 우리가 함께 지내면서 그 문제를 너무 오랫동안 내버려 두면 그것을 자연스러운 우리 생활의 일부로 만들기가 점점 더 어려워지리라는 생각이 들었다. 또한 루스가 바랐던 대로 집행 연기를 신청하러 갈 경우 우리가 성교를 한 적이 없다는 것은 몹시 큰 장애가 될 것 같았다. 그렇다고 그런 경우 성행위가 불가결한 것으로 생각되었다는 것은 아니다. 다만 내가 걱정한 것은 그것이 어떤 식으로든 친밀감 부족으로 보이지 않을까 하는 점이었다.

그래서 어느 날 오후 나는 토미의 반응에 상관없이 나름대로 그 일을 시작하기로 결심했다. 그는 언제나처럼 침대에 누워 천장을 응시하고 있었고 나는 그에게 책을 읽어 주고 있었다. 책을 다 읽은 다음 나는 침대 가로 다가가 앉아 그의 티셔츠 밑으로 손을 밀어 넣었다. 그런 다음 이내 손을 그의 성기 근처로 가져갔다. 그것이 단단해지기까지는 시간이 걸렸지만, 그가 즐기고 있음은 확신할 수 있었다. 처음 관계를 가질 때는 수술 자리를 조심해야 했다. 어쨌든 육체 관계 없이 그렇게 오랜 세월 동안 알고 지낸 후에 그 행위를 제대로 해내기 위해서는 중간 단계가 필요한 듯했다. 그래서 잠시 후 나는 두 손으로 그의 성기를 애무했다. 그는 보답으로 내 성기 근처에 손을 댄다거나 나아가 신음을 내지른다거나 하지 않고 평화로운 표정을 지은 채 가만히 누워 있었다.

첫 행위 때도 우리의 감각에는 그것이 하나의 시작이고 통과해야 할 관문이라는 느낌이 포함되어 있었다. 한동안 나는 그런 느낌을 인정하고 싶지 않았고, 일단 인정하고 난 다음에도 토미가 느끼는 여러 가지 통증이나 고통과 더불어 그런 느낌 역시 사라질 것이라고 나 자신을 설득했다. 그러니까 토미의 태도에는 처음부터 슬픔을 띤 그 무엇이 있었다. 그는 마치 이렇게 말하는 것 같았다. '그래, 이제 우리가 이걸 하고 있군. 이렇게 돼서 기뻐. 하지만 이렇게 늦게야 이런 일이 일어나다니 정말 안타까워.'

그 이후 우리가 제대로 된 성교를 하고 참으로 커다란 기쁨을 느낄 때도 그런 성가신 감정은 줄곧 사라지지 않았다. 나는 그런 느낌을 떨쳐 버리기 위해 최선을 다했다. 모든 것을 중단하고 그 일에 달려듦으로써 미칠 듯한 흥분이 모든 것을 뒤덮고 다른 것이 개입될 여지가 없게 만들기도 했다.

그가 내 위에 있을 때면 그를 위해 무릎을 바로 세워 주었다. 어떤 체위를 취하든 간에 나는 그 행위를 좀 더 기분 좋게 하고 좀 더 열정적으로 만들 수 있는 온갖 말과 행동을 동원했다. 그래도 그런 느낌은 사라지지 않았다.

어쩌면 그것은, 젖빛 유리를 통해 들어오는 햇빛 때문에 초여름에도 가을처럼 여겨지던 그 방 때문이었는지도 모른다. 혹은 거기에 누워 있는 우리에게 들려오는 소리가 잔디밭에 앉아 소설과 시를 논하는 학생들의 말소리가 아니라, 1층을 돌아다니며 용무를 보던 기증자들의 말소리였기 때문인지도 모른다. 또 어쩌면 그 일을 정말이지 잘 해낸 다음 서로 안고 누워 쾌락의 조각들을 머릿속에서 음미할 때 보이던 토미의 태도 때문이었는지도 모른다. 그는 이렇게 말하곤 했다. "난 아주 쉽게 연달아 두 번 하곤 했어. 그런데 이제는 그러지 못하겠군." 그럴 때마다 그 느낌이 수면으로 떠올랐기 때문에 나는 계속 평화롭게 누워 있기 위해 손으로 그의 입을 막아야 했다. 토미 역시 그것을 느낀 것이 분명하다. 그럼으로써 그런 감정을 떨칠 수 있기라도 하듯 그런 때면 그 역시 나를 꼭 껴안았던 것이다.

함께 지낸 처음 몇 주 동안 우리는 마담에 대해서나 그날 루스가 차에서 한 이야기에 대해 거의 말하지 않았다. 하지만 내가 그의 간병사가 되었다는 것 자체가 우리에게 줄곧 망설이고만 있을 수는 없다는 사실을 환기시키는 촉매였다. 아울러 토미의 동물 그림도 그러했다.

그를 만나지 못하고 지내는 동안에도 나는 토미의 동물 그림이 때때로 궁금했고, 배를 보러 갔던 그날에도 그것에 대해 물어보고 싶은 충동을 느꼈다. 그는 아직도 그 동물 그림을 그리고 있을까? 코티지에서 그렸던 그 그림을 여전히 갖고 있을까? 그러나 그 동물 그림을 둘러싸고 벌어졌던 사건이 떠올라 물어보기가 어려웠다.

그러던 어느 날 오후, 그러니까 토미를 간병하기 시작한 지 한 달쯤 되었을 무렵 그의 방으로 들어갔을 때였다. 그는 책상 앞에 앉아 얼굴을 종이에 닿을 듯이 갖다 대고 열중해서 그림을 그리고 있었다. 내 노크 소리에 그는 들어오라고 소리를 질렀다. 하지만 내가 들어오고 난 뒤에도 그는 고개를 들지도, 하던 동작을 멈추지도 않았다. 상상의 동물을 그리고 있다고 말하는 듯 힐끗 나를 바라보았을 뿐이다. 내가 문간에서 걸음을 멈추고 안으로 들어가야 할지 말지 마음을 정하지 못하자, 이윽고 그는 고개를 들고 공책을 덮었다. 오래전에 케퍼스에게서 얻은 것과 똑같은 까만 공책이었다. 이윽고 나는 안으로 들어갔고, 우리는 전혀 다른 이야기를 화제에 올렸다. 잠시 후 그는 아무 언급 없이 그 공책을 치웠다. 하지만 그 후 나는 종종 그 공책이 침대 위나 베개 옆에 놓여 있는 것을 볼 수 있었다. 그러던 어느 날 몇 가지 검사를 하러 떠나기 전 몇 분간의 여유가 있어 그의 방에서 시간을 보낼 때였다. 나는 그의 태도가 이상하다는 것을 눈치챘다. 혹시 성교를 하고 싶은 것이 아닐까 하고 생각하게 만드는 수줍고 필사적인 모습이 그의 태도에서 엿보였던 것이다.

"캐시, 네 의견을 말해 줬으면 해. 솔직히 말해 줘."

이윽고 그는 책상에서 까만 공책을 꺼내서는 각각 별도로 그려진, 개구리인 듯한 동물 그림 세 장을 보여주었다. 올챙이 단계를 벗어 나지 못한 듯 긴 꼬리가 있다는 점이 일반 개구리와 달랐다. 어느 정도 멀리서는 적어도 그렇게 보였다. 자세히 들여다보니 그 그림들은 세부가 정교하게 그려진 예전에 본 동물과 비슷했다.

"이 두 가지는 금속으로 이루어져 있다고 가정하고 그렸어. 봐, 전체 표면이 빛나고 있잖아. 하지만 여기 이건 고무로 만들어진 것을 표현하려고 했어. 어때? 점성이 있는 것처럼 보이지. 이제는 제대로 된 걸 그리고 싶어. 정말 훌륭한 걸 말이야. 하지만 어느 게 좋을지 결정할 수가 없어. 캐시, 솔직하게 말해 줘. 어떻게 생각해?"

그때 내가 뭐라고 대답했는지는 이제 기억나지 않는다. 지금 기억하는 것은 다만 그 순간 여러 가지 강한 감정이 나를 휩쓸고 지나갔다는 것뿐이다. 그 말을 듣자마자 나는 그것이 과거 코티지에서 그의 그림을 둘러싸고 벌어졌던 모든 사건을 없던 일로 하겠다는 뜻임을 깨닫고 안도와 감사와 순전한 기쁨을 느꼈다. 그가 왜 동물 그림을 다시 꺼낸 것인지, 얼핏 보기에는 아무렇지도 않은 듯한 질문 이면에 얼마나 많은 뜻이 함축되어 있는지 나는 알 수 있었다. 그 모든 것을 드러내 놓고 이야기하지는 않았지만 줄곧 그 일을 잊고 있지 않음을 토미는 그런 식으로 내게 알려 주고 있었다. 자기는 원한 같은 것을 품지 않았다고, 나름대로 준비하느라 바빴다고 말하고 있었던 것이다.

하지만 그날 그 독특한 개구리를 바라보며 내가 느낀 감정은 그것만이 아니었다. 그 느낌은 처음에는 하나의 배경처럼 어렴풋했지만 이윽고 점점 커졌으므로 그 이후 나는 줄곧 그것에 대해 생각하지 않을 수 없었다. 그의 그림을 바라보며 나는 그 생각을 떨쳐 버리려 했지만 그럴 수가 없었다. 요컨대 토미의 그림들은 이제 그렇게 신선하게 여겨지지 않았다. 그랬다, 그 개구리들은 코티지에서 본 것들과 여러 면에서 비슷했다. 그런데 거기에서 뭔가가 사라져 버리고 없었다. 이제 그것들은 복제되기라도 한 것처럼 공들여 그려져 있었을 뿐이다. 그렇기 때문에 내가 드러내지 않으려 애썼던 그 느낌이 다시 떠올랐다. 이 모든 것이 너무 늦었다는 느낌, 적절한 때를 놓친 다음에야 그런 일을 생각하고 계획한다는 것이 좀 우스꽝스럽고 나아가 비난받을 일처럼 느껴졌던 것이다.

이제 이 문제를 다시 돌아보면 당시 우리가 그 계획을 화제에 올리기를 주저했던 데에 또 다른 이유가 있었을지도 모른다는 생각이 든다. 킹스필드 센터의 기증자들은 집행 연기 같은 것에 대해 들어 본 적이 없는 것이 분명했으므로, 우리로서는 마치 수치스러운 비밀이라도 가진 것처럼 왠지 당혹스러웠던 것이다. 심지어 우리는 그런 이야기가 다른 사람들에게 알려질 경우에 닥칠 사태가 겁났는지도 모른다.

하지만 앞서 말한 대로 킹스필드 센터에서 보낸 그 시기를 지나치게 비관적으로 말하고 싶지는 않다. 대부분의 시간 동안, 특히 토미가 자기의 동물 그림에 대해 내 의견을 물은 날 이후로는 과거의 어두운 그림자가 완전히 사라진 듯 우리는 서로에게서 안정감을 느꼈다. 그는 자기 그림에 대해 나에게 더 이상 충고를 구하거나 하지 않고 내 앞에서 즐겨 그림을 그렸다. 그래서 나는 침대에 앉아서 책을 소리 내어 읽고 토미는 책상에 앉아 그림을 그리면서 오후를 보내곤 했다.

사태가 줄곧 그런 식으로 흘러갔다면 우리는 행복했으리

라. 이야기를 하고 성교를 하고 소리 내어 책을 읽고 그림을 그리면서 오후를 보내는 일이 좀 더 오랫동안 이어질 수 있었다면 말이다. 하지만 그해 여름이 끝날 무렵 토미의 몸 상태가 좋아져 그에게 네 번째 기증이 통보될 가능성이 점점 더 높아졌으므로 우리는 조치를 취해야 했다.

그 시기에 나는 몹시 바빠서 거의 한 주 동안 킹스필드 센터에 들르지 못했다. 그날 오전 내가 그곳에 도착했을 때는 비가 억수같이 퍼붓고 있었다. 토미의 방 안은 거의 캄캄했고, 창 가까운 홈통에서는 빗물이 콸콸 쏟아지는 소리가 들려왔다. 동료 기증자들과 함께 아침 식사를 하러 중앙 홀로 내려갔다가 올라온 그는 표정 없는 얼굴로 침대에 앉아 있었다. 며칠 동안 밤에 제대로 잠을 자지 못해서 완전히 지친 채 그의 방으로 들어간 나는 그를 벽으로 밀어붙이며 좁은 침대에 쓰러지듯 누웠다. 나는 잠시 그렇게 누워 있었다. 토미가 발끝으로 내 무릎을 톡톡 차지 않았다면 잠에 빠져들었을 것이다. 이윽고 나는 침대에서 일어나 앉아 말했다.

"어제 마담을 봤어, 토미. 말을 걸지도, 어떤 행동도 하지는 않았지만 그녀를 보긴 했어."

그는 나를 바라보았을 뿐 아무 말도 하지 않았다. "그 길을 걸어 올라가 집으로 들어가더라. 루스 말이 맞았어. 그 주소, 그 집, 모든 게 다 맞아."

그런 다음 나는 그 전날 마침 남쪽 해안가에 볼일이 있어서 오후 늦게 리틀햄프턴으로 갔고, 이미 두 차례 그랬던 것처럼 길게 이어지는 해안 도로를 걸어 내려가 '웨이브크레스트'니 '시 뷰'니 하는 이름이 붙어 있는 테라스 딸린 주택들을 지나 공중전화 부스 옆의 벤치에 앉았다고 말해 주었다. 나는 거기에 앉아서 길 건너 그 집에 눈길을 고정한 채 기다렸다. 전에 그랬던 것처럼.

"추리 소설의 한 장면 같았어. 전에도 거기에 약 30분 동안 앉아 있었지만 아무 일도 일어나지 않았지. 하지만 이번에는 행운이 함께할 것 같은 느낌이 들었어."

어찌나 피곤했던지 나는 그 벤치에서 하마터면 잠이 들 뻔했다. 이윽고 눈길을 들었을 때 마담이 나를 향해 걸어오고 있는 것이 보였다.

"정말 무서웠어. 마담은 그때와 조금도 달라지지 않았더라. 얼굴은 약간 나이 들어 보였는지도 몰라. 하지만 그 외에는 전혀 변한 게 없었어. 옷차림까지 똑같았어. 그 말끔한 회색 정장 말이야." 내가 말했다.

"하지만 그때 그 옷은 아닐 거야."

"잘 모르겠어. 하지만 그 옷 같았어."

"말을 걸어 보지도 않았다는 거야?"

"물론 그러지 않았어. 바보 같은 소리 마. 한 번에 한 단계씩만 나아가야 해. 그녀가 우리를 친절하게 대한 적이 없다는 걸 잊지 마."

그녀는 내게 눈길도 주지 않고 맞은편 길을 걸어갔다고 나는 그에게 말했다. 그때 나는 조금 전까지 주시하던 그 문을 그녀가 지나칠 것이라고 생각했다. 루스가 준 주소가 잘못되었다고 말이다. 하지만 마담은 그 문 앞에서 급히 몸을 틀더니, 두세 개의 계단을 올라가 집 안으로 사라졌다.

내가 말을 마치자 토미는 한동안 말없이 가만히 있었다. 이윽고 그가 입을 열었다.

"네 일에는 정말 문제가 생기지 않는 거지? 그렇게 차를 몰고 여기저기 돌아다녀서는 안 되는 거잖아."

"내가 왜 이렇게 피곤한 것 같아? 모든 걸 차질 없게 하려고 밤낮없이 일하고 있는 거야. 어쨌든 적어도 이제 우리는 그녀를 찾아낸 셈이야."

밖에는 비가 줄곧 내리고 있었다. 토미는 옆으로 누워 내 어깨에 머리를 올려놓았다.

"루스가 우리에게 고마운 일을 해 주었구나. 루스가 제대로 해낸 거야." 그가 부드럽게 말했다.

"맞아. 루스는 제대로 해냈어. 이제 이 일은 우리한테 달렸어."

"어떻게 할 생각이야, 캐시? 계획 같은 게 있어?"

"일단 그곳에 가는 거야. 거기 가서 그녀에게 물어보자고. 다음 주에 너를 데리고 검사를 받으러 가야 해. 하루 외출 허가를 받아 놓고 돌아오는 길에 리틀햄프턴으로 가면 돼."

토미는 한숨을 내쉰 다음 내 어깨에 더 깊숙이 머리를 묻었다. 누군가 그 장면을 보았다면 그가 전혀 기뻐하지 않는다고 생각했을 것이다. 하지만 나는 그의 기분을 알 수 있었다. 너무나도 오랫동안 생각해 왔던 화랑에 관한 추론과 집행 연기 같은 것들이 그 순간 갑자기 실감 난 것이다. 정말이지 약간 두려운 기분이었다.

이윽고 그가 말했다. "만약 우리가 그걸 얻어 낼 수 있다고, 그럴 수 있다고 가정해 보자. 마담이 우리에게 3년을, 그러니까 우리만을 위한 3년을 허락해 준다고 말이야. 그러면 우리는 뭘 해야 하지? 내 말 무슨 뜻인지 알지, 캐시? 어디로 가지? 여기에서 지낼 순 없어. 이곳은 센터잖아."

"나도 몰라, 토미. 어쩌면 그녀는 우리에게 코티지로 돌아가라고 할지도 몰라. 아니, 어딘가 다른 곳으로 가게 될 거야. 화이트 맨션 같은 데 말이야. 어쩌면 우리 같은 사람들을 위해 따로 준비된 곳이 있을 수도 있지. 일단 그녀의 말을 들어 봐야 해."

우리는 그렇게 조용히 침대에 누워 빗소리를 들었다. 이윽고 나는 조금 전 토미가 내게 했던 대로 그를 발로 차기 시작했다. 당연히 반격에 나선 그는 내 두 발을 침대에서 차냈다.

"정말 가게 될 경우 동물 그림들 중 어떤 걸 고를지 정해야 해. 그러니까 가장 잘된 걸 골라서 가져가야 해. 예닐곱 장 정도 말이야. 심사숙고해서 골라야 한다고."

"맞아." 하고 대답한 다음 나는 침대에서 일어나 앉아 두 팔을 뻗었다. "어쩌면 더 많이 가져가는 게 좋을지도 몰라. 열다섯 장이나 스무 장 정도 말이야. 그래, 가서 그녀를 만나 보자. 그녀가 우리한테 뭘 해 줄 수 있을까? 가서 그녀와 얘기를 해 보는 거야."

21

그곳에 가기 며칠 전부터 나는 그 문 앞에 서서 결심을 하고 초인종을 누른 다음 쿵쿵거리는 가슴으로 기다리는 우리의 모습을 떠올렸다. 하지만 실제로는 행운이 함께 해준 덕분에 우리는 그런 시련만은 치르지 않아도 되었다.

우리는 그런 약간의 행운을 받을 자격이 있었다. 그날은 모든 것이 어긋났던 것이다. 길에서 차에 문제가 생기는 바람에 검사 장소에 한 시간 늦게 도착했다. 그런 다음에는 병원 착오로 세 가지 검사를 다시 해야 했다. 이 일로 토미는 현저히 원기가 떨어진 모양이었다. 마침내 오후 늦게 리틀햄프턴으로 출발했으나 그는 멀미 때문에 줄곧 차를 세우고 한동안 걸어 기운을 회복해야 했다.

6시가 되기 직전 우리는 마침내 그곳에 도착했다. 빙고 게임장 뒤에 차를 세우고 트렁크에서 토미의 공책이 들어 있는 스포츠 가방을 꺼낸 다음 중심가를 향해 걷기 시작했다. 상점들은 모두 문을 닫았지만 날씨가 좋아서 술집 밖에 많은 이들이 모여 이야기를 나누면서 음료를 마시고 있었다. 시간이 지날수록 토미의 상태는 점차 나아졌다. 이윽고 그는 검사 때문에 점심을 걸렀다는 사실을 기억해 내고 다른 일을 하기 전에 뭔가 좀 먹어야겠다고 말했다. 샌드위치를 포장해 줄 만한 곳을 찾고 있을 때 그가 갑자기 내 팔을 꽉 쥐었다. 어찌나 강하게 쥐었던지 나는 그가 누군가로부터 공격이라도 당한 줄 알았다. 그는 내 귀에 대고 조용히 말했다.

"그 여자야, 캐시. 저길 봐. 미용실 앞을 지나가고 있어."

사실이었다. 마담이 언제나 입고 다니던 말끔한 회색 정장 차림으로 반대편 보도를 따라 걷고 있었다. 우리는 상당한 거리를 두고 처음에는 인도를 따라, 이어 사람이 거의 없는 하이스트리트를 따라 그녀를 따라가기 시작했다. 우리 둘 다 루스의 근원자를 뒤따라 그곳이 아닌 다른 도시를 관통했던 그날을 떠올렸던 것 같다. 하지만 이번에는 상황이 훨씬 더 단순했다. 얼마 지나지 않아 마담이 긴 해안 도로로 접어든 것이다.

그 길은 곧게 뚫려 있었고 저무는 태양빛이 환히 비추어, 그녀가 하나의 점으로 보일 정도로 상당한 거리를 두어도 그녀를 놓칠 위험이 없었다. 실제로 우리 귀에는 또각또각 울리는 그녀의 신발 소리가 줄곧 들려왔고, 스포츠 가방이 토미의 다리에 리듬감 있게 부딪히는 소리가 그 화답처럼 여겨졌다.

우리는 길게 늘어서 있는 똑같은 모양의 주택을 지나 한동안 걸었다. 이윽고 맞은편에 주택가가 끝나고 평평한 잔디밭이 나왔다. 잔디밭 너머로 해변에 줄지어 서 있는 방갈로 지붕 끝을 볼 수 있었다. 바다는 보이지 않았지만 넓은 하늘과 갈매기의 울음소리만으로도 그 존재를 분명히 확인할 수 있었다.

하지만 우리 쪽 길가에는 여전히 주택들이 늘어서 있었다. 잠시 후 내가 토미에게 말했다.

"이제 다 왔어. 저기 저 벤치 보이지? 저게 바로 내가 앉았던 벤치야. 그 집은 저 벤치 바로 맞은편이야." 이때까지 토미는 비교적 차분한 편이었다. 하지만 이제는 뭔가에 동요된 듯 훨씬 빠른 걸음으로 그녀를 따라잡기라도 하려는 듯이 걷기 시작했다. 하지만 이제 마담과 우리 사이에는 아무도 없었다. 토미가 그렇게 사이를 줄곧 좁히는 바람에 나는 그의 발걸음을 늦추기 위해 그의 팔을 꼭 붙들지 않을 수 없었다. 그녀가 몸을 돌려 우리를 보지 않을까 하고 나는 줄곧 걱정스러웠지만 그런 일은 일어나지 않았다. 이윽고 그녀는 작은 마당으로 들어서서는 문 앞에서 잠시 걸음을 멈추었다. 그 집 옆에 서서 우리는 그녀가 핸드백 속에서 열쇠를 찾는 것을 지켜보았다. 그녀는 여전히 뒤를 돌아보지 않았다. 그녀가 줄곧 우리의 존재를 의식했으면서도 일부러 무시했을지도 모른다는 생각이 들었다. 또한 다음 순간 토미가 그녀를 외쳐 부를 것이라고, 그렇게 되면 상황이 나빠질 것이라는 생각이 들었다. 내가 더 이상 주저하지 않고 재빨리 그녀를 부른 것은 그런 이유에서였다.

나는 예의 바른 어조로 "실례합니다!"라고 말했을 뿐인데, 그녀는 마치 얻어맞기라도 한 것처럼 홱 몸을 돌렸다. 다음 순간 그녀가 우리 둘을 응시했을 때 나는 오래전 헤일섬의 본관 밖에서 잠복을 하고 그녀를 기다렸을 때와 거의 똑같은 한기가 몸을 관통하는 것을 느꼈다. 그녀의 눈빛은 그렇게 차가웠고, 표정은 내 기억보다 훨씬 더 엄했다. 그 순간 그녀가 우리를 알아보았는지는 잘 모르겠지만 아마도 그녀는 즉각 우리가 '누구'인지 알아챈 듯했다. 마치 커다란 거미 한 쌍이 자기를 향해 기어 오기라도 하는 것처럼 그녀의 몸이 뻣뻣하게 긴장되는 것을 볼 수 있었던 것이다.

이윽고 그녀의 표정에 변화가 일었다. 꼭 따뜻해졌다고는 할 수 없었지만 조금 전의 혐오감은 사라지고 없었다. 그녀는 저물어 가는 태양빛을 받으며 곁눈으로 우리를 찬찬히 살펴보았다.

대문에 기대선 채 내가 말했다. "마담, 당신을 놀라게 할 생각은 없습니다. 우리는 헤일셤 졸업자들입니다. 기억하실지 모르겠는데 저는 캐시 H.이고, 이쪽은 토미 D.입니다. 우리가 여기 온 것은 당신을 곤란하게 하기 위해서가 아닙니다."

그녀는 한두 걸음 뒤로 물러섰다. "헤일셤 졸업자들이라……." 하고 말하는 그녀의 얼굴에 흐릿한 미소가 스쳐 지나갔다. "이런, 놀라운 일인걸. 문제를 일으키러 온 게 아니라면 뭐 때문에 온 거지?"

토미가 불쑥 말했다. "당신과 얘기를 하고 싶어서 왔습니다. 뭘 좀 가져왔어요." 그가 가방을 들어 올렸다. "당신이 화랑에 걸고 싶어 할 만한 겁니다. 우리는 당신과 얘기를 해야 합니다."

마담은 스러져 가는 태양빛을 받으며 거의 움직이지 않고 거기에 서서 해변에서 들려오는 소리에 귀를 기울이는 듯 고개를 한쪽으로 기울였다. 다음 순간 그녀는 다시 미소를 지었지만 그 미소는 우리를 향한 것이 아니라 혼자만의 미소였다.

"그렇다면 좋아. 안으로 들어와. 무슨 얘기를 하고 싶은 건지 들어보자고."

집 안으로 들어서면서 나는 현관문에 색유리가 끼워져 있는 것을 보았다. 안으로 들어온 다음 토미가 문을 닫자 집 안은 상당히 어둡게 느껴졌다. 우리는 팔꿈치만 들어도 양쪽 벽에 닿을 것 같은 좁은 현관에 서 있었다. 우리 앞에서 걸음을 멈춘 마담은 우리에게 등을 돌린 채 또다시 가만히 서서 뭔가에 귀를 기울이는 듯했다. 그 너머를 찬찬히 들여다보자 그렇게 비좁은 현관이 다시 나뉘어 있다는 것을 알수 있었다. 왼쪽에는 위층으로 올라가는 층계가 있었고 오른쪽의 더 좁은 통로는 집 안으로 통하는 것 같았다.

나 역시 마담처럼 귀를 기울였지만 집 안에서는 아무 소리도 들리지 않았다. 이윽고 위층 어딘가에서 희미하게 쿵하는 소리가 났다. 그 작은 소리를 듣고 그녀는 뭔가를 알아차린 모양이었다. 이제 그녀는 우리에게로 몸을 돌리고 어두운 복도를 가리키며 이렇게 말했던 것이다.

"저쪽으로 들어가. 잠깐 기다려. 금방 올게."

층계를 올라가던 그녀는 우리가 주저하는 것을 보고는 난간에 몸을 기대고 어둠 속을 다시 한번 가리켰다.

"저쪽이야." 그런 다음 그녀는 위층으로 모습을 감추었다.

토미와 나는 더듬더듬 앞으로 나아가 거실임직한 곳에 이르렀다. 가정부가 밤 시간에 대비해 그곳을 정돈해 두고 간 것 같았다. 커튼이 드리워져 있었고 탁상용 스탠드가 희미하게 켜져 있었다. 그곳에서는 빅토리아 시대의 것임직한 오래된 가구 냄새가 났다. 벽난로는 합판으로 봉해져 있었고 그 위에는 올빼미 같은 것이 자기를 보는 사람을 마주 응시하고 있는 그림을 직조한 태피스트리가 걸려 있었다. 토미는 내 팔을 살짝 치고는 작은 원탁 너머 구석에 걸린 액자를 가리켰다.

"헤일섬이야." 그가 속삭였다.

우리는 그 그림 앞으로 다가갔다. 하지만 나는 그곳이 정말 헤일섬이라고 확신할 수가 없었다. 꽤 잘 그려진 수채화라는 것은 알 수 있었다. 하지만 그 아래에 놓인 스탠드에 거미줄 흔적으로 뒤덮인 갓이 비스듬히 씌워져, 불빛이 그림을 제대로 비추지 못하고 탁한 유리 위에 번득임만 던져 주고 있어서 무엇을 그린 것인지 제대로 알아볼 수가 없었다.

"오리 호수의 뒤쪽 어딘가를 그린 거야." 토미가 말했다.

"무슨 말을 하는 거야?" 내가 나직하게 되받았다. "여긴 호수 같은 건 없잖아. 이건 평범한 시골 풍경일 뿐이야."

"아니야. 연못은 저 뒤에 있어." 놀랍게도 토미는 짜증이 난 것 같았다. "너도 분명히 기억날 거야. 저 뒤에 있는 연못을 등지고 돌아가면 북쪽 운동장 건너편이 된다고……."

집 안 어딘가에서 사람들의 목소리가 들려왔으므로 우리는 다시 입을 다물었다. 위층에서 남자 목소리가 들리는 것 같았다. 이윽고 마담이 계단을 내려오며 이렇게 말하는 소리가 들려왔다. "그래요, 당신 말이 맞아요. 그렇고말고요."

우리는 마담이 방 안으로 들어오기를 기다렸지만 그녀의 발소리는 문을 지나 집 안 뒤쪽으로 멀어져 갔다. 그녀가 차와 스콘을 트롤리에 담아 가져올지도 모른다는 생각이 머릿속을 스쳤다. 다음 순간 그럴 리가 없다고, 그녀가 우리가 와 있는 것을 잊었다가 퍼뜩 떠올리고는 이제 방 안으로 들어와 그만 가 달라고 할 거라는 생각이 들었다. 이윽고 위층에서 뭐라 외치는 거친 남자 목소리가 들려왔는데 소리가 어찌나 희미했던지 두 층 이상 떨어진 곳에서 들리는 것 같았다. 마담의 발소리가 다시 현관 쪽으로 돌아오더니 다시 이렇게 외치는 소리가 들려왔다. "당신한테 할 일을 일러 줬잖아요. 내 설명대로 해요."

토미와 나는 몇 분 더 기다렸다. 잠시 후 방의 뒤쪽 벽이 움직이기 시작했다. 그것이 진짜 벽이 아니라 긴 방 하나를 전면과 후면으로 나눌 때 사용하는 미닫이문 한 짝이라는 것을 나는 즉각 알 수 있었다. 그렇게 문을 밀어서 연 마담은 이제 거기에 서서 우리를 응시하고 있었다. 나는 그녀 뒤에 무엇이 있는지 살펴보려 했지만 캄캄한 어둠 외에는 아무엇도 보이지 않았다. 우리가 왜 이곳에 왔는지를 설명해 주기를 기다리고 있는지도 모른다는 생각이 들었다. 그런데 그녀가 먼저 입을 열었다.

"캐시 H.와 토미 D.라고 했지. 맞나? 헤일섬을 졸업한 지 얼마나 됐지?"

나는 그녀의 질문에 대답했다. 하지만 그녀가 우리를 기억하는지는 알 방법이 없었다. 그녀는 안으로 들어오기를 주저하는 듯 줄곧 문 앞에 서 있었다. 토미가 다시 입을 열었다.

"시간을 오래 뺏을 생각은 없습니다. 다만 말씀 드릴 게 있어서 왔습니다."

"그게 정말인가. 그럼 우선 편안하게 앉는 게 좋겠구나." 마담은 팔을 뻗어 바로 앞에 있는 한 쌍의 팔걸이의자 등받이에 두 손을 올려놓았다. 그녀의 태도에는 우리가 정말로 그곳에 앉는 것을 원하지 않는 듯한 기묘한 점이 있었다. 혹시 우리가 그녀의 권유대로 거기에 앉는다 해도 그녀는 의자 등받이에서 손을 떼지 않고 우리 뒤에 그대로 서 있을 것 같았다. 하지만 우리가 그쪽으로 다가가자 그녀 역시 앞으로 나와 우리 사이를 지나갔는데 그 순간 어깨가 긴장되는 것이 보였다. (어쩌면 내 상상이었는지도 모른다.) 우리가 몸을 돌려 자리에 앉았을 때, 그녀는 두터운 벨벳 커튼이 드리워진 창가에 서서 마치 그곳이 교실이고 자기는 선생님인 것처럼 우리를 바라보고 있었다. 적어도 그 순간의 상황에 대한 내 느낌은 그랬다. 나중에 토미가 털어놓은 바에 따르면, 그는 마담이 갑자기 노래를 시작할 것 같았다고, 그녀 뒤의 커튼이 열리며 창 너머 해변으로 통하는 평평한 잔디밭과 도로 대신 헤일섬에 있었던 것 같은 대형 무대 장치가 나타나고, 나아가 그녀의 노래에 배음을 넣어 줄 합창대까지 서 있을 것 같았다고 했다. 그의 말을 들으며 우습게도 나는 노래 부를 준비가 된 듯 두 손을 꼭 쥔 채 팔꿈치를 벌리고 선 마담의 모습을 떠올릴 수 있었다. 하지만 당시에 토미가 정말로 그런 생각을 하고 있었는지는 의문이다. 기억하건대 당시 그가 어찌나 긴장한 모습이었던지 불쑥 얼토당토않은 말을 내뱉지 않을까 불안했던 것이 생각난다. 마담이 그런대로 친절한 어조로 우리가 원하는 것이 뭔지 물었을 때 내가 재빨리 나선 것은 그런 이유에서였다.

처음에 내 말은 상당히 뒤죽박죽이었지만, 이윽고 그녀가 내 말을 끝까지 경청하리라는 것을 확신하게 되자 한결 차분하고 명료해졌다. 이미 여러 주일에 걸쳐 나는 그녀에게 이야기할 것을 머릿속에서 거듭 생각해 두었다. 차를 운전하는 긴 시간 동안, 조용한 휴게소 카페의 탁자에 앉아 있는 동안 그 생각을 곱씹지 않았던가. 당시 그 일이 어찌나 힘들게 느껴졌던지 나는 구체적인 계획까지 세웠다. 열쇠가 되는 구절을 외웠고, 하나의 요점에서 다음 요점으로 어떻게 넘어갈 것인지 머릿속에서 지도를 그리기도 했다. 하지만 이제 그녀 앞에 서게 되자 준비한 것 대부분이 필요 없거나 전혀 엉뚱하게 여겨졌다. 나중에 이때에 대해 이야기하면서 토미 역시 그랬다고 했는데, 이상한 점은 헤일셤에서는 그녀가 외부에서 온 적대적인 이방인처럼 보였지만 지금은 그녀가 우리에게 따뜻한 말이나 행동을 하지 않았는데도 왠지 친숙한 사람으로, 최근 몇 년에 걸쳐 새로 만난 어떤 사람보다도 가깝게 느껴졌다는 사실이다. 그런 이유에서 내가 준비한 모든 것이 머릿속에서 사라져 버린 것인지도 모른다. 나는 수년 전 헤일셤에서 선생님에게 말하듯 마담에게 우리가 들은 헤일셤 출신자의 집행 연기에 대한 소문을 솔직하고 간결하게 이야기했다. 아울러 그 소문이 정확하지 않다는 것은 우리도 알고 있다고, 우리에게는 어떤 구체적인 근거도 없다고 설명했다.

"혹시 그 소문이 진짜라 해도 당신은 이런 일, 그러니까 당신을 찾아와 사랑에 빠졌다고 주장하는 커플들에 진력이 나셨을 겁니다. 저희가 정말로 확신하지 않았다면 이렇게 와서 번거롭게 해 드리지는 않았을 겁니다."

"확신이라고?" 마담이 아주 한참 만에 처음으로 입을 열었으므로 우리는 둘 다 깜짝 놀라서 조금 뒤로 물러섰다. "'확신한다'고 했지, 너희 두 사람이 사랑에 빠졌다는 걸 말인가? 그걸 어떻게 알 수 있지? 사랑이 그렇게 간단한 거라고 생각하나? 그러니까 너희는 사랑하고 있다는 거지, 깊이 사랑하고 있다고 말이야. 요컨대 지금 그런 얘기를 하고 있는 건가?" 그녀의 목소리는 거의 빈정대는 것처럼 들렸다. 하지만 우리 각자에게 눈길을 주는 그녀의 눈에는 놀랍게도 눈물이 차올라 있었다.

"너희는 그걸 믿는다는 거지? 너희가 깊이 사랑하고 있다는 걸 말이야. 그래서 그…… 집행 연기를 얻어 내기 위해 나를 찾아왔다는 거지? 하지만 왜? 왜 다른 사람 아닌 나를 찾아온 거지?"

이 모든 이야기가 터무니없는 것이라는 식으로 그녀가 반문했다면 나는 망연자실했을 것이다. 하지만 마담은 그런 식으로 말하지 않았다. 그런 질문은 시험적인 것일 뿐 이미 답을 알고 있는 것처럼 말했다. 나아가 그녀는 이전에 다른 커플들에게도 같은 과정을 거치게 한 것처럼 행동했다. 그런 이유에서 나는 줄곧 희망을 품을 수 있었다. 하지만 토미는 걱정이 되었는지 불쑥 이렇게 말했다.

"우리가 찾아온 건 당신의 화랑 때문입니다. 당신이 왜 화랑을 만들었는지 그 이유를 알 것 같습니다."

"내 화랑?" 그녀는 뒤쪽 창턱에 몸을 기대고는 천천히 숨을 들이쉬었다. 그녀의 뒤에서 커튼이 살랑거렸다. "내 화랑이라. 그러니까 내 수집품을 말하는 모양이군. 내가 여러 해 동안 모은 너희 그림과 시 같은 것들 말이야. 그 일은 힘들었지만 필요한 일이라고 믿었어. 그 시절엔 우리 모두 그랬지. 그러니까 너희는 그게 왜 필요했는지, 우리가 왜 그런 일을 했는지 알고 있다는 거군. 음, 그거 정말 재미있는데. 왜냐하면 사실을 말하자면 나도 그 이유를 줄곧 나 자신에게 물어 왔으니 말이야." 마담은 토미에게서 내게로 갑자기 시선을 옮겼다. "내가 너무 깊이 들어갔나?" 그녀가 물었다.

나는 어떻게 대답해야 할지 몰라 그저 이렇게 대답했다. "아뇨, 그렇지 않습니다."

"내가 좀 깊이 들어간 것 같군. 유감이야. 이 문제만 나오면 너무 깊이 들어가게 된다니까. 내가 조금 전에 한 말은 잊어버리게. 젊은이, 그러니까 자넨 내 화랑에 대한 이야기를 하고 싶은가 보군. 그럼 이야기해 보게."

"화랑은 당신이 우리를 분별하기 위해서 필요했습니다. 당신이 나중에 사용할 작품들을 모아 놓은 거지요. 그게 없다면 학생들이 와서 자기들이 사랑에 빠졌다고 말할 때 진실 여부를 어떻게 가려내겠습니까?"

마담은 시선을 다시 내 쪽으로 돌렸다. 그녀는 내 팔 언저리의 뭔가를 바라보는 것 같았다. 그래서 나는 소매에 새똥 같은 것이 묻어 있나 하고 살펴보았다. 이윽고 다시 그녀가 말했다.

"그러니까 네 생각에는 내가 그런 이유에서 학생들의 작품을 수집했다는 거군. 그런 이유에서 이른바 '화랑'을 만들었다고 말이야. 너희가 그걸 화랑이라고 부른다는 말을 처음 들었을 때 난 웃어넘겼어. 하지만 시간이 가면서 나 역시 그걸 화랑으로, 내 화랑으로 여기게 됐어. 그러면 젊은이, 설명해 봐. 어째서 내 화랑이 너희가 정말로 사랑에 빠졌는지를 분별할 수 있게 해 준다는 거지?"

"작품을 통해 당신은 그걸 만든 사람을 알 수 있기 때문입니다." 토미가 말했다. "왜냐하면……."

마담이 갑자기 말허리를 잘랐다. "왜냐하면 작품이란 그걸 만든 이의 내적 자아를 드러내기 때문이지! 그렇지 않나? 너희의 작품이 너희의 '영혼'을 드러내기 때문이라고!" 그런 다음 그녀는 다시 불쑥 내게로 몸을 돌리고는 물었다. "내가 너무 깊이 들어갔나?"

그 물음은 조금 전에도 나온 것이었다. 그리고 그녀는 또다시 내 옷소매의 한 지점을 바라보는 것 같았다. 하지만 그즈음 나는 그녀가 처음으로 "내가 너무 깊이 들어갔나?"라고 물었을 때부터 피어올랐던 희미한 의혹이 점점 더 커지는 것을 느꼈다. 나는 마담을 주의 깊게 살펴보았다. 그녀는 살피는 듯한 내 눈길을 알아챈 듯 토미에게로 몸을 돌렸다.

"좋아, 계속하지. 얘기하려는 요점이 뭔가?"

"문제는 제가 당시에 약간 혼란스러운 상태에 처해 있었다는 겁니다." 토미가 말했다.

"그러니까 너의 예술에 대한 얘기군. 작품이 어떻게 작가의 영혼을 드러내는지 말이야."

토미는 집요하게 말을 이었다. "제가 지금 말씀드리고 싶은 것은, 당시 제가 혼란 상태에 처해 있어서 작품을 전혀 만들지 않았다는 겁니다. 당시 저는 아무것도 만들지 않았습니다. 그때 뭔가를 만들었어야 한다는 걸 지금은 알지만 그 당시에는 사태를 파악하지 못했지요. 그래서 당신의 화랑에는 제 작품이 전혀 없을 겁니다. 그게 제 잘못이라는 것, 어쩌면 너무 늦었으리라는 건 알고 있지만 사실은 가지고 온 게 좀 있습니다." 그는 가방을 들어 올려 지퍼를 열기 시작했다. "그중 일부는 최근에 그린 거지만 일부는 오래전에 그린 겁니다. 캐시의 작품은 이미 갖고 계실 겁니다. 상당히 많이 뽑혔으니까요. 그렇지, 캐시?"

순간 두 사람 모두 나를 바라보았다. 이윽고 마담이 들릴 듯 말 듯 한 어조로 말했다.

"이렇게 가여울 데가. 우리가 너희를 위해 뭘 해 줄 수 있겠니? 알량한 우리의 계획과 전략을 가지고 뭘 할 수 있겠느냐고?" 그녀는 말을 채 끝내지 않았다. 그녀의 눈에 또다시 눈물이 차오른 것 같았다. 이윽고 그녀는 내게로 눈길을 돌리고 다시 말했다. "우리, 이 얘기를 계속해야 하는 거야? 이 얘기를 계속 하기를 바라느냐고?"

조금 전에 갖게 된 막연한 생각이 더 구체적이 된 것은 마담의 이 말 때문이었다. "내가 너무 깊이 들어갔나?"에 이어 지금은 "우리, 이 얘기를 계속해야 하나?"라는 질문이 나온 것이다. 오한이 엄습하면서 나는 그 질문의 대상이 나나 토미가 아니라 다른 사람이라는 것을 깨달았다. 방의 다른 쪽 어두운 곳에서 누군가 우리의 말에 귀를 기울이고 있던 것이다.

나는 천천히 몸을 돌려 어둠 속을 응시했다. 아무것도 보이지 않았지만 놀라울 정도로 먼 곳에서 기계음 같은 것이 들려왔다. 그 집의 폭은 내 짐작보다 훨씬 더 깊은 것 같았다. 이윽고 어떤 형체가 우리를 향해 다가오는 것이 느껴졌다. 여자의 목소리가 들려왔다. "그래, 마리클로드. 한번 얘기해 보자고."

내가 어둠 속을 줄곧 응시하고 있는 동안, 마담은 코웃음 소리 같은 것을 내고는 성큼성큼 우리를 지나 어둠 속으로 사라졌다. 이윽고 다시 기계음이 좀 더 크게 들리더니 마담이 휠체어를 밀고 토미와 나 사이를 다시 지나갔다. 아까보다 조금 더 오랫동안 시야가 마담의 등에 가려져 있었으므로 나는 휠체어에 앉은 사람의 얼굴을 볼 수 없었다. 이윽고 마담은 휠체어의 앞면을 우리 쪽으로 돌려놓고는 말했다.

"당신이 직접 얘기해. 이들이 만나러 온 사람은 당신이잖아."

"그런 것 같군."

휠체어에 앉은 사람은 일그러지고 몹시 약해 보였다. 그 얼굴을 알아볼 수 있었던 것은 무엇보다도 목소리 때문이었다.

"에밀리 선생님." 토미가 아주 나직하게 외쳤다.

"당신이 얘기해." 마담은 마치 이 모든 일에서 손을 떼겠다는 듯 말했다. 하지만 그녀는 눈길을 우리 쪽에 고정한 채 휠체어 뒤에 그대로 서 있었다.

22

　"마리클로드 말이 옳다. 너희가 그런 얘기를 해야 할 상대는 바로 나란다. 마리클로드는 우리의 계획을 위해 열심히 일했지. 그런데 모든 일이 이렇게 끝나는 바람에 어느 정도 환멸을 느낀 거야. 나로 말하자면 실망하긴 했지만 그렇게까지 상심하지는 않는다. 우리가 해낸 게 훌륭한 평가를 받을 만하다고 생각하니까. 너희 둘을 봐라. 이렇게 훌륭하게 성장했잖니. 너희가 지닌 많은 것들이 나는 자랑스럽다. 이름이 뭐라고 했지? 오, 아니, 됐어. 기다려 봐. 생각이 날 것 같다. 이쪽은 성질이 고약했던 그 소년이군. 성질은 못됐지만 마음은 넓었지. 토미, 맞지? 그리고 이쪽은 캐시 H.일 테고 말이야. 간병사 일을 아주 훌륭하게 해내고 있지. 너에 대한 얘기를 많이 들었다. 단언하건대 나는 너희 둘 모두를 기억한단다." 에밀리 선생님이 말했다.

"그렇다고 당신이나 저들한테 무슨 도움이 되겠어?" 마담이 물었다. 그런 다음 그녀는 휠체어 곁을 떠나 우리를 지나 어둠 속으로, 조금 전까지 에밀리 선생님이 있던 공간으로 모습을 감추었다.

"에밀리 선생님, 다시 뵈니 정말 반갑네요." 내가 말했다.

"그렇게 말해 주다니 정말 고맙구나. 나는 널 알아볼 수 있지만 너는 나를 잘 알아보지 못할 수도 있는데 말이야. 캐시 H., 실제로 얼마 전에 나는 저기 벤치에 앉아 있는 너를 보았단다. 너는 나를 알아보지 못하는 것 같았어. 내 휠체어를 밀던 조지에게, 그러니까 거구의 나이지리아 남자에게는 힐긋 시선을 주더구나. 오, 그래. 너는 그에게 꽤 오랫동안 눈길을 주었고 그도 너를 바라보았지. 나는 한 마디도 하지 않았고 말이다. 너는 나를 알아보지 못했어. 하지만 오늘 밤 이런 상황이 되니 알아보는군. 너희 둘 다 나를 보고 좀 충격을 받은 것 같구나. 최근 나는 줄곧 몸 상태가 그리 좋지 않단다. 이 휠체어 신세를 영원히 지지 않기만을 바랄 뿐이지. 얘들아, 안타깝게도 나한텐 너희와 이야기를 하고 싶은 만큼의 시간이 없단다. 왜냐하면 조금 후에 내 침대 옆 장식장을 가지러 사람들이 오기로 했거든. 정말 멋진 물건이란다. 그걸 상하지 않게 하려고 조지가 완충재로 싸긴 했지만, 나는 고집을 부려서 직접 따라가기로 했지. 일꾼들을 믿을 수가 있어야지. 그들이 물건을 거칠게 다루고 아무렇게나 차에 내팽개쳐서 망가뜨려도 그들의 고용주는 물건이 원래 그랬다고 우기거든. 전에도 그런 일이 있었지. 그래서 이번에는 직접 따라가겠다고 고집을 부렸어. 아주 아름다운 물건이야. 헤일섬에서 쓰던 거라 공정 가격에 팔기로 결정했지. 그래서 사람들이 오면 난 가 봐야 한단다. 하지만 얘들아, 너희가 정말 중요한 일로 이곳에 왔다는 건 안다. 너희를 보니 정말 기쁘구나. 겉으로 보면 전혀 모르겠지만 마리클로드 역시 기뻐하고 있어. 안 그래, 친구? 이런, 말도 안 된다는 표정을 짓는군. 하지만 내 말이 맞을 거야. 너희가 우리를 찾아낸 것에 그녀는 감동했을 거다. 저런, 뾰로통한 표정을 짓는군. 저 친구에게는 신경 쓰지 마라, 얘들아. 무시하라고. 자, 이제 최선을 다해 너희 질문에 대답해 주마. 나 역시 여러 차례 그런 소문을 들었다. 우리가 헤일섬을 운영하고 있을 때 매해 두세 쌍의 커플이 우리에게 와서 그런 얘기를 했지. 심지어는 편지를 보내온 커플도 있었어. 규칙을 어긴 것으로 치면, 그것만큼 대담한 경우도 없을 거다. 그러니까 그 소문은 훨씬 이전부터 있었단다."

그녀가 말을 멈췄으므로 내가 말했다. "지금 저희가 알고 싶은 건요, 에밀리 선생님. 그 소문이 사실인가 아닌가 하는 겁니다."

그녀는 순간 우리를 물끄러미 응시하다가는 이윽고 깊게 숨을 들이쉬었다. "헤일셤에서 그런 얘기가 나올 때마다 나는 다시는 그런 얘기가 나오지 않게 못을 박았지. 하지만 학생들이 우리 손을 벗어난 후에 하는 얘기는 어쩌겠니. 결국 나는, 마리클로드 역시 그럴 거다. 안 그런가, 친구? 그 얘기가 일반적인 소문이 아니라고 생각하게 됐어. 그러니까 내 말은 아무 근거도 없이 그런 얘기가 줄곧 생겨났다는 거야. 근원을 찾아 봉쇄해도 다른 곳에서 또다시 생겨난다면 막을 수 없는 거지. 그런 결론에 이른 나는 더 이상 걱정하지 않기로 했다. 마리클로드는 그런 걱정 같은 건 한 적이 없어. 만약 학생들이 그 정도로 어리석다면 그런 얘기를 믿게 놔두자는 게 저 친구의 입장이었지. 오, 이런, 그렇게 인상 쓰지 마, 그게 애초에 당신 입장이었잖아. 세월이 흐른 다음에 나는 조금 다른 관점에서 그 일을 보게 되었어. 그러니까 내가 걱정할 일이 아니라는 생각이 들었지. 결국 그건 내 일이 아니니까 말이다. 그리고 한두 커플은 실망했겠지만 나머지 커플들에게는 아무 상관도 없는 일이야. 그들에게 그것은 그저 하나의 꿈, 하나의 환상이었을 테니까 말이다. 그게 무슨 해가 되겠니? 하지만 너희 두 사람의 경우는 다른 것 같구나. 너희는 진지해. 주의 깊게 생각하고 주의 깊게 희망을 품은 것 같다. 너희 같은 학생들에게는 안된 일이다. 정말이지 너희를 실망시키고 싶지 않단다. 하지만 어쩔 수 없구나."

나는 토미를 바라보지 않으려 애썼다. 놀라울 정도로 마음이 차분해지는 것이 느껴졌다. 그리고 에밀리 선생님의 그런 말로 희망이 뭉개지고 말았는데도 그 이상의 뭔가가 감춰져 있는 듯한 느낌이 들었다. 우리가 아직 문제의 핵심에 도달하지 않은 것 같은 느낌이었다. 어쩌면 에밀리 선생님이 거짓말을 하는 것일 수도 있었다.

"그렇다면 집행 연기란 게 아예 없다는 건가요? 선생님이 하실 수 있는 일이 전혀 없나요?"

그녀는 천천히 고개를 내저었다. "그 소문은 사실이 아니란다. 안됐구나. 정말 안됐어."

토미가 불쑥 물었다. "그 얘기가 사실이었던 적은 있나요? 헤일셤이 문을 닫기 전에 말이에요."

에밀리 선생님은 이번에도 고개를 내저었다. "그런 일은 없었단다. 모닝데일 사건이 일어나기 전, 그리고 헤일셤이 좀 더 인도적이고 진보된 방식으로 사태를 헤쳐 나갈 수 있음을 보여 주는 본보기로 간주되던 동안에도 그런 일은 없었어. 이런 일은 명확하게 말하는 편이 가장 좋지. 그 달콤한 얘기는 그저 달콤한 소문일 뿐이다. 예전에도 지금도 말이야. 오, 이런. 혹시 장식장을 가지러 사람들이 온 게 아닐까?"

초인종이 울렸고 문을 열어 주기 위해 층계를 내려가는 발소리가 들려왔다. 좁은 현관에 남자들의 목소리가 울려 퍼지자, 우리 뒤쪽 어두운 곳에서 마담이 나와 방을 가로질러 밖으로 나갔다. 에밀리 선생님은 휠체어에 앉은 채 몸을 앞으로 숙이고 귀를 기울였다. 이윽고 그녀가 다시 입을 열었다.

"아니군. 인테리어 회사의 그 지독한 사내가 다시 온 거야. 마리클로드가 처리할 거다. 그러니 얘들아, 아직 몇 분 더 얘기해도 될 것 같다. 나한테 하고 싶은 얘기가 더 있니? 엄격하게 말하면 이런 일은 규칙 위반이란다. 마리클로드는 너희를 집 안에 들이면 안 되는 거였어. 나도 너희를 보자마자 내보냈어야 했고. 하지만 요즘 마리클로드는 그들의 규칙 같은 것에 그다지 신경 쓰지 않는다. 나 역시 그렇다고 해야겠지. 그러니까 좀 더 여기에 있고 싶다면 얼마든지 그래도 좋다."

"그 소문이 사실인 적이 없었다면 어째서 선생님은 우리의 작품을 그렇게 거둬 가신 거죠? 화랑 역시 존재하지 않았던 거 아닌가요?" 토미가 물었다.

"화랑? 으음, 그러고 보면 그 소문이 일리가 있었나 보군.

화랑은 틀림없이 있었단다. 그리고 지금도 어느 정도 남아 있는 셈이지. 요즘은 이곳, 이 집 안에 있지. 작품을 대충 추려야 했는데 그건 정말 안타까운 일이었어. 하지만 여긴 그걸 전부 갖고 있을 공간이 없단다. 그건 그렇고 어째서 너희 작품을 거둬 갔느냐고? 그걸 알고 싶다는 거니?"

"알고 싶은 게 꼭 그건 아닙니다." 내가 조용히 말했다. "어째서 우리는 훌륭한 작품을 만드는 일을 무엇보다도 우선시했어야 했나요? 어째서 우리를 교육하고 격려해서 그런 것들을 만들게 한 건가요? 어떤 일이 벌어지든 기증을 하고 죽는 게 우리의 운명이라면 어째서 그런 수업 같은 걸 받아야 했죠? 어째서 그런 책들을 읽고 토론을 해야 했던 거죠?"

"어째서 헤일셤이 있어야 했던 거지?" 현관에서 마담의 목소리가 들려왔다. 그녀는 다시 우리를 지나 방의 어두운 쪽으로 모습을 감추었다. "너희가 할 만한 질문이다."

에밀리 선생님의 시선이 그녀를 따라가서는 우리 뒤쪽에 잠시 머물렀다. 나는 고개를 돌려 그들이 어떤 시선을 교환하는지 보고 싶었다. 하지만 그곳은 마치 헤일셤 같은 분위기였으므로 우리는 줄곧 앞을 바라보고 있어야 했다. 이윽고 에밀리 선생님이 말했다.

"그래, 어째서 헤일셤이 필요했을까? 요즘 마리클로드는 그런 질문을 자주 하지. 하지만 모닝데일 사건이 터지기 전엔 결코 그런 의문을 품지 않았을 거야. 그런 생각 자체가 머릿속에 떠오르지 않았을 거라고. 내 말이 맞다는 거 알잖아. 그런 눈길로 쳐다볼 거 없다고! 그 사건 이전에 그런 질문을 던진 사람은 나뿐이었어. 모닝데일 사건이 일어나기 오래전부터 나는 그런 자문을 거듭했지. 그래서 다른 사람들이 편할 수 있었지, 마리클로드. 걱정하지 않고 모든 일을 할 수 있었지. 너희 학생들도 마찬가지다. 나는 너희 모두를 대신해 걱정하고 자문했어. 내가 아는 한 너희 중 어느 누구의 마음속에도 의혹 같은 것은 떠오르지 않았어. 하지만 얘들아, 너희는 그런 의문을 품었구나. 가장 단순하게 대답하마. 그러면 나머지 모든 것도 설명될 거야. 어째서 우리가 너희의 작품을 걷어 갔느냐고? 왜 그렇게 했느냐고? 토미, 조금 전에 넌 아주 흥미로운 언급을 했어. 마리클로드와 이런 얘기를 하면서 너는 작품이 사람을 드러낸다고 했지. 사람의 내면을 말이야. 네가 말한 게 바로 그거지? 그렇다면 그 문제를 제대로 짚은 셈이다. 우리가 너희 작품을 걷어 온 건 거기에 너희의 영혼이 드러나 있다고 생각했기 때문이야. 좀 더 세련되게 말하자면 그걸로 너희한테도 영혼이라는 게 있음이 증명되기 때문이었다."

그녀가 말을 멈추자, 토미와 나는 한참 만에 처음으로 시선을 교환했다. 이윽고 내가 물었다. "어째서 그런 걸 증명하셔야 했죠, 에밀리 선생님? 우리한테 영혼이 없다고 생각하는 사람이라도 있었나요?"

희미한 미소가 그녀의 얼굴에 피어올랐다. "그렇게 응수하는 걸 보니 감동하지 않을 수 없구나, 캐시. 어떤 면에서 그건 우리가 이 일을 잘 해냈다는 증거이기도 하다. 너희에게 영혼이 없다고 여기는 사람들이라도 있었느냐고? 그 질문에 이렇게 대답할 수밖에 없구나. 얘야, 오래전 우리가 헤일셤을 처음 시작했을 때 그게 대부분 사람들의 일반적인 견해였다고 말이다. 그 이후 우리가 거둔 많은 발전에도 불구하고 오늘날까지도 세계적으로 그런 견해가 일반적인 것으로 받아들여지고 있단다. 너희 헤일셤 학생들은 바깥세상으로 나온 지금까지도 세상의 실상을 반도 모르고 있어. 바로 이 순간에도 전국 각지에서는 수많은 학생들이 통탄할 만한 상황에서 사육되고 있단다. 헤일셤 출신자들로서는 상상할 수도 없는 상황에서 말이야. 헤일셤이 폐교되었으니 이제 상황은 점점 더 나빠질 거다."

그녀는 다시 말을 멈추고는 미간에 주름을 잡은 채 한동안 우리를 주의 깊게 관찰했다. 이윽고 그녀가 말을 이었다.

"적어도 우리의 보호 아래 있는 동안에는 너희 모두가 좋은 환경에서 성장할 수 있게 우리는 신경을 썼다. 또한 너희가 우리를 떠난 후에도 최악의 것과 거리를 둘 수 있게 배려

했지. 적어도 우린 너희를 위해 그런 많은 일을 했단다. 하지만 '집행 연기'에 대한 그런 꿈을 허용하는 건 아무리 우리라도 한계를 벗어나는 일이었어. 유감이구나. 지금 내 말이 너희에게 그리 달갑게 받아들여지지 않으리라는 걸 잘 안다. 너희는 낙담하지 않을 수 없겠지. 하지만 나는, 너희의 안전을 보장해 준 데 대해 우리에게 고마움을 느꼈으면 한다. 이제 너희 둘을 좀 보렴! 너희는 멋진 추억이 있고 교육을 받았고 교양이 있어. 그 이상의 것을 해 주지 못하는 건 유감이다. 하지만 한때 사태가 얼마나 절망적이었는지 너희도 알아야 해. 마리클로드와 내가 이 일을 시작할 무렵 헤일셤 같은 곳은 아예 존재하질 않았단다. 글렌모건 하우스와 우리가 처음이었지. 이어 몇 년 후 손더스 트러스트가 나왔어. 우리는 주류는 아니었지만 상당히 영향력 있는 운동을 전개하면서 기존의 장기 기증 진행 방식에 정면으로 도전했단다. 무엇보다도 우리는 인간적이고 교양 있는 환경에서 사육된다면 '학생'들 역시 일반인들처럼 지각 있고 지성적인 사람으로 성장할 수 있음을 세상에 증명했어. 헤일셤 이전의 클론들은, 물론 우리는 너희를 '학생'이라고 부르는 게 더 좋지만 말이다, 그저 의학 재료를 공급하기 위한 존재에 지나지 않았지. 전후 초기 대부분의 사람들은 너희를 그런 존재로 생각했어. 시험관에 들어 있는 베일에 싸인 물질로 말이야. 안 그래, 마리클로드? 저 친구는 한마디도 하지 않는 군. 이런 문제에 대해 잠자코 있기 어려울 텐데 말이야. 얘들 아, 너희가 여기에 와 있다는 사실에 저 친구가 말을 잃은 것 같구나. 좋아, 이제 네 질문에 대답해 주마, 토미. 바로 이런 이유에서 우리는 너희 작품을 걸었단다. 우리는 가장 잘된 작품들을 선별해 특별 전시회를 열었지. 우리의 영향력이 최고조에 달했던 1970년대 후반에 우리는 전국 규모의 대형 이벤트를 조직했어. 장관, 주교, 온갖 분야의 유명 인사들이 찾아왔지. 그들은 연설을 했고, 연설에 이어 막대한 기금을 기부하겠다고 약속했지. 우리는 이렇게 외칠 수 있었어. '여깁니다, 보세요! 이 작품 좀 보시라고요! 이런 아이들을 두고 어떻게 인간 이하의 열등한 존재라고 할 수 있겠습니까?' 이런, 그래. 우리는 당시 시류를 타서 많은 지원을 받았단다."

이어 몇 분에 걸쳐 에밀리 선생님은 당시의 다양한 이벤트들을 떠올리는 듯 우리에게는 아무런 의미도 없는 많은 이름들을 언급했다. 순간 나는 헤일셤의 조회 시간에 그녀의 연설을 듣고 있는 것 같은 착각에 빠졌다. 그때도 그녀는 갑자기 주제에서 벗어나 아무도 맥락을 따라갈 수 없는 이야기를 하지 않았던가. 하지만 이제 그녀는 그 일을 즐기는 듯 눈가에 부드러운 미소가 어렸다. 하지만 이윽고 몽상에서 빠져나와 달라진 어조로 말했다.

"하지만 그때도 우리는 현실 감각을 잃지 않았어. 그렇지, 마리클로드? 손더스 트러스트의 운영자들 같지는 않았다고. 전성기를 구가할 때조차 우리는 그 싸움이 얼마나 어려운 것인지 알고 있었단다. 그러다가 모닝데일 사건이 터졌고 이어 한두 가지 일들이 더 일어났지. 우리의 힘겨운 모든 노력이 제대로 이해되기도 전에 수포로 돌아간 거다."

"제가 이해할 수 없는 건 어째서 사람들이 애초부터 학생들을 그렇게 고약하게 취급했느냐 하는 거예요." 내가 말했다.

"오늘날 네 관점에서 보자면 말이다, 캐시, 네가 어리둥절해하는 건 충분히 이해할 수 있다. 하지만 사태를 역사적 맥락에서 파악해야 해. 세계대전이 끝나고 1950년대 초에 접어들자 과학의 약진이 얼마나 빠르게 이루어졌던지, 합리적인 질문이 제기되거나 환기될 여유가 없었단다. 그러다 갑자기 온갖 새로운 가능성이 우리 앞에 펼쳐졌지. 전에는 불치병으로 간주되던 많은 병들로부터 벗어날 수 있는 방법들 말이다. 온 세상이 주목하고 바라던 일이었지. 오랜 세월 동안 사람들은 인간의 이식용 장기가 밑도 끝도 없이 불쑥 생기는 거라고, 진공실 같은 곳에서 배양되는 거라고 믿고 싶어 했단다. 그래, 그 전에도 '논쟁'이 있었지만, 실제로 사람들이 그러니까…… '학생들'에 대해 관심을 갖게 된 건 그즈음부터였어. 그 무렵이 되자 그들은 너희가 어떻게 사육되는지, 너희 같은 존재가 꼭 있었어야 했는지를 생각하기 시작했다. 하지만 그 무렵엔 이미 엎질러진 물이었어. 그 과정을 되돌릴 수 있는 방법이 없었단다. 장기 교체로 암을 치유할 수 있게 된 세상에서 어떻게 그 치료를 포기하고 희망 없는 과거로 돌아갈 수 있겠니? 후퇴라는 건 있을 수 없었지. 사람들은 너희 존재를 거북하게 여겼지만, 그들의 더 큰 관심은 자기 자녀나 배우자, 부모 또는 친구를 암이나 심장병이나 운동신경질환에서 구하는 거였단다. 그래서 너희는 아주 오랫동안 어둠 속에 머물러 있었지. 사람들은 최선을 다해 되도록 너희 존재를 생각하지 않으려 했단다. 그럴 수 있었던 건 너희가 우리와는 별개의 존재라고, 인간 이하의 존재들이라고 스스로에게 납득시켰기 때문이지. 그것이 우리의 작은 운동이 시작되기 전의 실상이었단다. 우리가 무엇에 맞서야 했는지 알겠지? 실제로 우리가 시도한 일은 불가능에 가까웠어. 학생들을 장기 공급의 수단으로만 여기는 이런 세상에서 말이야. 사태가 그런 만큼 너희를 제대로 된 인간으로서 파악하지 않으려는 장벽이 늘 있어 왔단다. 그래, 우리는 오랫동안 거기에 맞서 싸웠고, 너희를 위해 적어도 많은 것들을 개선했단다. 물론 선택된 몇몇을 위한 거였지만 말이야. 하지만 모닝데일 사건에 이어 또 다른 일들이 일어나자, 의식하지 못하는 사이에 시대의 흐름이 크게 바뀌고 말았단다. 사람들이 이제 더 이상 우리를 지원하고 있다는 사실로 주목받기를 원하지 않았어. 그래서 헤일섬, 글렌모건, 손더스 트러스트 같은 작은 운동들이 모두 스러지고 말았지."

"줄곧 말씀하시는 모닝데일 사건이라는 게 뭔가요, 에밀리 선생님? 저희는 그것에 대해 아는 게 없으니 알려 주셔야 할 것 같아요."

"음, 너희가 그 사건을 알아야 할 이유 같은 건 없는 것 같다. 더 넓은 관점에서 보자면 그리 대단한 사건은 아니었으니 말이야. 그 사건은 상당한 재능을 갖고 자기 방식으로 일을 해 나가던 제임스 모닝데일이라는 과학자를 둘러싸고 벌어진 일이야. 그는 스코틀랜드의 벽지에서 자기의 계획을 실행에 옮겼지. 그런 곳에서라면 관심이 덜 쏠릴 거라고 생각했던 모양이야. 그가 하려던 건 좀 더 강화된 특질을 가진 아이를 얻는 거였어. 지성이나 운동 능력 같은 면에서 우수한 아이 말이야. 물론 이제까지도 그 비슷한 야망을 가진 사람들이 여럿 있었지만, 모닝데일이란 사람은 이런 연구를 이전의 그 누구보다도 강하게 밀어붙였지. 그러다가 법의 범위를 넘어서고 말았어. 그런 사실이 적발되자 그의 연구는 끝장나고 말았단다. 물론 그건 우리의 경우와는 상관이 없지.

조금 전에 말한 대로 그건 대단한 사건은 아니었단다. 하지만 그게 어떤 분위기를 만들어 냈지. 그 사건은 사람들에게 줄곧 가지고 있던 공포를 환기시켰단다. 너희 같은 학생들을 만들어 내는 장기 기증 진행 계획에 대한 공포 말이다. 혹시 그렇게 만들어진 아이들의 후손이 우리 사회에서 자리를 잡게 된다면? 그들이 우리 일반인보다 우수하다는 게 증명된다면? 오, 안 돼. 그 생각은 사람들을 겁에 질리게 만들었어. 그들은 뒷걸음쳤지."

"하지만 에밀리 선생님, 그게 우리와 무슨 관련이 있죠? 어째서 그런 일로 헤일셤이 문을 닫아야 했나요?"

"우리도 뚜렷한 연관이 있다고 보지 않았단다, 캐시. 처음에는 말이야. 하지만 이제 생각해 보면 우리가 그 일과 무관하다고 판단했던 게 잘못이었어. 좀 더 경계를 하고 있었다면, 우리 일에 그렇게 빠져 있지 않았더라면, 모닝데일 사건에 관한 뉴스가 나오자마자 필요한 조치를 취했더라면, 이런 결과를 피할 수 있었을지도 몰라. 이런, 마리클로드는 내 말에 동의하지 않는 모양이군. 저 친구는 우리의 대응과는 상관없이 이런 일이 일어났을 거라고 보는 것 같다. 그 말이 맞을지도 모르지. 어쨌든 이렇게 된 건 단순히 모닝데일 사건 때문이 아니란다. 또 다른 일들도 일어났지. 예를 들어 그 끔찍한 텔레비전 시리즈 같은 것도 있었어. 모든 것이 시대의 흐름을 돌려놓는 데 한몫했단다. 하지만 차분히 돌아보면 결정적인 문제점은 다른 데 있었어. 우리의 작은 운동이 줄곧 자생력을 갖지 못하고 지원자들에게 지나치게 의존하고 있었다는 거지. 시대의 흐름이 우리에게 우호적인 동안에는, 회사나 정치가들이 우리를 후원하는 게 이익이라고 판단하는 동안에는 그럭저럭 해 나갈 수 있었단다. 하지만 항상 겨우 수지를 맞출 정도였으니, 모닝데일 사건으로 시류가 바뀌자 선택의 여지가 없었지. 세상은 기증 진행 계획의 실상이 환기되는 걸 원하지 않았단다. 사람들은 너희 학생들에 대해, 너희가 어떤 상황에서 성장하는지에 대해 생각하고 싶어 하지 않았어. 다른 말로 하자면 애들아, 너희가 어둠 속에 머물러 있기를 바란 거야. 마리클로드나 나 같은 사람이 나타나기 전에 너희가 처해 있던 그런 어둠 속에 말이다. 이윽고 한때 그렇게 열심히 우리를 돕던 많은 실력자들이 모두 사라져 버렸단다. 1년이 못 되는 기간 동안 우리는 후원자들을 차례로 잃었지. 우리는 할 수 있는 한 오랫동안, 글렌모건보다 2년 정도 더 버텼어. 하지만 결국 알다시피 문을 닫을 수밖에 없었단다. 오늘날 우리가 해 놓은 일은 거의 흔적도 없이 사라져 버렸어. 이제 이 나라 어디에서도 헤일셤 같은 곳은 찾아볼 수 없단다. 이제 남은 건 정부가 운영하는 거대한 '사육장'뿐이다. 그곳의 상황이 과거

451

보다 좀 나아졌다 해도, 얘들아, 그런 곳에서 지금 어떤 일이 일어나고 있는지를 알면 너희는 며칠 동안 잠을 이룰 수없을 거다. 마리클로드와 나는 여기 이 집으로 물러나 너희작품을 2층에 잔뜩 쌓아 놓았어. 그걸 통해 우린 그동안의일을 떠올릴 수 있단다. 그리고 그리 반가울 것 없는, 산더미 같은 빚도 있지. 너희 모두에 대한 기억도 남은 것 같구나. 우리가 아니었다면 너희가 훨씬 참혹한 삶을 살았을 거라는 인식 말이야."

"고맙다는 말을 들을 거라고 기대하지 마." 우리 뒤에서마담의 목소리가 들려왔다. "어째서 저들이 우리에게 감사같은 걸 하겠어? 저들은 뭔가를 더 얻기 위해 여기에 왔어.그 세월 동안 우리가 저들을 대신해서 한 모든 싸움, 저들에게 준 것에 대해 뭘 알겠어? 저들은 그걸 신에게서 받은 거라고 여기고 있어. 여기에 오기 전까지 저들은 아무것도 몰랐잖아. 이제 저들이 느끼는 건 실망감뿐이야. 우리가 그들에게 할 수 있는데도 그 이상을 주지 않는다고 생각해서 말이야."

한동안 아무도 말이 없었다. 이윽고 밖에서 소란스러운소리가 들려오더니 다시 초인종이 울렸다. 마담이 어둠 속에서 나와 현관으로 나갔다.

"이번엔 그 사람들이 분명한 것 같군. 갈 준비를 해야겠어. 하지만 너희는 더 있어도 된다. 사람들이 장식장을 가지고 충계 두 개를 내려와야 하니까 말이야. 그들이 그걸 조심해서 다루는지 마리클로드가 지켜볼 거다." 에밀리 선생님이 말했다.

토미와 나는 이것으로 그 만남이 끝난다는 것을 믿을 수가 없었다. 우리 둘 다 그 자리에서 움직이지 않았다. 어쨌든 에밀리 선생님을 휠체어에서 일으켜 줄 사람의 모습은 보이지 않았다. 나는 그녀가 혼자서 일어서려 하지 않을까 순간 생각했지만, 그녀는 그대로 앉은 채 조금 전처럼 몸을 앞으로 숙이고 귀를 기울였다. 이윽고 토미가 말했다.

"그러니까 전혀 없는 거군요. 집행 연기 같은 거 말이에요."

"토미." 나는 나직하게 말하고 그를 쏘아보았다. 하지만 에밀리 선생님은 부드럽게 대답했다. "그렇단다, 토미. 그런 건 없어. 네 삶은 이제 정해진 행로를 따라야 해."

"그러니까 지금 선생님 말씀은 우리가 받은 모든 수업, 그 모든 것이 아무것도 아니란 말씀인가요? 지금 선생님이 말씀하신 게 다란 말인가요? 그 이상 아무것도 없단 말인가요?"

"너희가 게임의 담보물에 지나지 않는 것처럼 느껴지리라는 건 안다. 충분히 그렇게 느껴질 수 있어. 하지만 생각해보렴. 너희는 그래도 행복한 담보물이야. 한때 어떤 흐름이 있었지만 이제는 지나가 버렸어. 세상일이 때때로 그런 식으로 돌아간다는 걸 받아들여야 한다. 대중의 생각이나 감정은 이쪽으로 쏠렸다가 저쪽으로 가 버리지. 그 과정 중 한 지점이 너희의 성장기와 겹쳤던 거란다."

"마치 왔다가 가 버리는 유행과도 같군요. 우리에겐 단 한 번밖에 없는 삶인데 말이에요." 내가 말했다.

"그래, 사실이다. 하지만 생각해 보렴. 너희는 이전의 수많은 클론들보다 훨씬 나은 조건에서 살았어. 그리고 앞으로 클론들이 어떤 상황에 처하게 될지 누가 알겠니? 유감이구나, 얘들아. 하지만 이제 난 가 봐야겠다. 조지! 조지!"

그때 복도에서 요란한 소리가 들려왔다. 그 때문에 조지라는 사람은 자기를 부르는 소리를 듣지 못한 모양이었다. 아무도 나타나지 않았던 것이다. 토미가 불쑥 물었다.

"그게 루시 선생님이 떠난 이유인가요?"

나는 에밀리 선생님이 현관에서 벌어지는 일에 신경을 쓰느라 토미의 말을 듣지 못했으리라고 생각했다. 이제 그녀는 휠체어에 앉은 채 몸을 뒤로 젖히고 천천히 문을 향해 나아가고 있었다. 하지만 여러 개의 작은 커피 탁자와 의자 사이를 지나가기가 쉽지 않은 듯했다. 내가 그것들을 치우기 위해 일어나려는 순간, 그녀가 갑자기 그 자리에 멈춰 섰다.

"루시 웨인라이트, 오 그래. 그녀는 우리와 좀 문제가 있었지." 그녀는 말을 멈추었다가는 휠체어를 후진해 와서 토미를 마주 보았다. "그래, 그녀는 우리와 약간 문제가 있었어. 견해차였지. 하지만 네 질문에 대답하자면 토미, 루시 웨인라이트와 우리의 견해차는 지금까지 하던 이야기와는 전혀 상관이 없단다. 어쨌든 직접적으로는 그래. 그래, 좀 더 자세히 말하자면 그건 내부 문제였어."

나는 그녀가 그것으로 말을 끝내는 줄 알고 물었다. "에밀리 선생님, 괜찮으시다면 우리는 그러니까 루시 선생님께 일어난 일에 관해 알고 싶습니다."

에밀리 선생님은 눈썹을 치올렸다. "루시 웨인라이트? 너희는 그 여자가 중요하다고 생각하니? 용서해라, 얘들아. 내가 또 잊었구나. 루시가 우리와 같이 일한 기간이 얼마 되지 않아서 우리의 헤일셤 기억에서 그녀는 주변 인물에 지나지 않는단다. 게다가 그다지 행복한 추억과 관련된 인물도 아니고. 하지만 너희가 있던 때가 바로 그 시기였다면……." 그녀는 혼자 웃음을 터뜨리고는 뭔가를 회상하는 것 같았다. 현관에서 마담이 남자들에게 몹시 크게 외치는 소리가 들려왔다. 하지만 에밀리 선생님은 더 이상 그쪽에 신경을 쓰지 않는 것 같았다. 그녀는 집중해서 기억을 더듬는 듯했다. 이윽고 그녀가 말했다. "상당히 괜찮은 여자였지. 루시 웨인라이트 말이야. 하지만 우리와 한동안 일하고 난 후 이런 생각이 들었던 모양이다. 너희가 좀 더 분명하게 자각을 해야 한다는 생각 말이지. 너희 앞에 기다리고 있는 것, 너희가 누구인지, 무엇에 쓰일지에 대한 자각 말이야. 그녀는 너희가 가능한 한 사실에 가까운 예상을 할 수 있어야 한다고 여겼어. 사실에 못 미치는 건 어떤 식으로든 너희를 속이는 거나 마찬가지라고 생각한 거지. 그녀의 견해를 고려해 본 우리는 그렇지 않다고 결론을 내렸단다."

"어째서요? 어째서 그런 결론을 내리신 거죠?" 토미가 물었다.

"왜냐고? 그녀의 의도가 좋았다는 건 나도 인정한다. 너희는 그녀를 좋아했나 보구나. 그녀에겐 훌륭한 선생님이 될 자질이 있었지. 하지만 그녀가 하려던 건 너무 '이론적'이었어. 여러 해에 걸쳐 헤일섬을 운영해 온 우리는 무엇이 효과적인지, 장기적 관점에서 헤일섬을 떠난 이후까지 학생들에게 무엇이 최선인지 알고 있었단다. 루시 웨인라이트는 이상주의자였고 그 자체는 잘못이 아니다. 하지만 그녀에겐 실질적으로 일을 통제할 능력이 없었단다. 현재의 너희에게서 아무도 빼앗아 갈 수 없는 어떤 걸 우리가 줄 수 있었던 건 원칙적으로 너희를 '보호'했기 때문이야. 우리가 그러지 않았다면 헤일섬은 존재 가치가 없었을 거다. 좋아, 그러기 위해서는 때때로 너희에게 사태를 숨기고 거짓말을 해야 했던 게 사실이다. 그래, 여러 가지 면에서 우린 너희를 '바보'

로 만들었지. 그렇게 말할 수도 있었겠구나. 하지만 우리는 그 세월 동안 너희를 보호했고 너희에게 유년을 주었어. 루시의 의도는 좋았다. 하지만 그녀가 그런 입장을 고수했다면 헤일섬에서 너희 행복은 산산조각 나고 말았을 거야. 이제 너희를 좀 보렴! 나는 너희 둘이 무척 자랑스럽다. 너희는 우리가 준 것에 기초해서 스스로 삶을 세웠어. 우리가 너희를 보호하지 않았다면 오늘날과 같은 모습이 되지 못했을 거다. 너희는 수업에 몰두하지 못했을 거고, 그림과 글쓰기에도 몰입할 수 없었겠지. 각자 앞에 어떤 운명이 기다리고 있는지 알았다면 어떻게 그럴 수 있었겠니? 그랬다면 너희는 그 모든 게 무슨 의미가 있느냐고 반박했을 테고, 우리가 어떻게 너희를 설득할 수 있었겠니? 그래서 그녀는 떠나야 했단다."

이제 마담은 사내들에게 고함을 치고 있었다. 이성을 잃었다고는 할 수 없었지만 그녀의 목소리가 어찌나 엄했던지 그때까지 말대답을 하던 남자들이 잠잠해졌다.

"어쩌면 난 여기에 그대로 있는 편이 나을지도 모르겠군. 마리클로드는 이런 일에 몹시 유능하거든." 에밀리 선생님이 말했다.

무엇 때문에 내가 그런 말을 했는지는 알 수 없다. 그 만남을 곧 끝내야 한다는 사실 때문이었을 수도 있고, 에밀리 선생님과 마담이 서로를 정확히 어떻게 생각하고 있는지 알고 싶었기 때문이었을 수도 있다. 어쨌든 나는 문간을 향해 고개를 끄덕이며 낮게 말했다.

"마담은 우리를 좋아한 적이 없어요. 그녀는 언제나 우리를 두려워했어요. 사람들이 거미 따위를 겁내는 그런 식으로 말이에요."

더 이상 에밀리 선생님의 반응에 신경을 쓰지 않게 된 나는 그녀가 화를 낼 것이라고 생각했다. 물론 그녀는 내가 종이공이라도 던진 것처럼 날카로운 눈길로 나를 돌아보았다. 그녀의 눈빛에 헤일섬 시절을 생각나게 하는 번득임이 지나갔지만 목소리는 평온했고 부드러웠다.

"마리클로드는 너희를 위해 '모든 것'을 주었다. 그녀는 일하고 일하고 또 일했어. 그 점은 틀림없다, 얘야. 마리클로드는 과거에도 너희 편이었고 앞으로도 줄곧 너희 편일 거다. 그녀가 너희를 두려워한다고? 우리 '모두'가 너희를 두려워한단다. 헤일섬에 있을 때 나는 거의 매일 너희에 대한 두려움과 싸워야만 했어. 내 방의 창가에서 너희를 내려다보면서 여러 차례 극도의 혐오감에 시달리기도 했지……." 그녀는 말을 멈추었다. 그녀의 눈빛에 다시 어떤 번득임이 지나갔다. "하지만 그런 감정 때문에 옳은 일을 하지 않을 수는 없다고 결심했지. 나는 그런 감정과 싸워 이겼단다. 이제 내가 여기에서 나갈 수 있게 도와주렴. 조지가 내 목발을 들고 기다리고 있을 거다."

양쪽 팔꿈치를 우리에게 기대어 그녀는 조심스럽게 현관을 향해 걸어갔다. 거기에 서 있던 간호사 제복을 입은 몸집이 큰 남자가 깜짝 놀라며 재빨리 한 쌍의 목발을 꺼냈다.

현관문은 거리를 향해 열려 있었다. 밖이 아직 어두워지지 않았다는 걸 깨닫고 나는 놀랐다. 밖에서 마담의 목소리가 들려왔다. 이제 그녀는 일꾼들에게 좀 더 침착하게 말하고 있었다. 이제 토미와 내가 떠나야 할 시간이 된 듯했다. 하지만 조지라는 남자가 외투를 입히는 동안 에밀리 선생님이 목발을 짚은 채 여전히 그 자리에 서 있는 탓에 지나갈 만한 공간이 없었으므로 우리는 잠시 기다렸다. 우리가 그렇게 기다리고 있었던 데는 에밀리 선생님에게 작별 인사를 하려는 의도도 있었던 것 같다. 모든 이야기를 해 준 데 대해 감사를 표하고 싶었는지도 모르겠다. 하지만 이제 그녀는 앞서 말한 장식장에 온통 신경을 빼앗긴 모양이었다. 바깥의 사내들에게 몇 가지 사항을 서둘러 지적한 다음 그녀는 우리 쪽을 돌아보지 않은 채 조지와 함께 밖으로 나가 버렸던 것이다.

토미와 나는 어떻게 해야 좋을지 몰라 잠시 현관에 서 있었다. 이윽고 밖으로 나오자 하늘이 아직 어두워지지 않았는데도 거리를 따라 죽 가로등이 켜져 있었다. 하얀 밴에 시동이 걸렸고, 바로 뒤에 선 낡은 대형 볼보의 조수석에 에밀리 선생님이 앉아 있었다. 마담은 차창으로 몸을 숙이고 에밀리 선생님의 말에 고개를 끄덕이고 있었다. 조지가 트렁크를 닫고 운전석으로 돌아왔다. 하얀 밴이 출발했고 이어 에밀리 선생님이 탄 차가 그 뒤를 따랐다.

마담은 차들이 떠나가는 것을 한동안 지켜보았다. 그런 다음 집 안으로 들어가려는 듯 몸을 돌리다가 보도에 서서 우리를 보고는 뒷걸음질하듯이 갑자기 걸음을 멈추었다.

"이제 가 봐야겠어요. 이런 얘기를 해 주셔서 고맙습니다. 에밀리 선생님께도 인사 전해 주세요." 내가 말했다. 사그라지는 햇빛을 받으며 그녀는 나를 찬찬히 살펴보고는 입을 열었다.

"캐시 H., 이제 기억나는구나. 맞아, 기억나." 그녀는 그렇게 말한 다음 입을 다물었지만 여전히 나를 바라보고 있었다.

"무슨 생각을 하시는지 알 것 같아요. 짐작할 수 있어요." 내가 말했다.

"잘됐구나." 그녀의 목소리는 꿈꾸는 듯했고 눈빛은 살짝 흐려져 있었다. "아주 잘됐어. 넌 사람 마음을 읽을 줄 아는 모양이구나. 맞혀 보렴."

"어느 날 오후 헤일셤의 공동 침실에서 당신은 저를 지켜보고 있었어요. 주위에는 아무도 없었지요. 저는 카세트테이프를 틀어 놓고 음악을 들으면서 눈을 감고 춤추듯 몸을 움직이고 있었는데, 그런 저를 보셨죠."

"맞아. 넌 독심가 자질이 있는걸. 대단해. 난 지금에야 널 알아보았단다. 하지만 맞아, 기억난다. 지금도 때때로 그때 생각을 하지."

"재밌네요. 저도 그렇거든요."

"그렇구나."

우리는 거기에서 대화를 끝낼 수도 있었다. 그 정도에서 작별 인사를 하고 자리를 뜰 수도 있었다. 하지만 그녀는 내 얼굴에서 시선을 떼지 않은 채 우리 곁으로 다가왔다.

"그때 넌 훨씬 어렸지. 하지만 맞아, 바로 너야." 그녀가 말했다.

"제 질문에 대답하지 않으셔도 돼요. 하지만 전 그 일을 생각하면 항상 어리둥절해지곤 해요. 대답해 주시겠어요?"

"너는 내 마음을 읽을 수 있지만 나는 그럴 수 없단다."

"그러니까 당신은…… 그날 무척 신경이 곤두서 있었어요. 누군가 지켜보고 있다는 걸 깨닫고 제가 눈을 떴을 때 당신은 저를 지켜보면서 울고 계셨던 것 같아요. 정말 그랬어요. 당신은 저를 보면서 울고 계셨어요. 왜 그러셨죠?"

마담은 표정을 바꾸지 않고 줄곧 내 얼굴을 똑바로 주시했다. "그때 나는 흐느끼고 있었지." 이웃이 들을까 두려운 듯 그녀는 아주 나지막하게 말했다. "그곳으로 들어가면서 나는 어떤 한심한 학생이 음악을 켜 두고 나간 줄 알았다. 그런데 안으로 들어가자 네가, 어린 소녀가 혼자 춤을 추고 있더구나. 조금 전 네 말대로 뭔가 다른 걸 생각하면서 두 눈을 감고 애타는 표정으로 애처롭게 춤을 추고 있었어. 그리고 그 음악, 그 노래, 그 가사에는 뭔가가 있었어. 슬픔으로 가득 찬 뭔가가 말이다."

"그건 「네버 렛 미 고」라는 노래였어요." 그렇게 말한 다음 나는 그녀를 위해 한 소절을 나직하게 불렀다. "네버 렛 미 고, 오 베이비, 베이비, 네버 렛 미 고……."

그녀는 맞다는 듯 고개를 끄덕였다. "그래, 그 노래였어. 그 후에도 한두 번 그 노래를 들은 적이 있지. 라디오나 텔레비전에서 나오는 걸 말이다. 그럴 때마다 혼자 춤을 추던 어린 소녀가 떠오르곤 했다."

"조금 전 당신은 상대의 생각을 읽지 못한다고 하시지만 그날 당신은 제 생각을 읽으셨어요. 저를 보고 눈물을 흘리신 건 아마 그래서였을 거예요. 왜냐하면 그 노래의 가사가 실제로 어떻든 간에 춤을 추면서 저는 제 식대로 해석했으니까요. 그러니까 저는 그게 아이를 가질 수 없다는 선고를 받은 어떤 여자 이야기라고 상상했어요. 그런데 그 여자에게 아이가 생겼고 그래서 너무나도 기쁜 나머지 그 여자는 혹시 뭔가가 자신들을 떼어 놓을까 봐 두려워서 아기를 가슴에 꼭 껴안고는, 베이비, 베이비, 네버 렛 미 고 하고 노래했던 거예요. 진짜 가사의 내용과는 달랐지만 당시에 저는 속으로 그런 생각을 하고 있었어요. 그런 제 마음을 읽으셨기 때문에 그 장면이 그렇게 슬프게 여겨지셨을 거예요. 당시에는 그렇게 슬프다고 생각하지 않았지만 이제 돌이켜 보니 좀 슬프네요."

마담에게 이야기를 하면서 나는 옆에서 토미가 몸을 움직이는 것, 그의 옷의 감촉, 그의 행동 같은 것들에 신경을 쓰고 있었다. 이윽고 마담이 말했다.

"정말 흥미로운 관찰이구나. 하지만 나는 지금만큼이나 그때도 남의 마음을 읽는 데는 소질이 없었어. 내가 느꼈던 건 전혀 다른 이유에서였어. 그날 춤을 추는 너에게서 내가 본 건 좀 다른 거였다. 나는 빠르게 다가오는 신세계를 보았지. 과거의 질병에 대한 더 과학적이고 효율적인, 그래, 더 많은 치료법을 말이야. 맞아. 거칠고 잔인한 세상이지. 나는 어린 소녀가 두 눈을 꼭 감은 채 과거의 세계, 더 이상 지속될 수 없다는 걸 자기도 잘 알고 있는 과거의 세계를 가슴에 안고 있는 걸 보았어. 그걸 가슴에 안고 그 애는 결코 자기를 보내지 말아 달라고 애원하고 있었지. 나는 그 장면을 바로 그렇게 본 거란다. 그건 실제 네 생각이나 행동은 아니었지만 말이야. 하지만 나는 그 장면을 그렇게 해석했고 그것에 감동했다. 그리고 그걸 결코 잊을 수 없었지."

그런 다음 그녀는 우리에게서 겨우 한두 걸음 떨어진 곳까지 다가왔다. "오늘 저녁 너희 얘기 역시 감동적이었다." 그녀는 토미를 바라보고는 이윽고 다시 내게로 시선을 돌렸다. "가엾은 것들. 너희를 도울 수 있으면 좋을 텐데. 하지만 이제 너희 운명은 너희 스스로 헤쳐 가야 한단다."

그녀는 내 얼굴에서 눈을 떼지 않은 채 한 손을 뻗어 내 뺨에 갖다 댔다. 그녀의 몸을 관통하는 떨림이 느껴졌지만 그녀는 손을 떼지 않았다. 이윽고 그녀의 두 눈에 또다시 눈물이 차올랐다.

"가엾은 것들." 그녀는 거의 속삭이듯 말한 다음 몸을 돌려 집으로 들어갔다.

돌아오는 길, 우리는 에밀리 선생님이나 마담에 관한 이야기는 거의 하지 않았다. 혹시 이야기가 나오더라도 그들이 전보다 나이 들어 보인다든가 집이 어떻다든가 하는 중요하지 않은 것들에 대해서뿐이었다.

나는 그동안 알아 둔 아주 후미진 뒷길로 접어들어 줄곧 달렸다. 그곳의 어둠을 밝히는 것은 오직 우리 차의 헤드라이트뿐이었다. 이따금 다른 차의 헤드라이트와 마주칠 때면 나는 그 차 안에 혼자서 혹은 옆에 기증자를 태우고 집으로 돌아가는 간병사가 타고 있을 거라고 생각했다. 물론 다른 사람들도 그 길을 이용하겠지만, 그날 밤 그 어둑한 샛길은 오직 우리 같은 이들을 위한 길처럼 여겨졌다. 나머지 다른 이들을 위해서는 거대한 간판과 멋진 카페가 있는 크고 눈부신 대로가 있었다. 확신할 수 없지만 토미도 그런 생각을 한 모양이었다. 어느 순간 그가 이렇게 말했던 것이다.

"캐시, 너 정말 괴상한 길을 알고 있구나."

그렇게 말하면서 그는 조그맣게 웃음을 터뜨렸지만 이내 깊은 생각에 빠진 듯했다. 이윽고 어딘지 알 수 없는 유난히 어두운 뒷길로 접어들었을 때 그가 불쑥 말했다.

"루시 선생님 생각이 맞는 것 같아. 에밀리 선생님 생각이 아니라 말이야."

내가 그의 말에 뭐라고 대답했는지 이제는 기억나지 않는다. 혹시 대답을 했다 해도 대단한 이야기는 아니었으리라. 다만 그 순간 그의 목소리나 태도에서 나는 경보 스위치가 작동되는 듯한 느낌을 처음으로 감지했다. 나는 눈앞의 구불거리는 길에서 시선을 떼고 그를 물끄러미 바라보았다. 하지만 그는 조용히 앉아 눈앞의 어둠을 똑바로 응시하고 있었다.

잠시 후 그가 또다시 불쑥 말했다. "캐시, 차 잠깐 세울 수 있을까? 미안한데, 잠깐 좀 내려야겠어."

그가 다시 몸이 안 좋은 모양이라고 생각하고 나는 울타리 같은 것을 거칠게 들이받으며 즉각 차를 세웠다. 그곳은 불빛 하나 없이 캄캄했다. 차의 라이트를 켜 두긴 했지만 모퉁이를 돌아온 다른 자동차가 우리 차를 못 보고 들이받을까 봐 나는 신경이 곤두서 있었다. 그래서 나는 차에서 내려 어둠 속으로 사라지는 토미의 뒤를 따라가지 않았다. 또 차에서 내리는 그의 품새에는 어떤 목적이 있는 것 같았으므로 혹시 그가 심기가 불편하다 해도 혼자 견뎌 내고 싶어 하리라는 생각이 들기도 했다. 어쨌든 그런 이유에서 나는 차 안에 앉은 채 차를 좀 더 언덕 위로 옮겨 두어야 하지 않을까 하는 생각을 하고 있었다. 그 순간 첫번째 고함이 들려왔다.

처음에 나는 토미의 고함이라고는 꿈에도 생각하지 못하고 어떤 미치광이가 덤불에 숨어 소리를 지르는 모양이라고 생각했다. 내가 차에서 나가려는 순간 두 번째, 세 번째 고함이 들려왔다. 그제야 나는 고함을 지르는 이가 토미라는 것을 깨달았지만, 그렇다고 서두르던 걸음을 늦추지는 않았다. 실제로 그가 어디에 있는지 전혀 감을 잡을 수 없어 순간 공포에 가까운 감정을 느꼈다. 정말이지 아무것도 보이지 않았다. 고함이 나는 쪽을 향해 다가가려 하자 빽빽한 덤불 같은 것이 내 앞을 가로막았다. 이윽고 나는 길을 찾아내 도랑을 건너고 울타리를 기어 올라가 부드러운 진흙에 발을 내려놓았다.

이윽고 주변이 좀 더 눈에 들어왔다. 앞쪽 멀지 않은 곳에 가파른 경사를 이루며 내려가는 들판이 있었고 계곡 아래에서는 마을의 불빛이 보였다. 바람이 거셌다. 돌풍이 어찌나 강하게 불어닥쳤는지 손을 뻗어 울타리 기둥을 붙잡아야 했다. 완전한 만월은 아니었지만 그런대로 밝은 달빛의 도움으로 나는 들판이 낮아지기 시작하는 지점에서 토미의 모습을 발견할 수 있었다. 토미는 분노에 떨며 주먹을 휘두르고 발길질하면서 고함을 질러 대고 있었다.

나는 서둘러 그에게로 달려가려 했지만 진흙이 두 발을 놓아주지 않았다. 토미 역시 진흙 때문에 방해 받고 있었다. 발길질을 하다가 어둠 속에서 미끄러지는 바람에 그의 모습은 볼 수 없었지만 그의 두서없는 악담은 줄곧 이어졌다. 그가 몸을 일으키는 순간 나는 그가 있는 곳에 이르렀다. 달빛에 비친, 진흙을 뒤집어쓰고 분노로 일그러진 그의 얼굴이 순간 눈에 들어왔다. 나는 그에게로 다가가 격하게 휘둘러 대는 두 팔을 꼭 붙잡았다. 그는 나를 떼어 내려 했지만 나는 그를 붙들고 놓지 않았다. 이윽고 그의 고함이 잦아들고 분심이 빠져나가는 것이 느껴졌다. 다음 순간 나는 그 역시 나를 두 팔로 얼싸안고 있음을 깨달았다. 우리는 바람이 휘몰아쳐 우리 옷을 잡아당기는 그 들판 꼭대기에서 까마득하게 느껴지는 시간 동안 말없이 그렇게 서로 부둥켜안고 서 있었다. 마치 그렇게 서로 안고 있는 것이 우리가 어둠 속으로 휩쓸려 가는 것을 막을 유일한 방법이기라도 한 듯.

마침내 몸을 떼면서 그가 나직하게 말했다.

"정말 미안해, 캐시." 그는 불안정하게 웃음을 터뜨리고는 이렇게 덧붙였다. "들판에 소들이 없어서 다행이야. 혹시 있었다면 몹시 놀랐을 거야."

그는 이제 모든 것이 괜찮다고 나를 안심시키기 위해 최선을 다하고 있었지만, 가슴은 여전히 거칠게 오르내렸고 다리는 불안정하게 흔들렸다. 우리는 미끄러지지 않으려 애쓰며 함께 차가 있는 곳까지 걸었다.

"너한테서 소똥 냄새 나." 내가 이윽고 말했다.

"이런, 맙소사, 캐시. 사람들에게 어떻게 설명하지? 뒷문으로 몰래 숨어들어 가야겠어."

"하지만 돌아왔다는 서명은 해야 하잖아."

"이런, 맙소사." 그는 다시 웃음을 터뜨렸다.

나는 차 안에서 헝겊 같은 것을 찾아내 그에게 묻은 오물을 대충 닦아 냈다. 헝겊을 찾는 동안 나는 잠시 그의 동물 그림이 들어 있는 스포츠 가방을 트렁크에서 꺼내 놓았는데, 차를 출발시켰을 때 토미가 그것을 품에 안고 차에 탔다는 것을 알았다.

가방은 그의 무릎에 올려져 있었다. 우리는 한동안 별다른 이야기를 하지 않았다. 나는 그가 그 그림에 관한 이야기를 하기를 기다렸다. 그가 또다시 분노에 휩싸여 그림들을 모조리 창밖으로 내던져 버릴지도 모른다는 생각이 들었다. 하지만 그는 가방을 보호라도 하듯 두 손으로 꼭 쥐고는 눈앞에 펼쳐지는 어두운 도로를 바라보고 있었다. 긴 침묵 후에 그가 말했다.

"조금 전 일은 미안해, 캐시. 정말 미안해. 나는 정말 바보 같아." 그런 다음 그는 덧붙였다. "무슨 생각 해, 캐시?"

"예전에 헤일섬에서 네가 그런 식으로 홱 돌아 버리던 때가 떠올랐어. 우리는 도저히 이해할 수 없었지. 어떻게 그럴 수 있는지 말이야. 그런데 지금 생각이 하나 떠올랐어. 그냥 생각에 불과해. 네가 그렇게 돌아 버리곤 했던 건 어쩌면 일정 수준까지 사실을 '알고' 있었기 때문일지도 몰라."

토미는 내 말을 잠깐 생각해 보더니 고개를 저었다. "그렇지 않아, 캐시. 그렇지 않다고. 그건 그저 내 성질이 그랬기 때문이야. 어리석기 짝이 없는 내 성질 말이야. 그뿐이라고." 잠시 후 그는 조그맣게 웃음을 터뜨리고는 이렇게 말했다. "하지만 참 재미있는 생각이군. 어쩌면 마음 깊은 곳에서는 알고 있었는지도 모르지. 너희가 모르고 있던 걸 말이야."

23

　여행을 다녀온 그 주나 그다음 주에는 아무 변화도 없는 듯했다. 하지만 나는 사태가 그런 식으로 지속되리라고는 기대하지 않았다. 10월 초가 되자 작은 변화들이 감지되기 시작했다. 그 한 가지로, 토미는 동물 그림을 여전히 갖고 다녔지만 내 앞에서는 꺼내지 않으려 조심하는 것 같았다. 이제 사태는 내가 처음으로 그의 간병사가 되고 우리가 코티지에 대한 온갖 이야기를 나누던 때와는 사뭇 달라져 있었다. 토미는 그림 문제에 대해 숙고하고 결론을 내린 모양이었다. 그는 기분이 내키면 여전히 동물 그림을 그렸지만 내가 들어가면 그리던 것을 멈추고 치웠다. 나는 그것 때문에 상처를 입지는 않았다. 사실 그 일은 여러 면에서 다행이랄 수도 있었다. 함께 있을 때 그의 동물 그림이 우리를 빤히 바라보고 있다면 분위기는 더욱 어색해졌을 것이다.

다른 변화들은 감지하기가 좀 더 어려웠다. 그렇다고 우리가 이제 더 이상 그의 방에서 좋은 시간을 갖지 않았다는 뜻은 아니다. 우리는 이따금 관계를 갖기도 했다. 하지만 나는 토미가 점점 더 그 자신을 그 센터의 다른 기증자들과 동일시하려 든다는 것을 눈치챘다. 예를 들어 옛 헤일셤 사람들을 회상하게 될 때면 이내 화제를 최근의 기증자 친구들로 바꾸어 그들 중 하나도 그런 비슷한 행동이나 말을 했다고 말하는 것이다. 그중 한 번은 좀 특별했다. 그날 나는 먼 길을 달려 킹스필드 센터에 도착해 차에서 내렸다. 광장은 루스와 내가 배를 보러 가기 위해 처음 그곳에 왔을 때와 비슷한 모습이었다. 구름 낀 가을날 오후 휴게소 건물의 지붕 아래에는 한 무리의 기증자들이 모여 있었다. 나는 토미가 기둥에 한쪽 어깨를 기댄 채 그들 가운데에 서서 입구 계단에 앉아 있는 어떤 기증자의 말에 귀를 기울이고 있는 것을 보았다. 그들을 향해 다가간 나는 조금 떨어진 곳에서 걸음을 멈추고 잿빛 하늘 아래에 서서 기다렸다. 하지만 토미는 나를 보고서도 여전히 친구의 말에 귀를 기울이며 앉아 있었다. 그 순간 그와 다른 이들 모두가 함께 웃음을 터뜨렸다. 그때도 그는 웃음 띤 얼굴로 동료의 말에 줄곧 귀를 기울이고 있었다. 나중에 그의 주장에 따르면 그는 그때 나에게 다가오라고 손짓을 했다지만, 그랬다 해도 그리 적극적인 동작은 아니었던 것 같다. 내가 본 것은 그가 내 쪽을 향해 애매하게 미소를 지어 보이고는 동료의 이야기에 다시 주의를 돌리는 모습뿐이었다. 그랬다. 그는 뭔가에 열중해 있었다. 잠시 후 그는 내 쪽으로 다가왔고 우리는 함께 그의 방으로 올라갔다. 이 사건은 이전에 있었던 일들과는 전혀 성격이 달랐다. 그러니까 그가 나를 잠깐 광장에서 기다리게 한 것과는 달랐다. 나는 그 일에 그렇게까지 마음이 상하지는 않았다. 그보다는 동료들과 대화를 중단하고 나와 함께 방으로 올라와야 하는 것을 그가 아쉬워하고 있음을 처음으로 감지했다. 그의 방으로 올라오고 나서도 분위기는 그리 좋아지지 않았다.

공정하게 말하자면, 사태가 그렇게 된 데에는 그에게만큼이나 나에게도 책임이 있었다. 이야기를 계속하면서 웃음을 터뜨리는 그들을 그곳에 서서 지켜보면서 나는 뜻밖에도 어떤 이질감 같은 것을 느꼈다. 앉아 있든 서 있든 간에 남에게 보이기 위해 일부러 느긋한 태도를 취하고 있는, 반원형으로 모인 그들 기증자들에게는 자기들이 함께 있는 것을 얼마나 기쁘게 여기는지를 세상에 알리고 싶어 하는 듯한 뭔가가 있었다. 그로 인해 나는 헤일셤의 별관 근처에 함게 앉아 있던 우리의 작은 무리들을 떠올리지 않을 수 없었다. 앞서 말한 것처럼 그런 비교에는 내 안의 뭔가를 자극하는 것이 있었다. 그래서 일단 그의 방으로 올라오고 나자 나는 헤일셤의 경우와는 달리 그 일에 마음이 상하지 않을 수 없었던 것이다.

내가 기증자가 아닌 만큼 이런저런 것을 진정으로 이해할 수 없을 거라고 토미가 말할 때도 나는 비슷하게 가슴이 아플 정도로 분개했다. 하지만 조금 후에 이야기할 그 특별한 경우를 제외하고 그것은 그저 단지 마음의 아픔이었을 뿐이다. 그런 이야기를 그는 반은 농담인 듯 거의 다정하게 말하곤 했다. 빨랫감을 세탁실에 가져가는 일 같은 것은 자기가 할 수 있으니 이제 하지 말아 달라는 말 같은, 더 비중 있는 말을 하는 경우에도 질책하는 투는 아니었다. 그때 나는 그에게 이렇게 반문했다.

"무슨 차이가 있는데? 타월을 아래에 갖다 두는 걸 내가 하는 것과 네가 하는 게 말이야. 어쨌든 나는 나가는 길인데 뭘."

그러자 그는 고개를 저으며 말했다. "내 말 좀 들어 봐, 캐시. 내 일은 나 스스로 해야 해. 기증자가 되면 너도 내 말을 이해할 수 있을 거야."

맞다, 내가 까다롭게 구는 것일 수도 있다. 하지만 그런 말에는 쉽사리 잊기 어려운 뭔가가 있었다. 하지만 앞서 말한 대로 내가 기증자가 아니라는 이유로 토미가 나를 정말 짜증나게 한 것은 단 한 번뿐이다.

그 일이 일어난 것은 그의 네 번째 기증이 발표된 지 일주일 후였다. 그동안 우리는 이미 그에 대해 많은 이야기를 나눠 왔다. 실제로 리틀햄프턴에서 돌아온 후 우리는 네 번째 기증에 관한 토론을 통해 몇 가지 가장 내밀한 대화를 할 수 있었다. 나는 기증자들이 네 번째 기증에 반응하는 방식이 몹시 다양하다는 것을 익히 알고 있었다. 특별한 초점 없이 그것에 관해 줄곧 이야기하고 싶어 하는 사람들도 있었고, 농담으로 일관하는 이들도 있었으며, 그것에 관해 일체의 토론을 거부하는 사람들도 있었다. 기증자들 사이에는 기묘하게도 네 번째 기증이 축하 받을 만한 가치가 있는 것으로 간주되는 경향이 있었다. 그 무렵까지 '네 번째 기증'까지 가는 사람은 흔하지 않았으므로 특별한 대접을 받았다. 의사나 간호사들의 태도도 달라졌다. 네 번째 기증을 위해 검진을 받으러 들어가면 흰 가운을 입은 사람들이 미소를 머금고 손을 흔들어 주었다. 그러니까 토미와 나는 이 모든 것에 대해 때로는 농담 삼아 때로는 진지하고 조심스럽게 이야기를 나누었다. 우리는 사람들이 네 번째 기증을 처리하는 여러 방식에 대해, 어떤 방법이 가장 이치에 맞는지에 대해 이야기를 나누었다. 어느 날 나란히 침대에 누워 어둠이 내리는 것을 바라보며 그가 말했다.

"너라면 이유를 알겠지, 캐시? 어째서 모두들 그렇게 네 번째를 걱정하는지 말이야. 그건 그 기증으로 정말 완결될지 어떨지 확실하지 않기 때문일 거야. 죽는다는 게 확실하다면 더 쉬울 거야. 하지만 그들은 결코 확실한 얘기를 해 주지 않아."

사실 나는 이런 질문이 나올지도 모른다고 예상했으므로 대답을 생각해 놓았다. 하지만 실제로 그런 질문을 받자 적당한 대답을 찾기가 어려워 그저 이렇게 말했다. "쓸데없는 말이야, 토미. 그저 말을 위한 말이라고. 생각할 가치가 없어."

하지만 토미는 그런 내 대답에 근거가 없음을 알고 있었으리라. 그 역시 여러 가지 의문을 제기했으리라. 하지만 그런 질문에는 의사들조차 확실하게 대답해 주지 않았다. 언제나 이런 대답을 듣게 되는 것이다. 네 번째 기증이 끝나면 기술적으로는 완결되었다 해도 어떤 식으로든 의식은 남아 있을지 모른다고, 그래서 그 경계 너머에서 여러 차례 기증이 이루어지는 것을 안다고, 더 이상 회복 센터도 간병사도 친구도 없다고, 그들이 스위치를 끌 때까지 기증이 연달아 이루어지는 것을 지켜보는 것 말고는 아무것도 할 수 없다는 대답을. 공포 영화의 한 장면 같은 이런 이야기를 사람들은 떠올리고 싶어 하지 않았다. 흰 가운을 입은 이들도 그랬고 간병사들도 그랬다. 그리고 대개의 기증자들도 마찬가지였다. 하지만 그날 저녁에 토미가 그랬던 것처럼 앞으로 어떤 기증자가 그 문제를 화제에 올린다면 이제는 이 문제를 진지하게 이야기해 보고 싶다. 그러니까 내가 그의 말을 쓸데없는 이야기라고 치부해 버림으로써 우리는 그 문제 전체에서 한발 물러선 셈이었다. 하지만 그 일을 통해 토미가 적어도 속으로는 그런 생각을 하고 있음을 깨달은 나는 그가 그런 이야기를 내게 털어놓았다는 사실이 기뻤다. 그러니까 내 말은 우리가 그의 네 번째 기증에 그런대로 잘 대처하고 있다는 느낌이 들었다는 것이다. 바로 그런 이유에서 그날 들판을 산책하면서 그에게서 그런 이야기를 들었을 때 그토록 충격을 받았던 것이다.

킹스필드 센터는 부지 면에서는 그다지 풍요롭다고 할 수 없었다. 광장은 사람들이 모이는 장소였고 건물 뒤에 있는 약간의 공터는 황무지에 가까웠다. 기증자들이 '들판'이라고 부르는, 그중 가장 넓다고 할 수 있는 장방형의 공간에는 철망으로 된 울타리 안에 웃자란 잡초와 엉겅퀴가 뒤얽혀 있었다. 그곳을 기증자들을 위한 제대로 된 잔디밭으로 바꾸겠다는 이야기가 줄곧 있어 왔지만 지금까지도 실행되지 않고 있다. 그곳으로 산책을 나간다 해도 가까이 대로가 있어서 그리 평화로운 시간을 가질 수 없었다. 그래도 기증자들은 마음이 산란하거나 산책을 하고 싶으면 쐐기풀과 가시나무에 긁혀 가며 그곳으로 가곤 했다. 이제 이야기하려는 그 특별한 날 아침, 안개가 짙게 끼어서 그곳 들판은 흠뻑 젖어 있을 터였지만 토미는 그곳으로 산책을 가자고 고집을 부렸다. 그곳에는 당연히 우리뿐이었다. (토미에게는 좋았으리라.) 엉겅퀴를 헤치고 한동안 걸어나간 그는 울타리 근처에서 걸음을 멈추고 맞은편의 하얀 안개를 물끄러미 응시했다. 이윽고 그가 입을 열었다. "캐시, 지금 내가 하는 말을 오해하지 않았으면 좋겠어. 나는 이 문제를 아주 많이 생각했어. 아무래도 간병사를 바꾸는 게 좋을 것 같아."

그의 말이 끝난 후 나는 내가 그 말에 전혀 놀라지 않았음을 깨달았다. 묘하게 들리겠지만 어쩌면 나는 그런 말을 예상하고 있었는지도 몰랐다. 그래도 나는 화가 치밀어 아무 말도 하지 않았다.

"단순히 네 번째 기증이 다가오기 때문에 이러는 게 아니야." 하고 토미는 말을 계속했다. "비단 그 문제 때문만이 아니라고. 지난주에 생긴 일 같은 것 때문이야. 내 신장에 문제가 생긴 거 말이야. 이제 이런 일들이 훨씬 많이 일어날 거야."

"내가 이곳으로 너를 찾아온 게 바로 그래서야. 바로 그렇기 때문에 너를 도우러 온 거라고. 이제 시작될 그런 문제를 잘 처리하기 위해서 말이야. 이건 루스가 원했던 것이기도 해."

"루스가 우리한테 원한 건 다른 거였어. 네가 마지막 순간까지 내 간병사가 되는 걸 바란 건 아니야."

나는 다시 입을 열었다. "토미, 난 너를 도울 수 있어. 그래서 여기로 와서 너를 다시 만난 거야." 그즈음 나는 정말 화가 나 있었지만 목소리는 여전히 조용하고 침착했다.

"루스가 우리한테 바란 건 다른 거야." 토미가 거듭 말했다. "이런 것들과는 다른 문제라고. 캐시, 나는 네가 보는 앞에서 그렇게 되고 싶진 않아."

그는 한쪽 손바닥을 철망으로 된 울타리에 갖다 댄 채 땅을 내려다보면서 안개 너머 어딘가를 달리는 차 소리에 귀를 기울이는 것 같았다. 이윽고 그는 고개를 살며시 내저으며 다시 말했다.

"루스는 이런 나를 이해할 거야. 루스 역시 기증자였으니까. 그렇다고 그녀가 나와 같은 것을 바랐다는 말은 아니야. 그럴 수만 있었다면 루스는 네가 마지막까지 자신의 간병사가 되어 주기를 원했을 거야. 하지만 나는 다르다는 걸 루스

는 이해할 거야. 캐시, 때때로 네가 이해할 수 없는 일들이
있는 것 같아. 네가 기증자가 아니기 때문에 알 수 없는 일
들 말이야."

그의 말을 들은 순간 나는 몸을 돌려 걷기 시작했다. 앞
서 말한 대로 나는 그가 나를 더 이상 자신의 간병사로 원
하지 않으리라는 것에는 어느 정도 대비가 되어 있었다. 하
지만 나를 광장에 하릴없이 세워 놓는 일 같은 것들이 거듭
벌어지고 난 후에 이런 말을 함으로써 나를 다른 모든 기증
자들은 물론 자신과 루스에게서도 분리시키는 그의 태도에
나는 정말이지 배신을 당한 것 같은 느낌이었다.

하지만 이 일이 심각한 싸움으로 번지지는 않았다. 그렇
게 몸을 돌렸지만 나로서는 그의 방으로 돌아가는 것 외에
할 수 있는 일이 없었다. 몇 분 후에 그 역시 방으로 올라왔
다. 그즈음 나는 화가 가라앉았고 그도 그랬으므로 우리는
좀 더 차분하게 대화할 수 있었다. 완전히 풀린 것은 아니었
지만 우리는 그런대로 화해했고 간병사를 바꾸는 실제 문제
에 대해 몇 가지 이야기를 나누기까지 했다. 우리는 음울한
빛 속에서 침대 가에 나란히 앉아 있었다. 이윽고 그가 다시
말했다.

"너랑 또 싸우고 싶진 않아, 캐시. 하지만 너한테 줄곧 하
고 싶었던 얘기가 있어. 내 말은 간병사 일이 힘들지 않으냐

는 거야. 우리는 모두 이미 오래전에 기증자가 되었는데, 너는 여러 해 동안 그 일을 해 오고 있잖아. 캐시, 그들이 서둘러 기증자가 되라는 통고를 보내 주었으면 하는 생각이 때때로 들지 않니?"

나는 어깨를 으쓱해 보였다. "나는 상관없어. 어쨌든 좋은 간병사가 있다는 건 중요하잖아. 그리고 나는 좋은 간병사야."

"하지만 그게 과연 정말로 중요할까? 맞아, 좋은 간병사가 있다는 건 정말 멋진 일이지. 하지만 그게 궁극적으로 정말로 중요할까? 어쨌든 모두들 기증을 하고 죽는 건 마찬가지인데."

"당연히 중요하지. 좋은 간병사는 기증자의 삶의 질에 커다란 영향을 미치거든."

"하지만 그 모든 게 너를 몰아붙이잖아. 그 모든 게 널 지치게 하고 고독하게 하잖아. 나는 줄곧 너를 지켜봤어. 이 일은 너를 지치게 해. 캐시, 그들이 너에게 그만하라고 말해 주기를 때때로 바랄 거야. 네가 왜 그들과 이 문제에 대해 얘기하지 않는지, 왜 이 일이 이렇게 길어지느냐고 묻지 않는지 모르겠어." 내가 잠자코 있자 그가 다시 말했다. "그냥 하는 말이야. 그뿐이야. 이 문제로 다시 싸우지는 말자."

나는 그의 어깨에 머리를 기대고 말했다. "그래, 맞아. 어쨌든 그리 오래가지는 않을 거야. 하지만 지금은 그만둘 수 없어. 너는 그렇지 않지만 나를 원하는 다른 사람들이 있거든."

"네 말이 맞는 것 같다, 캐시. 너는 정말이지 좋은 간병사야. 만약 네가 나한테 이런 존재가 아니었다면, 나한테도 완벽했을 거야." 그는 웃음을 터뜨리고는 내 몸에 팔을 둘렀다. 우리는 나란히 앉은 채 자세를 흐트리지 않았다. 이윽고 그가 말했다. "어딘가에 있는, 물살이 정말이지 빠른 강이 줄곧 떠올라. 그 물 속에서 두 사람은 온 힘을 다해 서로 부둥켜안지만 결국은 어쩔 수가 없어. 물살이 너무 강하거든. 그들은 서로 잡았던 손을 놓고 서로 헤어지게 되는 거야. 우리가 바로 그런 것 같아. 안타까운 일이야, 캐시. 우린 평생 서로 사랑했으니까 말이야. 하지만 영원히 함께 있을 순 없어."

그 말을 들으며 나는 그날 밤 리틀햄프턴에서 돌아오는 길에 바람이 몰아치는 들판에서 그를 껴안았을 때를 떠올렸다. 그 역시 그 생각을 했는지, 아니면 그저 그 강과 거센 물살에 대한 생각을 이어 갔는지는 모르겠다. 어쨌든 우리는 침대 모서리에 그렇게 앉아 오랫동안 생각에 잠겼다. 이윽고 내가 말했다.

"아까 그렇게 화내서 미안해. 내가 그들에게 얘기할게. 그리고 정말 좋은 사람을 구해 줄 수 있는지 알아볼게."

"이건 안타까운 일이야, 캐시." 그가 다시 말했다. 그날 아침 우리는 그 문제를 더 이상 언급하지 않았다.

돌아보면 그 이후 두어 주, 새로운 간병사에게 업무 인계를 할 때까지 마지막 두어 주는 놀라울 정도로 평화롭게 지나갔다. 토미와 내가 서로 친절하게 대하기 위해 특별한 노력을 기울이긴 했지만, 이 시기는 거의 의식하지 못한 채 흘러간 것 같다. 그런 우리가 비현실적으로 여겨질 테지만 당시로서는 이상할 것이 없었다. 나는 노스웨일스의 다른 기증자들 일로 몹시 바빠서 원하는 만큼 자주는 아니었지만, 여전히 일주일에 서너 차례 킹스필드 센터에 들렀다. 날씨는 점점 추워졌지만 습도가 높지 않았고 이따금 해가 나기도 했다. 우리는 그의 방에서 때로는 성교를 했고, 좀 더 자주는 이야기를 하거나 내가 책을 읽어 주고 토미는 이야기를 들으면서 시간을 보냈다. 내가 침대에서 책을 읽어 주는 동안 토미는 두어 차례 공책을 꺼내 동물 그림을 새로 스케치하기도 했다.

이윽고 마지막 날이 왔다. 어느 서늘한 12월 오후 1시가 막 지났을 무렵 나는 그곳에 도착했다. 그의 방으로 올라가면서 나는 어떤 것이라고 꼭 짚어 말하기는 어렵지만, 무엇인가 변화를 기대했다. 그가 자기 방에 장식을 해 놓았을지도 모른다고 생각한 것 같다. 하지만 모든 것이 평소와 똑같

앞고, 전반적으로 볼 때 그것은 다행이었다. 토미 역시 별다른 기색을 보이지 않았다. 하지만 일단 이야기를 시작하자 평범한 방문인 척하기가 어려웠다. 이윽고 우리는 몇 주 동안 그랬던 것처럼 다시 대화를 시작했다. 마치 마무리해야할 특별한 일 같은 것은 없다는 듯. 우리는 새로운 대화를 시작했다가는 혹시 그 이야기를 제대로 끝내지 못할까 봐우려했던 것 같다. 그런 이유에서 그날 우리의 대화는 좀 공허했다.

다만 한 차례는 예외였다. 특별한 목적 없이 방 안을 어슬렁거리고 나서 나는 이렇게 물었다.

"토미, 우리가 알아낸 이 모든 걸 루스가 모르고 죽은 게 다행이라고 생각해?"

침대에 누워 있던 토미는 잠시 천장을 물끄러미 바라보다가 입을 열었다. "묘하군. 지난번에 나도 똑같은 생각을 했거든. 루스에 대해 잊어서는 안 될 건, 이런 문제에서 루스가 언제나 우리와는 다르게 처신했다는 거야. 너와 나는 처음부터, 그러니까 어릴 때부터 사실을 알아내기 위해 줄곧 애썼어. 생각나, 캐시? 우리가 나눈 은밀한 대화들 말이야. 하지만 루스는 그렇지 않았어. 그녀는 언제나 사태를 있는 그대로 믿고 싶어 했지. 그게 루스야. 그래, 그렇기 때문에 어떻게 보면 이렇게 되는 게 최선인 것 같아." 그런 다음 그는 이렇게 덧붙였다. "물론 우리가 에밀리 선생님에 대해서, 모든 것에 대해서 알게 되었다고 해서 루스가 한 일이 달라지는 건 아냐. 마지막 순간에 루스는 우리에게 가장 좋은 걸 주고 싶어 했어. 정말이지 우리를 위해 최고의 것을 주려 했던 거야."

그 시점에서 루스에 대해 그와 본격적으로 토론을 시작하고 싶지는 않았으므로 나는 그의 말에 건성으로 동의했다. 그러나 시간을 갖고 그 문제를 생각해 본 이제는 그런 확신을 가질 수 없다. 나의 일부는 줄곧 우리가 알게 된 모든 것을 루스와 공유할 수 있었다면 좋았으리라고 생각하고 있다. 그렇다, 그랬다면 루스는 아마도 몹시 속상해했으리라. 우리에게 저지른 잘못이 자기 바람처럼 그렇게 쉽게 만회될 수 없다는 것을 깨달았으리라. 그리고 솔직히 말하자면, 그녀가 죽기 전에 모든 것을 알았더라면 좋았을걸 하는 마음이 있는 것도 사실이다. 하지만 요컨대 나의 그런 생각은 복수심이나 편협함보다 훨씬 강한 뭔가에서 연유하는 것 같다. 토미의 말처럼 루스는 마지막 순간에 우리를 위해 최선의 것을 해 주고 싶어 하지 않았던가. 또한 그날 차 안에서 그녀는 내가 자기를 결코 용서하지 않으리라고 했지만 그것은 잘못된 생각이었다. 이제 나는 그녀에게 전혀 화가 나 있지 않다. 그녀가 모든 진상을 알았으면 좋았을걸 하고 생각하는 이유는, 나와 토미가 알고 있는 것을 그녀가 모른 채 죽었다는 사실이 아쉽기 때문이다. 실제로 이것은 하나의 선을 사이에 두고 우리는 이쪽에 루스는 저쪽에 나뉘어 있는 듯한 느낌이다. 진상이 밝혀지고 나자 그 점이 안타깝다. 내 입장이었다면 루스도 그렇게 생각했을 것 같다.

그날 토미와 나 사이에 대단한 작별 의식 같은 것은 없었다. 시간이 되자 그는 나와 함께 층계를 내려왔는데 그것은 평소에는 없던 일이었다. 우리는 함께 광장을 가로질러 차까지 걸었다. 겨울이었으므로 그즈음 해가 이미 건물 뒤로 지고 있었다. 앞으로 튀어나온 지붕 아래에 언제나처럼 모여 있는 이들의 윤곽이 어슴푸레 보였지만 광장은 비어 있었다. 차까지 걷는 동안 토미는 줄곧 말이 없었다. 이윽고 그는 조그맣게 웃음을 터뜨리며 말했다. "그러니까 캐시, 헤일섬에서 축구를 할 때 나는 남몰래 이런 걸 했었어. 골을 넣으면 이런 식으로 몸을 빙 돌리고……." 토미는 환호하듯 양팔을 들어 올렸다. "친구들에게 달려가는 거야. 미친 듯이 흥분하는 일 없이 그저 이렇게 양팔을 들어 올리고 달려가는 거지." 그는 잠시 두 팔을 들고 있다가는 이윽고 팔을 내리고 미소를 지어 보였다. "그렇게 달려갈 때 말이야, 캐시. 나는 물속을 첨벙거리며 걷고 있다고 상상했어. 깊은 물이 아니라 발목 정도까지 오는 물 말이야. 매번 나는 그렇게 걷는다고 상상했어. 첨벙, 첨벙, 첨벙." 그는 다시 두 팔을 들어 올렸다. "정말이지 기분 좋은 일이었어. 골을 한 점 올리고 돌아서서 첨벙, 첨벙, 첨벙." 그는 나를 바라보며 또다시 조그맣게 웃었다. "이 얘기는 지금까지 아무에게도 한 적이 없어."

나 역시 웃음을 터뜨리며 말했다. "넌 정말이지 못 말려, 토미."

그런 다음 우리는 짧고 가벼운 입맞춤을 했고, 나는 차에 올랐다. 내가 시동을 거는 동안 토미는 그 자리에 그대로 서 있었다. 그 후 차가 움직이기 시작하자 그는 미소를 지어 보이며 손을 흔들었다. 나는 뒷거울로 그런 그를 지켜보았다. 그는 거의 마지막 순간까지 그곳에 서 있었다. 이윽고 그는 한 손을 애매하게 들어 올리고 나서 돌출된 지붕 쪽으로 몸을 돌렸다. 차의 뒷거울에서 광장의 모습이 사라졌다.

며칠 전에 맡고 있는 한 기증자와 대화를 나누었는데, 그는 정말 소중한 기억도 놀라울 정도로 빠르게 퇴색하고 만다고 불평했다. 하지만 나는 그 말에 동의할 수 없다. 내가 가장 소중하다고 생각하는 기억은 결코 퇴색하지 않는다. 나는 루스를 잃었고 이어 토미를 잃었지만 그들에 대한 나의 기억만큼은 잃지 않았다.

나는 헤일셤 역시 잃은 것 같다. 헤일셤 출신자 몇몇이 그곳이나 그곳이 있었던 장소를 찾기 위해 애쓴다는 소문은 여전히 들린다. 그리고 오늘날 헤일셤이 호텔이 되었다든지 학교가 되었다든지 폐허가 되었다든지 하는 기묘한 소문도 때때로 들린다. 줄곧 차를 몰고 다니면서도 나는 한 번도 그곳을 찾아내려 애쓰지 않았다. 헤일셤이 지금 어떤 모습인지 확인하는 것은 정말이지 내 관심사가 아니다.

다만 말해 두고 싶은 것은, 일부러 헤일셤을 찾아본 적은 없지만 차를 몰고 가다가 문득 그곳을 발견한 것 같은 느낌이 들곤 한다는 것이다. 멀리서 어떤 체육관 건물이 보이면 그것이 다름 아닌 헤일셤의 체육관이라고 확신하게 되고, 솜털로 뒤덮인 커다란 떡갈나무 옆에 포플러들이 옆으로 길게 늘어서 있는 것을 보면 그다음에는 헤일셤의 남쪽 운동장이 나올 것 같은 느낌에 문득 사로잡히는 것이다. 어느 흐린 날 아침 글로체스터셔의 길게 뻗은 도로를 달리다가 대피소에 서 있는 고장 난 자동차를 보았는데, 그 앞에 서서 달려오는 차들을 텅 빈 눈길로 응시하고 있는 여자가 헤일셤의 몇 년 선배로 판매회의 운영 위원이었던 수산나 C.라는 확신이 들기도 했다. 이런 일들은 내가 전혀 예상하지 못했을 때, 머릿속에서 전혀 다른 것을 생각하며 차를 몰고 있을 때 벌어진 것들이다. 그러므로 나 역시 어느 정도는 헤일섬을 찾고 있는지도 모른다.

하지만 앞서 말한 것처럼 일부러 찾은 적은 없다. 그리고 올해 말이 되면 어쨌든 지금처럼 차를 타고 돌아다니지 않게 될 것이다. 그러므로 이제 헤일섬을 발견할 가능성은 거의 없다. 나로서는 그렇게 머릿속에서 추억하는 편이 좋다. 토미와 루스에 대한 추억도 마찬가지다. 어떤 센터로 보내지든 좀 더 평온한 생활을 할 수 있게 되면 나는 머릿속에서 차분하게 헤일섬을 불러내리라. 그것은 아무도 내게서 앗아 갈 수 없으리라.

내가 멋대로 규칙을 어긴 때가 있다면, 토미가 죽었다는 말을 들은 지 두어 주 후 실제로 전혀 그럴 필요가 없었는데도 차를 몰고 노퍽에 갔을 때이다. 특별히 찾는 것도 없었고, 해안 끝까지 간 것도 아니었다. 아마도 나는 아무것도 없는 평평한 들판과 거대한 잿빛 하늘을 바라보고 싶었던 것 같다. 어느 순간 나는 한 번도 간 적 없는 길을 달리고 있는 나를 발견했다. 30분 동안 나는 그곳이 어디인지 알 수 없었고 알고 싶지도 않았다. 이따금 내 차의 엔진 소리에 놀란 새 떼가 밭고랑에서 날아오르는 것 외에는 아무런 변화도 없는 평평하고 평범한 들판이 이어졌다. 이윽고 나는 도로에서 멀지 않은, 한두 그루의 나무가 서 있는 어떤 지점을 발견하고 그곳에 가서 차를 세우고 밖으로 나왔다.

방대한 경작지가 펼쳐진 곳이었다. 두 겹의 철망 울타리 때문에 밭으로 들어갈 수 없었다. 수킬로미터에 걸쳐 바람을 막아 주는 것이라고는 그 울타리와 내 앞에 있는 서너 그루의 나무들뿐이었다. 그 철망 울타리에, 특히 낮은 쪽 철망에 각종 쓰레기들이 걸려 있었다. 마치 해변에 잡동사니가 밀려와 있는 것 같았다. 그것들은 바람에 실려 수십 미터를 날아와 그 나무들에, 두 겹의 철망에 이른 것이 분명했다. 나뭇가지에도 깨진 플라스틱 판과 낡은 가방 조각들이 걸려 있었다. 바로 그 순간 거기에 서서 그 기묘한 잡동사니들을 바라보며, 텅 빈 들판에 바람이 지나가는 것을 느끼며 나는 환상에 가까운 상상을 하기 시작했다. 왜냐하면 요컨대 그곳은 노퍽이었고 토미를 잃은 지 겨우 두어 주밖에 되지 않았기 때문이다. 내 머릿속에서는 그 잡동사니들, 나뭇가지에 걸린 플라스틱 조각, 해안선 같은 철망을 따라 걸려 있는 기묘한 물건들이 떠돌고 있었다. 나는 반쯤 눈을 감고 상상했다. 어린 시절 이후 잃어버린 모든 것들이 이곳에 모여 있다고, 이 앞에 이렇게 서서 가만히 기다리면 들판을 지나 저 멀리 지평선에서 하나의 얼굴이 조그맣게 떠올라 점점 커져서 이윽고 그것이 토미의 얼굴이라는 것을 알아보게 되리라고, 이윽고 토미가 손을 흔들고, 어쩌면 나를 소리쳐 부를지도 모른다고. 이 환상은 그 이상으로 진전되지는 않았다. 그 이상 진전시킬 수가 없었다. 눈물이 얼굴을 타고 흘러내렸지만 나는 흐느끼지도, 자제력을 잃지도 않았다. 다만 잠시 그렇게 서 있다가 차로 돌아가 가야 할 곳을 향해 출발했을 뿐이다.

혹시 손에 땀을 쥐게 하는 긴장과 흥미진진한 속도감을 기대하고 이 책은 집어 들었다면, 이 작품은 독자의 기대에 부응하지 못할지도 모른다. 미국의 온라인 잡지 《슬레이트 (www.slate.com)》에 게재한 애정 어린 해설에서 마거릿 애트우드는 이 작품 『나를 보내지 마(Never Let Me Go)』가 모든 이들의 구미에 맞는 작품은 아니라고 적절히 지적한다. "주인공들은 전혀 영웅적이지 않고 결말은 불편하다. 그럼에도 어려운 주제를 장인의 솜씨로 눈부시게 벼려 낸 이 책을 덮으며 독자는 어두운 유리를 통해 바라본 우리 자신의 모습을 만날 수 있다." 요컨대 이 책은 일정한 거리를 두고 우리 자신의 모습을 직면할 용기가 있는 이들을 위한 것이다. 그러니까 당신이 SF의 소재를 성장 소설의 얼개에 절묘하게 접목시킨 진지한 천착과 잔잔한 감동이 담긴 작품을 원한다면, 정말이지 제대로 고른 것이다.

가즈오 이시구로는 1954년 일본 나가사키에서 일본인 부모에게서 태어나 1960년 가족을 따라 영국으로 이주해 켄트 대학에서 철학으로 학사 학위를, 이스트앵글리아 대학에서 문예 창작으로 석사 학위를 받고, 작가의 길을 걷기 시작했다. 동양적인 것이 작품의 소재만이 아닌 중요한 내적 환기물로서 작품에 내재한다는 것에 대해 작가는 한 인터뷰에서 "이름과 사진을 빼면 그런 이야기가 나오지 않을 것"이라는 말로 답하고 있지만, 실제로 그의 작품에서 일본·일본적인 것은 '복수(複數)의 정체성'으로 작용하고 있는 것이 사실이다. 일본을 배경으로 전후의 상처와 현재를 절묘하게 엮어 낸 첫 소설『창백한 언덕 풍경(A Pale View of Hills)』(1982)으로 위니프레드 홀트비 기념상을 받았고, 역시 일본인 예술가가 등장하는『부유하는 세상의 화가(An Artist of Floating World)』(1986)로 휘트브레드 상, 이탈리아 스칸노 상을 받고 부커 상 후보에 올랐다. 세 번째 작품『남아 있는 나날』로 1989년 부커 상을 받는 동시에 세계적인 명성을 얻었다. 1995년에 발표한『위로받지 못한 사람들(The Unconsoled)』은 아직도 평론가들의 평가가 엇갈리는 문제작으로 첼트넘 상을 받았고, 2000년 작 『우리가 고아였을 때(When We Were Orphans)』 역시 부커 상 후보에 올랐다. 그리고 젊은 시절 싱어송라이터를 꿈꾸던 작가의 애정이 담겨 있는 최근작 『녹턴(Nocturnes)』(2009)은 음악과 황혼에 대한 다섯 편의 단편 모음으로 정치한 문장과 미묘하고 우아한 스타일이 잘 드러난 수작이다.

그러나 현재까지 그의 대표작이라고 보아도 좋은 작품은 바로 2005년에 발표한 이 작품 『나를 보내지 마』이다. 그해 부커 상을 놓고 마지막까지 경합을 벌였고, 2005년 전미 비평가협회상, 2006년 아서클라크 상의 최종 후보에 올랐으며, 《타임》 선정 '2005년 최고의 소설', '현대 100대 영문소설'(1923~2005년)로 선정되었고, 2006년 전미 도서협회의 알렉스 상, 독일 바이에른 지방 출판서적연합의 코리네 상을 받았다. "뉘앙스와 미묘함을 표현하는 데 최고"라는 평가(《가디언》)에 걸맞게 눌러쓴 흔적도 꿰맨 흔적도 보이지 않는 이 작품은, 모든 대작은 젊을 때 쓰여진다는 우려 아닌 우려를 불식시키는 완숙함을 자랑한다.

이야기는, 지금은 간병사로 일하는 캐시가 평범한 영국의 기숙학교처럼 보이는 '헤일섬(Hailsham)'(이 단어를 두고 애트우드는 찰스 디킨스의 작품에서 장애 아동을 착취하는 미스 '하비셤(Havisham)'을 연결 짓는다.)에서 보낸 지난날을 회상하는 것으로 시작한다. 매사에 자기 시각을 지닐 줄 알았던 친구 루스, 엉뚱하지만 특유의 통찰력을 지닌 토미, 세상의 아름다움과 지식의 경이로움에 눈뜨도록 도와주는 교사들…… 얼핏 성장 소설로 읽히는 캐시의 이야기 속에 독자의 고개를 갸우뚱하게 만드는 몇 개의 단어들이 등장해, 혹시 몇 줄을 빠뜨리고 읽은 게 아닐까 하고 행간을 뒤져 보게 만든다. 자신이 그곳에서 얼마나 행복한 어린 시절을 보냈는지, 다부지고 성격 강한 루스와 어떻게 사귀고 어떻게 다투고 화해했는지, 평생의 사랑인 토미와 어떻게 엇갈리고 만났는지를 과거와 현재, 그곳과 여기를 오가면서 풀어놓는 캐시의 이야기에서 '간병사', '기증', '완결'에 이어 '근원자', '클론', '일반인', '장기' 같은 생경한 단어들을 설명 없이 만나게 되는 것이다. 독자의 이 '들었으되 듣지 못한' 느낌이 캐시와 토미와 루스가 그들의 성장기 동안 줄곧 사로잡혀 있던 의혹과 연동하면서 마치 추리 소설을 읽는 듯한 긴장을 불러일으킨다. 캐시의 이야기가 단순한 추억담이 아닐지도 모른다는 의혹이 확신으로 바뀌고, 거기에 SF적인 상황이 맞물리면서 책장을 넘기는 속도가 빨라지게 되는 것이다.

작품의 원제 '네버 렛 미 고'는 주디 브리지워터의 노래 제목에서 차용한 것으로, 의역하자면 '내 곁에 있어 줘'가 된다. 저자가 제목으로 택한 것으로도 알 수 있듯이 이 구절은 사태를 바라보는 두 가지 관점, 곧 인간답게 사고하는 '인간' 캐시의 관점과 인간다움을 결여한 '비인간' 마담의 시선이 절박한 부정과 자기도취적 긍정으로 교차되는 지점을 절묘하게 보여 준다. 캐시가 아이를 가질 수 없는 자신의 운명을 그 노래에 투사하고 있다면, 마담은 그 몸짓을 과학이 약속하는 질병 없는 신세계에 대한 속절없는 저항으로 받아들임으로써 근원에 닿지 못하는 얄팍한 연민의 한계를 드러낸다. 캐시의 입장에 서 본다는 뜻에서 우리말 판의 제목을 다소 어색하지만 『나를 보내지 마』로 하기로 했다.

작품의 마지막 부분에서 토미는 자신들에게 사실을 직시하게 해 주려다 해고된 루시 선생님의 판단이 옳았다고 말하면서, 아마도 작가가 하고 싶었던 말 한 마디를 내뱉는다. "이 모든 게 정말이지 유감스러운 일이야." 슬프되 감상에 빠지지 않는 이 통찰이 다름 아닌 토미에게서 나왔다는 사실은, 정말 중요한 것이 무엇인지에 대한 작가의 입장을 드러낸다는 점에서 의미심장하다.

키이라 나이틀리가 차기작으로 마크 로마넥 감독의 SF 영화를 선택했다(이 영화에서 그녀는 루스로 분한다. 주인공 캐시는 캐리 멀리건이 맡는 모양이다.)는 소식을 접했을 때 제일 먼저 든 생각은, 아차, 원작『나를 보내지 마』가 그러니까 SF 소설이었지 하는 것이었다. 그 정도로 이 작품은 일반적인 SF 소설과는 거리가 있다. 실제로 작가가 "인간의 삶에 방식에 주목하고 싶었다."라고 강조하고 있지 않더라도 이 작품은 스칼렛 요한슨 주연의 영화「아일랜드」나 올더스 헉슬리의『멋진 신세계』같은 디스토피아적 작품과는 달리 깊은 문학적 울림을 갖고 삶과 인간을 향수하고 사랑하고 성찰하는 데까지 나아간다. 그리하여 사색의 결을 살린 특유의 문체에 담긴 우리 모두의 가슴 속에 자리 잡고 있는 '유년'의 보편적인 정서, 그리고 우정과 애정의 미묘한 엇갈림, 인간과 문명에 대한 비판을 만나게 되는 것이다.

피터 캠프가《타임스》에 쓴 서평에서처럼 "대상을 다루는 이시구로의 솜씨는 이렇듯 이제 가히 대가의 경지를 자랑한다." 의도적으로 나직하게 읊조리며 감정의 골목골목을 찬찬히 답파하는 그의 문장은 '그랬다'와 '그랬을 수도 있다'를 구별하는 것이 중요하다는 것을 독자에게 환기해 주는, 요컨대 뉘앙스에 주목하는 섬세한 어떤 것이다. 그러니까 작가는 사건이나 정황을 사실적으로 묘사하려는 것이 아니라, 그 사건을 바라보는 시선과 그 정황에 관계하는 심리의 결을 고운 붓질로 드러내고자 한다. 그리하여 화자의 성격뿐 아니라 저자의 성격, 그리고 작품의 성격까지 간접적으로 드러내는 성과를 거둔다. 오늘의 세계 문학을 이끌어 가는 최고의 작가라는 평론가들의 찬사와, 이 책을 읽고 비로소 문학의 우아함과 미묘함에 대해 알게 됐다는 독자의 고백을 저자에게 안겨 준, 우리가 왜 책을 읽는가 하는 물음에 값하는 작품이다.

옮긴이 김남주

1960년 서울에서 태어나 이화여자대학교 불어불문학과를 졸업하고 현대 프랑스 문학과 영미 문학을 주로 번역해 왔다. 옮긴 책으로 가즈오 이시구로의 『나를 보내지 마』, 『녹턴』, 『우리가 고아였을 때』, 『창백한 언덕 풍경』, 『부유하는 세상의 화가』, 프랑수아즈 사강의 『브람스를 좋아하세요...』, 『슬픔이여 안녕』, 로맹 가리의 『새들은 페루에 가서 죽다』, 『여자의 빛』, 『솔로몬 왕의 고뇌』, 『가면의 생』, 야스미나 레자의 『행복해서 행복한 사람들』, 『함머클라비어』, 『비탄』, 『지금 뭐하는 거예요, 장리노』, 벨마 윌리스의 『두 늙은 여자』 등이 있고, 지은 책으로 『나의 프랑스식 서재』, 『사라지는 번역자들』이 있다.

나를 보내지 마

1판 1쇄 펴냄 2009년 11월 20일
1판 28쇄 펴냄 2020년 7월 20일
2판 1쇄 펴냄 2021년 4월 9일
2판 5쇄 펴냄 2024년 5월 17일

지은이 가즈오 이시구로
옮긴이 김남주
발행인 박근섭·박상준
펴낸곳 (주)민음사

출판등록 1966. 5. 19. 제16-490호
주소   서울특별시 강남구 도산대로1길 62(신사동)
          강남출판문화센터 5층 (우편번호 06027)
대표전화 02-515-2000 | 팩시밀리 02-515-2007
홈페이지 www.minumsa.com